U0565102

世界名著名译文库
柳鸣九 主编

哈代集　朱炯强 编选

还 乡

〔英国〕托马斯·哈代 著　王之光 译

上海三联书店

"世界名著名译文库"编委会

主　　编　柳鸣九

编　　委（按姓氏笔画排序）

王守仁　丹　飞　史忠义　宁　瑛　冯季庆　朱　虹

刘文飞　李辉凡　陈众议　陈绍敏　罗新璋　贺鹏飞

倪培耕　高中甫　黄　梅　黄　韬　谭立德

主编助理　赵延召　乌尔沁　张晓强

"世界名著名译文库"总序

柳鸣九

我们面前的这个文库,其前身是"外国文学名家精选书系",或者说,现今的这个文库相当大的程度上是以前一个书系为基础的,对此,有必要略作说明。

原来的"外国文学名家精选书系",是明确以社会文化积累为目的的一个外国文学编选出版项目,该书系的每一种,皆以一位经典作家为对象,全面编选译介其主要的文学作品及相关的资料,再加上生平年表与带研究性的编选者序,力求展示出该作家的全部文学精华,成为该作家整体的一个最佳缩影,使读者一书在手,一个特定作家的整个精神风貌的方方面面尽收眼底。"书系"这种做法的明显特点,是讲究编选中的学术含量,因此呈现在一本书里,自然是多了一层全面性、总结性、综合性,比一般仅以某个具体作品为对象的译介上了一个台阶,是外国文学的译介进行到一定层次,社会需要所促成的一种境界,因为精选集是社会文化积累的最佳而又是最简便有效的一种形式,它可以同时满足阅读欣赏、文化教育以至学术研究等广泛的社会需要。

我之所以有创办精选书系的想法,一方面是因为自己的专业是搞文学史研究的,而搞研究工作的人对综合与总结总有一种癖好。另一方面,则是受法国伽利玛出版社"七星丛书"的直接启发,这套书其实就是一套规模宏大的精选集丛书,已经成为世界上文学编选与文化积累的具有经典示范意义的大型出版事业,标志着法国人文研究的令人仰视的高超水平。

"书系"于1997年问世后，逐渐得到了外国文学界一些在各自领域里都享有声誉的学者、翻译家的支持与合作，多年坚持，惨淡经营，经过长达十五年的努力，总算做到了出版七十种，编选完成八十种的规模，在外国文学领域里成为一项举足轻重、令人瞩目的巨型工程。

这样一套大规模的书，首尾时间相距如此之远，前与后存在某种程度的不平衡、不完全一致、不尽如人意是在所难免的，需要在再版重印中加以解决。事实上，作为一套以"名家、名著、名译、名编选"为特点的文化积累文库，在一个十几亿人口大国的社会文化需求面前，也的确存在着再版重印的必要。然而，这样一个数千万字的大文库要再版重印谈何容易，特别是在人文书籍市场萎缩的近几年，更是如此。几乎所有的出版家都会在这样一个大项目面前望而却步，裹足不前，尽管欣赏有加者、啧啧称道者皆颇多其人。出乎意料，正是在这种令人感慨的氛围中，北京凤凰壹力文化发展有限公司的老总贺鹏飞先生却以当前罕见的人文热情，更以真正出版家才有的雄大气魄与坚定决心，将这个文库接手过去，准备加以承续、延伸、修缮与装潢，甚至一定程度的扩建……与此同时，上海三联书店得悉"文库"出版计划，则主动提出由其承担"文库"的出版任务，以期为优质文化的积累贡献一份力量。眼见又有这样一家有理想追求的知名出版社，积极参与"文库"的建设，颇呈现"珠联璧合"、"强强联手"之势，我倍感欣喜。

于是，这套"世界名著名译文库"就开始出现在读者的面前。

当然，人文图书市场已经大为萎缩的客观现实必须清醒应对。不论对此现实有哪些高妙的辩析与解释，其中的关键就是读经典高雅人文书籍的人已大为减少了，影视媒介大量传播的低俗文化、恶搞文化、打闹文化、看图识字文化已经大行其道，深入人心，而在大为缩减的外国文学阅读中，则是对故事性、对"好看好玩"的兴趣超过了对知性悟性的兴趣，对具体性内容的兴趣超过了对综合性、总体性内容的兴趣，对诉诸感官的内容的兴趣超出了对诉诸理性的内容的兴趣，读书的品位从上一个层次滑向下一个层次，对此，较之于原来的"精选书系"，"文库"不能不做出一些相应的调整与变通，最主要的是增加具体作品的分量，而减少总体性、综合性、概括性内容的分量，在这一点上，似乎是较前有了一定程度的后退，但是，列宁尚可"退一步进两步"，何况我等乎？至于增加作品的分量，就是突出一部部经典名著与读者青睐的佳作，只不过仍力求保持一定的系列性与综合性，把原来的一卷卷"精选集"，变通为一个个小的"系列"，每个"系列"在出版上，则保持自己的开放性，从这个意义上，文库又有了一定程度的增容与拓展。而且，有这么一个平台，把一个个经典作家作为一个个单元、一个个系列，集中展示其文化创作的精华，也不失为社会文化积累的一桩盛举，众人合力的盛举。

面对上述的客观现实，我们的文库会有什么样的前景？我想一个拥有十三亿人口的社会主义大国，一个自称继承了世界优秀文化遗产，并已在世界各地设立孔子学院的中华大国，一个城镇化正在大力发展的社会，一个中产阶级正在日益成长、发展、壮大的社会，是完全需要这样一个巨型的文化积累"文库"的。这是我真挚的信念。如果覆盖面极大的新闻媒介多宣传一些优秀文化、典雅情趣；如果政府从盈富的财库中略微多拨点儿款在全国各地修建更多的图书馆，多给它们增加一点儿购书经费；如果我们的中产阶级宽敞豪华的家宅里多几个人文书架（即使只是为了装饰）；如果我们国民每逢佳节不是提着"黄金月饼"与高档香烟走家串户，而是以人文经典名著馈赠亲友的话，那么，别说一个巨大的"文库"，哪怕有十个八个巨型的"文库"，也会洛阳纸贵、供不应求。这就是我的愿景，一个并不奢求的愿景。

2013 年元月

目 录

英国文学的一代宗师——哈代

朱炯强

　　1928 年 1 月 16 日，伦敦的西敏寺大教堂外，人山人海；西敏寺内，哀乐阵阵，庄严肃穆，英国伟大的诗人和小说家托马斯·哈代的安葬仪式正在隆重举行。抬扶哈代灵柩的八个人中，除了英国首相和反对党领袖以外，全是当时英国文坛上最有名望的精英，他们是：约翰·高尔斯华绥①、詹姆士·巴利爵士②、艾德蒙·高斯爵士③、萧伯纳④、吉卜林⑤和豪斯曼⑥。英国皇室也专门派代表参加葬礼。从此，这位杰出的英国诗人和小说家就宁静地长眠在西敏寺的"诗人之角"。在那里，自从 1870 年安葬小说家狄更斯，1892 年安葬诗人丁尼生以来，哈代还是第一位获此殊荣的作家。同时，为了纪念这位从多塞特乡间升起的文学巨星，人们还把他的心脏安葬在诗人的故乡多尔切斯特的斯丁斯福特教堂的墓地。

　　1 月 18 日，哈代的遗孀弗洛伦斯在伦敦一家杂志上发表了一首哀悼诗人之死的诗，其中几行说到了当时的葬仪：

　　　　西敏寺把他高尚的灵魂

　　　　引进自己神圣的殿堂，

　　　　哈代的遗体在"诗人之角"安放；

---

① 高尔斯华绥（1867—1933）：英国小说家和剧作家，诺贝尔文学奖获得者。

② 巴利（1860—1937）：苏格兰小说家和剧作家。

③ 高斯（1849—1928）：英国诗人和批评家。

④ 萧伯纳（1856—1950）：英国剧作家和批评家，诺贝尔文学奖获得者。

⑤ 吉卜林（1865—1936）：英国诗人和小说家，诺贝尔文学奖获得者。

⑥ 豪斯曼（1859—1936）：英国诗人。

为了让乡亲缅怀，他的心脏，
安息在他家乡
一个可爱的地方。

一

这位享年 88 岁高龄的英国文坛巨星是在熠熠光华中陨落的，然而，他那漫长的一生又是怎样过来的呢?

哈代的祖父和父亲都是英国南部多塞特郡从事建筑谋生的平民百姓。1840 年，也就是中英鸦片战争爆发那年的 6 月 2 日，这位未来的英国诗人和小说家就降生在祖父四十年前建造的屋子里。

小哈代有两个妹妹和一个弟弟：玛丽（1841 年生）、亨利（1851年生）、凯蒂（1856 年生）。玛丽和他相差不到一岁，是他的童年玩伴，而另两个弟妹却几乎是另一代人了。两个妹妹长大后都成了教师。弟弟亨利继承父业，和老哈代一起从事建筑业。

1848 年，邻近的乡绅马丁先生和他的妻子朱丽娅·奥古斯塔为了造福村民，办了一所学校，"以便让劳动阶级的子弟受教育"。学校一开办，小哈代就去上学了，那时他才 8 岁。

哈代上学的这所学校，虽系私塾，但很正规，他不仅学习历史、地理等一般科目，还学习写作、阅读和美术。

回到家里，他母亲还要给他增补一些阅读篇目，如德莱登翻译的罗马诗人维吉尔的作品，约翰逊的小说，等等。但这孩子更喜欢《海之子故事集》和《战争史话》之类的书刊。

此外，哈代的祖母对他的童年生活也很有影响，这位慈祥的老人是个讲故事的能手，对孙子溺爱，掏尽了积聚在脑海中的见闻。哈代的小说和诗歌中许多神秘的和动人的情节，不少都源于他依偎在祖母膝下时听来的故事和传说。

哈代的父母十分关心哈代的学校教育。在马丁太太的学校学习了一年后，他们决定把他送到多尔切斯特镇上的一所学校。

在学校里，他学习拉丁语、法语，很喜欢读历史小说，特别是司各特和大仲马的作品，常常使他爱不释卷，如痴如迷。他也读莎士比亚的戏剧，但不是欣赏其中的诗行，而是了解故事情节。他对《哈姆雷特》有点"不满意"，认为在第一幕中公鸡一啼，鬼魂就消失了，令人失望。哈代当时的童心，该是可想而知了吧。

除了酷爱读书之外，音乐也是哈代的一大爱好。有时，他会在某一个乡间庆祝活动或家庭舞会上和他父亲一起拉琴助兴。有一次，他连续演奏了四十五分钟还不肯停止，直到舞会的女主人不得不夺下他的琴弓。

然而，在这段时间里，最好的学校乃是多尔切斯特小镇本身。它为哈代提供了新旧两个方面的思考材料，对他以后的人生历程和创作道路都产生着深远的影响。

1856 年，哈代 16 岁，学业已经结束，必须考虑日后谋生的职业，他不想当教师，也不希望跟父亲一起搞建筑——弟弟亨利长大后可以继承父业。大家都认为他很适于当牧师，有时候，他自己也有这个想法；但那意味着必须进牛津或者剑桥大学，还需要一大笔无处筹措的学费。其实，对于儿子日后的生计，父母早就有所考虑了。父亲认识一位多尔切斯特镇上擅长修建教堂的建筑师——约翰·希克斯先生。有一次，哈代跟随父亲去修理一座古堡，遇见了希克斯。这位建筑师发现哈代什么都懂，很惊讶，他建议哈代参加他的测量工作，进一步测试他的能力。结果，希克斯非常满意，他认为少年哈代资质聪颖，天赋深厚，很有前途。老哈代付了 40 英镑的费用，为小哈代签订了为期三年的师徒合同。就这样，托马斯·哈代和莎士比亚一样，16 岁离开了学校。"环境"让他开始了建筑行业的学徒生涯。

1861 年夏天，哈代学习建筑已经五年，该开始自立了。

1862 年 4 月 17 日，哈代只身来到伦敦，把两封亲友给他写的介绍信投寄出去。还算幸运，一位建筑师收到他的信后，马上把他推荐给正在寻找助手的建筑师亚瑟·布洛姆菲尔德。布洛姆菲尔德比哈代年长十岁，在建筑方面造诣很深，擅长绘制和建造哥特式建筑，不久前被选为建筑师协会主席。5月5日上午，哈代正式到布洛姆菲尔德的绘图所上班了。他在这里工作了整整五年。

在伦敦这个大英帝国的首都，他有机会听到、看到、了解到城市生活的阴暗面和上层社会的一些内幕。

大城市在艺术、科学等方面的繁荣也磁石般吸引着哈代。在憎恶社会的阴暗和人生的丑恶的同时，酷爱音乐的哈代也畅游在艺术的海洋里。

然而，哈代更醉心于对知识的追求。1862年夏天在伦敦开幕的世界博览会，尽管由于阿尔伯特亲王的去世而逊色，但盛况仍不亚于1851年那次，它显示了十年来英国资本主义发展的印记。博览会期间，哈代每星期总要去参观两三次，一次两三个小时，甚至整整半天。博览会上，最吸引哈代的是画廊。来伦敦以前，他根本没有见过一张真正的油画，见到的只是黑白印刷的仿制品，而在这里，他不但看到了英国最好的作品，还欣赏到了法国、德国、荷兰等国的名画。这激起了他对艺术新的兴趣，他曾跑遍伦敦各个博物馆，到处查阅资料，并于1862年5月12日写完了古今欧洲各画派的系统摘要。

在知识的海洋里奋力搏击的哈代，对本职工作勤勤恳恳，一丝不苟，因而深得布洛姆菲尔德的赏识，1862年11月，他推荐哈代参加建筑师协会，当上了会员；并让哈代协助他撰写论文，参加英国皇家建筑学会的银质奖章论文比赛，论文的题目是《现代建筑中彩砖和赤陶的运用》。1863年3月，评选揭晓，哈代荣获奖章，但由于"学历欠缺"，评奖官员扣下了他应得的10镑奖金。同年4月，他设计的乡间别墅获得皇家电话总局建筑师威廉·泰德提出的设计奖，得到3镑奖金。他用这笔奖金买了一套莎士比亚全集和一套古希腊戏剧集。

到1863年6月，即抵达伦敦后的第十四个月，哈代已经完全投身于自我教育的狂热中，如饥似渴地阅读维多利亚时代作家的作品和《泰晤士报》等报刊。晚年的哈代回忆说，他当时认为，世界上任何事情都可以学习；只要不怕困难，只要选准材料，连文学家的文体和技巧也可以在书中学到。他把这些想法告诉他的朋友霍勒斯，霍勒斯在赞扬的同时，告诫他说：真正的文体源自作者的思想，要真正认识一位作家的文体，必须首先了解这位作家的思想。同时，他还进一步忠告他：要学好写作，光注意文体是不够的，千万不可把别人的方法或句子"硬插进自己的文章，要善于自己构思，要有自己的独特见解"，唯其这样，"你才能在文风上自成一体"。

二

1864 年年底，哈代似乎正处于精神上的十字路口。他一方面佩服建筑界能够运用新的材料，创造出既表现传统风格，又符合社会发展需要的杰出成就，希望当好一名艺术家似的建筑师；另一方面，对于文学的爱好激起了他当作家的强烈愿望。他在写给巴斯托的一封信中说，他正在思考"如何以笔作为武器，投身到人生的奋斗中去"。

1865 年 3 月，哈代给《议事杂志》投寄了一篇短篇小说，题目是《我怎样给自己造了一幢屋子》，这可能是他作为文学家的最初尝试。小说发表了，哈代拿到 3 镑 15 先令的稿费。

不管怎样，这篇喜剧小品的发表可以算是他在文学道路上迈出的第一步，他并不为此兴高采烈，但得出了"这个世界并不鄙视我们，而忽视了我们"的结论。25 岁生日那天，他陷入了沉思：莎士比亚 25 岁时已经为伦敦剧院创作了伟大的悲剧，济慈写了那么多光辉的诗篇，去世时才 25 岁，和他们相比，自己"太无所作为了"。他感到沮丧。那天，他在笔记上写道：

今天是我 25 岁生日。心情并不愉快。我觉得我似乎度过了漫长的岁月，却碌碌无为……

　　从这天开始，他的人生又跨入了一个新的阶段，在诗方面开始系统地进行"自我教育"。

　　他手头有本《英诗金库》，是 1864 年该书刚刚问世时霍勒斯送的；接着，他自己又连续买了《从乔叟到丁尼生的英国文学》《标准发音辞典》《韵律字典》和《英国文学手册》等书籍，还购置了《人人爱读的诗人》丛书和斯宾塞、弥尔顿、华兹华斯、柯勒律治等人的诗集。他反复研读所有这些诗集，作了大量的眉批、注解，还记下了自己的心得感受。

　　在这些诗人中间，对他影响最大的要推华兹华斯、雪莱、拜伦和济慈。华兹华斯的《抒情歌谣集》，特别是那著名的序言一直吸引着他。他对拜伦的《恰尔德·哈洛尔德游记》极为推崇，认为其中某些篇章是英国抒情诗中最脍炙人口的，特别是对拉克·莱曼的描写，尤其绘声绘色，惟妙惟肖，达到了完美的境界。雪莱的《哦，世界！哦，生活！哦，时代！》也是他最爱读的一首抒情诗，《伊斯兰起义》让他爱不释手；而济慈和哈代一样，出身低微，自学成才，他生活中的悲惨遭遇以及青年夭折，像他的诗一样感动着哈代。

　　年轻时的丁尼生曾经是济慈的真正继承者，可惜进入中年以后，他一头扎进维多利亚时代的上流社会，专写歌功颂德的《国王叙事诗》，与其早期作品相比，已经不可同日而语了。因此，哈代对他颇有些不屑一顾，当然谈不上什么影响。布朗宁的诗没有矫揉造作的词藻，读起来朗朗上口，在对主题的选择、对话的形式等方面对哈代产生的影响似乎只见于哈代晚期的作品。

　　对于美国诗人，他认为爱德加·爱伦·坡的短篇节奏明快，富有音乐美，也耐人寻味；惠特曼的《草叶集》诗体简洁，不落俗套，有吸引力。

1866 年，斯温伯恩①的《诗歌与民谣》问世。斯温伯恩比哈代略大几岁，他诗歌中那种令人陶醉的音乐性曾使牛津的大学生们吟诵不辍。有一次，哈代有幸听到他在伦敦朗诵他自己的诗作，以至于终生难忘，多少年后，"耳边还在回荡着当时的诗句"。

经过这段时间对各家诗歌的刻苦钻研和自我教育，他非常重视选词和字义的运用，注意恰到好处地使用家乡的方言，注意语言的简洁明快。从 1865 年到 1867 年，他试着写了三十多首诗，其中有一首《中性的乐音》非常优美，这首诗表达了情人失恋时的哀怨、烦恼和痛苦，文字简洁，真实感人，后来深受评论家的赞赏。

几个月后，他又写了一首好诗，原题是《虚构》，后来定名为《沉思的少女》。

这首诗作于 1866 年 10 月。它既写景，又写情，层次、意境都有独到之妙，以丰富的想象力揭示了少女内心的秘密，足以说明哈代在诗坛上学步时就已经显示出非凡的才华。

哈代曾把自己的诗作投寄许多杂志社，但总是被一一退回。十年来，他虽然受到生活的鼓励——一篇论文获奖，一项设计得了 3 镑奖金，一篇小故事发表后带来 3 镑 15 先令收入——然而，初恋的失败，当建筑师的违心，诗作未能发表，都使他郁闷、烦躁，影响了他的健康，特别是五年的伦敦生活，都是在刻苦工作和顽强自学（每天晚上六个小时不停地阅读）中度过的。精神上的郁郁寡欢和过度的劳累使他的身体日趋衰弱。布洛姆菲尔德不得不建议他回家乡休息一段时间，争取早日康复。说来也巧，就在这时，哈代收到希克斯先生的来信，请他在伦敦物色一名助手去多尔切斯特工作。哈代权衡再三，最后决定自己去。1867 年 6 月底，哈代告别同行，把行李、书籍和诗稿留在伦敦寓所，踏上了返回家乡的归程。

现在，哈代又踏上了五年前每天走过的道路，清晨穿越田野，沿着小路到多尔切斯特镇希克斯事务所上班，下班后原路回家。乡村清

---

① 斯温伯恩（1837—1909）：英国诗人和评论家。

新的空气，新鲜的牛奶，早晨和傍晚的步行，很快使他的脸色出现红润，体质和精力得到恢复。这时，写作的念头又在他心中窜动了。既然写诗得不到命运的赞许，那么还是写小说吧。"我了解乡村生活，又去过伦敦。我可以凭借自己的经验，写一本打动人心的小说。"他把这本书定名为《穷汉与小姐》，别出心裁地称它是"社会主义小说"——一个人们从来没有听到过的新名词！此外，还加了一个不同寻常的副题：一个没有情节布局的故事，带有一些新创作的诗句。这个副题后来删去了。

该书从1867年秋天动笔，次年1月完成初稿；接着又修改了五个月，到6月9日才把手稿誊清完毕。

这部小说是否具有自传的性质，姑且不论，但有一点是肯定的，这就是哈代把自己在生活中的所见所闻和亲身经历与丰富的想象艺术地揉合在了一起。应该说，这是一个颇有"情节布局"的故事，内容相当曲折。

然而，这部小说没有问世。

三

1870年3月7日，哈代搭车前往濒临大西洋的北康威尔，去实地了解圣·朱丽奥教堂的破损情况，以便制订一项修复的计划。他凌晨出发，到达该教堂的牧师住宅时，已是暮色沉沉。由于牧师突然患病，牧师太太在他身旁照顾，接待哈代的是牧师的妻妹，一位健康、活泼的金发女郎。经过一整天长途跋涉的哈代，一见她那健美的身姿和活泼的神情，顿感精神一爽，忘却了旅程中的劳顿。这位金发女郎就是后来成为哈代妻子、共同生活了将近38年的爱玛·欧文·吉福特。

爱玛于1840年11月24日出生在普里茅斯，只比哈代小几个月。父亲是律师，爱玛是他最小的女儿，很受宠爱。

她出生在一个"非常重视知识、修养和教育"的家庭，母亲死后，家道中落。姐姐海伦嫁给卡德尔·霍尔德牧师后不久，爱玛就寄住在姐姐家里，两年后遇见哈代。

爱玛为人热情，性格爽朗，有理想，爱音乐，周身上下洋溢着一股青春气息，连同她那健美的体魄、丰满的胸脯、明亮的眼睛、金黄的头发，这一切的魅力都使哈代对她一见钟情。哈代和爱玛陷入了爱河。

从1871年到1873年间，哈代连续发表了《计出无奈》等三部小说，引起了文坛的重视。当时的一位领袖人物莱斯利·斯蒂芬①对《绿林荫下》非常满意，尤其赞赏作者描写农村风光的散文体文笔。斯蒂芬是大作家萨克雷的女婿，在伦敦一家重要刊物《康希尔杂志》担任编辑。他思想进步，很注意发现文学新人。他特地写了一封信给哈代，信的最后是这样写的：

> 如果你还在写小说，有意在我们的杂志上发表，敝人极愿效劳。

1873年7月2日，他匆匆赶回家，开始写作《远离尘嚣》。三个月后，即10月1日，斯蒂芬收到哈代寄来的前十二章的书稿。他读后立即复信哈代，不但当即提出小说连载的合约，并且明确表示从翌年1月开始连载。

《远离尘嚣》于1874年问世后，立即赢得了评论界异口同声的称赞。它不仅畅销英国，还风行美国，使美洲大陆的读者第一次知道了托马斯·哈代这个名字。有人还把它当作是名作家乔治·艾略特的化名之作。

《远离尘嚣》使哈代告别了建筑生涯，是他走上文学道路第一块最重要的里程碑。它标志着作者不仅善于描绘田园风光，还善于细致

---

① 斯蒂芬（1832—1904）：英国评论家、哲学家和传记作家。

入微地展现人与自然的关系，并从中揭示出人物的内心世界。值得一提的是，在创作该小说的过程中，作者始终得到斯蒂芬的帮助、鼓励和指导。斯蒂芬恰如其分地提出修改的意见，还亲自对作品加以删节、紧缩和润色，使整部小说在保持原稿风貌的同时，更显得紧凑、流畅。从这部小说的脱稿到出版，哈代深深感到，他需要一个既了解他，又有良好文学素养的人的帮助和指导。斯蒂芬成了哈代在文坛上振翅高飞时的良师诤友。

距 1870 年 3 月哈代与爱玛邂逅相爱，已经四年多。他们都 34 岁了。哈代已经在文坛站稳脚跟，经济上有了相当的改善，他们该结婚了。

1874 年 9 月 17 日，在爱玛的叔叔艾德温·吉福特牧师的主持下，他们举行了婚礼，随后横渡英吉利海峡，去法国欢度蜜月。

《远离尘嚣》之成功，销售之快，简直出乎所有出版商的意料。到 1875 年 1 月，第一版的一千册已经抢购一空，接着出了略经修改的第二版。因此，斯蒂芬请哈代为《康希尔杂志》再写一部连载小说。可是，也许是存心让斯蒂芬大吃一惊，哈代没有写田园式小说，而是写了一部在他所有小说中最充满矛盾的《伊莎贝塔的手》。故事描写一个活跃在上流社会的女诗人，一个出身于贫困的仆役家庭的年轻寡妇。她的身世秘密一直不为人知，但又一直处于被揭露的边缘。作者着重描写主人公的内心波澜。这部小说发表后，评论界觉得莫名其妙，读者更是迷惑不解，插图家苦于无法用画笔勾勒出人物的精神世界，而最感失望的当然是编辑和出版商。尽管这部小说总的来说并不成功，但还是反映了一部分社会真相，真实地描写了一个生活在并不真正属于她的社会的女性的内心世界。

其间，有一家名为《绅士》的杂志也向他约稿，哈代答允了，但送去的不是小说，而是一首有点喜剧式的诗《新婚之夜的火花》。这首诗于 1875 年 11 月在该刊发表，但反响寂然，从而又一次埋藏了哈代写诗的热情。

四

作为哈代的良师诤友，斯蒂芬根据哈代的素质和专长，明确建议他继续创作以田园为背景，以乡间生活为题材的作品。于是，哈代开始了《还乡》的构思和写作。

这段期间，哈代夫妇有时住在伦敦，有时闲居乡间，有时去欧洲大陆度假，莱茵河畔、荷兰高地都曾有过他们的足迹，在滑铁卢战役六十周年之际，他们专程去实地凭吊，从而播下三十年后发表的史诗剧《列王》的种子。

直到 1883 年，哈代和爱玛一直都是赁屋而居。回想起当年结婚时，岳父见到新婚夫妇没有自己的房子，有点怏怏不乐，哈代决心要建造一幢自己的舒适宁静的住宅。于是，他在多尔切斯特郊外的马克斯门买了一块地基，1883 年年底正式破土动工，自己设计，建造了一幢豪华的楼房。

1885 年春末夏初，哈代夫妇 45 岁时，正式搬进"马克斯门"新居，它四周遍植松杉，青翠碧绿；每天清晨，晨曦初露，就能在松涛阵阵中听到声声鸟鸣。从此他很少外出探亲访友，开始了一种与往日不同的恬静的生活，一种"远离尘嚣"的生活。

自从 1878 年著名的《还乡》出版后，到 1887 年间，哈代又发表了两部重要小说，一部是《卡斯特桥市长》（1886），一部是《林地居民》（1887）。

这三部小说尽管仍保持着英国多塞特郡的乡村风味，但在人物身上都罩上了一层命运强加给他们的悲剧色彩。冷酷无情的境遇和命运形影不离地窥视着他们，追随着他们，无孔不入地出现在生活中的每一个十字路口，把他们引向厄运，引向毁灭。

1887 年 3 月，哈代再度赴欧洲大陆旅行，先去风光旖旎的意大利，后去法国巴黎，回到伦敦后，又参加英国皇家学院的年餐会。直到 8 月底才返回"马克斯门"寓所。这时，哈代已经在构思《苔丝》

11

了，尽管他正式动笔始于 1888 年的夏天。

1891 年，《苔丝》和另一部小说《一群贵妇人》同时问世。哈代没有想到，这部他"倾注了全部心血"的小说《德伯家的苔丝》竟招致社会上的"正人君子"们的围攻。1895 年，他的另一部小说《无名的裘德》出版，遭到了更恶毒的攻击。他们认为这两本书"离经背道""伤风败俗"，急风暴雨般的批评向哈代袭来，哈代成了"时代的叛徒""社会的蛀虫"。尽管这些攻击来自上层社会，但哈代蒙受的打击太大了，一气之下，他发誓不再写小说了。因此，《无名的裘德》成了这位伟大作家的最后一部小说。

哈代回到他一开始就向往的诗的王国，他觉得，诗比较含蓄，可以不像小说那样显眼，不会像小说那样招惹是非。

1898 年到 1901 年间，《威塞克斯诗集》和《过去与现在的诗集》相继问世。作为诗人的哈代与作为小说家的哈代一样，以勤奋的笔耕在诗的园地里创造了累累硕果，进一步赢得了英国人民的景仰：1903 年，哈代的史诗剧《列王》第一卷问世，第二、三卷分别发表于 1906 年和 1908 年。这部长达七百零七页的史诗剧不论从内容上，还是从形式上，乃至运用散文、无韵诗和有韵诗三种文体的手法上，都在英国文学史上享有特殊的地位。出版后，不仅受到民族自豪感极强的英国人民的普遍称颂，还赢得了海外各国传来的赞扬。

1912 年 11 月，爱玛病逝。哈代悲痛万分，仅在一年内，就写了一百多首哀悼和怀念亡妻的诗歌。两年后，哈代和弗洛伦斯·爱米莉·达格黛尔结婚，这时他已 74 岁高龄，而弗洛伦斯才 35 岁。弗洛伦斯是一位教师的女儿，酷爱文学，著有不少儿童读物，十分崇拜哈代。

从 1905 年到他临终前，他还先后接受了剑桥、牛津等七所高等学府的文学博士等荣誉学位。哈代晚年的殊荣，也为"马克斯门"寓所带来了盈门的宾客，其中不仅有柯林斯等文坛老将，也有像斯蒂芬的女儿弗吉尼亚·吴尔夫和我国新月派诗人徐志摩这样的文学新秀。每年生日，总有作家协会等单位和个人前来祝寿。

1928 年 1 月 11 日晚上，哈代去世，这颗英国文坛的巨星陨落了，享年 88 岁。

五

哈代一生中，发表了近二十部长篇小说，还发表了许许多多以"威塞克斯故事"为总名的中短篇小说。他把自己所写的小说分成三类：

1. 罗曼史和幻想；

2. 爱情和阴谋；

3. 人物性格和环境。

属于第一类的有《一双碧眼》《一群贵妇人》和《塔上两人》等作品；属于第二类的，如《计出无奈》《伊莎贝塔的手》和《一个冷淡的女人》；而归属第三类的是《还乡》《卡斯特桥市长》《苔丝》《无名的裘德》和《远离尘嚣》等哈代最著名、最重要的著作。在这三类小说中，"人物性格和环境"小说集中地反映了哈代的文学才华和成就，也是其现实主义的最高峰。

哈代的一生基本上是在他的家乡英国南部的多塞特郡（即小说中的"威塞克斯"地区）度过的，因而十分熟悉英国的乡村及乡村生活。19 世纪后半叶，英帝国的工业资本主义已经确立，并以迅猛之势从城市席卷乡村，把农村中残留的宗法制和小农经济迅速推向崩溃。影响所及，即使像具有古老传统的英国城镇也毫不例外。哈代最成功的作品正是反映了资本主义侵袭下英国乡镇的实际情况，反映了普通人的遭遇和政治、经济、道德、风尚的变化，揭露了资产阶级的道德、婚姻、法律和宗教的虚假和伪善，以及人民大众，尤其是妇女沦落为它们的牺牲品的惨状。哈代的小说，正是由于忠实地反映了这些尖锐的社会矛盾，因而才具有深刻的社会意义。然而，哈代在小说中并没有具体、明确地指出这些人世间的不幸，乃是资本主义社会制度本身造成的，而是模糊地归咎于一种凌驾于现实世界之上的神秘莫测的破坏力，在它面前，人们束手无策，即使与之抗争，也只能碰得头破血流。这就使他的小说蒙上了一层悲观的色彩。可是，这正是他那个时代的必然，"悲观色彩"体现了这一时期批判现实主义的本色。

哈代认为，爱情是人类最强烈的感情，最能充分表现人的本性。因此，哈代笔下的小说几乎无一不是以爱情为素材，以它为经纬线，编织整个故事和串连全部情节；并以它为雕刻刀，塑造人物性格，表达内心世界的。

在布局上，哈代匠心独运，善于设置和使用一系列偶然性事件；它们珠联璧合，使矛盾重重叠叠，悬念此起彼伏，构成一连串的悲剧性事态。这是哈代小说技巧的一大特色。

作为小说家，哈代同时具有极其高超的写景艺术。他笔下的威塞克斯地区，有时明媚秀丽，令人留连忘返；有时豪放粗犷，让人心旷神怡；有时却又阴森恐怖，使人胆颤心惊。他把这种自然风貌的变幻服从于当时人物的描写和性格的刻画，从而达到景为情用，情景交融的艺术境界。可以这样说，这种情景交融的艺术境界是哈代的"人物性格和环境"小说在技巧上的精华。

哈代的《还乡》《卡斯特桥市长》《苔丝》和《无名的裘德》之所以能成为世界文坛上的传世之作，原因就在于此。

对这四部小说分别再说几句：

《还乡》发表于1878年，它以英国西南部苍茫古老的埃格敦荒原为背景，叙述了女主人公游苔莎等五名青年男女不同的悲剧命运，忠实反映了19世纪中叶，在工业资本主义侵袭下以宗法制为特征的英国乡村及乡村生活的急剧变化，是哈代"人物性格和环境"小说中非常杰出的一部，特别是对"环境"的描写，如对埃格敦荒原的描写，是英国小说中极为罕见的散文体特写，气势磅礴，达到了一种炉火纯青的艺术境界，一直让广大的文人学者所折服。

《卡斯特桥市长》出版于1886年，它在哈代"人物性格和环境"的系列"小说"中具有特殊意义。如果说，哈代在《还乡》中浓墨重彩地描绘环境，突出它扑朔迷离的非凡力量，从而展现给读者那种神秘莫测的魔力以及人与环境冲突中所遭遇的种种悲剧，那么，《卡斯特桥市长》的问世，标志着哈代创作的重心已由渲染苍茫晦冥的外部环境转移到对人物内心世界的精雕细刻，把环境与性格的描绘水乳交融地揉合在一起，并为创作随后发表的《苔丝》和《无名的裘德》奠定了基础，把哈代的叙事艺术推向了新的高峰。

《苔丝》发表于1891年，是哈代最优秀的代表作。它通过女主人公苔丝短暂一生的悲惨遭遇，展现了一场令人心碎的人间悲剧及其凄惨画面。年轻、漂亮、活泼、可爱的苔丝姑娘是哈代倾注了全部心血，用饱蘸深情的笔触刻画而成的。作为一个在当时社会中被欺骗、被折磨、被毁灭了的农家姑娘，这一艺术形象是最具典型性的，她的塑造及其艺术感染力是全书的精髓。而本书的副标题"一个纯洁的女人"不仅明示了小说的主题，还像一把尖刀，无情地戳向旧道德、旧礼教、法律等上层建筑的虚伪。因此，本书一问世，上层社会的卫道士们就群起围攻，引来了铺天盖地般的攻击和咒骂。

而《无名的裘德》则是哈代作为小说家的封笔之作，发表于1895年。这部小说通过贫贱出身的裘德和他表妹一生遭遇的描写，对19世纪末叶英国社会的教育制度、婚姻习俗和宗教实质作了更全面深刻的揭露和批判，正是由于它锋芒毕露、击中要害，统治阶层的神学家和卫道士们对他再次掀起了暴风骤雨般的攻击乃至不惜使用"叛徒""蛀虫"之类的恶毒词语，进行人身攻击，当众焚烧他的作品，迫使哈代忍痛辍笔，扼杀了他对于小说创作的奔放激情和横溢的才华。

但这些浴火过的作品却成了世界文坛上的不朽名篇。

哈代也写了不少精彩纷呈的中短篇小说，但其主题、取材和手法均和其长篇是一脉相承、异曲同工的，这里就不再一一赘述了。

顺便提一下，哈代曾创作了一部，也是他唯一的一部青少年读物——中篇小说《西波利村探险记》，这部作品却是他去世五十年后才被作为哈代的小说正式问世的。这部作品最初出现在美国的一家名为《青年之友》的杂志上，一直未被世人发现和注意，因它在1883

年美国问世时，哈代的名声虽已远播大西洋彼岸的美国，但多数美国人还不知道哈代的大名，而哈代自己可能也已淡忘了它。被整整湮没了九十五年以后，经牛津大学反复鉴别真伪，直至1978年才由牛津大学出版社正式出版发行。这一年正是哈代去世的五十周年，可算是哈代创作生涯中的一个插曲吧！

六

今天，人们都因为他的小说而熟知哈代；然而，作为文学家，哈代首先是诗人，他的文学生涯起步于诗，也止步于诗，中途才写小说；他晚年的殊荣也应归功于他的诗歌。他自己喜欢人们称他为诗人，曾经把自己的最大愿望寄托在他的诗作能够选入《英诗金库》①那样的诗集。

哈代25岁开始写诗，但都无缘发表。他发表的第一首诗是《新婚之夜的火花》，这已经是1875年了；而他的第一部诗集《威塞克斯诗集》直至1898年，即他58岁时才得以出版；具有讽刺意味的是，其中不少诗篇作于早年，历尽曲折，一直被出版界拒之门外！此后，他一共出版了八部诗集，辑有九百一十八首诗篇，最后一部诗集于1928年诗人刚去世不久问世。

哈代的诗歌内容很广，大至他心目中主宰一切的"宇宙"，小至为常人所不屑顾及的草木虫鸟；有的富有哲理，寓意很深；有的讽刺揶揄，锋芒毕露；有的歌颂爱情，情真意切；有的描绘了诗情画意的田园风光。

他的诗歌和他的小说一样，往往蕴含着对各种社会病源的探究和求索。对于这种"根由"，他有时模糊地用"宇宙"来概括，有时又用"无处不在的意志"或"万有意志"来说明，有时却又使用诸如

---

① 《英诗金库》：英国一部著名的历代诗选，像我国的《唐诗三百首》一样，在讲英语的国家中家喻户晓，影响很大。

"环境""机遇""偶然""命运"等字眼来表达。由于哈代所处的时代是一个"山雨欲来风满楼"的复杂时代，哈代本身的思想不可避免地也是复杂的，因此很难把复杂的人生和复杂的根由阐述得非常清楚。倘若我们把他在这方面的探索过程中使用了"宇宙"和"命运"这类字眼，简单地归结于他的"宿命论"，可能有失偏颇，不太公道。同时，在含蓄的诗歌里，不能也不宜对某些社会现象及其根由直言不讳。因此，哈代借用现在的词语，赋予他自己创造的涵义，以独特的方式加以表达，这也是很自然的。只要了解这一点，顺着这一脉络去探求，那么，哈代诗歌中的喻义还是清楚的。

哈代的十四行诗《机遇》一直被公认为是他写得最好的一首诗，认为它十分贴切、十分完美地表达了哈代的哲理思想和对人生的见解：

假如有复仇之神在上苍朝我发笑，

向我喊叫："你这遭罪的东西，

要知道你的悲哀就是我的乐趣，

你失去的爱就是我的仇恨之利！"

于是，我会忍受，抑制，直至死去，

无名的怒火使我变得坚强：

我感到宽慰，有个比我更强大的力量，

赋予我意志，抹去我洒落的眼泪。

但又非如此。欢乐会被扼杀，

播下的最好希望不能开花，为什么？

——飞来的横祸挡住了阳光雨露，

幸福之际传来了哀号——

命运——半瞎的法官——在我人生旅途上，

像播满痛苦一样，也撒下一星半点欢乐。

哈代有一句名言：生命是在一阵黑暗与另一阵黑暗之间插曲般度过的。他还说过："幸福不过是悲剧中的偶然插曲。"这些话完全吻合

《机遇》的主题，是它绝妙的注脚。在人生的道路上，随时随地都会有"飞来的横祸"，"复仇之神"随时随地都会剥夺你本可得到的欢乐；而人类的"命运"则像"法官"，在你生活中"播满痛苦"的同时，由于他的"半瞎"，也会意外地"撒下一星半点欢乐"。这是全诗的结论，是诗人对人生中悲欢离合的看法，尽管他没有明言其根由，但不论是"复仇之神"也好，"半瞎的法官"也好，"飞来的横祸"也好，其喻指、其寓意应该由读者自己去思忖，并在思忖中得出明确的结论。

诗人在思索和探究人生时，对现状和愿望进行比较、对照，深感矛盾太大，无力改变，因而喟然兴叹，但正是在这喟叹声中，诗人表达了他对水深火热中人民大众的深切同情。

哈代生于农村，长于农村，也老死于农村，他漫长的一生中，大部分时间是在多塞特乡间度过的，算得上是"自然之子"。因此，他对乡村的一山一水，一草一木，都怀着浓厚的感情。它们是他经常吟咏的对象。国外有些评论家发现哈代特别喜爱描写树枝，不少诗歌中都有各类活灵活现的树枝的形象，因此称他为"描写树枝的里手行家"，甚至干脆叫他"树枝诗人"。当然，他描绘大自然的诗篇，主要还是借景抒情。

哈代的诗歌中，除了抒发他对人生、命运的看法，以及描写爱情和田园风光的诗歌外，也有许多是讽刺性的、批判性的，有的揶揄宗教的伪善，有的讥嘲道德的虚假，有的挖苦男女相爱中的虚情假意，也有的是专门鞭笞战争的残酷。

哈代早年在家庭的影响下，曾信奉宗教，甚至想当牧师，但随着岁月的流逝和生活经验的积累，他洞悉了宗教和神职人员的伪善。因此，他的讽刺诗中，讥嘲宗教的占了很大的比例。

《列王》是哈代以"史诗剧"为名写成的诗剧，他熔诗歌与戏剧于一炉，把他的诗歌艺术推向了新的高峰。这部篇幅浩瀚的诗剧共分三部，十九章，一百三十三场，分别发表于1903年、1906年和1908年。

这部洋洋大观的诗剧，旨在说明人世间的一切都完全操纵在"无处不在的意志"即"宇宙"之手，不仅饱尝战祸之苦的芸芸众生浑浑噩噩，连统帅千军万马的将领，如拿破仑等叱咤风云的人物，也都是受宇宙主宰的傀儡。因此，这部史诗剧实际上是哈代以范围更广、内容更加丰富的历史事件为素材，更明确、更系统地阐明他对人生的看法。

《列王》各部相继问世后，获得了意想不到的成功和好评，连大西洋彼岸的美国也频频传来热烈的喝彩之声，使它成了一部与俄国文豪列夫·托尔斯泰的《战争与和平》互相辉映的文学巨著。这部原只供案头诵读的诗剧，居然也被搬上舞台，公开演出，引起了同样的轰动，从此，历史把哈代推上了荣誉的顶峰。

文学是社会的镜子，一部伟大的现实主义作品必须真实而深刻地揭露具有本质意义的社会矛盾。哈代作品的价值就在于它多棱镜折射似的反映了英国资本主义开始趋向下坡阶段普通人——尤其是乡村中的妇女——所处的绝境。因此，他作品中表现出来的悲观色彩和绝望情绪正是那个时代中典型的思想倾向，是他那个时代的本色。这一特点使他有别于狄更斯、萨克雷等英国早期的批判现实主义的大师们。

哈代与他们之间的不同，首先取决于时代的不同。狄更斯等早期批判现实主义作家生活的时代正处于英国资本主义的上升时期，这样的时代决定了他们对资本主义抱有幻想，并从这种幻想出发，大量地揭露、讽刺和鞭笞了社会弊端，其目的是希望它"改邪归正"，带着非常明显的改良主义的愿望，因此，尽管批判是尖锐的，但其基调却是乐观的。而哈代所处的时代已经变了，变得使他破灭了对资本主义的幻想，从而形成了他的悲观主义，并由于他意识到资本主义社会内在矛盾的不可克服性，导致了对它的彻底否定。这就是哈代作品中悲观色彩的社会意义。在哈代所处的特定历史和社会条件下，这种悲观的本身就是对社会的一种强有力的批判。

因此，哈代是英国批判现实主义传统的一位伟大的继承者和发扬者，只是随着岁月的流逝和时代的变迁，他作品的基调产生了必然的变化而已。很难设想，生活在哈代的时代，再写出狄更斯式的小说，那将是什么样的批判现实主义作品！

是的，在哈代从事创作的时期，英国文坛上的悲观主义并不占上风，而随着时光的推移，特别是上世纪第一次世界大战以来，西方文学中的悲观色彩越来越浓、越来越强烈；到第二次世界大战之后，悲观主义已经成了西方现代文学的思想基础，占了主导地位。从这一意义而言，把哈代这位目光深远、观察入微的作家称为西方现代主义文学的一名先行者，可能并不言过其实。

哈代漫长的一生是在宁静的落日余晖中结束的。对他的评价，见仁见智，具体评价上会有所不同，如圣·约翰·厄尔文在怀念哈代的颂词中是这样表达的："我们从您那儿领悟到，一颗高傲的心可以征服最坎坷的命运。在您的作品中，您显示了人类在失败中坚持不渝的精神。"但作为一名文学巨匠，哈代最主要的历史功绩是继承了以狄更斯为代表的英国批判现实主义的光辉传统，承上启下，为西方现代文学开拓了道路，发挥了巨大影响。

哈代不愧为英国批判现实主义的一代宗师。

完稿于 2013 年 11 月

译本序

托马斯·哈代（1840—1928）是国人涉猎外国文学的首选作者之一，《还乡》则是他的代表作。哈代的创作年代，即十九世纪后半叶，恰逢英国经历现代社会转型的剧烈变动，各种思想兴起，众说纷纭。作为对人类社会富有洞察力的大作家，他冷眼观察世界的变化，不为流行文化思潮所动，以小说为媒介，宣扬自己的一家之言。由于故事阐述空前成功，他的影响非一般思想家所能及，而小说至今畅销不衰，则要归功于他对后现代社会价值回归的预言，这在西方许多国家已经实现。跟他的其他小说不同，《还乡》一开始在杂志上连载，并未一炮打响，而到了最近，卡尔·韦伯称其为"哈代最最近乎完美的小说"。

故事的场景设在一派阴郁的埃格敦荒原，这在当时的英国农村是常见的，但城市里的社会发展，尤其是法国巴黎时尚的影响，也悄悄地牵动着年轻人的心。怀尔狄夫是工程师当不成而做酒店老板的，与两个爱上他的姑娘逢场作戏一阵子之后，就跟无私而温柔的托马辛结婚，以便气恼自私而反复无常的游苔莎。托马辛于是拒绝了卑微的爱慕者红土贩维恩。她表兄克林是巴黎的珠宝商，他厌恶自己所干行当的虚荣和对社会的无益，便回到故乡，打算举办乡学，造福桑梓。他爱上了游苔莎，她一时陷入情网，便嫁给了他，希望凭夫妻感情能引诱他回巴黎。不幸他眼睛受损，成了砍柴工，令妻子大为绝望。她造成了克林母子的疏远，还在无意中导致母亲逝世；外加克林发现她和怀尔狄夫藕断丝连，夫妻大吵一场，逼迫妻子跟情郎出逃，最终双双惨死。克林认为自己对两个女人的死亡负有一定的责任，遂做了巡回传教士。托马辛则嫁给了维恩。

本书中有大量富于哲理的句子，可惜当时的人们忙于发家致富，"全身心投入到赚钱里面"，无缘理解个中的深意。比如说，大量描述荒原之黑的文字，一般读者都理解出营造大自然的伟大和冷酷无情的意图，为最后人物的悲惨遭遇提供背景，人类与它抗争，都以失败告终。但我们仔细读来，发现景色描写（哈代的手法是长期以来众所称道的）完全是就事论事式的，可以把它解释为作者写荒原是为了保存大开发浪潮中岌岌可危的英国原始风貌。"它的伟大荣光"在黄昏中才能发现，"没有在这个时辰到过荒原的人，就不能说了解荒原"。有人痛恨荒原，克林却把它当作宝贝，"四周的山峦都有和蔼可亲的面目"。最最典型的描写在于第一卷的"音画"说，黑暗中的荒原景物看不见，却可以在风中听出来，多么富于诗意！这一点只有诗人哈代才能领悟。既然荒原以昏暗为基调，克林视力不行也就不足为虑，只要听觉好即可。他对表妹的了解，后来也靠"隔壁发出的细微声音，对其所表达的各种情景几乎身临其境"。可见作者是站在局外人的立场客观记录当时的现实，尽管社会上的潮流是向现代化迈进。他目睹英国农村破产的情况，对乡亲们的境遇寄予同情。

不少中国的评论家就此认为小说具有悲观主义倾向。这未免有点偏颇，作者本人就不同意。他的社会批判是规劝式的。要知道，开始写作《还乡》的1877年，可是哈代婚后最幸福的时刻啊！但书中的批判现实主义传统，是当时的文学主流，大多数作家都攻击资本主义社会的伪善，也就是肯定社会的核心价值观，揭露其罪恶是为了完善它。哈代则不同，他怀疑农业生产、工业革命的成果本身，认为人类征服大自然是枉然的。比如，"古冢完好如初"，而耕作者的"记载早就在犁刀下烟消云散"；因为"千古不朽的历史演化是由未可预知的因素控制的"。再如，失去贞节的苔丝姑娘不仅成为小说的主人公，而且是"一个纯洁的女人"。而"野性的埃格敦荒原打动的是更微妙更稀缺的本能，是晚近才懂得的感情"，人们将厌倦山清水秀的去处，而对北极荒漠、"不毛之地"冰岛、席夫宁根沙丘趋之若鹜。哈代挑战主流社会的价值观，最终遭到抵制，被迫放弃小说，而成为诗人。原来，他太超前了，而不是"这一天似乎近在咫尺了"。随着当今西方主流社会进入后现代时期，哈代的作品方才自然而然地"时来运转"。

书中出现频率极高的红土贩，是古老传统的代表。他的行为，如通风报信和赢钱，多次推迟了悲剧的发生。他仿佛体现了东方式思维，对自然要去适应，趋吉避凶。哈代在这里仿佛采纳了中国的神秘主义，造成悲剧的因素都是巧合，是人物秉性这一自然因素酿成的。悲剧的结果如克林母亲之死，除了人为因素而外，还有毒蛇的致命一击。而游苔莎的下场，跟送信人忘记及时把信交出有关。克林的教育计划，本来就建立在空想之上，视力一出问题，立刻落空。悲剧被归咎于命运的捉弄，于是有了中小资产阶级作家的彷徨苦闷说，对当时流行的唯心主义哲学发生共鸣说。大家认为，他看不到出路，而我们在书中看到，哈代认为，后现代社会向自然回归的"这一天似乎近在咫尺了"。天人合一，每滴水都代表着一个世界，每朵花都有一个天堂。只要顺应自然规律，人类社会就可能大大减少悲剧事件。

因此，哈代是乐观的，尽管让象征古老传统的红土贩娶了托马辛是因为出版商不愿接受以悲剧结局，被迫冲淡气氛所致，但我们能排除他因势利导的可能性吗？他教我们对自己的感受要有信心的。他同时说明：他俩结婚与否，"两种结局可供读者选择。凡遵循严谨艺术法则的人，可以假定故事终局前后一致者属真实"。表面上，他对情节安排显得很无奈，但我们必须记住，哈代写这个说明，是在出单行本的时候，已经不受杂志出版商的约束。既然他在不少地方都做了修改，如果自己对婚姻大团圆的情节仍然耿耿于怀，完全可以有所动作的。这里，我们只能有一个结论，他标新立异，故意留待读者选择。这样，既迎合了当时的时尚，又能在百多年后得到读者的真正认可。

哈代的作品，读来有一种如释重负的感觉，不需要硬是按外在于自己生活的观念去理解，只需回到生活。最近，李敬泽说，中国近百年来的小说一直在五四以后所建构的一套话语系统中，用西方的灵魂观念。我认为，五四运动以来，大量翻译作品介绍进来，是件大好事。但译文有与原文无法对照的再创作，也有拘泥原文的照搬，尤其是两者的大杂烩，令中国读者对阅读外国文学佳作的胃口打折扣。是改变现状的时候了。

《还乡》有多个汉译版本，而且前辈张谷若的本子闻名遐迩，是许多人学习、研究的范文。在重译的过程中，我受到张老的启发，大大提高了效率，因为该译本在理解的正确性上非一般译本可比。特别是如此忠实于原文的译本，在改革开放之前是不多的。

让哈代恢复本来面目，并在中国读者群里通行无阻，是中国译者的基本职责。本书在这方面做了极大的努力，希望得到读者的认同。现在介绍外国文学作品，条件已经大有改善，比如说，"音画"（这是哈代景物描写的妙笔之一）、"海景房"之类的词汇，现在读来既生动，又贴近作者的原意；而当时即使使用了，人们也未必欣赏。

本书第三、第六卷，承湖州师院徐伟彬完成初稿，由我修改定稿。

王之光于浙江大学

2005 年 10 月 26 日

作者序

下述故事发生的日期，假定在 1840 年至 1850 年之间。本书称为"蓓蕾嘴"的旧海滨胜地，是乔治三世时期日日笙歌、盛名远播的所在，到了 40 年代，它还余热未消，足以在内地孤寂居民的浪漫想象中产生挥之不去的吸引力。

小说的发生地是个芜劣之乡，通称为"埃格敦荒原"。它是至少十多个有真实名称的石南草荒原的统一体或者代表，它们在性质上、外观上大同小异，但如今已谈不上原始的统一；哪怕是部分的完整划一也不见了，仿佛历经了改天换地，里面侵入了一丘丘、一块块的田地，有精耕细作的，也有粗放撂荒的，有的干脆植树造林了。

这里描述的，只是这片广袤土地的西南部。想到这里某处也许是传说中韦塞克斯国李尔王的领地，人们就会心驰神往。

1895 年 7 月

作者附言

为了不使寻访原地风景的人失望，这里需要补充说明一下，尽管叙事情节认定在如上所述联合成为一体的荒原上与世隔绝的中心地区进行，但接近于书中所述的某些地貌，实际上位于那片荒地的边缘，距离中心地区以西尚有若干英里。在其他方面，原本散布各处的特征也经过了提炼。

针对有关故事中女主人公教名"游苔莎"的询问，我不妨在此提一下，这是亨利四世在位时奥厄·穆瓦涅庄园女主人的教名。小说中的埃格敦荒原是该庄园教区的一部分。

小说第一版于 1878 年以三卷本出版。

托马斯·哈代

1912 年 4 月

第一卷　三个妇人

1 时光未留下印记的脸

十一月的一个星期六下午，已近黄昏，埃格敦荒原这片尚未圈地的广袤原野上，天色随着一分一秒过去而暗下去了。头顶一片灰白色的宝盖云，将天空遮住，便成了帐篷顶，于是整个荒原就当作了地铺。

天上盖了这苍白的帏幕，地上铺着黑油油的植被，天际线也就清晰地标识出来了。荒原露出了夜幕降临的样子，夜色不到时辰就来卡位了，反差真大：黑夜在大地上已经大致就位，而天空中分明还是白天。于是，砍荆豆枝的樵夫若是抬头看了天，会打算接着干一会儿，若是看了地，就会决定挑了柴担回家。远处的天际线不仅仅让天地物质上下分明，而且俨然使时间产生了前后分野。荒原的地面仅仅凭其昏暗的颜色，就可以给夜晚增添半个小时，也可以推迟黎明的到来，可以使中午显得悲凉，可以预示尚在酝酿的风暴，而在没有月光的深夜，则可以强化伸手不见五指的状况，引发不寒而栗的感觉。

实际上，正是在埃格敦荒原每天入夜这一转捩点上，它的伟大荣光方才出现。没有在这个时辰到过荒原的人，就不能说了解荒原。朦胧不清之际，最能领悟荒原了。其全部印象及完整解释，正落实于此时此刻以及此后到次日拂晓的若干小时。那时，也只有在那时，荒原才会说实话。确实，这地方是黑夜的近亲。夜色一露面，就可以在昏暗和四周景物中觉察出一种显而易见的互相凑拢的趋势：那黑压压的连绵丘壑，仿佛同气相求，起身迎接着黄昏的暮色；荒原把黑暗一口吐出，跟天空撒下黑暗一样迅速。于是，空中的昏暗和地上的昏暗会合在一起，各走半程，同流合污，结成黑色的同党。

现在这个地方变得全神贯注，十分警觉的样子了；由于万物都昏昏入睡，这片荒原好像才慢慢醒来，倾听着动静。它那硕大无朋的形体，每天夜里仿佛在期待什么似的。不过，它那样一动不动地等候已历经千百年了，遭遇了那么多事情的危机仍旧按兵不动，所以只能设想，它是在等候最后一次的危机——那天翻地覆的末日。

它这个地方，能以一种奇特的宽厚亲善面目，重上爱它的人心头。花果繁茂的平川坦野，笑容可掬，却很难做到这样，因为那种坦野只有与身后名声优于现世的一种人生，才能永久性地协调合拍。暮色和埃格敦荒原的景色相结合，演变出一种不怒而威，不虚张声势而感人深远的局面，其劝诫也语重心长，虽淳朴而见其排场。监狱的门面上，往往有一种气象，比规模加倍的宫殿都森严得多；就是这种气象，赋予荒原一种崇高感，而这个，公认为美丽绝伦的地方是绝不可能具备的。美丽前景与美好的时代美满结对，但天可怜见！倘若时代并不美好呢？人们往往苦于笑傲理性的地方的嘲弄，却不感到渲染得过分悲哀的环境的压迫。野性的埃格敦荒原打动的是更微妙更稀缺的本能，是晚近才懂得的感情，而不是遇妖媚艳丽之美便起意的东西。

不错，这里好有一问，这种正统的妖媚艳丽之美，唯它独尊的地位，是不是行将结束了？因为新的坦佩谷^①，很可能是北极的一片荒漠；人们的心灵，面对人类青年时期^②格格不入的貌似阴郁的外界景物，也许会觉得越来越协调。山海原野那种洗练的崇高，将会时来运转，绝对地符合那些更有思想的人的情绪；这一天似乎近在咫尺了。最后，像冰岛一类的地方，在普普通通的旅游者看来，也许都会变成他现在眼里的南欧葡萄园和香桃木圃^③；而人们匆匆地从阿尔卑斯山赶往席夫宁根沙丘^④的时候，也许会对海德堡和巴登^⑤不屑一顾，呼啸而过。

---

① 坦佩谷：古希腊的一处河谷，指西方传统上的优美去处。
② 人类青年时期：指古代。
③ 南欧葡萄园和香桃木圃：指优美的休闲地。
④ 席夫宁根沙丘：指富于野趣的地方。
⑤ 海德堡和巴登：指传统的优美去处。

哪怕是彻头彻尾的苦行僧，都觉得自己有在埃格敦闲逛的天赋权利；他向这种外在影响敞开胸怀，并没有超出合法放纵的限度。享受如此暗淡的色彩，如此委琐的美色，起码是人人与生俱来的权利吧？仅仅在鲜花盛开的夏日，它的情绪才够得上明快的水平。达到壮怀激烈的程度，通常凭借庄严，而不是凭借明艳；并且往往在冬日昏天黑地、风大雨狂、迷雾笼罩的时候，才会这样。那时刻，才会激起埃格敦的你谦我让之风；因为风暴就是情人，狂风就是朋友。那时刻，荒原就成了魑魅魍魉的家乡了；那些默默无闻的蛮荒之地啊，我们半夜做奔逃避难的噩梦时，依稀觉得围困其中，梦醒时却一贯想不起来，直到身临其境才恍然大悟，原来这就是其本原出处，只是以前没有认出来罢了。

目前，这是块和人性完全融洽的地方 —— 既不可怕，又不讨厌，也不丑陋；既不平庸，又不痴呆，也不沉闷；只是和人类一样备受冷落，任劳任怨；尽管它黑压压的很单调，却反而显得广大无比，神秘异常。它就像某些离群索居的人，脸上似乎露出孤独的神情来；而面容孤寂，预示着悲剧可能临头。

这一大片默默无闻、无人问津而荒废的乡野，《末日审判书》①上却赫然在目。那部最终税册上记载着，它是一片石南丛生、荆豆棘蔓延，长着野蔷薇、金刚藤的原野 —— "布鲁阿利亚"，随后记着它的长宽里格数。古代一里格的计量单位到底有多长，无从查考确定，但是从那数字来看，埃格敦的面积，到现在为止，不见得缩小多少。采掘泥炭的权利 —— "布鲁阿利亚泥炭采掘权"，也载在涉及该地区的特许书上。利兰德②提到过这一大片黑色的乡野，也说它"石南丛生，泥炭苔藓遍地"。

关于地貌的这些事实，至少是清楚明白的 —— 意味深长的证据令人心悦诚服。现在埃格敦这种桀骜不驯、以实玛利③一般的东西，

---

① 《末日审判书》：正式名为《土地赋税调查书》，英国十一世纪钦定的田亩册。

② 约翰·利兰德（1506？—1552）：英国博古学家。

③ 以实玛利：《圣经》人物，出身卑贱，曾被扫地出门。

也是自古皆然。文明是它的死敌；从有植被那天起，它的土壤就披上了这件古老的褐色衣服；这本是那种地层上的自然服饰，亘古不变。它那资深的衣裳只此一件，这对于人类在服饰方面的虚荣心有某种讽刺意味。一个人穿着颜色和样式都摩登的服装，跑到荒原，总显得有些格格不入。大地的服装既是这样原始，我们仿佛也要穿最古老、最朴素的衣服呀。

就在此刻，傍晚时分，跑到埃格敦荒原的中央山谷，靠在山楂树墩上面，举目四顾，除了一览无余的荒原，荒丘山肩，外界的东西一概不见；想到地上地下，周围的一切，都像天上的恒星一样，从史前时代开始就丝毫不变，我们因世事变化而随波逐流、被压不住的新生事物骚扰的心扉，便仿佛航船里有了压舱重物，安定下来。这一片圣洁的大地方，有一种古老的持久性，这是大海所没有的。谁能指出一片海洋来，说它古老？大海受太阳的蒸发，受月亮的搓捏，面貌日新月异，说变就变。沧海易容，田野变迁，江河、村落、人物，全有变化，唯有埃格敦荒原一成不变。它的表面，既不陡峭，备受风吹雨打的侵蚀；又不平坦，要遭洪水淤泥的祸害。除了一条古老的大道，和下文提到的一座更古老的大冢 —— 古道和古冢也因持久不变，差不多升华为天然物产了 —— 哪怕是地面上极细小的凹凸不平，也不是犁耙、锹镐所造成的，而只是最近一次地质变化的摆弄，一直保留到现在。

上面提过的那条大道，依着荒原比较低平的地势，从天边横贯到对面的天边。许多路段就铺在一条乡间老路上面，那是附近经过的古罗马时代的西方大道爱西尼亚那①路（也叫伊克尼德街）的一条支路。那天黄昏时候，可以看到，暮色越来越深沉，足以把荒原上细微的地貌混为一谈，但白色的路面却清晰得很。

---

① 爱西尼亚那：古代反抗罗马统治的部落。

2 人类的麻烦事与生俱来

　　大道上有一个老头子走来。他满头白发，好像雪山的白顶，肩膀佝偻，呈现一副老相。他戴着抛光面料的帽子，披着老式海员披风，穿着一双皮鞋，那衣服的铜扣子都有船锚的图案。他手里拿着一根镶银把儿的手杖，那是他如假包换的第三条腿，每隔几英寸，他就锲而不舍地把杖尖往地上一点。人们见了就会说，他当年大概当过海军军官什么的吧。

　　他面前是那条漫长的大道，空茫茫、干巴巴、白漫漫的，走起来很吃力。大道两边对荒原是开放的，它把那一大片黑色地面一分为二，好像满头黑发的中分线，弯弯曲曲，消失在最远的天边。

　　老头子不时抬头，极目远眺前面要走的那片旷野。他打量了半天，终于看出来，有一个小黑点在远处蠕动；黑点仿佛是一辆车，细看之后，发现那马车也朝着自己要去的地方前进。那是视野中唯一的一点生气，那一派荒凉孤寂，反倒衬托得越发明显。马车开得很慢，老头子明显在赶上去。

　　老头子走得更靠近了，发现那原来是一辆有弹簧悬架的大篷车，样式很普通，颜色却特别，红艳艳的。赶车的跟在车旁，人和车一样，全身红色。他的衣服、他的靴子、他头上的便帽、他的脸、他的手，一律染得红彤彤的。看他的样子，颜色并不是临时涂在身上的，而是通体一片红。

　　老头子了解个中的涵义。原来这个赶车的路人是贩卖代赭石的；这种职业是把红土卖给农民去染绵羊。他这行当，在威塞克斯地方快要绝迹了；在如今的农村，其地位恰似百年前岌岌可危的渡渡鸟在动物界里一样。他把背时的旧俗和现时普遍流行的生活方式联系起来，

7

成了一种稀奇有趣、快要消失的桥梁。

　　憔悴的老军官一步一点，赶上了那位同路人，问他晚上好。红土贩回过头来还礼，口气很悲哀，一副心事重重的样子。他年纪很轻，长得虽不能说英俊，却也差得不远，要是说他还了本色就是生得不错，大概不会有人反驳。他的眼睛在染色的脸上圆睁着，有些奇怪，但本身却很迷人：跟猛禽的眼一样锐利，像秋雾一样蓝森森的。他上下唇都没留胡子，下半边脸一览无余，露出柔和的曲线来；嘴唇薄薄的，虽然那时好像若有所思地紧闭在一起，但两个嘴角不时愉悦地提上一提。他全身一套紧凑的灯芯绒衣服，料子很好，没怎么磨损，很适合用来赶车，只是被他的行当剥夺了本色。这套衣服把他那好身材溢美地凸显出来。从他那种生活小康的神气上看，可以看出他的地位虽不高，却并不贫穷。为什么像他这么一个有前途的人，却从事那种怪职业，而把魅力四射的外表埋没起来呢？观察他的人自然会提出这样的问题。

　　他和老头子寒暄完毕，就不愿意再交谈了，但他俩仍旧并排走路，那位年长的路人，好像渴望有人做伴。四周一片褐色的牧草，起风了，但除了呼呼的风声、车辖辘声、脚步声、那两匹粗毛矮种马的蹄声以外，再听不到别的声音了。那两匹役马身材矮小，能吃苦，是苏格兰盖勒韦和英格兰埃克斯穆尔的杂交品种，当地人叫做"荒原种"。

　　他们就这样赶路，红土贩偶尔离开旅伴，到篷车后面，从一个小窗户往车里看；眼神始终是焦虑不安的。然后，他回到老头子身旁，老头子就又谈起乡下的情况搭讪，红土贩仍旧心不在焉地搭腔，接着就又都沉默起来。这种静默并不给两人带来别扭感，在这种荒漠野外，行路的人互相寒暄以后，往往是一块走好些路也不再说一句话；结伴同行，就等于默默交流，这种地方跟城市不同，这里的结伴，只要是有一点点不愿意，就马上可以终止；而不终止本身，就是热络结交了。

　　红土贩要不是反复往车里看，他俩也许会一直沉默到分手。他第

8

五次看完后回来，老头子便问："车里除了货物，还有别的东西吧？"

"是的。"

"需要你照料的人吧？"

"是的。"

不大一会儿，车里传来虚弱的喊声。红土贩急忙走到车后，看了一看，又离开了。

"我说伙计，车里是个小孩吧？"

"不是。先生，是我的女人。"

"活见鬼！叫唤什么呢？"

"哦，她睡着了，坐不惯车，不舒服，老做梦。"

"年轻吗？"

"是的，年轻。"

"在四十年前，我可就来劲了。是你太太吧？"

"我太太！"对方辛酸地说，"我这种人，不愿下嫁的哟。不过，犯不着告诉你的。"

"这倒是的。也犯不着不告诉呀！我还能害你，害她不成？"

红土贩打量了老头子一下，这才开口："好吧，先生。我认识她不是一天了，不认识也许反倒好呢。不过现在是我看不起她，她看不起我了。要是那里有好一点的车坐，她也不会跑到我车里来的。"

"请问是哪个地方？"

"安格伯里。"

"那个小镇我可熟啦。她在那儿干什么的？"

"哦，没有什么……可说的。我只知道，她现在累得要死，又不大舒服，所以才睡不稳。一个钟头以前她迷糊着了，睡睡有好处的。"

"想必是个漂亮姑娘？"

"还可以。"

同路人不禁回头看看车上的窗户，嘴里说："我看一眼她，没问题吧？"

"不行，"红土贩断然说，"天太黑了，看不清楚的；再说，我也无权同意。谢谢上帝，她睡沉了，希望她到家以前不要醒来。"

"她是谁呀？是不是这一带的？"

"对不起，是谁无所谓。"

"莫非就是布露斯头的姑娘？近来闲话可不少啊。要真是她，我可认得；我还能猜猜出了什么事呢。"

"无所谓……我说，老先生，对不起，咱们很快要分手啦。我的马乏啦，路还远着呢，要让马儿先在这山坡下面歇一个钟头。"

老头子不动声色地点了点头；红土贩把车马拉到草地上，说了一声："晚安！"老头子还了礼，照样赶路。

红土贩目送老头子的身影远去，变成路上的一个小点，消失在渐渐浓重的夜色里。他这才从拴在车下的草捆里取出干草，将一把扔在马匹前，剩下的扎成了一个草垫，铺在车旁的地上。他在草垫上坐下，背脊靠在车轱辘上。车里传来轻微匀称的呼吸声，声声入耳，听起来很舒心，他沉思着扫视四周景物，仿佛在考虑下一步该怎么办。

身处埃格敦谷地，这种昼夜交替之际，办事思考再三，稳扎稳打，俨然是一种本分，因为荒原本身的状态里就有貌似首鼠两端的拖拖拉拉，停停走走，也即景物所特有的恬静品质。这不是实际停滞的恬静，而是缓慢得难以置信的外表恬静。如果健康生命的状况如此接近死亡的蛰伏，那当然要惹人注目了；在表现出沙漠惰性的同时，行使类似草原，乃至森林的力量；凡是琢磨它的人，都会唤起一种全神贯注的态度，好像我们听委婉含蓄的谈话，一般也要听话辨声那样。

红土贩眼前的景物，是一路缓缓走高的地形，从大路的高度，一直往后绵延到荒原的腹地。只见坑洼山脊相连，层峦叠嶂，最后耸起一座高山，背靠依然明亮的天空。路人的目光在这些景物上游动了一会儿，最后落到山上一件显眼的东西上。那是一座古冢，天然地形上隆起的土丘，占据了荒原最荒僻的山巅上最高的场地。虽然从山谷里

10

看来，这个古冢不过像阿特拉斯^①额上长的小疣子，但是实际的体积却不小。在这石南丛杂的地界，它就是轴心。

路旁歇脚者朝着那座古冢远远地望去，发觉本来傲视群峦的那个冢顶，却有什么东西爬在上面。它从半球形的土阜上面立起，就像铁盔上的尖尖。景物中现代的东西荡然无存，所以陌生人如果发挥想象力，第一个本能反应便会是，把它看成建造那古冢的凯尔特人^②。仿佛是凯尔特人最后的孑遗，在追随族人投入冥冥的长夜以前，先沉思片刻似的。

那个人站定，跟脚下山体一样纹丝不动。山峦平地起，古冢耸山峦，人立古冢上。人的上面，别无长物，除非是在天球仪上标出的星星。

黑压压的山峦，这个人一亮相，就又完整又美妙，有画龙点睛之功。于是，山顶的轮廓仿佛除了添加人形，根本就摆不平。没有它，就好比圆屋顶缺了顶塔；有了它，该组团才满足了建筑学上的要求。说来奇怪，那景物统统千篇一律，那山谷、那台地、那古冢，还有古冢上那个人形，只能成为统一体。要是观察这群体，只看这一部分，或者只看那一部分，那都是见木不见林。

这人形是整个静止结构的有机组成部分，所以看见它活动起来，足以触目惊心，以为撞见怪象。静止固定是该整体的主导特征，而那人只是其一部分，无论哪部分忽然不再静止，就说明天下大乱了。

然而，事情就是这样发生的。那个人明显放弃了固定状态，挪动了一两步，把身子一转。它好像受了惊，从古冢右面跑下去，就像水珠滑下蓓蕾一般，转眼就不见了。人这一活动，足以把特点清楚表示出来，那是个女人。

她忽然躲开的原因，现在明白了。原来她刚从古冢右边跑下去，跟着古冢左边的天空里，就冒出一个新的人来，肩上挑着东西，爬上来就把担子放在古冢顶。后面还跟了第二个、第三个、第四个、第五

---

① 阿特拉斯：希腊神话中顶天立地的巨神。

② 凯尔特人：英国古代居民。

个，后来，那座古冢上面，站满了挑担的。

这以天为背景的剪影哑剧表演，其唯一明白的意义，在于那女人和这些代替的人影毫无关系。她在拼命躲避他们，并且来此的目的，也和他们不同。观察者想象中老惦记着那位已经消失了的孤身者，好像她比刚来的那些人更有意思，更重要，更有值得打听的身世，因此就不知不觉认为那些人硬闯。但是那班人却留下了，安营扎寨了；而那位独处的人，虽然先前像女王一般统领了这片孤寂，现在却显得一时难以归位。

3 乡下习俗

要是紧挨着古冢有一个旁观者，就一定能得知，那些人全是附近一带小村庄里的老少爷们。爬古冢时，各人都挑着沉重的荆豆柴担，一根长木棍两头削尖，不用费事就把柴捆穿透了，挑在肩头，前后各两捆。他们来自后山离这儿有四分之一英里的荒原；那儿盛产荆棘，密密麻麻的都是。

这种挑法，整个人都包裹在柴火里，直到把担子放下，各人都像长腿的树木。他们一路上前后相随，好像赶路的羊群；也就是，强壮的开路，幼弱的跟随。

柴担全堆在一起，垒成了一个荆棘金字塔，周长有三十英尺，把那个冢顶占住了；方圆许多英里的地方，都管它叫雨冢。他们有的忙着找火柴，拣干透的棘丛，有的就忙着去解开捆柴的荆条。与此同时，又有一班人居高临下，放眼远眺那一大片让夜色笼罩得朦朦胧胧的原野。身在荒原的山谷里，不管什么时刻，除了野茫茫的地面，看不见什么；但此处却可以纵览老大一片原野，遥望天边，还有许多荒原以外的地方呢。此刻原野上的地貌已经看不清了，但是整个原野仍然可以感觉得到，是一片遥远模糊的印象。

老少爷们正在那儿把柴捆堆成一垛的时候，那表示远方景物的一团阴影里也发生了变化。许多篝火逐个升起，有的像红日，有的像树丛，星星点点地散布在整个荒原上。原来，其他教区和村落，也都在点篝火举行同样的纪念。篝火有远有近，远的笼罩在浓密的雾气里，一束束麦草人状的幽暗光线，呈扇形往外辐射；大而近的篝火，在夜色中发出猩红的光亮，好像黑兽皮上的创伤；更有一些，跟酒神祭司一样，有着醉酒的红脸和披散的头发。篝火把天上云层静静的胸脯淡淡地染上了颜色,照亮了瞬息万变间出现的云洞,使之从此变成了滚烫的锅子。该区境内,细细数来,差不多有三十处篝火;正如钟面上看不见数码,照样能说出钟点来那样,地上的景物虽然看不见,但是雨冢上的人,却能根据篝火的方位角,认出它所在的地点。

雨冢上第一股烈焰冲天而起,所有盯住远处火光的人,眼光都转回到自己点的烈火上。男男女女纷纷围拢,人数大增;只见熊熊的火光,把人群的里圈用那金光号衣装点起来,甚至把四周黑暗的草地,也映得明亮生动,直到古冢下坡不见,亮光才缓缓变暗。火光下,古冢是个圆球截面,跟当初垒起时一样滚圆,连那条挖土的小沟,也完好如初。这片顽冥的土地,连一块土都没被耕耘惊动过。荒原对于庄稼人来说很贫瘠,却正是历史学家的富矿。因为没有人照看,也就没有人毁迹。

点篝火的人,仿佛正站在光芒四射的世界上层,跟下面那黑暗地带天各一方,特立独行。此刻,下面的荒原只是一片广大的深渊,而不是他们站立的地方的延伸;他们的眼睛适应了强烈的火光,对于火光照不到的深处一概看不见。诚然,有时候,柴垛上异常猛烈的火焰,会射出投枪一般的火光,像军中副官似的奔赴到坡下远处一片灌木、水塘或者白沙上,使这些东西也回报出金黄的颜色来,直到一切又都陷入黑暗之中;那时,下面整个黑压压的东西,就是那位崇高的佛罗伦萨人,幻想临渊俯瞰所见的灵薄狱,而空谷里鬼哭神嚎的风声,就是悬在里面不上不下的"品格高贵的灵魂"所发出的抱怨请愿的声音①。

这些老少爷们仿佛一下子又投身到了古代,从中挖掘出了这块地方从前熟视无睹的一段时光和事迹。原始不列颠人在山顶火葬的骨灰,仍旧埋在他们脚下的古冢里,清新依旧,不受打扰。很久以前在那里点燃的火葬堆火光,也和现在的篝火一样,曾照耀到下面的低地上。后来,此地出现了祭祀托尔和沃登②的欢庆篝火,也盛极一

---

① 指作家但丁(1265—1321)及其杰作《神曲》,书中描述的灵薄狱是基督降生前的好人灵魂逗留处。

② 托尔和沃登:当地古代神话,即雷神和主神,父子关系。

时。其实，众所周知，如今荒原居民玩的这种篝火，就是德鲁伊特①礼仪和撒克逊典礼混杂后的直系传承，而不是民众因怀念"火药暗杀案"②而发明的纪念仪式。

此外，严冬将至，自然界里到处都敲响了熄灯的钟声，点篝火就是人类出于本能的抗拒行为。一年一度的冬季把恶劣天气、阴冷黑暗、悲愁死亡带到人间，篝火就是一种自发的普罗米修斯③式叛逆习俗，来反抗这种节令。黑暗的混沌降临时，地球上被囚的诸神就跟着说："应该有光。"④

明灿的光，炭黑的影，在四周环立那批人的脸上和衣服上晃来晃去，以丢勒⑤式的力度和气势，勾勒他们的脸庞和全身剪影。但每个人脸上本性难移的精神面貌，却不可能发现，因为活跃的火焰，老在四围的空气中蹿上钻下，游弋不定，阴影色块和亮光带在那群人的脸上，无休止地变形移位。一切都不稳定，像树叶随风颤动，像闪电倏忽明灭。阴暗的眼眶像骷髅头的眼眶一样深陷，忽然又成了两个明亮的坑凹；瘦削的下巴也有凹陷，继而放出光辉；皱纹加深为沟壑，光线一变，又完全被填平。鼻孔是黑洞洞的井口，老头脖子的青筋是镀金的装饰线条。本来未抛光的东西都上了一层釉，而本来就闪亮的物件，比如有人拿的棘钩刀尖，好像玻璃反光；眼珠子就像小灯笼。本来只生得有点怪异的东西，现在都变得光怪陆离，而本来斑驳陆离的东西，现在都变得神乎其神了；因为一切的一切，都达到了极致。

于是，随大流让升腾的火光招上山来的一位老者，脸上就不是只见鼻子和下巴的枯槁轮廓了，而是人脸一张，有模有样，耐人寻味。他志得意满，站在篝火旁烤着火。他手里还拿着木棍，把散落外围的柴火都拨弄到火堆里面，眼睛盯着那柴堆中央，偶尔抬起头来，看看

---

① 德鲁伊特：古代凯尔特人的祭司。

② "火药暗杀案"：1605 年英国福克斯企图炸毁国会大厦，炸死国王的火药阴谋。

③ 普罗米修斯：希腊神话，他把火种从天上偷盗到人间。

④ 语出《圣经》。

⑤ 丢勒：德国画家（1471—1528）。

火焰的高低，目送随着火焰飞起、飘到黑暗中去的大火星。熊熊的光景，融融的暖意，似乎让他逐步热情起来，不久他简直就是兴高采烈了。于是，他就手拿手杖，独自跳起米奴哀小步舞来，背心底下别的那一串铜图章，便像钟摆一般明晃晃地摇摆着；他嘴里还唱起歌来，嗓音就像钻进烟囱里的蜜蜂——

国王遣散满朝贵族；
一人、二人、三人前后走；
待我前去找王后谈忏悔，
典礼大臣，陪随。

典礼大臣单膝跪下，
开恩、开恩，
不管王后说什么，
大王千万不要伤她。

老头气喘吁吁，唱不下去；歌声戛然而止，引起一位站着不动的中年男子的注意。此人的嘴呈月牙形，他使劲抿着嘴角，往脸颊后面拉，仿佛怕别人错以为他这样像是在笑似的，努力避免快乐的神情。

"好歌，坎特尔大爷；恐怕你老人家那破嗓子唱这个，有点够受的吧？"他朝着那位满脸皱纹的手舞足蹈者说，"大爷，你难道不想回到十七八岁，跟你刚学唱它那时候一样？"

"哦？"坎特尔大爷停下舞步问。

"我说，难道不想返老还童？眼下你那个老风箱好像捅窟窿啦。"

"我还是有艺术细胞的吧？要不是会短气运长功，那我就老态龙钟了，你说是不是，蒂莫西？"

"那边静女饭店新婚的两口子怎么样啦？"对方问，手朝着远方大道方向一个暗淡的亮光指去，不过那里离红土贩那时坐着休息的地方并不近。"他们的真实情况是什么样的？你见多识广，总该知道的吧。"

16

"只是有点儿风流吧，是不是？我也承认，坎特尔老爷是个风流鬼，千真万确。不过，费尔韦街坊，年轻才风流，小毛病，年纪大了就好的。"

"听说他们今晚上回家。这时候想必已经回来了吧。别的还有什么？"

"我想，下面我们应该上门给他们道喜去了。"

"呃，不去。"

"不去？咳，我想咱们一定得去。我就非得去不可，否则就不像我啦——哪里有热闹，我就第一个出现！

　　　快披上行乞僧服，
　　　我也和你一样打扮，
　　　就像同门师兄师弟，
　　　去参拜埃莉诺王后。

"昨晚上，我见到新娘子她阿姨约布赖特太太了，她说儿子克林过圣诞节要回乡。信我的话，聪明绝顶啊——唉，我要是也跟那小伙子脑袋瓜里装的一样就好了。对啦，接着我就用那种大家都知道的乐呵呵腔调跟她说话，她一听就说啦：'唉，模样像是德高望重的人，说话就像傻瓜！'——她就这样说我来着。我才不在乎她呢，在乎她的该死，我当时也就这样对她说了。我说：'在乎你的才该死。'我治住她了，是不是？"

"我倒觉得是她治住了你啦。"费尔韦说。

"不会吧，"坎特尔大爷脸色略有下沉地说，"我还不至于那么糟吧？"

"好像有那么糟吧；可是，克林回家过圣诞节，就是为了这场婚礼吧？——家里就剩了他妈一个人，回来安置他妈的，是不是？"

"是，是，就这样。不过，蒂莫西，你听我说，"坎特尔大爷一本正经地说，"虽然都知道我喜欢开玩笑，可是只要认真起来，我就是

17

见多识广的人。眼下我就是认真的。我能告诉你那两口子的许多事情。是的，今早六点钟，他们就去上面办事了，此后，他们可就无影无踪了，不过我想，他们今天下午已经回来了，成了一男一女——就是说，一夫一妻。这样说话，不像个男子汉吗？蒂莫西，约布赖特太太不是冤枉我了吗？"

"不错，那样够了。自从去年秋天她阿姨对结婚公告提出异议以后，我不知道他俩又走到一块去啦。汉弗莱，知道不知道，这场新的较量搞得一团糟有多久啦？"

"不错，有多久了？"坎特尔大爷也朝着汉弗莱随机应变地问，"我也问这件事。"

"那是她阿姨回心转意，说她可以嫁他以后的事了。"汉弗莱回答说，眼睛仍旧看着火焰。小伙子神情多少有点庄严，手里拿着镰钩和皮手套，是砍柴人打扮，腿上还有该行当又肥又粗的皮裹腿，好像腓力斯①人的铜护胫那么硬。"我估摸着，他们跑到外教区去举行婚礼，就是为了这一点。你们想，太太当初对结婚公告持异议，闹了个满城风雨，如今要再大张旗鼓地在本地操办婚礼，好像她并没有反对过，那岂不就要让她显得傻冒吗？"

"太对了——显得傻冒，而且那样干对于那真是傻瓜的可怜家伙们也很糟糕；当然这不过是我猜测的！"坎特尔大爷说，同时尽力维持着明白事理的神态。

"唉，对了，那天真是稀奇古怪，碰巧我也在教堂礼拜。"费尔韦说。

"是稀奇古怪，否则我就叫傻瓜蛋好啦，"坎特尔大爷强调说，"我今年一年压根儿就没去礼拜过，如今入了冬，就更不会去了。"

"我有三年没礼拜了，"汉弗莱说，"一到礼拜天就打瞌睡；路又远得不得了；就是你去了，有幸上天堂的机会也是少之又少。这么多人都上不去么，所以我干脆就在家里待着，永远不去。"

"那天，我不但刚好在教堂里，"费尔韦又拼命强调说，"还和约

---

① 腓力斯：地中海古国。

布赖特太太坐在一排长椅上呢。你们也许不同意，可我当时听见她开口，差一点毛骨悚然了。不错，是有些古怪；可当时我毛骨悚然，并排靠着她嘛。"讲话的人环顾四周，发现旁听者凑得更近了，赶紧把嘴抿得特别紧，表示他恪守说话的分寸。

"你在那种地方碰到出事，可就够受的啦。"身后的一个女人说。

"牧师说：'你们要当众声明。'"①费尔韦接着说，"随后就有一个女人，在我旁边站起来了，都碰到我身上了。我对自己说：'该死，站起来的不是约布赖特太太才怪哪。'不错，街坊们，虽然当时在祷告堂里，我真的那样说了。当众骂人，良心不安，希望在场的妇女们别在意。不过一人做事一人当，说了那种话不认账，岂不是骗人吗？"

"不错，费尔韦街坊。"

"'该死，站起来的不是约布赖特太太才怪哪。'我说。"叙事者重复着，说咒骂字眼的时候，仍然不动声色，一本正经，以便证明这样不是心血来潮，而完全是非说不可。"接着只听她说：'我对结婚公告持异议。'牧师就像拉家常似的说：'礼拜后再找你谈。'——不错，那位牧师一下子变得和你我一样普通，一点儿也不神圣了。哎呀，太太脸色刷白！你们大概记得韦瑟伯里教堂里那个纪念像吧——那个翘着二郎腿的石头兵，给学童们把手打断了的？嘿，太太说'我对结婚公告持异议'的时候，脸色就和那个石头兵差不多。"

听众都清清嗓子，拣几根棘枝扔到火里去；这样做并不是因为势在必行，而是想拖延时间，以便琢磨故事的涵义。

"听说结婚公告遭异议，我保证像得到了六便士赏钱一样高兴。"只听一个声音很诚恳地说；这个女人叫奥利·道登，平常靠编荆棘扫帚度日。其实，她的本性是不论敌友，都以礼相待，她能活在世上，要感激全体世人。

"现在这姑娘还不是照样嫁给他了嘛。"汉弗莱说。

---

① 这是法定的结婚公告程序。

19

"事后，约布赖特太太就回心转意啦，态度还算和气。"费尔韦当作没听见，接着讲，表明他这番话并不是对汉弗莱的补充，而是独立思考的产物。

"就算他们难为情，我看他们也不见得就不该在这里办婚事。"一个横向发展的女人说；她的胸衣跟鞋子一样，一转身，一弯腰，就吱吱作响。"隔三差五的，街坊邻居们就应该聚一聚，大家热闹一下嘛；不管是过节，还是结婚，都一样。我就是不喜欢这样偷偷摸摸的。"

"啊呀呀，信不信吧，我就不喜欢喜事办得闹哄哄的。"蒂莫西·费尔韦说，目光又在巡视四周了，"说实话，托马辛·约布赖特和怀尔狄夫街坊，这样悄悄把事办了，我可一点都不怪他们。在家里办喜事，就得整个钟头整个钟头地跳五六人的里尔舞①。过了四十岁，这样跳舞对腿脚可没好处。"

"对啦，只要进了女方家，就很难逃避跳舞，心里明白，人家指望你不要白吃东西啊。"

"过圣诞节非跳舞不可，一年就那么一回，婚礼上也非跳舞不可，一辈子就那么一回。哪怕人家头生儿和二生儿洗礼，还要偷偷摸摸来一两场里尔舞呢。这又不是点歌必须唱的啦。……对我来说，丧事要办得尽兴，也一样喜欢。丧事也跟别的聚会一样好吃好喝的，有的时候还更好呢。再说，只说说死者为人的好处就得啦；决不至于像跳水兵号笛舞那样，腿累得抽筋。"

"我看，办丧事跳舞，人们十有八九会认为太过分了吧？"坎特尔大爷怯生生地说。

"只有在丧事聚会上，稳当的人才会在酒杯传过几遍以后觉得踏实。"

"啊，我想不通，凭托马辛·约布赖特那样文静的小姐，居然愿意这么草草办婚事。"苏珊·农色奇说；就是那个胖女人，她喜欢谈

---

① 里尔舞：快速的苏格兰双人舞。

原来的话题。"比那些穷光蛋还不像样呢。再说那个男的,有人说他长得帅,我可不中意。"

"实事求是,他也算个聪明人,又有学问 —— 那份儿伶俐和克林·约布赖特不相上下。他受过高尚教育,本来要比开静女饭店高得多。他是工程师,我们知道,是搞工程的。只是错过了机会,才开酒店谋生。怀才不遇啊。"

"这是人之常情嘛,"编扫帚的奥利说,"继续发奋图强,还是会功成名就的!从前有些老乡,连把灵魂从地狱救出来的圈儿都画不圆,现在也都能签名了。写的时候,笔上墨水都不溅,往往连一滴墨迹都没有 —— 怎么样? —— 嘿,简直连靠靠肚子和胳膊的桌子都不用呢。"

"不错,如今这世界越来越文明,令人吃惊啦。"汉弗莱说。

"嘿,在零四年,我还没到'棒啊乡团'当兵的时候 —— 那时人家都这么叫的,"坎特尔大爷眉飞色舞地附和,"也跟你们这里面最普通的人一样,一点也没见过世面。如今哪,去他的,我敢说我哪样不能行,呃?"

"对,"费尔韦说,"你要是年轻一点,再和女人结婚,像怀尔狄夫和托马辛太太这样,准能在结婚登记簿上签名的;这是汉弗莱不如的地方,他那点儿墨水,跟他爹一样。汉弗莱啊,我记得清清楚楚,我结婚签名的时候,发现你爹画的花押一直在瞪着我。他和你妈就在我们两口子前面配成对的,只见你爹画的那个十字道,横划画得很长,简直就是长臂大草人,吓唬鸟儿啊。那个可怕的十字道,黑黑的 —— 跟你爹的长相一模一样。天地良心,我看见了忍不住要笑,尽管当时又要行婚礼,又得挽着个娘儿们,再加上杰克·钱雷和一帮小伙子都在教堂的窗外望着我笑,把我热得跟过三伏天一样。一转眼,坏了,一粒草木灰就能把我打趴下,因为我忽然想起来了,你爹跟你妈以前就吵过一次架,可结婚那么几天,就已经打闹了二十次了,我发现我就是第二个傻蛋,去找一样的麻烦。……哎呀呀,那一天真够受的!"

"怀尔狄夫比托马辛·约布赖特大好几岁,她人又好看。凭她那样有房子,年纪轻轻的,为那样一个男的撕下嫁衣,太傻了。"

讲话的人是个掘泥炭工,刚刚来到人群中。只见他肩头扛着硕大的心形铁锹,专为掘泥炭用的,磨得亮亮的刃口,在火光里像一张银弓闪闪发亮。

"只要他求婚,肯嫁他的姑娘一百个还不止哪。"那个胖女人说。

"街坊们,听说过没有女人肯嫁的男人没有?"汉弗莱问。

"从没听说过。"泥炭工说。

"我也没听说过。"另一个人说。

"我也没有。"坎特尔大爷说。

"呃,我倒听见过一次。"费尔韦说着,一条腿格外蹬了一下,"我认得那么一个人。要记住,就那么一个。"他把嗓子彻底清了一遍,好像大家都有责任,不要由于喉咙粗浊而遭到误会。"对,我认得那么一个人。"他说。

"那么这个可怜虫,是怎么样的丑八怪呢,费尔韦先生?"泥炭工问。

"啊,既不聋,又不哑,也不瞎。什么样的我先不说。"

"这地方的人,认识他吗?"奥利·道登问。

"不大认识吧,"蒂莫西说,"不过我不点名。……孩子们,来,把火堆弄旺咯。"

"克里斯琴·坎特尔牙齿怎么打起战来啦?"篝火对面一个小孩在黑蒙蒙的烟雾里问,"冷了吗,克里斯琴?"

只听一个虚弱的声音颤声回答:"不,一点也不冷。"

"克里斯琴,过来露露面。不知道原来你也在。"费尔韦说着,脸上带着体谅的样子往那面看。

一个人听到有人请,便走出来,身子摇摇晃晃,头发又粗又硬,肩膀很窄,手腕和足踝都大部分露在衣服外面;他自己只挪动了一两步,却被旁人推推搡搡了六七步。他便是坎特尔大爷的小儿子。

"你哆嗦什么,克里斯琴?"泥炭工和气地问。

“我就是那个人。”

“哪个人？”

“没有女人肯嫁的人。”

“见鬼，你就是！”费尔韦说，一面把眼睛睁得大大的，好像要把克里斯琴里里外外都看到眼里；同时坎特尔大爷也目瞪口呆，好像母鸡瞪着自己孵出来的小鸭子那样。

“对，我就是那个人，所以才害怕。”克里斯琴说，“你说这会不会把我毁啦？我老是说不在乎，还起誓赌咒，其实没有一刻不在乎的。”

“哼，见鬼，想不到居然还有这种怪事！”费尔韦说，“我说的根本不是你。所以，国内还另有其人！为什么把倒霉事说出来了，克里斯琴？”

“我想，事实总归是事实呀。我也是无能为力，对不对？”他眼睛睁得圆圆的，痛苦地看着他们，眼圈周围是好像枪靶子的同心圆皱纹。

“不错，没有法子嘛。但这种事真叫人郁闷。听你一说，我就觉得毛骨悚然。本来以为只有一个，谁知道冒出两个可怜虫来了。克里斯琴，这是你的悲哀。怎么知道女人都不肯嫁你？”

“我求过她们。”

“我绝没想到你能厚起脸皮。好啦，最后那个对你怎么说？也许没什么真受不了的吧？”

“那女人说：‘给我滚开，你这个窝囊废，软绵绵、瘦巴巴的傻瓜蛋。’”

“说实话，让人听着没劲。”费尔韦说，“‘给我滚开，你这个窝囊废，软绵绵、瘦巴巴的傻瓜蛋。’这样回绝很不爽。不过这也不难缠，只要假以时日，耐心等待，那婆娘头上长出几根白头发来就成了。你今年多大了，克里斯琴？”

“上次挖土豆时已经三十一岁了，费尔韦先生。”

“老大不小啦——不小啦。不过还有指望。”

"按受洗年龄算的，教堂法衣室里的生死簿就那么记载的。不过妈告诉过我，我生下后，过了一阵子才受洗。"

"啊！"

"不过，就是要了她的命，也说不出哪一天来，只知道那天没有月亮。"

"没有月亮？那可不吉利。嘿，街坊们，那他不吉利！"

"是，是不吉利。"坎特尔大爷摇着头说。

"妈知道那天没月亮，她问过一个有历书的女人。只要生下男婴来，她就会去问人家，因为俗话说'没有月亮，便没有男子汉'，让她生了男的就担惊受怕。你说没月亮真的不得了吗，费尔韦先生？"

"真的，'没有月亮，便没有男子汉'。老古话很灵验的。新月里生的男孩子没有出息。你真倒霉；一个月里有这么多天，偏偏拣那一天露头出世。"

"想必你出世的时候，月亮一定圆得很吧？"克里斯琴带着既绝望又羡慕的眼神说。

"嘿，反正不是新月里。"费尔韦先生目不旁顾，表示并不借以自重。

"我宁愿拉玛节①没酒喝，也不要生下没月亮，"克里斯琴仍以不成调的歌剧宣叙调接着说，"有人说我仅仅是行尸走肉，对人间毫无用处。我想这就是根由了。"

"唉，"坎特尔大爷说，情绪未免低沉些，"然而他小时候，他妈还哭了多少个钟头啊，生怕他长得过快当兵去。"

"唉，像他这样倒霉的多了去啦，"费尔韦说，"阉了的羊也得同别的羊一样过呀，可怜的东西。"

"那么我也得凑合着过？你说我该不该害怕黑夜，费尔韦先生？"

"你这一辈子得打光棍啦。鬼要是出来，单找单身睡觉的现形，不去找两口子睡觉的。新近还有人看见鬼来着。稀奇古怪的鬼。"

---

① 拉玛苏：英国以前的收获节，在 8 月 1 日。

"别——别说鬼吧,请你行行好吧!听了以后,一个人躺在床上想起来,身上非起鸡皮疙瘩不可。可是,你非要说鬼——啊,知道你一定要说,蒂莫西,好让我整夜里做恶梦。是稀奇古怪的鬼?你说的稀奇古怪的鬼,是哪一种鬼神,蒂莫西?——不,别说——还是别跟我说的好。"

"我自己根本不信什么鬼呀神呀的。不过,想必阴森森的——这是听人说的。是一个小孩看见的。"

"什么样的?——别,别说吧——"

"是个红鬼。是的,鬼大多数是白的,不过这个鬼和血里泡过一样。"

克里斯琴听了,深深地吸了一口气,却不让身体膨胀。汉弗莱问:"鬼是在哪里看到的?"

"不是这里,但就在这荒原一带。不过,这件事不值一谈。你们看呢,"费尔韦转身看着大家接着说,语气越发干脆了,仿佛这并不是坎特尔大爷出的主意,"今天既然是新郎新娘的好日子,那咱们今晚睡觉以前,去给他们新婚夫妇唱个歌听听,你们觉得怎么样?人家新婚燕尔,不妨显得乐观其成,垂头丧气的样子,也不能把人家拆散呀。大家知道,我不会喝酒,可是,等女流和孩子们都回家以后,咱们可以到静女酒店去走一趟,在新人门前给他们来点芭蕾舞。新娘子一定高兴的;这也是我愿意效劳的,她和阿姨住在布露斯头的时候,我从她手里喝过的酒有好多好多皮囊呢。"

"哦?那就去吧!"坎特尔大爷说罢敏捷地转身,他那串铜图章拼命摆动着,"在风头里站了老半天,嘴干得跟空心干草一样了。今天中饭后,还没见过酒是什么颜色呢。据说静女店新酿的酒很好喝啊。再说,街坊们,就算咱们闹得晚点结束,嘿,明天是礼拜天,可以睡懒觉吧?"

"我说坎特尔大爷!这么老了,处事也太随便了。"那个胖女人说。

"我本来就处事随便;怎么的——太随便,无法讨娘儿们欢心!

喀克①！软弱老头子会哭鼻子，可我会唱《乐天派》②，唱这首，唱那首。去他的，我无所不能。

> 国王扭头往左看，
> 满脸狠狠地说，
> 典礼官，若非我誓言在先，
> 你难免绞架上悬。"

"好啊，咱们就那么办，"费尔韦说，"咱们给他们唱个歌，上帝保佑吧。托马辛的表兄克林事情办完了才回来，还有什么用处？要是他想拦这婚事，自己娶她，那他就该早回来呀。"

"也许是姑娘出了门，他妈一个人觉得孤单，所以他才回来，陪她住几天吧。"

"喂，真是怪事。我就从来不觉得孤单——没有，绝没有，"坎特尔大爷说，"我到夜里跟海军上将一样勇敢！"

此刻，篝火阑珊，燃料不结实，火势无法耐久。地平线界内的篝火，大半也都微弱了。仔细观察篝火的亮度、颜色和燃烧时间，就能看出烧的材料是什么性质；由此再推测，还能多少估计各个篝火点地区都出产什么东西。大多数的篝火都通透辉煌，说明那些地方也和他们这儿一样，都是石南和荆棘野地，光一个方向就绵延无数英里；而另几个罗盘方位，火势来去匆匆，说明那一方的燃料都是最纤细的——麦秆、豆秸和庄稼地里一般的废弃物。最耐烧的篝火，都像不眨眼的行星一样稳定——那表示点燃的都是木头，榛树枝、山楂树捆和结实劈柴。烧最后一种柴的篝火比较少，和那些一把烧的熊熊火光比起来，虽然亮度不显得大，但因为耐久，到现在却占了上风。熊熊烈火都已经熄灭了，这些篝火却仍然存在。它们占据的是视野的最远处，在北方矮树林和人工林茂盛生长的地区拔地而起、背靠苍穹

---

① 喀克：高兴时所发出的一种声音。

② 《乐天派》，即《爱琳王后的忏悔》。

的峰峦；那儿的土壤不同，荒地是陌生少见的。

有一堆篝火除外，离得最近，在全场的火光之中，好像是众星捧月一般。方位正对着下面山谷里那个小窗户。离得实在近，本身虽然不大，但亮光却远远超过了他们点的篝火。

这默默的亮光，早就不时引起他们的注意了；而现在他们自己的篝火塌缩了，越来越暗，那亮光就越发引人瞩目了；就是有些烧木头的篝火，点得比较晚的，也都每况愈下了，但这里显得傲然不变。

"说实话，篝火离得真近！"费尔韦说，"我仿佛看得出来，有人在绕着它走动。当然，那篝火小而精啊。"

"我石头都能扔到那儿。"那小孩说。

"我也能！"坎特尔大爷说。

"办不到，办不到，小伙子们。篝火看着很近，起码有一英里远。"

"倒是点在荒原上，烧的可不是荆豆。"泥炭工说。

"是劈柴，肯定不错，"费尔韦说，"除了光溜木料，不可能这样耐烧。位置在迷雾岗老舰长家门前那个小岗子上。老舰长真是古怪！在自家的土堤壕沟里面点小篝火，别人没法欣赏，也靠近不得！老头子真是糊涂，没有小孩去哄，还点什么篝火？"

"维尔老舰长今天走了好多路，一定累坏了，"坎特尔大爷说，"所以不会是他点的。"

"他也烧不起那种好劈柴啊！"胖女人说。

"那么就是他外孙女了，"费尔韦说，"不过像她那样年纪，应该不大会喜欢篝火了。"

"她的举动本来就古怪，独自一人住在那儿，准喜欢这种东西的。"苏珊说。

"她算得上漂亮姑娘的，"砍柴工汉弗莱说，"特别是把漂亮裙子穿出来的时候。"

"对呀，"费尔韦说，"好，让她的篝火愿怎么烧就怎么烧吧。咱们的篝火看样子快要完了。"

"火势一下去，天有多黑！"克里斯琴·坎特尔说着把那双兔子

27

眼往身后瞧，"街坊们，咱们还是回家去吧？我知道，这块荒原上是不闹鬼的；不过还是回家去的好。……啊，那是什么东西？"

"不过是风声。"泥炭工说。

"我觉得，除了城里，十一月五日篝火节都不该在晚上过，像这样的穷乡僻壤，应该白天过才是！"

"废话，克里斯琴。男子汉，壮起胆子来！苏珊，亲爱的，咱俩跳个舞吧——噢，我的乖乖？趁天色没有太黑，让我看看你的俊模样，尽管你那个巫婆儿子老公把你从我手里横刀夺爱，已经过了这些年了。"

这话是费尔韦对苏珊·农色奇说的；旁观者接下去只看到，那女人的胖体就倏地挪到刚才点篝火的那地方上去了；原来，没等她明白过来对方的用意，他就把她拦腰抱住举起来了。此刻，原先点火的地方，荆棘已经烧完了，只剩一圈灰烬，点缀着红红的余火和火星。费尔韦一走到那堆灰圈里，就挟着苏珊旋转着舞起来。苏珊本是身段响当当的女人；不但裹着鲸骨和木条撑起的紧身衣，脚上还穿着木头套鞋，不论寒暑，风雨无阻，以保护靴子；所以费尔韦和她跳舞时，木头套鞋的咔哒声，鲸骨胸衣的咯吱声，她大惊小怪的尖叫声，组成了一台热闹的音乐会。

"我把你的笨脑瓜给砸碎啦，你这个放肆的东西，"农色奇太太无助地同费尔韦舞着，一面嘴里骂着，她那双脚好像鼓槌一般，在火星中间乱敲，"我刚才走荆棘地，脚脖子早就刺得火辣辣的了，现在又要被火星烫得热炙火燎的了。"

费尔韦的荒唐举动有传染性。那泥炭工也把老奥利·道登抱在怀里，温柔地和她舞动起来。年轻人见长辈都这样，就毫不迟疑地跟进，把那些姑娘都搂到怀里；坎特尔大爷拿着拐杖，成了三条腿，跟大家一齐起舞。刹那间，雨冢上只见一团团黑影在晃荡，身旁火星乱舞，蹦到腰部那样高。女人们的尖声叫喊，男人们的大声嬉笑，苏珊的胸衣、套鞋声，奥利·道登的"嘀嘀嘀"和风乱弹棘丛的"呼呼呼"，种种嘈杂声组成了一种曲调，配合他们那着魔的舞步。只有克里斯琴远远站在一旁，一面心神不安地摇晃身子，一面念叨着："他们不该这样跳——看那些火星群魔乱舞的样子！简直是在招恶魔！没错的。"

"什么东西？"忽然一个小伙子停下来问。

"啊——在哪儿？"克里斯琴急忙凑近人群问。

所有跳舞者都把舞步放慢了。

"就在你身后，克里斯琴，我听到了——在那面。"

"不错——就在我身后！"克里斯琴说，"马太、马可、路加、约翰①，保佑我的眠床，四天使把我保——"

"快闭嘴。怎么回事？"费尔韦说。

"嗬喂……！"黑暗里一声喊。

"喂哦……！"费尔韦也喊。

"山上有没有通往布露斯头的大车道，去约布赖特太太家呢？"刚才那个声音靠近了，一个颀长的模糊人影走近了古冢。

"我说街坊们，天不早了，咱们该赶快跑回家去了吧？"克里斯琴说，"要知道，不是东奔西逃，我是说，大家挨着一起跑。"

"把散落的荆棘，捡几根放到一处，弄出点火来，照一照这个人是谁。"费尔韦说。

火焰亮起来，照出一个青年来，紧身装束，从头到脚一片红。"这里有没有大道去约布赖特太太家呢？"他又问了一遍。

"有——沿下面那条路走就是。"

"我问的是两匹马拉着大篷车可以走的路。"

"对，可以的；费点时间，就能在下面爬上那个山谷了。路高低不平，不过只要灯光照着，马匹小心一点，就可以摸到路的。你把车拉到上面来了吗，卖红土的街坊？"

"停在山下，离这儿有半英里。现在是晚上，我又好久没上这儿来了，所以自己先走在前面，把路探准了。"

---

① 马太、马可、路加、约翰：《圣经》人物。

"那行，你可以上来，"费尔韦说，接着又对大家全体说，连红土贩也包括在内，"刚才一见他，可真吓了一大跳！心里想，老天爷，是什么火烧怪跑来找咱们麻烦啦？我说，红土贩，并不是贬低你的长相，尽管外表弄得怪怪的，本身的底子不难看。我只是想说，刚才觉得很怪。差一点把你当成了魔鬼，或者是那个小孩说的红鬼了。"

"也把我吓了一大跳，"苏珊·农色奇说，"昨晚，我梦见了一个骷髅头。"

"别再说啦，"克里斯琴说，"要是他头上再扎上手绢，那他活脱脱就是《试探》①画里的魔鬼了。"

"好啦，多谢你们指路，"年轻的红土贩微微笑着说，"诸位晚安。"

他说完就下了古冢，消失了。

"那小伙子好像见过的，"汉弗莱说，"但是在哪里，怎么碰见的，他叫什么，就不知道了。"

红土贩走了没几分钟，又有一个人走近了那局部死灰复燃的篝火。原来她是街坊上一个远近闻名、广受敬重的寡妇，其身份只有用有教养这几个字才能表达。她的脸庞，在黑糊糊的荒原衬托下，显得白白的，并无暗光部分，倒像多彩浮雕的宝石。

她是一个中年妇人，五官端正匀称，眉目间透出里面的主宰——睿智。有时，她观察问题仿佛站在尼波山上一般的高瞻远瞩②，非周围人可及。她带着离群索居的神态，好像荒原吐出来的孤独，都浓缩在这张生于斯长于斯的脸上。她看待荒原人的态度，表明她对他们有点不屑一顾，对于他们撞见她这样黑夜独行的看法，也满不在乎，这就间接地意味着，他们在某些方面不能和她平起平坐。其原因在于，她虽然只嫁了一个小农场主，却出身副牧师之家，曾经有着更美好的憧憬。

凡是个性有分量的人，都像行星总带着大气层在轨道上运动一样，能够把自己的格调带入人堆里；现在这位刚刚上场的妇人，就能

----

① 《圣经》故事，讲耶稣受到魔鬼的试探。
② 《圣经》故事。

够这样，通常也真的做到了。她在荒原居民中的正常举止，就是保持缄默，这是由于她觉得自己交际能力上乘。但是她刚刚独自摸黑走路，一下子走到人群和亮光之中，所以态度就比平常显得善于社交多了；这一点更表现在她的面目上，而不是言谈中。

"哟，原来是约布赖特太太呀，"费尔韦说，"太太，不到十分钟以前，还有一个人上这儿打听你来着——一个红土贩。"

"打听什么事？"约布赖特太太问。

"没跟我们说。"

"我看是卖东西吧？到底卖什么，我可就不知道了。"

"听说你儿子克林先生要回家过圣诞节，我很高兴啦，太太，"泥炭工萨姆说，"以前他可喜欢篝火啦！"

"不错，我看他是要回来的。"她说。

"他如今一定是个英俊小伙了。"费尔韦说。

"他长大成人了。"她平静地回答。

"晚上你一个人来荒原很孤单吧，太太？"克里斯琴从他的躲藏处跑出来说，"你可要小心，千万别迷了路。在埃格敦荒原上迷路，可真糟了；加上今晚这个风，刮的又真邪乎，从来没听见刮过这样的风。就是那些熟悉荒原的人，有时候也会在这里被引入歧途的。"

"是你吗，克里斯琴？"约布赖特太太问，"你怎么躲起我来啦？"

"这里光线不好，没看出来是你嘛，太太；加上我这个人生来悲观，所以有点儿害怕，别见怪。要是你看见我平日里那种愁眉苦脸的样子，你一定会紧张，怕我自杀。"

"你可一点也不像你爸。"太太说着，往篝火那面看去，只见坎特尔大爷正顾自像刚才那班人似的，在火星里跳来舞去，却毫无新意可言。

"我说，大爷，"蒂莫西·费尔韦说，"我们真替你难为情。凭你这样一个年高的老伯，都七十岁啦，还一个人这样跳角笛舞呢！"

"真是一个要命的老头，太太，"克里斯琴沮丧地说，"他这么喜欢玩，只要我能撇开他，连一个礼拜都不愿意跟他一起住的。"

"坎特尔大爷，你应该站稳了欢迎太太才合适，你是这里辈分最高的啦。"编扫帚的女人说。

"这倒是的，"跳舞的老头停下，后悔地说，"太太，我记性太坏，忘了大家伙儿爱戴我了。你一定以为，我的兴致真好，是不是？其实并不总是兴致好。一个人让别人像对领袖那样爱戴，本是一种负担，我时常有体会的。"

"很对不起，不能交谈下去啦，"约布赖特太太说，"现在非走不可了。我本来是走安格伯里路，去外甥女的新房，她今晚上跟丈夫回家；看见大篝火，听见奥利的声音也在，才上这儿来看看是怎么回事。想让她跟我搭伴儿走，一条路嘛。"

"是，好的，太太，我正想走呢。"奥利说。

"啊，你一定会碰见我说的那个红土贩，"费尔韦说，"他只是回去拉他的车去啦。听说，你外甥女跟丈夫行了婚礼就直接回家来了；我们待一会儿就过去，唱个迎宾歌儿给他们。"

"谢谢你们。"约布赖特太太说。

"不过我们是抄近路，走荆棘地，你穿着长衣服，不能那样走，所以不必麻烦等我们啦。"

"很好 —— 你好了吗，奥利？"

"好啦，太太。你看，你外甥女窗里透出亮光来。有了它走路就不会走岔了。"

她朝着山谷底部，把费尔韦先前指点过的那个暗淡亮光指出来；接着两个女人就下了雨冢。

4 卡子路上停车

走啊走，一路下行，每走一步，下降的距离，似乎多于前进的距离。她们的裙边让荆棘磨擦得窸窣作响，肩膀也有蕨草的拂刷；蕨草虽然早已枯死，却和活着一样直立着，还没有足够强的寒流把它们放倒。两个女人没人护送，走这阴间一般的地方，一定会有人认为胆大妄为。但是这灌莽丛杂的幽处，不管是春夏秋冬，都是奥利和约布赖特太太熟悉的景物；老朋友脸上多了一层灰暗气色，并不可怕。

"托马辛到底是嫁了他。"奥利说，那时山坡的斜度，已经不太陡，用不着专心地走路了。

约布赖特太太慢吞吞地回答："不错，到底嫁了他。"

"她一直跟在你身边，和自己亲生的一样 —— 你一定会想念的吧。"

"非常想念。"

奥利这个人，虽然没有那种见机说话的机警，但她心地单纯，不至于得罪人。一样的问题，别人问起来招人嫌，她问起来却安然无事。所以，她重提明摆着的伤心事，太太并没发作。

"太太，听说你答应了亲事，真没想到，大吃一惊啊。"编扫帚女人接着说。

"奥利，去年这时候我比你更吃惊呀。这门亲事可以从好多方面来看。就是想告诉你，也说不完。"

"我自己觉得，他那个人不够殷实，配不上你们家。开酒店 —— 这算什么？不过他人聪明，倒还是真的，人家都说，他当过工程师，后来不务正业，才落到眼下这步田地。"

"依我看，通盘而论，还是让她嫁到心里愿意去的地方为好。"

"可怜的小东西，她一定是感情用事了。这是天性。唉，不管别人怎么说——反正他在这儿除了酒店，还有开垦出来的几英亩荒原地，养着几匹荒原种，他的举止也很像绅士。再说，泼出的水收不回。"

"对对，"约布赖特太太说，"你看，到底走到车道上了。现在走路可以省力了。"

婚事的话题，已经不再谈了；很快她们走到一个迷糊不清的岔道口，就此分开，临走前奥利托同路人提醒怀尔狄夫先生，他答应结婚时要送她病着的丈夫一瓶酒，现在还没收到。编扫帚的女人就转身向左，朝着小山岗后面的自家房子走去；约布赖特太太顺着车道直走，那车道直通静女酒店旁的公路。她心里想，外甥女当天已经在安格伯里结了婚，和丈夫一同回到店里了。

她首先走到人称怀尔狄夫田块的地方，那本是开垦出来的荒原，经过多年的劳动才成为耕地。发现这块地可以耕种的人活活累死了；继承他的产权的人，为了给土地增加肥力而弄得倾家荡产。等怀尔狄夫得到了它，就好比阿美利哥·韦斯普奇[①]，把属于前人的荣誉据为己有。

约布赖特太太走近酒店门前，刚想进去，却看见二百码开外有一辆马车正朝着她走来，旁边跟着一个人，手提灯笼。很快就清楚了，那正是打听她的那个红土贩。她没有立刻进店，却越过店门，朝马车走去。

大车走近了，那个人本来要擦肩而过，但她转身朝他说："大概你打听我了？我就是布露斯头的约布赖特太太。"

红土贩一怔，连忙把手指举到唇上。他把马匹拉住，朝她打了个手势，叫她跟着他退到旁边几码以外的地方。她跟去了，一面不由得纳闷着。

"我想您不认识我吧，太太？"他问道。

---

① 阿美利哥·韦斯普奇（1454—1512）：意大利航海家。他确认哥伦布发现的新大陆是美洲，最后以他的名字命名。

"不认识，"她说，"哟，对啦，认得的！不是小维恩吗——你父亲不是在这地块开过牛奶场吗？"

"是啊，我和您外甥女托马辛小姐还有点认识呢。我正要报告您一个不好的消息。"

"是关于她的吧——不是？我想她已经夫妻双双回家了。他们商定今天下午回来——回到那个店里？"

"她并不在店里。"

"你怎么知道的？"

"因为她在这里，在我车里。"维恩慢条斯理地说。

"又出了什么乱子啦？"约布赖特太太抬手搭眼睛，嘴里嘟囔着说。

"我也说不清楚，太太。我只知道，今早我正顺着大道走，离开安格伯里大约有一英里的时候，听见身后好像有一头小鹿轻轻地走来。我回头一看，原来是她，脸白得像死尸，嘴里说：'迪格利·维恩哪！我看着像是你，我现在有麻烦，可以帮个忙吗？'"

"她怎么知道你的名字的？"约布赖特太太疑惑地问。

"我小时候，没出来干这行当时曾有一面之缘。她当时问我能不能搭车，随即就昏过去了。我把她抱起来，放在车里头，以后她就一直在里面。她哭了很久，却不开口；只告诉我，她今天早上本来要结婚来着。我劝她吃点东西，可她吃不下去，后来才睡着了。"

"我马上要见她。"约布赖特太太说着急忙奔向马车。

红土贩提灯笼跟在后面，自己先上了车，然后把约布赖特太太扶上车，站在身旁。车门打开，她看见车里面那一头临时搭着一张床。床铺周围，红土贩显然把所有的衣物都挂出来了，防止床上的人沾染他卖的红货。床上躺的是一个姑娘，身上盖着斗篷，正在安睡。灯笼的亮光照射到她的脸庞上。

只见一张俏丽甜美、诚实天真的村姑脸笼在卷曲的栗色头发里，虽然谈不上美艳，还是很好看；尽管她双眼紧闭，却不难想象，眸子一定光彩照人，是光鲜的脸蛋上最引人入胜的地方。她那眉宇间本来有希望的底子，现在却额外罩了薄薄一层焦虑和悲伤。悲伤来到脸上不很久，还没有减少青春的容光，反而增添了一份庄严，尽管最终会损害到它。唇上的深红色，也还没来得及消退，此刻因为没有脸颊上那种短暂的颜色与它为邻，反倒显得更加鲜明。那嘴唇时开时合，发出嘟嘟囔囔的字句。她好像理应属于清唱的情歌——需要从押韵与和声加以观察。

至少有一件事不言自明：她生出来不是让人家这样来看的。红土贩好像明白这一点，所以太太往车里面看她时，他很知趣，得体地别转了眼睛。那位卧床者仿佛心领神会，马上就睁开眼了。

她有点儿期待，更有点儿狐疑，嘴唇张了一张。她思绪万千，在灯光下，点点滴滴，丝毫不漏地在脸上表现出来，成为表情的变化。于是，一个天真烂漫、透明的人生昭然若揭，好像体内生命的流动，都能从外面看见。她对于眼前的情景，立刻就领悟了。

"哦，阿姨，是我呀，"她大声说，"我知道你一定吓一跳，难以相信；不过，现在这个样子回来的，正是我！"

"托马辛呀，托马辛！"约布赖特太太说着伏下身子去亲女孩子，"我的乖乖！"

托马辛眼看就要抽泣起来，却出人意外地克制住了，所以没有出声。她微微地喘着气，坐直了。

"我也跟您一样，没想到会跟您这样见面，"她急忙说，"阿姨，现在我在哪儿？"

"快到家了，乖乖。在埃格敦低谷。出了什么可怕事了？"

"一会儿就告诉你。咱们离家这么近了？那么我要下车走走啦。我想走小路回家。"

"这位好心人帮了大忙了，想必愿意把人一直送到我家吧？"阿姨转身对红土贩说；那人看见女孩子醒来，就从车前躲开，跑到路上站着去了。

"这还用问吗？当然愿意。"他说。

"他真是好人，"托马辛低声说，"阿姨，我从前跟他认识，所以今天看见他就想，我要坐他的车，不要坐陌生人的马车。不过现在要走走啦。红土贩，请把马带住了。"

红土贩温柔地看看托马辛，不大情愿地把车马带住了。

两个女的一块下了车，约布赖特太太对车主说："我现在完全想起你来了。你为什么改了行？你父亲留给你的是好营生啊。"

"是改了行啦，"他说着看了一眼托马辛，只见小姐脸上微微一红，"那么，太太，今天晚上，您用不着我啦？"

约布赖特太太抬起头，把黑暗的天空、起伏的山峦、渐熄的篝火和近在眼前的客店点灯的窗户，依次看了一看，然后说："我想不用了，托马辛愿意走走。路我们熟，一会儿就能顺小路走到家了。"

他们又说了几句话后就分手了，红土贩赶着马车继续向前，两个女人留在路上站着。等到人和马车刚走到听不见说话的地方，约布赖特太太就转身对着外甥女。

"好了，托马辛，这样丢人的把戏，是什么意思？"她严厉地问。

5 老实人很疑惑

见阿姨态度骤变，托马辛显得受不了了。"意思是明摆着的：我——没结成婚，"她有气无力地说，"对不起——弄出这个意外，让阿姨跟着蒙羞，我很难过。可我也是不得已呀。"

"我蒙羞？先替自己想一想吧。"

"也不是谁的错。我们到达后，牧师说结婚许可证有点不正规，不能给我们举行婚礼。"

"什么不正规？"

"我也不知道，怀尔狄夫先生会解释清楚的。早晨出去时，根本没想到会这样回来。"天色昏暗，托马辛的感情可以发泄出来，暗中流泪，满脸泪水也没有人看见。

"我简直可以说，你这是活该——不过我觉得，你并非咎由自取。"约布赖特太太接着说。她恼怒之中显温情，两种截然不同的情绪交集一处，此来彼往，难分难解。"记住了，托马辛，这事可不是我找的；从你对那个男人痴迷的那一刻起，我就警告过，他不能使你幸福。我对此体会深刻，因此才无所不用其极，连自己都不敢相信会做得到——在教堂里挺身出来反对，好多礼拜都成了大家的话柄。不过，一旦松口答应了，我可不接受这样无理取闹。事到如今，你非嫁他不可。"

"你以为我会有片刻作其他打算吗？"托马辛长叹了一声说，"我知道，爱上他是大错特错，不过阿姨，不要这样说话了，我心里难受哇！您总不会让我跟他呆在那里吧？——只有你家才是我回家的目的地呀。他说过，一两天以后，我们准能结成婚。"

"但愿他压根儿就没看到过你啊！"

"很好，那我就当世界上最可怜的女人，永远不让他再见到我。对，我不要他啦！"

"说这种话，已经为时太晚了。跟我来。我要到店里去看看，他回来了没有。我当然要即刻彻查这件事。怀尔狄夫先生就别想要弄我，也别想要弄我的人。"

"并不是这样的。许可证搞错了，他当天又来不及换一个。等他回来，一下就可以给你把这件事的原委说明白的。"

"他干嘛不把你送回来？"

"这是我的意思嘛！"托马辛又抽泣起来说，"我一看我们不能举行婚礼，就不愿意和他一起回来，而且我又病倒了。然后我看见迪格利·维恩，情愿让他把我送回来。我无法把话说得更明白了，您要生我的气，就生吧。"

"我要查个究竟。"约布赖特太太说完，她俩就转身朝着客店走去。客店招牌上画着一个妇人头挟在腋下，所以街坊里都管它叫静女酒店。这个令人毛骨悚然的招牌下面，写着一副对联，为常客所熟知——

　　既然女人这头安静
　　男人就不得吵闹。[①]

店房的门面朝向荒原和雨冢，只见雨冢黑压压的，好像要从天而降，压下来似的。店门上面挂着一个没人理会的铜牌子，刻着意想不到的字样："工程师怀尔狄夫先生"——牌子虽然无用，却是心爱的文物，当年对怀尔狄夫殷切期望却大失所望的人，曾把他安置在蓓蕾嘴的写字楼里当工程师，牌子就是当初留下的。店房后面是花园，再后面是一条又深又静的河流，成为荒原这一方向的边界，河流对岸

---

① 真正挂着这个招牌和说明的旅馆位于当前场景西北数英里的地方，刚才提及的房子现在已经不是旅馆，环境大变。另一个旅馆，温弗里斯的"红狮"依然存在，是路人的好去处，其部分特征被本书移用。（1912年）——作者注

就是草甸子了。

但当时天昏地暗，景物中只有天际线还看得出来。屋后可听到河水的声音，两岸有挂芦花的死芦苇，构成了两排栅栏；水流缓慢，在芦苇中间懒洋洋地打漩涡。微风里，芦苇互相摩擦发出的声音，仿佛礼拜的教众在谦恭地祈祷似的，才表明其存在。

那透出烛光、跨过山谷落到篝火舞群眼里的窗户，并没挂窗帘，不过窗台太高，外面行人看不见屋子内部。一个很大的阴影把天花板遮住半面，其中隐约可辨出部分男子剪影。

“他好像在家。”约布赖特太太说。

“我也得进去吗，阿姨？”托马辛胆怯地问，“我想不必吧，不合适呀。”

“你肯定得进去 —— 跟他当面对质，免得他跟我瞎说。咱们进去呆不到五分钟，就起身回家。”

进了敞开的过道以后，她把私人客厅的门敲了敲，把门解开，往里看去。

一个男子的背脊和肩膀，挡在约布赖特太太的目光和灯火之间，那就是怀尔狄夫的形体了。他立刻转身站起来，上前迎接来客。

他还是个小伙子；在形体和动作两种属性里，动作先引起注意。他的举手投足优雅之极，是情场老手的哑剧表现方式。随后惹人注意的，才是物质品性，那茂密的短发，覆盖在额上，脑门形成的发际线，活像早期的哥特式高角盾牌；而他的脖子像圆柱一样又圆又光滑。他的下半身是轻量级的。总体上，他这个人，男人看不到有什么可称道之处，而女人看不到有什么可讨厌之处。

他发觉过道里有姑娘的身影，就说：“那么托马辛已经回家了。亲爱的，你怎么能那样把我丢下呢？”又转身朝着约布赖特太太说：“怎么劝她都不听。她非走不可，一个人走。”

“这一切到底是什么意思？”约布赖特太太不可一世地质问。

“先坐下，”怀尔狄夫说着，给两个女人安排椅子，“这本是傻乎乎的错误，不过这种错误是免不了要发生的。结婚许可证在安格伯里不能用。那张许可证是为蓓蕾嘴开具的，可是我没有看，所以不知道。"

"但是你前些日子住在安格伯里吗？"

"不是的。我住在蓓蕾嘴——一直呆到大前天；我本来打算把她带到那里去的，可是我来接她的时候，我们临时商定去安格伯里，就是忘了必须再弄一张许可证。后来已经来不及再上蓓蕾嘴了。"

"我看都怨你。"约布赖特太太说。

"我们选安格伯里，都怪我，"托马辛哀求说，"我提议的那地方，那儿没熟人。"

"我很清楚，都得怨我，你不用提醒的。"怀尔狄夫不耐烦地回答。

"这种事不能不了了之，"阿姨说，"这对于我个人，对于我们家，都是莫大的轻慢，要是传了出去，有我们难熬的啦。她明天还有什么脸见朋友？这是重大伤害，我不能轻易就原谅的。连她的名声都会拖累了。"

"废话。"怀尔狄夫说。

两人发话的时候，托马辛的大眼睛，一下往这一位脸上看看，一下又往那一位脸上看看，这时，她焦虑地说："阿姨，能不能让我跟戴蒙单独谈五分钟？戴蒙，好不好？"

"只要你阿姨肯给时间，亲爱的，不成问题。"怀尔狄夫说着，就领着她到隔壁去了，把约布赖特太太撂在壁炉旁。

他俩刚刚单独在一起，把门关上，托马辛就抬起苍白的脸，流着泪跟他说："这简直是要我的命，戴蒙！今早在安格伯里，我并不是因为生气跟你分手的，我只是害怕啦，也不知道都说了些什么话。我还没告诉阿姨我今天都受了多少罪。我硬要控制表情和声音，强颜欢笑，装作小事一桩，那有多么难；不过我竭尽全力这样做，免得她对你更愤慨。亲爱的，不管阿姨怎么想，反正我知道你是无能为力。"

"她真刻薄。"

"不错，"托马辛小声说，"我觉得自己现在也显得刻薄了。……戴蒙，你打算把我怎么安排？"

"怎么安排？"

"对。那些讨厌你的人窃窃私语，有时让我起疑心。我想，咱们打算结婚的吧？是不是？"

"当然打算啦。只要礼拜一到蓓蕾嘴去一趟，咱们马上就结婚了。"

"那么咱们一定去吧！戴蒙啊，你看你居然叫我说出这个！"她用手帕捂着脸说，"我在这里求你娶我；按理说，应该是你跪在我面前，哀求我这位狠心的情人，千万不要拒绝你，要是拒绝了，你的心就要碎了。我以往总想，一定是那样又美妙又甜蜜，可是现在多不一样啊！"

"对啦，现实生活从来就不是那样的。"

"这事就是永远不办，我个人也不在乎的，"她带着点尊严补充说，"不，没有你我也一样活。我只是替阿姨着想。她自尊心很强，非常讲究家族声誉，要是问题不解决，笑话一传出去，是奇耻大辱啊，非把她憋坏了不可。我表兄克林也要觉得很受伤的。"

"那他就不通情理了。说实话，你们一家人都不通情理。"

托马辛脸上微微一红，不过不是出于爱。不管这一瞬间让她红脸的情感是哪一种，反正来的快，去的也快；她低声下气地说："我从来就不是故意的，都是不得已嘛。我只觉得，你终于有几分能拿捏我阿姨了。"

"说句公道话，这差不多得算是欠我的，"怀尔狄夫说，"想一想，为了求得她同意，我都遭受了什么；结婚通告遭反对，无论对谁都是侮辱；再加上我这种人，生来就倒霉，太敏感，忧郁想不开，天知道还有什么缺点，所以是倍感受辱啊。结婚通告的事情，我毕生难忘。换一个无情的人，有了这种拿捏权，一定会兴高采烈，把事情拖着，整死你阿姨。"

怀尔狄夫说这番话的时候，托马辛那悲哀的眼睛沉思地望着他，那表情好像是说，在这屋子里，不止一个人会为生性敏感而痛惜。他看出来她实在痛苦，好像心里不安，接着说："你看看，不过是有感而发嘛。我一点也没有拒绝办完婚事的意思啊，我的托马辛——我不忍心的。"

"我也知道你不忍心！"美女快活地说，"你这人甚至不忍心看见蝼蚁受罪，听见难听的声音，闻到难闻的气味，是不会忍心让我和我家的人长久受罪的。"

"我决不忍心的，只是不得已罢了。"

"一言为定，击掌为盟，戴蒙。"

他随便把手伸给了托马辛。

"啊，怪怪，怎么回事？"怀尔狄夫忽然问。

门前许多人歌唱的声音传到他们的耳朵里。其中有两个声音很特殊，所以很突出，一个是深沉的男低音，一个是上气不接下气的低声尖叫。托马辛听出来，一个是费尔韦的，一个是坎特尔大爷的。

"这是什么意思 —— 希望不是奸夫淫妇游街吧？"托马辛惊惶失措地看着怀尔狄夫说。

"绝不是游街，这是荒原老乡们来给咱们唱迎新曲的哟。真是受不了！"他开始在屋里踱来踱去，只听外面的人，兴高采烈地唱道——

> 他对她说，她是他一生的快乐；
> 要是她点头，他就娶她做老婆。
> 她没法拒绝，两个就同进教堂。
> 小威尔已被遗忘，小苏心满意足。
> 他吻着她的唇，把她放在膝盖上。
> 天下的男人，谁能比他更多情！

约布赖特太太从外屋冲了进来，一面义愤地瞧着怀尔狄夫，一面叫："托马辛，托马辛！真是出洋相！咱们得马上躲开。快来！"

但是当时想从过道出去，已经来不及了。前面已经有人乱敲门了。怀尔狄夫去窗户前看过情况，回来了。

"别动！"他一把抓住了约布赖特太太的胳膊，不容置疑地说，

"咱们已经被彻底包围了。外面要是没有五十多人才叫怪呢。你和托马辛先在这房间里呆着，我出去见他们去。你们看在我的面上，一定得在这儿呆着，他们走了再动；这样就可以显得一切正常了。亲爱的托马辛，千万别闹别扭——这一番热闹，咱们一定得结婚了；这是你我都看得出来的。坐稳了就行啦——不要多说话。我出去对付他们！不识好歹的傻瓜们！"

他把躁动不安的姑娘硬按在椅子上，自己回到外屋，把门打开。就在外面，只见坎特尔大爷已经进了过道，和仍旧站在房子前面的那些人一同唱和。他走进屋里，心不在焉地朝着怀尔狄夫点头，嘴巴仍张着，脸红脖子粗地使劲高唱。唱完了，他热情洋溢地说："欢迎新郎新娘，上帝保佑你们！"

"谢谢你们。"怀尔狄夫冷冷地、恶狠狠地说。他的面色好像雷阵雨一样阴沉。

大爷身后跟了一大群人，其中有费尔韦、克里斯琴、掘泥炭的萨姆、汉弗莱，有十多人，都冲着怀尔狄夫笑，并且冲着他的桌子、椅子笑；爱屋及乌，尊重主人，也尊重他的东西。

"咱们到底没能赶在约布赖特太太前面，"费尔韦说，他们站立的公用间和两个女人坐着的里屋，只隔一道玻璃，他认出了太太的帽子，"怀尔狄夫先生，知道吗，我们抄了近路，而她是走正路绕过来的。"

"我都看见新娘子的小脑袋啦！"大爷说，他也往那方向看，发现了托马辛，正手足无措、痛苦不堪，坐在阿姨身旁等待，"看样子还没安顿好啊——哈，哈，有的是时间。"

怀尔狄夫并没理会；他也许觉得，款待越早，打发走越快，所以捧出一个石头坛子来；这一来，事态马上笼罩了温暖的光环。

"一看就知道是好酒。"坎特尔大爷说。他举止很有礼貌，不是急着喝酒的样子。

"不错，"怀尔狄夫说，"是陈年蜜酒。希望你们喜欢。"

"好嘞！"来宾们都热烈地回答，发自内心的真情和礼貌用语并行不悖时，自然是这样说话的，"天下没有再好的酒了。"

"我打赌，没有再好的了，"坎特尔大爷补充了一句，"蜜酒唯一的不好，就是酒劲大，后劲长。不过明儿是礼拜天，谢谢上帝。"

"从前，我喝了一回，就觉得胆大包天，和大兵一样。"克里斯琴说。

"你喝了又会那样的，"怀尔狄夫傲慢地说，"先生们，用酒杯，还是玻璃杯？"

"要是不介意，那就用大酒杯，轮流传着喝啦。比滴拉滴拉地倒要好。"

"去他的滑溜溜玻璃杯，"坎特尔大爷说，"东西不能放在炉灰上温，还有什么用处？嘿，街坊们，我问你们哪？"

"没错，大爷。"萨姆说。蜜酒就这样传递起来。

"哦，怀尔狄夫先生，"费尔韦觉得应该夸奖几句才好，于是说，"结婚是好事；你的那位女人，是块宝石啊，是我说的。不错，"他又朝着坎特尔大爷接着说，故意把嗓门提高，好让隔壁听见，"老丈人（他把头偏向隔壁）生前是再好没有的人啦。他对任何见不得人的勾当，总是义愤填膺的。"

"那样很危险吧？"克里斯琴问。

"这地方没有几个人能和他相提并论，"萨姆说，"只要教会组织互助会游行，他就在前面开路的乐队里吹单簧管，好像是一辈子就在吹单簧管一样熟练。到了教堂门口，他就放下单簧管，跑上楼座，抓起低音提琴就拉，好像他除了低音提琴，从来没动过别的乐器似的。人家都说——凡是懂音乐的人都说——'真的，这跟刚才我看见的那个单簧管高手，绝不是一个人！'"

"我还记得的，"那樵夫说，"一个人能把握住，指法还要不乱，真了不起。"

"还有在王坲教堂的故事哦。"费尔韦又开了头说，好像掘开了同样趣味的新矿脉似的。

怀尔狄夫喘着气，烦躁得忍无可忍，他透过玻璃看看那对被囚的女人。

"礼拜天下午，他老是上那里去找他的老朋友安德鲁·布朗；安德鲁是那儿的第一单簧管，也是一个好人，不过他的音乐总带点尖利的声音，你们还记得吧？"

"是那样。"

"做礼拜的时候，约布赖特街坊总要替安德鲁一会儿，好让他打个盹儿，朋友都要这样做的。"

"凡是朋友都要这样的。"坎特尔大爷说，其余的听者，也都用点头的简单方法，表示同意。

"安德鲁刚睡着，约布赖特街坊刚把头一口气吹到安德鲁的单簧管里，教堂里那些人，统统立刻感觉出来，他们中间有了不平凡的人了。大家都转过脸去看，都说：'啊，我想一定是他！'有一个礼拜天，我记得很清楚——那天是拉低音提琴，约布赖特把自己的提琴带去了。用"利第亚"调唱第一百三十三篇①。唱到'那贵重的油，浇在亚伦的头上，流到胡须，又流到他的衣襟'那雄壮的大合唱，正是约布赖特街坊刚刚完成热身的时候，只见他把琴弓在琴弦上猛拉，连提琴都差一点儿没让他锯成两片。教堂里所有的窗户全都震动啦，像打了雷一样。威廉斯老牧师穿着神圣的白法衣，却像穿着便衣一样，很自然地把手举起，好像是自言自语说：'但愿我们教区也出这样的人！'但是，王埠那些人，没有一个能和约布赖特街坊比的。"

"窗户都震动啦？那安全吗？"克里斯琴问。

没有人回答他；所有的人，听了对演奏的这番形容十分钦佩，一时都神魂颠倒了。已故约布赖特先生，在那个难忘下午的力作，和绝代艳姬法里内利②在众公主面前的歌喉，谢立丹③著名的《印度王后演讲》之类事例一样，因为幸而没有存世，它的荣誉反而得以日积月累，日益光大；倘若能用比较批评法分析一下，那它也许就要大打折扣了。

---

① 指《圣经》诗篇。

② 法里内利（1705—1782）：意大利阉人歌唱家卡尔罗·布罗斯奇（Carlo Broschi）的艺名。曾经风靡欧洲。

③ 谢立丹（1751—1816）：英国戏剧家兼政治家。其国会演讲名闻遐迩。

"谁也没想到他会英年早逝啊。"汉弗莱说。

"唉，他去世以前几个月，就病得半截入土了。那时候，女人们常到青山集去赛跑，赢内衣和罩衫料子。我现在的老婆，当时还是长腿长脚的姑娘，个子还不到出嫁的高度，也和街坊姑娘们一块去的，那时还没发胖，跑得快。她回家的时候，我就问她——那时候两人刚刚谈到一块儿——'你赢的是什么东西呀，宝贝？''我赢的是——啊，赢的是罩衫料子。'她说的时候，脸上一红。我心里想，奖的是内衣吧。果然是的。唉，想到她现在跟我不论说什么，都一点儿也不脸红，当时却连那么点儿小事都不肯说，觉得真是奇怪啊。……好了，然后她就说啦，就因为这话，我才提起这段故事来的：'嘿，不管我赢的是什么衣服，素的也好，花的也好，能叫人看的，不能叫人看的（她那时很会说几句谦虚话），宁愿把它丢了，也不要看见今天这件事。可怜的约布赖特先生，一到集市上就病倒啦，不得不马上又回家去。'那可是他最后一次出教区了。"

"病体一天天差下去，以后就听说他去了。"

"你说他死的时候痛不痛苦？"克里斯琴问。

"不，不一样的。心里不觉得痛苦的。他的福分大，是上帝的宠儿。"

"别的人呢——你说别的人死的时候，要不要痛苦，费尔韦先生？"

"那得看他们害怕不害怕了。"

"我根本不害怕，感谢上帝！"克里斯琴使着劲说，"我很高兴，我不害怕，那样，我就能不痛苦了。……我想自己是不害怕的——要是害怕，那也是不得已，我也不该受罪。但愿我一点儿也不害怕！"

一阵肃穆气氛。窗户没挂窗帘，也没下百叶窗，蒂莫西往窗外一看说："嗬，那个小篝火着得真来劲，维尔舰长门外那个！现在还是那样旺，千真万确。"

大家全往窗外望，当时没人注意到，怀尔狄夫悄悄看了一眼，瞬间露出过真情。只见荒原的黑暗山谷深处，雨冢的右面，果然有一个火光，虽然不大，却和先前一样稳定持久。

"那篝火比咱们点得还早，"费尔韦接着说，"可周围所有的篝火都灭了。"

"也许这里面有名堂吧！"克里斯琴低声说。

"有什么名堂？"怀尔狄夫机敏地问。

克里斯琴心绪纷乱，一时答不出来，蒂莫西就替他说。

"他的意思是，先生，那儿不是住着一个黑眼睛孤身女人，有人说她是女巫的吗？——我凭什么管一个年轻貌美的女人叫女巫啊——她总是出一些古怪、别致的念头，所以也许是她点的。"

"要是她肯，我很高兴向她求婚，豁出去叫她那双放荡的黑眼睛来咒我罢了。"坎特尔大爷坚定地说。

"不要说这种话吧，爸！"克里斯琴恳求说。

"哦，谁要是娶了这位姑娘，他最好的客厅里，缺美人画才怪呢。"费尔韦喝了一大口酒，放下酒杯，以清爽的口气说。

"而且不缺像北极星那么深沉的伴儿了。"萨姆拿起酒杯，把剩下的那一点干了。

"好啦，现在我想咱们应该走了吧。"汉弗莱看见酒杯已经空了说。

"那给他们再唱一首歌儿吧？"坎特尔大爷说，"我和鸟儿一样，满肚子的小曲儿。"

"谢谢你，大爷，"怀尔狄夫说，"现在不麻烦你们啦。改日再唱也一样 —— 等我举行聚会的时候啦。"

"届时要是不再学十个新歌儿来唱才怪呢，"坎特尔大爷说，"你放心吧，怀尔狄夫先生，我决不临阵脱逃，让你扫兴的。"

"我信你的话。"那位绅士说。

大家都告辞了，并祝款待者婚后幸福长寿，反反复复唠叨了半天。怀尔狄夫把他们送到门口；门外，黑油油的荒原有个上坡，正等着他们；那一大片黑暗，从脚下开始，差不多一直笼罩到天顶；那边才有一个明确的东西隐约可见，那就是雨冢低下的前额了。泥炭工萨姆在前面开路，他们一路纵队钻进了漆黑一团的夜色里，踏上了没有人径的回家路。

荆棘刮擦裹腿的声音渐渐听不见了，怀尔狄夫才回到安置托马辛和阿姨的房间里。两个女人已经走了。

她们要出这屋子只有一条路，就是爬后窗。后窗正开着。

怀尔狄夫顾自笑了笑，又琢磨了一会儿，才懒洋洋地回到前屋。他的目光落到了放在壁炉架上的一瓶酒上面，于是小声说："呀 ——老道敦！"他走到厨房门口喊道："有人没有，去给老道敦送点东西？"

没人回答。屋里没人，跟他打杂的伙计已经睡觉去了。怀尔狄夫抽回身，戴上帽子、拿起酒，出了屋子，把门锁上；那天晚上，店里并没客人。他刚上路，迷雾岗的小篝火，就又映入了他的眼帘。

"我的小姐，你还在那儿等哪，是不是？"他低声说。

但他当时并没有直奔那儿，而把那座小山撇在左边，走上了一条辘辘印深深的马路，摸索着来到一个村舍跟前；和荒原上夜深时别的住宅一样，由于卧室窗户透出一道微弱的亮光来，才让人知道它的所在。原来这就是扎扫把的奥莉·道敦家，怀尔狄夫走了进去。

楼下一片漆黑，不过怀尔狄夫摸黑找到了一张桌子，把酒瓶放在上面，旋即又出了屋子，来到荒原上。他站住了脚，朝着东北方看那不灭的小篝火 —— 它高高地悬在半空，只是没雨冢那样高。

前人告诫过，女人一旦用心计，会有什么下场。而该名言警句并不一定就止于女人，只要有女人，尤其是漂亮女人，参与其中的时候就行。怀尔狄夫站在那儿反复彷徨，迷惑不解地喘着气，站到后来，才认命地自言自语 ——"也罢，听天由命吧，看来我不得不去找她！"

他没有转身回家去，却顺着雨冢下面一条山路，朝着那明摆着的信号，急急忙忙地奔去。

6 天空衬托的人影

埃格敦汇聚起来的人群都走了，点篝火处又回归了惯常的孤寂冷清。此刻，一个女子的影子，身上裹得严严实实，从荒原上点小篝火那里，靠近了雨冢。倘若红土贩还在观察，那他就可以认出来，她正是先前那样独特地站在冢上、见了生人来就消失的那个女人。她又爬上了古冢顶上的老地方，熄灭的火堆剩下的红炭，好像白日的尸体，眨着眼睛迎接她。她在那儿站定，身边是一片广阔无垠的夜色，比起下面那片荒原的漆黑，还没有黑透，好像那是轻罪，和十恶不赦的重罪不同。

她身材颀长，身躯端正，一举一动符合淑女规范，这是眼下能看出来的全部特征：她的身体裹了按老式样斜对折的围巾，脑袋也包了大头巾；在此时此地，这样的保护不算多余。她将后背对着西北风，至于究竟为什么回避那个方向，是因为身在高处觉得寒风凛冽呢？还是因为她的兴趣在东南方呢？起先还看不出来。

再说，她为什么要这样纹丝不动地站立，充当四围这片荒原的枢纽呢？也同样不明白。她那异乎寻常的固守，那明显的凄凉孤独，那样对夜色不予理会，至少表明了她是无所畏惧的。这片原野环境恶劣，在古代曾使恺撒[①]每年在秋分之前，就急于摆脱它的阴沉昏暗，而这种状况至今并无改变；那种穷山恶水和阴沉天气，让南方来的旅行者把我们岛国比作荷马笔下的辛梅里安[②]土地，这一切只就外表来看，并不对女人友善。

要是说那个女人正在听风的声音，倒也合情合理；夜色渐深，风

---

① 恺撒（公元前 100—前 44）：罗马统帅、政治家，曾两度进兵不列颠。

② 辛梅里安：荷马诗史《奥德修纪》中描述的永恒黑暗土地。

也大了起来，很令人注意。确实，那风好像是因景而设，而景物仿佛又是为那时刻而设。风中的部分音调十分特别，此处的风声，无法在他处听到。一阵紧似一阵的西北风，无休止地刮来，前仆后继，每一阵风刮过的时候，其行进的声音可转化作三种音调，其中有低音、中音和高音。整体的风势，在坑洼和山冈上下振荡，产生了齐鸣的套钟里那最低沉的声音。随后能听出来的，是冬青树嗡嗡的男中音。还有一种变细变弱了的声音，比这两种力度小而音调高，却使劲哼作沙哑音调，这就是刚才提到的那种特殊乡音。它比起另两种来，虽然更细弱，难以直接追踪，却远远要引人入胜。其中有荒原的所谓语言特色。离开荒原，这种声音天底下无缘听到，那个女人之所以神情紧张，而且连续不断地僵着，也许就是由于此些许理由。

十一月里寒风凄切，那个声音贯穿始终，很像九旬老翁的嗓子里残余的废歌曲。它是一种声嘶力竭的耳语，干枯嘶哑，如揉搓纸片。它从耳边拂过，听来非常清晰，听惯了的人，对于发声的细微来源，都能体会到，好像伸手可及。它是细小植物共同作用的结果，不过这些植物，并不是柄叶、干果，也不是棘刺、地衣、青苔。

它们是干枯的灰色石南花，夏天里盛开，本来花瓣柔嫩，呈紫色，现在叫米迦勒节①的寒雨冲刷得失色，又让十月的太阳晒成死皮了。花儿个体发出的声音非常低微，所以成百成千合起来的声音，刚刚能脱颖而出；坡上坡下亿万的花声，到了女人的耳边，也不过像懒洋洋的宣叙调，时起时伏。但今晚浮动的众声里，却几乎没有一个有能耐令人想到声音的来源。听者心里浮现漫山遍野的一片花，密密麻麻，体会到朔风把每个小喇叭抓住，钻进去，冲洗一遍，再跑出来，完全彻底，仿佛它跟火山口一样大似的。

"圣灵对它们的感应。"此话的意义不由人不注意；感情用事的听者，其拜物教情绪会止于一种更高境界的情绪。毕竟，这不是左边那片山坡的枯花，也不是右边那片山坡的死瓣，也不是前边那片山坡的

---

① 米迦勒节：基督教节日，9月29日。

死花在说话，而是另有一个单一的人格，通过每个花朵，异口同声地说话。

忽然，雨冢上又听到另一种声音，和这种夜的野性雄辩混合一气。它自然而然地变调，融会于别的声音之中，所以分辨不出其始终。悬崖峭壁、灌木丛、石南花打破了沉寂，最后那个女人也开口了；她的话不过是同一篇讲话中的一个词语。那一声，乘风发出，与风浑然一体，又随风飘去。

原来她发出的是一声长叹，显然是针对引她到冢上来的那件心事而发的。长叹里有痉挛性爆发的放任自流，好像女人容许自己发声时，大脑认可了它所无法调节的行动。其中有一点很明显，那就是，她并不是生活在无所用心、四肢不勤之中，而是在压抑状态之下苦熬。

低谷深处，客店窗口的微弱灯光经久不灭；再稍过片刻就能证明，她那一声叹息，正是为了此窗，或是窗户里的什么，而不是由于她自己的举动，也不涉及紧挨着的景物。她左手抬起，拿着折叠的望远镜。她把望远镜很快地打开，好像习以为常似的，举到眼前，对准店里的灯光。

她的脸部略有仰起，盖在头上的头巾也微微翻开了。一个面部的侧影，在黑沉沉阴云的衬托下依稀可见；好像是萨福①和西登斯夫人②从坟里爬了出来，其侧面容貌合为一体，既有两人的影子，却一个也不像。但这不过是表面现象，面部的轮廓只能少许供认人的性格；而面部的变化，才能表示彻底坦白。这是千真万确的，所以要了解一个男人或者一个女人，所谓表情的作用，往往超过其余各部位加在一起的努力。因此，黑夜对那个女人，揭示不了什么，夜色笼罩，脸上的活动部分看不见。

她终于停止了窥探的姿态，合上望远镜，转到慢慢熄灭的余烬。那时，已经看不见光线往外四射了，偶尔来一阵异常强劲的风拂过上

---

① 萨福：古希腊女诗人，公元前 7 世纪人，以美丽、诗才和情爱著称。
② 西登斯夫人（1755—1831）：英国著名女演员。

面，才能吹出一息红火，好像女孩子脸上的红晕一样，来得快去得也快。她俯首那一圈寂静的余火上，从木炭里面捡了一根红炭最大的，拿到她先前站立的地方。

她把那段木炭戳向地面，嘴吹着头上的红炭，直到把草皮微微照亮，照出一件小小的东西，原来是一个沙漏，其实她身上带着怀表的。她把炭火不住地吹，发现沙子都漏完了才罢。

"啊！"她好像吃了一惊似的说。

她吹出的炭火忽明忽暗，瞬间照亮了肌肤，但头部仍盖着头巾，仅仅看见一面脸颊和两片无与伦比的嘴唇。她把木炭扔掉，沙漏拿在手里，望远镜夹在腋下，上了路。

顺着山脊隐隐约约有一道脚踩的踪迹，小姐就走在上面。熟悉的人说那是一条路；偶然路过的游人，哪怕在白天，都会不知不觉跨过去；而在荒原游荡惯了的人，就是半夜都不会找不到它。夜色昏沉，连收费大道都难辨得出来，要走这样似路非路的小径，其秘诀在于培养足部感觉，它来自人迹罕到的地方多年的夜游。对于这种地方上练过的人，就是穿着极厚的靴子也能觉察出来，没受踩躏的野草，和小径上经过践踏的草茎，踩到脚下并不一样。

那位走这条小径的孤独者，对于枯死的石南花上奏出的风声丝毫未在意。她沿着沟壑行走，往前不远，有一群黑糊糊的动物正在吃草，看见她来都跑开了，她却连头都没回。原来是叫做荒原种的小野马，有二十几匹。丘壑起伏的埃格敦荒原，本是它们自由游荡的地方，不过数目太少，未能给荒僻的地方增色。

步行者当时对什么都不在意，从一件小事上就可看出她心不在焉。一丛黑莓刺把她的裙子勾住了，无法前进。她并没把刺藤扯开，继续赶路，却被刺藤拉住，索性老老实实地站住了。后来她开始摆脱纠缠，是身子反复回旋，才把刺藤松脱开的。原来她陷入了忧郁沉思。

她行走的方向是那个小而不灭的篝火，它曾经引起了雨冢上的人和山谷里怀尔狄夫的注意。微弱的光线，开始照到她的脸，过一会儿就能表明，篝火并不是点在平地上，而是点在一个两道土堤交接的凸角堡上。那土堤外面是一道壕沟，沟里基本上都干了，只有紧靠篝火那一段，还存着一大滩水，四周围满了石南和灯心草。只见那平静的水面上，倒映出篝火的影子来。

后面那两道连起来的土堤上并没有树篱，只有不成行的荆豆，沿着堤顶各处丛生，撑在茎干上面，活像插在木桩上的人头，高悬在城头上，勉强充当篱笆。只要火光一亮，就能照到一个白色桅杆，上面装着帆桁和索缆之类，高耸在乌云密布的夜空中。总而言之，那场景很像一座堡垒，且点起了烽火。

一个人也不见；但有一个白乎乎的东西，时不时从土堤后露出来，旋即不见了。那是一只小小的人手，正在一块一块地往火里添劈柴。不过从观察得知，那手却跟令伯沙撒①恐慌的那只手一样，是孤零零的。偶尔有炭火从堤上滚下去，"咝"的一声掉在水里。

水塘的一边有土块垒的台阶，要上土堤顶可以走那儿，女人拾级而上。土堤里面是荒废的马场，虽然有耕种过的迹象，现在石南和蕨草已悄悄侵入，重振旗鼓。再往里可以隐约辨出一座错落有致的住宅，连着庭园和裙房，后边有杉树林子。

那小姐——她轻快矫健地跳上堤，露出青春年少的体格——并没走下土堤往里面去，却顺着土堤，走到点篝火的拐角。那火焰能持久的唯一原因，现在明白了，燃料都是极坚实的木材，劈开了，锯成一段一段的——那是三三两两长在山坡上那些老山楂树疙疙瘩瘩的树干。只见土堤内的角落，还有一堆这样的劈柴没烧过。就在这个角落里，她看见有一个小孩仰起脸来。他时不时慢腾腾地往火里扔一块劈柴，那天晚上，他似乎大部分时间都在做这桩事，脸上有些倦意。

"你来好极了，游苔莎小姐，"他如释重负，松了一口说，"我不喜欢一个人待着。"

"胡说八道。我走了不远，只是去散一散步。只离开了二十分钟

---

① 令伯沙撒：巴比伦最后的国王，大宴群臣时指头出现，在墙上写字示警，使他大惊失色。见《旧约·但以理书》。

的工夫。"

"好像不止二十分钟，"闷闷不乐的小孩嘟嚷着说，"再说，走了好几次。"

"怎么，我本来想，你有篝火玩一定高兴。我给你点了篝火，难道不感激吗？"

"对呀，可是这儿没人和我一起玩。"

"看来我走了以后没人来过吧？"

"除了你外公，没有别人；他到门口找了你一回。我告诉他，你到山上走走，去看别人家的篝火去啦。"

"好孩子。"

"我听好像你外公又出来啦，小姐。"

一个老头从住宅那边，走到火光所及的远处。他就是那天下午在路上追上了红土贩的那个人。他眼巴巴地看着站在土堤上的姑娘，张嘴露出一口整齐完全的牙齿，好像帕罗斯①大理石一样洁白。

"游苔莎，什么时候进屋哪？"老头问，"差不多该睡觉了。我已经回家两个钟头啦，累坏了。你未免有些小孩子气，在外头弄篝火这么久，还浪费了那样的柴。我那些宝贵的山楂根儿，都是最难得的好劈柴，我特地留着过圣诞节用的，现在差不多都让你给烧光啦！"

"我答应了强尼点篝火，这下他还不愿意熄灭呢，"游苔莎说，那态度一下子就表露出，她在这儿是说一不二的女王，"您进去睡吧，外公，我很快就来。你喜欢这个篝火，是不是，强尼？"

那孩子疑惑地抬头看着她，小声说："我不想再玩了呀。"

外公已经转身走了，并没有听见小孩的回答。白发老人刚消失，她就怄气地说："你个没良心的小东西，敢顶嘴？你要是不把火弄旺了，就别想再点篝火。过来，告诉我你愿意为我效劳，别改口。"

小孩无奈地说："是，我愿意，小姐。"继续敷衍塞责地拨弄篝火。

"再多待一会儿，就给你一个弯背六便士②，"游苔莎口气温和下

---

① 帕罗斯：希腊地名，大理石雕塑的采石地。

② 弯背六便士：英国一种银币，英国乡下人喜欢穿孔戴在身上，叫"福币"。

来说，"隔两三分钟就扔一块劈柴进去，不要一下子扔许多。我要在这个岗子上再走一会儿，一定会不断地回来看你。要是你听见有青蛙跳到水塘里，像扔进石块似的扑通一声，一定要跑来告诉我，那是下雨的先兆。"

"是，游苔莎。"

"维尔小姐，先生。"

"维——苔莎小姐。"

"够啦。现在再扔一块劈柴。"

小奴隶照旧继续添着火。他俨然是一个机器人，一言一行任由游苔莎颐气指使；活像传说中大阿尔伯图斯①做过的铜人，仅仅给了它说话、移动和供役使的活力。

姑娘再次去散步之前，先在堤上站住，静静地听了一会儿。那地方尽管地势低一些，却完全和雨冢一样孤寂；北面有几棵杉树，所以少受一些风吹雨打。围在住宅外面的那道土堤，保障它免遭堤外那种蛮荒状况的侵袭，土堤是用堤外濠沟里掘起来的方土坯砌起来的，微微拍打过，稍有倾斜；这块地方风高地荒，树篱难长，砌墙材料又没法搞到，所以土堤有不小的防护作用。除此以外，地形颇开阔，俯视整个山谷，直到怀尔狄夫屋后那条河流。它的右上方是雨冢朦胧的山影，遮蔽着天空，去那里要比静女酒店近得多。

游苔莎把荒凉的高坡和低狭的空谷都悉心观察了一番，不由显露出一种不耐烦的姿势来。烦躁的字句不时从嘴里冒出，不过其中却夹杂着叹息，而叹息之间又有突然的静听。她从站着的高处下来，又朝着雨冢漫步，不过这次却没把全部的路程走完。

她重新露了两次面，都间隔几分钟，每次都问——

"小鬼，听见水塘里有咕咚一下没有？"

"没有，游苔莎小姐。"小孩回答。

"好吧，"她终于说，"我很快就进去啦，届时给你弯背六便士，

---

① 大阿尔伯图斯（1200？—1280）：德国经院哲学大师。

56

放你回家。"

"谢谢啦！游苔莎小姐。"疲乏的烧火工说，喘气轻松了许多。游苔莎又从火堆旁走开，不过这一次却不是去雨冢。她只沿着土堤，绕到房子前面的边门，站住看风景。

五十码开外，就是两堤相遇的弯角，上面点着篝火：土堤里面，就是那小孩的身影，像先前一样，一次举起一块劈柴往火里投。游苔莎懒洋洋地老远看着他，他有时爬上土堤背角，站在炭火边。晚风把烟火、小孩的头发和背心的衣角，都往一个方向吹起，风停息时，衣角和头发不动了，烟就直上夜空。

游苔莎远远看着，发现那小孩明显一惊；他溜下土堤，朝着白色的栅栏门跑过去。

"怎么啦？"游苔莎问。

"一个青蛙跳到水里去啦。没错，我听见了。"

"那是要下雨了，你还是回家去吧。不害怕吧？"游苔莎说得非常急促，仿佛听见小孩的报告，心跳到了喉咙口一般。

"不害怕，我有了弯背六便士嘛。"

"不错，给你。现在赶紧跑吧 —— 不是那边 —— 走这边庭园好啦。荒原上没有一个小孩有过你这样好玩的篝火。"

小孩显然大喜过望，轻快地步入了茫茫夜色。他一走，游苔莎便把望远镜和沙漏都放在栅栏门边，敏捷地走小门直奔土堤角，篝火的下面。

她就在这里等候，由外围工事掩护着。不大一会儿，只听堤外的水塘里，又扑通的一响。要是小孩还在那儿，他一定会说水里又跳进了一只青蛙；但是让大多数的人来听，那声音却很像一块石头落到水里。游苔莎上了土堤。

"谁？"她屏住了呼吸问。

在山谷低垂的夜空衬托下，一个男人的影子，应声在水塘对面隐约出现。他绕过水塘，跳上土堤，来到她身旁。游苔莎不觉低声一笑，这是姑娘今晚上嘴里发出来的第三种声音。头一种是站在雨冢上发的，表示焦虑；第二种是在山岗上发的，表示不耐烦；现在这第三种表示胜利的喜悦。她一言不发，只喜上眉梢地看着他，仿佛她从混沌之中创造出了一个奇迹。

"我来啦，"那个男人说，他正是怀尔狄夫，"你让我不得安宁。干嘛不让我一个人呆着？一晚上，都在看你那篝火。"这些话不免含着感情色彩，语气却保持平稳，好像为了防止突如其来的极端感情迸发而如履薄冰。

姑娘看到情人意外地克制起来，自己也好像克制着。"当然看得见我的篝火啦，"她故作冷冰冰的态度，平静地说，"荒原人十一月五日都点篝火，我怎么就不该点一个啊？"

"我知道这是为我点的。"

"你怎么知道的？一直没跟你说过话呀，自从你 —— 你选中了她，和她出双入对，就把我完全甩开了，好像我从来就不是你不离不弃的命根子似的！"

"游苔莎！能忘吗？去年秋天，同月同日同地点，你也点了一模一样的篝火作信号，约我来跟你见面。要不是同样的目的，维尔舰长门外干嘛又点起同样的篝火来了？"

"不错，不错 —— 我承认，"游苔莎低声喊着说，说话举止无精打采，骨子里却很热烈，这是她个人所特有的，"别一开口就对我这样说话，戴蒙，你会逼我把本来不愿意出口的话说出来的。我本来对你不指望了，下决心不再把你放在心上了；后来我又听了消息，让我觉得你没变心，所以才跑出来点了篝火。"

"你听见什么消息啦，才这样想？"怀尔狄夫吃惊地问。

"听说你没跟她结成婚！"游苔莎凯旋似的小声说，"我知道这是因为你更爱我，不能跟她结婚。……戴蒙，你狠心把我甩了，我说过永远也不能饶恕你。就是现在，我看也不能完全饶恕你 —— 凡是有点志气的女人，对于这种大事，都不能释怀的。"

"要是早就知道你叫我来，只是为了责备我，我就不来了。"

"我才不在乎呢。既然你并没跟她结婚，又回到我身边来了，那我就饶恕你吧！"

"谁告诉你的，我没跟她结婚？"

"外公。他今天走得很远，回家路上追到一个人，告诉他婚没结成。他猜到可能是你，我知道一定是你。"

"还有别的人知道吗？"

"看来没有吧。我说，戴蒙，现在看出我点信号火的用意了吧？要是我认为你已经娶了那个女的，那就不要想我会点篝火。那么想，就侮辱我的自尊心了。"

怀尔狄夫没说话，他显然那么想过。

"你当真以为我相信你已经结婚了吗？"她很认真地又问了一遍，"那就看错我了。我以性命和心灵担保，我实在无法接受你那样看扁我！戴蒙，你这个人，真的配不上我；我明明知道，还是爱你。没关系，随它去吧——我只有尽力忍受你的鄙薄就是了。……"她见怀尔狄夫还是没什么表示，就掩饰不住心中的焦灼，补充道，"我问你，你无法把我释怀，还是要最最爱我，是不是真的？"

"是啰，要不然我为什么来了？"他生气地说，"不过既然承蒙你说我配不上你，那我就是对你一片忠心，也没什么大不了了。要说不配，也应该我自己来说，出自你口中就不够开恩了。不过我这个人，生来就倒霉，脾气火暴，一辈子都得受罪，对女人要逆来顺受。我从工程师落魄到店小二，都是因为这。至于还有什么低级行当等着我，我还拭目以待呢。"他仍旧神色忧郁地看着游苔莎。

游苔莎抓住时机，把围巾往后一甩，让火光充分照到脸和脖子上，微笑着问："你在外面游历这几年，见过比这更好的吗？"

游苔莎那个人，没有把握是不会摆出这种姿态的。他静静地回答说："没有。"

"就是托马辛的肩膀上也没有吗？"

"托马辛是一个天真烂漫的可爱姑娘。"

"那与此无关，"游苔莎一下就冲动起来，喊着说，"要把她放开；现在要考虑的，只有你我两个人。"接着她把对方看了老半天，才恢复了原先那外冷内热的态度，"是不是我得继续跟你示弱表白呢？本来这是女孩子应该隐瞒的嘛。我现在可以承认：直到两小时前，我还认为你把我抛弃了呢；我心里让那可怕的念头搞得那么郁闷，简直难以言表。"

"对不起，让你那样痛苦。"

"不过我这种郁闷，也许不全是为的你，"游苔莎自矜地添了一句说，"心情郁闷，本是我的天性。我想我生来就这样的。"

"疑心病症。"

"再不然，就是因为搬到这片荒原上。住在蓓蕾嘴的时候，我倒也很快活。那个好时光啊，蓓蕾嘴的日子好哇！不过从此以后，埃格敦也要亮堂起来了。"

"但愿如此，"怀尔狄夫闷闷不乐地说，"亲爱的旧欢，你知道旧情复萌对我有什么后果吧？又要跟从前一样，到雨冢上跟你相会了。"

"你当然要那样。"

"然而我可要声明，今晚到你这之前，本打算这次说再见以后，就永不见面了。"

"说这个，我才不感谢你呢。"她说着别过身体，无名火像地热一般扩散到全身，"想去雨冢的话请便，但你休想看到我；你尽可以呼唤，但我不会听[1]；你尽可以诱惑我，但我再也不会对你一心一意了。"

"你从前也说过这话的，亲爱的；不过像你那种性格，要说话算话，恐怕不容易吧。像我这种性格，想要那样，也办不到。"

"这就是我费尽心机得到的快乐了，"她辛酸地低声说，"我为什么要把你叫回来呢？戴蒙，我心里有时会打怪仗的。你伤害了我，等我平静下来，就想道：'难不成我拥抱了一片普通的云雾？'[2]你是一条变色龙，现在你的颜色变得最坏了。回家吧，别让我恨你！"

怀尔狄夫只对着雨冢出神，到了从一数到二十的工夫，才显得一切都无所谓的样子说："好吧，回家就回家。你还打算和我见面吗？"

---

① 语出《圣经》。

② 希腊神话故事。一国王追求天后，主神以云雾化作天后，戏弄他。

60

"除非你向我承认，你是因为更爱我，才没举行婚礼。"

"我想这种策略不怎么样的吧，"怀尔狄夫微笑着说，"你自己的能耐究竟有多大，不就真相大白了吗？"

"你要告诉我！"

"你心知肚明。"

"她现在在哪里？"

"不知道。我不想对你谈她的事。我还没和她结婚，你召唤我，我奉命而来。这还不够吗？"

"我只是无聊，才点了这篝火。就像隐多珥的女巫招引撒母耳①那样，我想把你引来，对你炫耀能耐，心里想这样挺刺激的。下决心把你引来，你果然来了！这已经证明我很有能耐了。来是一英里半，回家又是一英里半 —— 为我走三英里地的黑道儿。这难道还没证明我有能耐吗？"

怀尔狄夫朝她直摇头："我太了解你了，我的游苔莎，太了解了。你的口气，我无所不知；你那滚烫的胸怀，要了命也玩不出这样冷酷的把戏来。黄昏的时候就看见一个女人，在雨冢上朝我的房子观察。我想是我先把你引出来，然后才是你把我引出来的吧。"

怀尔狄夫此刻显然是旧情复燃了；只见他凑过去，脸好像要去贴游苔莎的脸颊。

"不要，"游苔莎说，倔犟地往渐熄的篝火对面跑，"你这是什么意思？"

"那么吻吻你的手行吗？"

"不可以。"

"那么拉拉你的手吧？"

"也不行。"

"那么一概免了，我向你道晚安吧。再见，再见。"

游苔莎并没回答；怀尔狄夫跳舞领班一样欠了一下身，像来时那

---

① 圣经故事，详见《旧约·撒母耳记上》第28章。撒母耳是以色列的先知，已经死了。国王扫罗和腓力斯人交战前，通过女巫招来他了解情况。

样在水塘对面消失了。

　　游苔莎长叹了一声;这并不是少女柔弱的叹息，而像是一阵冷战，全身都撼动了。有的时候，她的理智之光瞬间照射到她的情人身上，揭示了情人的缺陷，她就要打这样的冷战。但它稍纵即逝，她又照样爱下去。她明知对方只是跟她闹着玩，然而她照样爱下去。她把没有烧光的柴火拨散，立刻进了屋，没有点灯就到了卧室。在表示她摸黑脱衣的窸窣声中，不时传来沉重的喘息;十分钟以后，她进入了梦乡，同样的战颤偶尔还撼动了她的全身。

7 夜的女王

游苔莎·维尔本是做天神的料；稍稍打点一下，就能在奥林匹斯山①上混得很好。她拥有做模范女神的那种激情和本能，也就是说，不大能做好模范的女人。若有可能把地球和人类暂时都交给她掌控，让她随心所欲地操纵纺纱杆、纺锤和剪刀②，则世上很少会有人察觉治权的变动。我们现在有命运不公，有宠爱集于一身，屈辱不离某处，公道之外先实施宽大，永远进退两难，风云难测，旦夕祸福，即使治权易手，遭际也会一模一样。

她胳膊腿脚丰满，比较富态，面色既非红润，亦非苍白，肌肤就像浮云那样柔软。一看到她的头发，就会想象，整个寒冬积累的阴沉昏暗，都不足以形成那样的乌云笼罩。头发覆盖在她的前额上，好像夜色抹去了西方的晚霞。

她的神经贯通到这些长发的末梢，轻轻抚摩，就能缓和脾气。头发一梳，就立刻沉静起来，好像斯芬克斯③一样神妙莫测。在埃格敦荒原的坡崖下走过时，厚密的飘发有时会被荆豆的带刺枝条挂住几绺，枝条就成了某种发刷，而她会回身几步，故意贴着枝条再次经过。

她有非基督教徒的眼睛，富于夜的神秘。厚眼皮和长睫毛半遮着，妨碍了眼波的往复转动；她的下眼皮比英国一般妇女要厚得多。所以她能沉湎于遐想，却看不出在出神：有人认为，她不闭眼睛也能睡觉。假定世间男女的灵魂都是肉眼可见的实体，就能想象游苔莎的灵魂是火焰的颜色。她灵魂里发出的火花，进入她那漆黑的瞳孔里，

---

① 奥林匹斯山：希腊神话中的神仙山。

② 纺纱杆、纺锤和剪刀：希腊神话中的命运三女神，分别掌管生、命运和死。

③ 斯芬克斯：希腊神话中狮身人面的女神，喜欢让人猜谜。

也给人同样的印象。

她的嘴与其说为说话而生，不如说为颤动而生；与其说为颤动而生，不如说为接吻而生。也许有人还要补充一句，与其说为接吻而生，不如说为撇嘴而生。侧面看，其双唇抿合的曲线，几乎具有几何学的精确性，形成设计艺术上叫做表反曲线或者葱形拱的S形曲线。在阴森肃杀的埃格敦荒原上面，居然能见到这么柔和的唇形，真是奇观。一看便知，这样的嘴唇决不是从石勒苏益格①侵入英国的那一群撒克逊海盗遗传下来的，因为他们的嘴巴闭拢时，都像一个松饼分两片合拢一样。有人想象，这样的嘴唇曲线，多半埋在南方②地下，藏在遭到冷落的大理石雕塑残像上面。她的双唇曲线非常优美，虽然很厚实，但两个嘴角和铁矛尖一样轮廓分明。只有在她一下子抑郁起来的时候，嘴角的锋芒才会钝化；她年纪轻轻，就过于习惯抑郁，那本是感情的阴暗面之一。

她的风姿，让人忆及波旁蔷薇、红宝石和热带的午夜，等等；她的情绪，使人想起食落拓枣者③和《阿达莉》④里的进行曲；她的动作，就是海潮的涨落；她的声音，就是悠扬的中提琴。在幽暗的光线里，头发稍微梳理一下，她的外形就可以代表高级女神。脑后一弯新月，头上一顶旧盔，额上勒着散落的露珠作为王冠，凭这些饰物足以让她分别表现阿耳忒弥斯、雅典娜、赫拉⑤，她和古典天神的相似度，不逊于许多尊贵的油画里那些栩栩如生的女神。

然而天神的威严、爱情、愤怒、热情，在下界埃格敦，未免有点浪费。她的力量有限；她自己意识到这一局限，发育就产生了偏向。埃格敦就是她的冥土⑥，自从来到这儿，那种黑暗的情调，她已经吸

---

① 石勒苏益格：现代英国人的祖居地，在德国。

② 南方：这里指古希腊罗马的所在地。

③ 食落拓枣者：希腊神话，落拓枣令人懒散、健忘。

④ 《阿达莉》：法国戏剧家拉辛（1639—1699）的悲剧作品，由德国音乐家门德尔松（1809—1847）作曲，其进行曲振奋人心。

⑤ 阿耳忒弥斯、雅典娜、赫拉：希腊神话中的月神及狩猎神、智慧神及战神、天后。

⑥ 冥土：希腊神话中之地狱。

收了不少，虽然心里永远格格不入。她的外貌和这种难以抑止的叛逆性十分调和；她的美丽有一种幽黑的光辉，那是她内心被悲伤郁结的热情的真面目。她的眉宇间透出阴曹地府式的正宗尊严，既非矫揉造作，也无拘束的痕迹，因为长年累月它已在她身上生根。

她额上束着一条黑色天鹅绒细发带，挽住那幽黑茂密的头发，参差不齐的乌云盖在额上，给那种威仪平添一种尊贵。里希特尔[①]说过："除了一条横束额上的细带，没有东西能更好地装饰美丽的脸庞了。"街坊里的姑娘们，有的用彩带把头发束拢，还在别处佩金戴银；但是若有人劝游苔莎·维尔扎彩带，佩金戴银，她就一笑走开。

这样一个女郎为什么住在埃格敦荒原上呢？她出生于当时那个时髦的海滨胜地蓓蕾嘴。她父亲是希腊科菲欧特人，一个很好的乐师，在驻扎蓓蕾嘴的一个团里当军乐队指挥。当时他未来的妻子跟着父亲，一位出身高贵的老舰长，是来蓓蕾嘴旅行的。夫妻俩的相遇、结合，很难说令老人称心，乐队指挥钱袋空空如也，职业也微不足道。不过，这位乐师却尽力而为，不但改姓太太的姓，在英国定居，而且对孩子的教育很费神，费用则由外公出。作为城里的主要乐师，日子倒也过得红火；不过她母亲一死，他就潦倒起来，还酗酒，最后也死了。姑娘就由外公照看。老舰长遇险失事，断了三根肋骨，从此就搬到埃格敦这个通气的山岗住下。老人喜欢上这个地方有两条理由：那所房子几乎不花钱就能得手，房门前能眺望到天边一片蓝色，夹在群山间，相传那就是英吉利海峡。游苔莎对于这一变动耿耿于怀，觉得跟流放一样，不过她不得不在那儿住。

于是，游苔莎的脑子里，新旧观念并存不悖，真是蒹葭倚玉树。她的透视视野里并没有中景，海滨广场上，阳光暖人的午后，军乐队、军官，围着打转的风流少年，种种浪漫回忆，和四周的茫茫荒原一比，就是辉煌的金字，刻在黑黑的招牌上面。在她身上，可以找到闪闪发光的海滨胜地和庄严肃穆的荒原随机撮合而产生的种种离奇效

---

① 里希特尔（1763—1825）：德国小说家。

应。如今她看不到日常人生，就更加回味以往见过的东西。

她那种尊贵的仪态来自何方呢？父亲是费阿刻斯①岛人，尊贵从阿尔喀诺俄斯②家族辗转一脉相传？——或者外公有一位贵族表兄，尊贵来自菲查伦和德·维尔家族③？也许那只是天赋——自然法则的巧合。比如说，她离群索居，近年来就杜绝了沾染上不尊贵陋俗的机会。在荒原上与世隔绝，使得粗俗行为近乎不可能。让她庸俗化，还不如去让荒原马、蝙蝠、蛇虫百脚庸俗化容易呢。蓓蕾嘴那边的狭隘生活，倒很可能会使她卑贱不堪的。

没有王国掌管，没有臣民拥戴，却要母仪天下，看上去像女王，唯有做出领土尽失、子民离散的样子来；游苔莎就做得很成功。她虽然住的是老舰长的村舍，却能使人联想到她身居从未见过的庄园。也许是因为她常常游荡的地方，那些开阔的山冈，其规模超过了任何庄园。她的心情，正和周围那些地方的夏景一样，她身体力行了"群居的孤独"④这句话——表面上无所事事、空漠寂静，实际上却忙碌而充实。

把情人搞得为爱而痴狂——这就是她的最大愿望。对于她，爱情就是排遣岁月里那种揪心孤寂的唯一兴奋剂。她所渴求的，仿佛不是任何具体情人，而是叫做痴情的抽象观念。

有时，她会面带责备的样子；不过她发作的对象，与其说是普通人，不如说是想象中的某家伙，主要是命运；她隐约悟到，由于命运的作弄，爱情才只能降临滑翔的青春身上——她所得到的那点爱情才要与沙漏中的沙子同步流逝。想着想着，产生了越来越强烈的刻毒意识，容易酝酿出惊世骇俗的草率行动，她准备尽可能因地制宜，攫取一年一月，一时一刻的激情。现在她没有爱情，虽歌唱，却不欢乐；虽拥有，却不得享受；虽风光照人，却不觉得意。孤独加深了她

---

① 费阿刻斯：希腊神话，诗史《奥德修纪》有记载，相传即现在的科菲欧特。

② 阿尔喀诺俄斯：希腊神话，诗史《奥德修纪》有记载。

③ 菲查伦和德·维尔家族：均为英国贵族名门。

④ 语出诗人拜伦。

的欲望。在埃格敦荒原上，哪怕最最冷淡小气的亲吻，都标出荒年的高价；能够和她相配的嘴唇，到哪儿找去呢？

她和大多数的女人想法不同，觉得爱情的忠贞方面，为忠心而忠心没意思，倒是爱得难以自拔而忠心才有意思。爱情如炎炎烈火顷刻消灭，也胜过荧荧灯火延续多年。这一点，多数女人亲身经历后才知道，她却全凭先见之明；她已经神游了爱情的国度，点数了它的城楼，察看了它的殿宇；最后得出结论，爱情不过是苦涩的喜悦。然而，她渴望爱情，像在沙漠里的人，对于咸水也感激不尽。

她常常反复祷告，倒没有一定的时刻，而像那自然的信徒一样，什么时候想祷告就祷告。她的祷告内容总是发自内心，老是说："啊！快把我的心灵从这可怕的抑郁和孤独中拯救出来吧，快快让伟大的爱情从天而降吧，否则我必死无疑了。"

她的最高英雄，是征服者威廉①、斯特拉福德伯爵②和拿破仑，她读书时学校课本《女子历史》中提到过这些人物。要是她做了母亲，会给儿子们取名叫扫罗或西西拉，而不是叫雅各或大卫③，后两个人她不喜欢。她在学校里读到以色列和腓力斯人打仗，有好几次帮后者；并且纳闷，彼拉多④坦率公正，但是不是也英俊呢。

故此，她这个姑娘思想颇激进；而且，考虑到她净跟思想落伍的人相处，她非常有独创性。她那种不服从社会成规的本能，就是这种思想的根源。对于假日，她的态度就像一匹马，自己被放出来吃草，却喜欢看同类在马路上拉车。别人劳作她得闲的时候，她才珍视自己的休息。因此，她恨礼拜天，那天大家都休息；她常常说，礼拜天早晚要断送了她。荒原人处于过礼拜的状态时，大家手插口袋，脚穿擦亮的靴子，连靴带都不系（过礼拜天的特别标记），在他们本周铲的

① 威廉（1028？—1087）：法国公爵，1066年率兵渡海，做了英国国王。
② 斯特拉福德伯爵（1593—1641）：英国国王的忠臣，资产阶级革命后被国会处死。
③ 扫罗、西西拉、雅各、大卫均为《圣经》人物；前面两位是诗意的悲剧人物，而后面两位是平凡的成功人物。
④ 彼拉多：《圣经》人物，罗马驻犹太总督，曾判处耶稣死罪。

泥炭和砍的柴堆中间闲逛，还挑剔地拿脚去踢那些东西，好像它们用途不明似的：看到这一切，她的心情便沉重得可怕。为了减轻讨厌礼拜天的腻烦，她就一面嘴里哼着乡下人礼拜六晚上唱的谣曲，一面翻箱倒柜地整理外公放旧地图和破烂的柜子。但是礼拜六晚上，她倒常常唱赞美诗；《圣经》也老是在平日念，这样就没有敷衍塞责的压迫感了。

像她这种人生观，一定程度上是所处环境对她天性产生的自然结果。身居荒原却不研究荒原的意义，就仿佛嫁给外国人却不学外语。荒原微妙的美，游苔莎并未领略，所能抓到的，仅仅是荒原的缥缈云雾。荒原的环境，能让知足的女人赋诗，能让受罪的女人虔心礼拜，能叫虔诚的女人写圣歌，甚至能叫轻佻的女人沉思，现在却叫桀骜不驯的女人忧郁不合群。

游苔莎对于辉煌莫名的婚姻，早已不复憧憬了，但她虽然感情奔放，却又不肯降格凑合，所以我们发现她处于离奇的孤立状态。放下了天神那种为所欲为的自尊自大，又没有获得平常人尽力而为的热情，这就表现出高贵豪迈的脾气，在抽象的道理上，本来倒无可厚非，因为这是一种心境，失恋不失意嘛。不过，这尽管在哲理上说得通，对于家国社会却易构成危险。在这个世界里，有作为就是成家，家国社会就是由心和手所构成的婚姻家庭联合体，故这样的心境里险象环生。

于是，我们就看到这位游苔莎——有时她也并非不可爱——正抵达那个豁然开朗的阶段，她觉得天地间没有什么值得一做，既缺乏更好的对象，便将就着把怀尔狄夫理想化，以充实她闲暇无事的生活。怀尔狄夫所以能登堂入室，这是唯一的原因：她本人也不是不知道。有的时候，她的自尊心会抗拒对他的激情，甚至还渴望解套。但是要驱他出门，只有一种情况，那就是有一个更强的人现身。

除此而外，她情绪低落，烦闷而苦恼，所以老拿着外公的望远镜和外婆的沙漏，在荒原上漫步，消愁解闷；拿沙漏是因为她看着光阴渐渐过去的物象，从中攫取一种奇怪的乐趣。她不常用计谋，但一旦

68

用起计谋来，她的策划颇像大将统筹全局的战略，而不是所谓妇道人家的小聪明。不过，她不肯直言不讳的时候，也会说像特尔斐①神谕那类模棱两可的话。在天堂里，她大概位居埃洛伊兹②和克娄巴特拉③之间。

---

① 特尔斐：古希腊城市，其阿波罗神庙是求神谕的殿堂。

② 埃洛伊兹（1101—1164）：法国才女，与著名的经院哲学家阿伯拉尔（1079—1142）相恋，书信往来，传为佳话。

③ 克娄巴特拉（公元前69—前30）：古代埃及女王，以美艳机警著名。

8 无人迹处发现人

　　那个闷闷不乐的小孩，刚从篝火旁走开，就把那钱紧紧捏在手心里，好像这么一来可以壮胆似的，同时急忙奔跑起来。本来在埃格敦荒原这一带，让小孩独自回家实在没什么危险。这小孩回家的路，不超过八分之三英里；他父亲的村舍，加上几码以外的另一所，就是迷雾岗小村的大部分；唯一剩下的第三所，就是维尔舰长和游苔莎住的那所了，它和那两所稍许隔开，在那片本来人烟稀少的山坡上，算是静中取静了。

　　他一直跑到连气都喘不上来了，才放大了胆子，把脚步放慢；他用他那老头一样的嗓子唱着小曲，唱的是小水手和小美人，还有金闪闪的宝藏。刚唱到一半，小孩就停住了，前面山下的低坑里射出一道亮光，照出飞扬的尘土，还传来咬啮的声音。

　　只有不同寻常的场景和声音，才能吓唬住这小孩。荒原那种憔悴的风声，并不能吓着他，习惯了嘛。山路上时时出现的棘丛，就不那么叫他悠然自得了，树丛呼啸声阴沉沉的，加上天黑以后，老现出使人毛骨悚然的黑影，像跳跃的疯子，躺卧的巨人，丑陋的瘸子。那天晚上，亮光并不少见，但是所有的亮光，都和这个不一样。男孩转身回去，而不是走过那亮光，心里想要去求游苔莎小姐，打发仆人送他回家；这不是出于恐惧，而是出于谨慎。

　　小孩重新爬上山谷高处，发现篝火还在土堤上燃烧，不过火势已弱。他看到，火光旁边不只是游苔莎孤寂的人影，而是一对，另一个是男的。小孩沿着土堤下面慢慢爬到近处，先确定事情的性质，再决定为了自己区区一点小事打扰游苔莎那样一位尊贵的天人，是否精明。

　　那孩子在土堤下面偷偷地把谈话听了几分钟之后，疑惑不解地转身，和来的时候一样，悄悄地走开了。显而易见，他通盘考虑后认为，不宜打断游苔莎和怀尔狄夫的谈话，否则她不高兴了，非让他吃不了兜着走不可。

可怜的孩子进退两难，真是处于锡拉岩礁和卡律布狄斯大漩涡之间①。他先退到没人能发现的地方，停了一会儿，最后还是决定去面对低坑现象；两害相权取其轻嘛。他喘了一口粗气，原路折返，哪里来哪里去。

亮光已经不见了，飞扬的尘土也无影无踪——他希望永远不出现才好。他毅然决然，勇往直前，也并没有什么叫他惊恐的；等他走到离沙坑只有几码远的时候，却听见前面有轻微的声音，才站住了。不过这是片刻间的事情，那声音听出来了，是两匹马在那儿吃草，不停地咬嚼着。

"两匹荒原马跑到这儿来啦，"他大声说，"我从来不知道野马还会跑得这么远。"

两匹马正好挡在去路上，但孩子并不怎么理会，他从小就围着马匹玩耍，和马蹄背部的毛厮磨着长大的。不过，他靠近时，发现小东西并没跑开，且马匹都拖着防止走失的坠子，才多少觉得有点奇怪；这说明马儿已经驯服了。他现在能看见沙坑的内部了，位于山的侧面，所以入口是平坦的。沙坑最里面的角落有一辆方形的大车，背朝着他。大车里面射出一道亮光，把一个活动的人影，映在沙坑尽头那正对车门的砂石立面之上。

小孩以为那是吉卜赛人的车子；他对这种流浪者的恐惧程度不高，够不上心惊肉跳，最多是心痒难耐。他自己以及家里人，要不是有几寸厚的土墙围着，和吉卜赛人也没有什么两样。他与砂砾坑保持距离，顺着坑边爬上了山坡，走到坡顶，转到车门那边往车里看，那影子究竟是谁。

那情景令他吓了一大跳。原来车子里面有一个小火炉，旁边坐着

---

① 希腊神话，岩礁是女神锡拉所化，在西西里海，卡律布狄斯其对面的漩涡。意指航海者如临深渊。

一个人，从头到脚红彤彤的——他正是托马辛的朋友。他正在补袜子，袜子也和他全身一样红。他补袜子的时候嘴里含着烟袋，也是红烟杆、红烟斗。

此刻，只听外面黑地里吃草的荒原马，有一匹正哗哗地要把脚上的绊子甩掉。红土贩被惊动，就放下袜子，把挂在身旁的马灯点起来，从车里走出来。他要把蜡烛剔亮，便把马灯举到面前，蜡烛光直射到眼白和白牙上，叫红脸一衬托，在小鬼看来，真得算是一副吓人的怪样。孩子已经知道自己闯入什么人的老窝了，心里十分慌乱。据说在埃格敦走动的怪人，还有比吉卜赛人更难看的，红土贩就是一种。

"要是他只是吉卜赛人就好了！"小孩小声说。

那时候，红土贩已经从马匹那边返回。小孩怕被看见，就紧张地哆嗦起来，反而暴露了自己。原来沙坑顶部，有一层石南和泥炭像席子一样悬在上面，掩盖了坑边。那孩子已经踩到外面去了，石南丛一下子塌下去，他也滚下了灰白沙石壁，落到那人的脚下。

红土贩把马灯门打开，朝倒在地上的小孩身上照去。

"你是谁？"他问。

"强尼·农色奇，先生！"

"在那上面干什么？"

"说不上来。"

"想必是看我的吧？"

"是，先生。"

"为什么要看我？"

"因为我从维尔小姐的篝火那儿来，回家路过。"

"摔坏了没有？"

"没有。"

"啊呀，摔坏了：手在流血。上我的篷车，给你包扎。"

"先让我找一找我那六便士钱吧。"

"哪儿弄来的？"

"维尔小姐给的，给她照看篝火来着。"

钱找到了，红土贩往大车走去，小孩简直大气都不敢喘，跟在后面。

那人从针线袋里拿出一块和别的东西同样红的布头，撕下一条来，给那小孩裹伤口。

"我的眼睛起了雾 —— 在这坐一会儿好吗，先生？"小孩问。

"当然好了，可怜的孩子，够摔得头晕眼花的了。坐在那个包袱上好了。"

包扎完了以后，小孩说："先生，我想该回家去了。"

"你有点儿怕我。知道我是干什么的吗？"

小孩带着疑惧，把血红的身躯打量了一番，才说："知道。"

"哦，干什么的？"

"那个红土贩！"他颤抖着说。

"不错，我正是红土贩。不过卖红土的不止一个。你们小孩儿，总以为杜鹃只有一只，狐狸只有一只，巨人只有一个，魔鬼只有一个，卖红土的也只有一个，是不是？其实多得很哪。"

"真的吗？先生，你不会把我装进袋子里拐走吧？据说，那个卖红土的有时会拐小孩的。"

"胡说八道。红土贩就卖红土。没看见车厢里那些口袋吗？那里面不装小孩 —— 只有红土材料。"

"你生出来就是卖红土的吗？"

"不是，长大了才干的。我要是不干这行当，也能和你一样白 —— 我是说，过些日子，我还能变白 —— 也许得过半年：起先不会白的，红色都长到皮肤里去了，洗不掉的。好，你不会再怕卖红土的了吧？"

"不会了，永远不了。威利·奥查德说，他前几天在这看见了一个红鬼 —— 红鬼也许就是你吧？"

"我前些日子在这待过。"

"刚才看见灯光里有一些尘土，那是你弄的吗？"

"是啊，刚才我在拍打口袋。你是不是在那上面点了很好的篝火？我看见那火光了。维尔小姐花六便士钱雇你照看篝火，她怎么就那么喜欢点呢？"

"不知道。她不管我累不累，硬让我留在那儿替她添火，她自己呢，老往雨冢上跑。"

"照看了多大的工夫？"

"一直到有只青蛙跳到水塘里去。"

红土贩忽然停止了闲聊的口气，郑重地问："青蛙跳水？这个季节没有青蛙往水塘里跳的。"

"跳的，我就听见咕咚一声啦。"

"真的吗？"

"真的。她先告诉我说能听见，果然就听见了。别人都说她聪明、深沉，也许是她用魔法把青蛙唤来的吧。"

"后来呢？"

"后来我就到这儿来啦，因为心里害怕，又回去啦；可是一看有一位绅士在，我就不愿意过去和她说话，所以就又回来啦。"

"一位绅士 —— 啊！哥们，她都对那个人说什么来着？"

"告诉他，他没和另一个女人结婚，她想一定是因为他还是最爱他的旧情人；还有这一类的话。"

"那绅士对她说什么来着，好孩子？"

"他只说他最爱她，说他要天天晚上再到雨冢下和她见面。"

"哈哈！"红土贩喊了一声，同时往车厢上一拍，车篷布都拍得震动起来，"这就是奥秘！"

那小孩从凳子上一下跳开了。

"哥们，别害怕，"红土贩忽然温和起来说，"我忘了你在这儿了。这不过是卖红土的一种怪样子，忽然一阵愤怒，不会伤人的。然后，小姐又说什么来着？"

"不记得了。红土师傅，请问我可以回家去了吧？"

"啊，当然可以。我送送你好啦。"

他把孩子带出了沙坑，送到往他家里去的小路上。小小的人影在夜色里消失后，红土贩又回到车里，重新在火炉旁坐下，仍去补他的袜子。

9 爱情让精明汉用计

老派红土贩现在不常看见了。自从威塞克斯通了火车以后，当地羊倌赶绵羊赴庙会时大量使用的那种鲜明颜料，已另有来路，农民不必依靠这些红魔①一般的行商了。即使有一些人保留下来，从前那种特有的诗意生活也渐渐不复存在了：当初做这种营生的，都定期到挖红土的土坑运原料，除非天寒地冻，他们成年累月在野外露营，在成百上千的农场游历，生活虽然漂泊不定，却能随时随地掏出鼓鼓的腰包而确保体面。

红土无论落到什么东西上面，都要撒播那鲜明的颜色；无论是谁，只要接触半个钟头，就一定要像该隐②似的，身上烙上明白醒目的记号。

小孩子初见红土贩，就是毕生难忘的大事变。在幼小的心灵里，这样一个浑身血红的人物，就是他们从想象力启动那一天起所做的一切噩梦的升华。祖祖辈辈，威塞克斯的母亲们用来吓唬小孩的套话，就是"红土贩捉你来了！"本世纪初，他一度被拿破仑取而代之，但时过境迁，拿破仑这个人物陈腐失效以后，从前那句老话又恢复了原先的突出地位。不过现在，红土贩也追随拿破仑沦入了过气鬼怪的国度，已有了近代的发明取而代之。

红土贩的生活和吉卜赛人一样，却都看不起吉卜赛人。他们的生意和编筐编席的手艺人差不多一样兴隆，但和那些人却没有来往。他们的出身、教养比牛羊贩子要好，但牛羊贩子在路上和他们频频相逢的时候，却只对他们点头致意。他们的货物比货郎沿街叫卖的东西值钱，但是货郎却不以为然，看见他们的大车目不斜视地走过。他们的

---

① 红魔：即欧洲中世纪浮士德故事中的恶魔靡菲斯特。

② 该隐：《圣经》故事中的人物，是谋杀犯，身上有记号。

颜色看上去非常不自然，旋转木马的老板和展览蜡像的人，相比之下倒成了绅士；但他们却认为这种人身份低下，不肯接近。红土贩不断地出现在路上各色行人之中，却和那些人不搭界。那种营生本来就可能孤立他们，而人们看到的他们，也往往处于隔绝状态。

人们有时候说，红土贩都是罪犯，自己行为不端，却让别人顶了罪去受苦：虽然逃过了法律的制裁，却逃不过良心的谴责，所以从事这种营生，终身忏悔。要不然，他们为什么要选择它呢？在本个案中，这个问题倒切中了要害。当天下午走进埃格敦荒原的红土贩，就是大材小用而形成怪样基底的一例，本来干此行，丑陋的根基也能顶用的。这位红土贩唯一令人生畏的地方在于全身赤色。要是洗脱去那一点，他就是乡下男人里面一个常见的可爱典型。目光敏锐的人倒会觉得，一定是他对原来的身份不感兴趣，所以才把它放弃了（部分属实）。并且看过他以后，人们一定会试作一猜，他的性格主体是脾气柔和，才思敏捷之极，却不设城府。

他补着袜子，心里有事，脸就绷得紧紧的。后来表情温和下来，那天下午他在马路上赶车时的伤感柔情又出现了。不久，他手里就停住了针，把袜子放下，站起来，从篷车角落里的钩子上取下一个皮袋来。皮袋里装有许多东西，还有一个牛皮纸包。纸包的折痕都磨损得像铰链一般，可以断定，纸包一定是小心打开又包起许多许多次了。他在车里唯一的坐具，挤牛奶用的三腿小凳上坐下，烛光下把纸包端详了一会儿，才从里面拿出一封旧信展开。信上的字本来写在白纸上，由于处境特殊却染上了淡红色，黑色的笔画就好比冬天树篱的枝桠，衬托在红彤彤的夕阳里。信的日期是两年以前，落款是"托马辛·约布赖特"。信上写道——

亲爱的迪格利·维恩：

那天我从旁德克罗斯回家，你追上来向我提出了那个问题。我听了惊惶失措，恐怕当时没能让你确切了解我的意思。当然，我阿姨要是没来接我，我当场就可以把话说清楚的，但当时没有机会谈嘛。从那以后，我就一直忐忑不安，虽然你知道我不想惹你难过，但恐怕非惹你难过不可了，现在要把那时好像说过的话收回去了。迪格利，我不能嫁你，不能让你拿我当心上人看待。实在不行啊，迪格利。希望你听了之后不要介怀，心里不要痛苦。想到你会难过，我很悲伤，因为我很喜欢你；在我心里，除了表兄克林以外，就是你了。我们不能结婚的原因很多，一封短信难以说完。你跟着我的时候，我一点也没想到你会向我提那件事，因为我向来不把你当作情人。你不能因为你说话时我笑而骂我；你以为我笑你傻，那就错了。我是因为那个想法太奇怪才笑的，并不是笑你。我不让你向我求爱，个人的主要理由是，我心里并没有感觉，那种答应和你好，打算做你的太太的女人应有的感觉。并不是像你想到的那样，我另有意中人；因为我并没鼓励过任何人来追，而且一辈子都没鼓励过人。还有一层原因，就是我阿姨。就算我愿意嫁你，她也不会同意的。她固然很喜欢你，但她却要我看得比小牛奶场主高一点，嫁一个专业人员。希望你不要因为我秉笔直书，心里就存了芥蒂；不过我觉得你会设法再和我见面的，咱们两个还是不见面的好。我将永远把你看作是好人，关心你的幸福。我让简·奥查德的小女仆把这封信带给你。

你的忠实朋友，托马辛·约布赖特

牛奶场主维恩先生收

这封信是多年前一个秋天的早上送来的，红土贩再没和托马辛见过面，直到今天。期间，他改变身份，干起了卖红土营生，比原来离她越发远了；不过他的实际境遇仍很宽裕。其实，考虑到他的支出只占收入的四分之一，他算是富翁了。

求婚遭拒，就和无窝可归的蜜蜂一样，自然要去游荡了；维恩玩世不恭之余所从事的生意，在许多方面都是投其所好。但是漂泊间旧情难忘，他常来埃格敦方向，只是始终没冒昧造访吸引他到那里的她。能待在托马辛住的荒原上，靠近她，而不被她看见，在他看来，就是他剩下的唯一带来快乐的小母羊①了。

接着是那天发生的事。红土贩仍一往情深，没想到紧要关头碰巧能帮上她的忙，便兴奋不已，他随之立下誓愿，要为她的事情主动效劳，而不再像以前那样，敬而远之，独自叹息。事到如今，他对怀尔狄夫是否用心老实，是不可能不生疑窦的。不过，托马辛的希望显然集中在怀尔狄夫身上，维恩也就把自己的遗憾放下，决定帮助托马辛，让她以自己选定的方式幸福美满。这一种方式当然是天底下最痛苦的了，令他感到很尴尬；但是红土贩的爱是无私奉献的爱。

他维护托马辛的利益而采取的第一个主动措施，是在第二天晚上约莫七点钟的时候，行动根据的是从那悲伤小孩得到的消息。听说游苔莎和怀尔狄夫在秘密相会，他就立刻断定，怀尔狄夫对于婚事粗心大意，她是某种缘由。他并没想到，游苔莎向情人示爱的信号，本是被弃的美人听见外公带回的情报后产生的柔情效应。他本能地把游苔莎看成是破坏托马辛幸福的主谋，却没想到，她本是旧情复燃性质的障碍。

白天里，他心急火燎地打听托马辛的病情，但没去做不速之客，尤其是在现在这种难熬的时候。他主要在忙着搬家，车马和货物全都移到了原落脚点的东面；在那块荒原地，他精心选择了一个遮风挡雨的地点，看他的意思，好像这次要在那里长久驻扎。接着，他步行照原路返回一段，天色已经黑下来了，便往左转，来到离雨冢不到二十码的一个土坑边上，站在冬青树丛后面。

他本打算在那儿看约会的，却一无所获。那天晚上，除了他自己，并没人走近那地方。

红土贩白费了气力，却并不气馁。他设身处地，体会坦塔罗斯②

---

① 参见《旧约·撒母耳记下》第12章，穷人把唯一的羔羊视作儿女。

② 坦塔罗斯：希腊神话中的吕地亚王，天神罚他站在水里，却永远喝不到水，吃不到头上的果子。

的遭遇，仿佛觉得，一定数量的失望是心愿实现的天然序曲，没有序曲，反而要引起警觉了。

第二天晚上，他又在老时间老地点出现，但期待中的幽会者游苔莎和怀尔狄夫并未出现。

后来，他接连四个晚上又照样去等，都没成功。但又是一个晚上，离他们前次相会刚好隔一个礼拜，他却看见一个女子模样的人，在山脊上飘然前行，同时一个青年的影子从山谷里走上山来。两人在围绕雨冢的小壕沟里见了面，壕沟是古代不列颠人掘土造墓时挖的。

红土贩怀疑，这下又要对托马辛不利了，不免急火攻心，便忽地心生一计。他迅速出了树丛，匍匐前进，尽量爬得靠近些，但在可以不被发觉的地方，却发现由于横向风的原故，那对幽会情人说的话听不见。

荒原上，许多地方都摊满了大块的泥炭，他的身旁，泥炭有的侧立，有的翻转躺着，待费尔韦在入冬以前运走。红土贩趴到地上，拖过两块泥炭，一块盖住头部和肩膀，一块盖住背脊和两腿。这样就是大白天，也很难被看见；泥炭的石南一面朝上，贴在身上，看着和长在地上一样。于是，他又向前爬，背上的泥炭也跟着爬。天色已是黄昏，就是没有东西遮盖，大概也不会被发现，现在加上掩护，更像钻地道一般。就这样，他爬到了离他们两个很近的地方。

"要跟我商量这件事？"游苔莎圆润的声音急匆匆的，传到他的耳朵里，"跟我商量？说这样的话就是侮辱我呀，我再也受不了了！"说到这里，她哭了起来，"我已经爱上了你，并且也已经表白爱你，可心里后悔啊；你居然还能跑到我这儿，冷冰冰地说，要跟我商量娶托马辛是不是更好一些。是更好——当然更好。娶她就是了：她的社会地位比我更接近你！"

"好啦，好啦，那很好，"怀尔狄夫不容分说，"不过我们要面对现实。事情弄到这步田地，不管怎么怪我都行，反正托马辛现在的处境，比你要糟得多。我不过直言相告，我是进退两难啊。"

"你不该对我说的！你肯定清楚，这样做只会折磨我嘛？戴蒙，

79

你的所作所为可不好，在我心目中的地位一落千丈呢。凭我这样曾经心高万丈的小姐，看上你是多么大的善意，你却不珍惜这种礼遇。不过，这都是托马辛的错，是她把你抢走的，所以现在吃苦是活该。她现时在哪儿待着？我可不在乎的，连我自己待在什么地方还都不在乎呢。啊，要是我死了，那她该多么开心！我问你，她在什么地方？"

"托马辛在她阿姨家，躲在卧室里，谁也不见。"怀尔狄夫不动声色地说。

"就是现在，我觉得你也并不怎么关心她，"游苔莎忽然快乐起来说，"不然的话，你谈起她来就不会这样冷淡了。你对她谈起我来，也这样冷淡吗？啊，我想是吧！你当初为什么把我甩了？我想我是永远也不会饶恕你的，只有一种情况才例外：每次把我甩了以后，你就回心转意，觉得对不起我。"

"我从来也没想把你甩了啊。"

"那样我也并不感激你。一切顺顺利利的，我反而讨厌。其实，我倒喜欢你时不时把我甩开一下。情人太老实，爱情就成了最沉闷的东西了。哎哟，话说出来难听，不过这是真话！"她纵情一笑，"一想到那种爱情，我马上就觉得没情绪。不要净给我温顺的爱情，否则就请走开好啦！"

"但愿托马辛不是一个极好的小妇人。那样，我就可以对你忠心耿耿，不至于伤害好人了，"怀尔狄夫说，"不管怎么说，我是罪人，我连你们两位的小指头都配不上。"

"不过，你千万不要出于正义感而为她牺牲自己，"游苔莎急忙回答说，"如果你并不爱她，那就不要再理她，长远看这样最仁慈。那永远是最佳办法。嘿，我这样说话未免有失女人的身份。你离开我以后，我老在为对你说了不该说的话，生自己的气。"

怀尔狄夫并没回答，在石南丛中间蹒了一两步。无言之际，只听上风头不远处传来了一棵削去树梢的山楂树的声响，微风在那坚强的硬枝中间刮过，仿佛筛子过滤一般，听起来就像黑夜正咬着牙唱挽歌。

游苔莎不无伤感地继续说："上次见面以后，我曾想到过一二，你也许并不是因为爱我才不跟她结婚。告诉我吧，戴蒙，我会挺住的。我跟这件事就毫无关系？"

"你非逼我说吗？"

"是的，我一定要弄个明白。我觉得我对自己的能耐过于自信了。"

"好吧，直接的原因是许可证不能在那地方用，没等到我去调换，她就跑了。直到那时，你跟这件事并无瓜葛。后来，她阿姨对我说话的口气，我根本不喜欢。"

"对啦，对啦，我无关紧要——无关紧要啊。你不过跟我玩玩而已。天哪，我游苔莎·维尔到底是什么样的人，会把你看得这样高！"

"没有的话，不必这样冲动嘛。……游苔莎，记得夏天里，天凉快下去以后，咱俩在这灌木丛中徜徉，山影把咱们隐蔽在山坳里，简直隐身不见了！"

游苔莎仍闷闷不语，待了一会儿才说："记得，那时还因为你居然敢仰望我而取笑你哪！但是后来，你让我为此而大受其罪。"

"不错，你对我够凶的了，后来我觉得我找到了比你更漂亮的。游苔莎，找到这样的人，真是福气。"

"你现在还以为你找到了更漂亮的人吗？"

"有时候是那样，有时候又不是。天平秤盘不偏不倚，只要一根羽毛，就可以倾斜。"

"不过，你对我跟你见面不见面，到底在乎不在乎？"游苔莎慢慢地问。

"多少也在乎一点，不至于坐立不安，"男青年懒洋洋地说，"不在乎，一切都过去了。原以为只有一朵花，现在却找到了两朵。也许还有三朵、四朵，无数朵，都跟第一朵一样好。……我的命运真怪。谁想得到，这一切会让我碰上呢。"

游苔莎按捺住火气，是爱火是怒火都有可能，她单刀直入："你现在还爱不爱我？"

"谁能说得清？"

"告诉我，我一定要弄清楚的！"

"也爱，也不爱，"他调皮地说，"也就是说，我要看时令和季节的。你一下子太高，一下子太懒，一下子太忧郁，一下子又太深沉，一下子我不知道怎么样——只知道，你已经不像从前那样是我世上的唯一了，亲爱的。不过你是可爱的小姐，值得结识，和你相会还很不错，我敢说还是一样地甜美——差不多一样。"

游苔莎不言语，她背对他，然后收起威力说："我要散一散步，就走这边。"

"哦，不跟着你，就更无聊啊。"

"尽管你喜怒无常，变化多端，你也知道不得不跟着的，"她挑衅地答道，"不管你怎么说，不管你怎么努力，尽可能把我甩开——反正你永远忘不了我。你要爱我一辈子的。你会急着娶我的！"

"不错，是会那样！"怀尔狄夫说，"游苔莎，我时不时有一些怪念头，现在又来啦。你依然很恨这荒原，这我知道。"

"是的，"游苔莎声音低沉地说，"这是我背的十字架，我的耻辱，总有一天会要了我的命！"

"我也痛恨荒原，"怀尔狄夫说，"你听四周刮的风有多凄凉！"

游苔莎并没有回答。那风声确实是庄严悲凉，无孔不入。混响的音调如泣如诉，作用于他们的感官，附近一带的景物，也就可以用耳朵看到。昏暗的景物还之以音画：长石南的地带从哪里起，到哪里止；荆豆棘在哪个地方长得又高又壮，哪儿新近割过；杉树丛长在哪一方向；长冬青的坑谷离开多远，都可以听出来。所有这些不同的特征，都各有各的声音和腔调，正如各有各的形状和颜色一样。

"上帝呀，太孤寂了！"怀尔狄夫接着说，"山谷和云雾风景如画，对于咱们这样眼里一无所有的人算得了什么？我们为什么要呆在这儿？一块去美国吗？我在威斯康辛州有亲戚。"

"这得考虑考虑。"

"人要不是小鸟，也不是风景画家，在这儿好像无法过得好。怎么样？"

"给我点时间，"她拉着他的手温柔地说，"美国太远了。你和我一块走一走好吗？"

她说完这句话，就离开了古冢的基座，怀尔狄夫跟在后面，红土贩就再也听不见了。

他把泥炭掀到一旁，站起身来。夜空衬托出游苔莎和怀尔狄夫的黑影，慢慢降下去，消失了。他俩好像是蛞蝓般懒散的荒原的一对触角，从头上伸出来，现在又缩了回去。

红土贩尽管年方二十四岁，身材苗条，从这个山谷翻到车马所在的山谷时，步履却并不轻快。他心烦意乱，痛苦不堪。一路上，嘴边吹过的微风，都捎带着他扬言报复的腔调。

他进了篷车，里面生着火。他连蜡烛都没点，一下就坐在那三脚凳上，掂量着刚才所见所闻的种种，那可涉及他仍旧爱慕的人哪。他发出一种声音，既非叹息，又非啜泣，却比叹息啜泣更显出心烦意乱的情绪。

"我的托马辛啊，"他心事重重地低声说，"这可怎么办？对，我去见一见那个游苔莎。"

10 竭力劝说

　　第二天一早，红土贩就从布满黑刺莓荆棘的山窝、他临时的寓所里走了出来，上了迷雾岗的山坡；太阳的高度无论从荒原上哪一地方看，和雨冢相比显然还太低；而地势较低的地方丘陵绵延，活像一个群岛，在云雾缭绕而成的爱琴海里冒出来。

　　那草木丛生的群山上，看起来荒凉僻静，但即使现在这种冬天的早晨，也有几双犀利的眼睛圆睁着，有人走过的时候，马上盯上去。这里有路过的禽鸟潜行，要是在别的地方会成为奇观。此处是一只鸻鸟的窝，不多年以前，埃格敦一度可以看到二十五只一窝的。怀尔狄夫住所附近的那个山谷，有白头鹞出没。这座小山本来有一只米色走鸻常来光顾；这种鸟儿非常稀少，就是全英国，目击过的也不到一打。但有一个野蛮人，却夜以继日地算计这只逃出非洲的鸟儿，最后把它打死了事；不过此后，米色走鸻就认为，埃格敦不再适宜进来了。

　　要是有旅行者一路上观察维恩所见的任何候鸟，就会觉得自己在跟人类未知的异域进行着直接的交流。维恩面前就有一只绿头鸭——刚从朔风的故乡来到。这飞禽携带了有关北方的大量知识，冰川灾变、暴风雪的故事、极光流彩、天顶的北极星、脚下的富兰克林[①]——它的这类老生常谈实在是了不起。但此鸟注视红土贩时却像哲人似的，仿佛在想，现实的片刻良辰美景，抵得上十年往事的回忆。

　　维恩经过这些野鸟，朝着那位独孤美人的家走去，她和野鸟们在山上做伴，却鄙薄它们。那天是礼拜天，不过在埃格敦，除了婚礼和

---

　　① 富兰克林（1786—1847）：英国北极探险家，死于北极。

葬礼，大家很少上教堂，所以没什么两样。他决定当机立断，求见维尔小姐——要软硬兼施地攻击她做托马辛情敌的阵地，由此格外明显地表露出，他缺乏对于女子的殷勤气度，而这是某类精明强干男人的特长——上自王侯，下至农夫，概莫能外。腓特烈大帝曾经向美丽的奥地利女大公宣战①，拿破仑曾经拒绝美丽的普鲁士王后的条件②，比起红土贩自行其是地驱逐游苔莎来，他们两个在漠视性别差异这一点上，也得甘拜下风了。

到维尔舰长家来拜访，对于身份低的居民始终是不大不小的事情。舰长偶尔也健谈，但是脾气难以捉摸，没有人猜得透某时某刻他会有什么举动。游苔莎矜持寡言，差不多独处。除他们自己以外，几乎没有什么人进家门了；只有一个农家女当仆人，一个小伙子在园子和马棚打工。除了约布赖特家，本地区只有他们是体面人家，虽然不富裕，却并不觉得有必要对每一个人、每一只鸟兽都保持友好，只有那些贫穷邻居，才感到有这必要。

红土贩走进园子，老头正拿着望远镜观看远景里那一抹蓝色的海，他那钮扣上的小船锚还在日光里闪闪发光。他认出来，维恩是马路上遇见的旅伴，但他没提那段情节，只是说："啊，卖红土的——你来啦？喝杯格罗格酒③吧？"

维恩借口时间太早谢绝了，同时说明来意，有事要找维尔小姐。舰长从帽子打量到他的背心，从背心又打量到他的裹腿，一会儿之后，才请他进了屋。

此刻，维尔小姐谁也不见；红土贩就在厨房窗下的凳子上坐等，手垂在叉开的膝上，帽子提在手里。

"我想小姐还没起来吧？"他等了一会儿问女仆。

"还没有。没有这时候拜访小姐的！"

"那么我先出去吧，"维恩说，"要是她愿意见我，就请她传出话，

---

① 指普鲁士国王腓特烈第二（1712—1786），长期对奥地利用兵。

② 1806年，拿破仑大败普鲁士。路易莎王后亲自到拿破仑营中求和，遭拒绝。

③ 格罗格酒：酒精掺水而成的烈酒。

我再进来。"

红土贩离开了屋子，到附近的山上逛逛。过了很长时间还没有召见的消息。他心里开始琢磨，计谋要失败了，却看见游苔莎的身影不慌不忙地朝他走来。单单接见怪人所产生的新奇感，就足以把她引出来了。

游苔莎只看了迪格利·维恩一眼，好像就察觉到他的来意怪异，同时觉得他并不如她想象中那么鄙陋；因为她靠近他时，并没有使他身体扭动不安，脚步挪移，像老实乡下人看见出众女子时那样，不知不觉露出那些小毛病来。他问游苔莎，可不可以和她说几句话，她回答说："可以，就跟着我走走好啦。"说完就继续往前走去。

他们没走多远，悟性高的红土贩就发现，要是表现得不那么设防拒谏，会更明智，于是决定不失时机地修正错误。

"小姐，我冒昧登门，想把刮到耳朵里的关于那个人的奇怪消息告诉你。"

"啊！什么人？"

他把胳膊肘往东南方 —— 静女酒店方向一抬。

游苔莎旋即转过身来。"你是说怀尔狄夫先生吗？"

"不错，现在有一家人因他而陷入了麻烦，我跑来告诉你，是因为我认为你有能耐解决。"

"我吗？什么麻烦？"

"这本是一个秘密。怀尔狄夫也许最后还是不肯和托马辛·约布赖特结婚。"

游苔莎听了，虽然心里怦怦地跳起来，但要演这种戏，她绰绰有余。她冷冷地说："我不想听这个，你也不要指望我出面干预。"

"不过，小姐，一句话你肯听吧？"

"不能听。对于这桩婚事，我根本不感兴趣；就是有兴趣，也没法强迫怀尔狄夫听我的。"

"作为荒原上独一无二的淑女，我想你有办法的，"维恩旁敲侧击地说，"情况是这样的：如果没有别的女人插足，怀尔狄夫先生马上就要娶托马辛了，一切也就风平浪静了。那位女郎是他结识的某人，我认为他有时跟她在荒原上见面。他是永远也不会娶她的，不过有了她，他就连真情爱他的那女人，也永远不娶。你看，小姐，像你这样对我们男人有巨大影响力的人，要是出面一口咬定说怀尔狄夫必须真诚善待你那位小街坊托马辛，放弃另一位，他也许就会照办，免得托马辛受苦受难了。"

"哟，我的天！"游苔莎大笑起来说。这一笑就把嘴张开了，日光射进嘴里，好像射进郁金香花一般，映得红彤彤的。"红土贩，你把我对男人的影响力实在高估了。要是我真像你想的那样，那我立马就用我的力量，替善待我的任何人谋幸福——不过据我所知，托马辛并没有特别善待过我啊。"

"会不会你不知道真情呢——托马辛向来对你赞不绝口的？"

"我一无所知。我们住得虽然只隔两英里路，我可一辈子没踏过她阿姨家门槛。"

游苔莎一言一行里透出傲慢来，红土贩意识到，至此他是毫无进展。他不觉暗中叹气，觉得有必要把第二个论据亮出来。

"好啦，我们不谈这个，维尔小姐，我保证，你有力量替另外一位女人谋很大的幸福。"

她摇了摇头。

"你的美貌，对于怀尔狄夫就是法律，对于一切看见你的男人，也是法律。他们都说：'那里来了这么一位标致小姐——她是谁？多漂亮！'比托马辛都漂亮。"红土贩一面嘴里这样坚称，一面自责，"上帝饶恕说谎的坏蛋！"她固然比托马辛漂亮，但红土贩很不以为然。游苔莎具有某种朦胧美，而维恩的眼睛又没有历练。她现在这样穿着冬装，外貌就好比虎甲虫在昏暗的场合观察，是极素净的中性色彩，但是在充足的照明之下，却能放出耀眼的万紫千红。

游苔莎忍不住要回答他，但心里知道，回答不免要损害自己的尊严。她说："比托马辛可爱的女人多着呢，所以此话没什么意义。"

红土贩忍住了隐痛，接着说："他这个人尽注意女人的外表，只要你有心，就可以随意摆布他，像搓柳条一样。"

"老在一起的人都做不到，像我这样住在高处，离他老远的，当然不能把他怎么样了。"

红土贩转身直面游苔莎说："维尔小姐！"

"你为什么这样说话 —— 难道你怀疑我吗？"游苔莎有气无力地说，呼吸急促起来，"想不到，你会用这口气来跟我说话！"她又故作傲慢的笑容说，"你心里想什么来着，才这样说话？"

"维尔小姐，你为什么假装不认识此人？ —— 我当然明白的啦。他的身份比你低，所以你难为情。"

"你错了。你这是什么意思？"

红土贩决定打真相牌了。"昨晚上雨冢见面的时候，我也在场，我都听见了，"他说，"离间怀尔狄夫和托马辛的女人，就是你呀。"

这样突然揭幕，真叫人难为情，她脸上火辣辣的，就像坎道勒斯王后一样羞愤①。此刻，她的嘴唇不由自主地颤动起来，呼吸也急促，不能平静。

"我不舒服，"她急忙说，"不对 —— 不是这个 —— 我没情绪再听下去啦。请你走开吧。"

"维尔小姐，管你难受不难受了，我要一吐为快。我要对你说的是，不管这件事是怎么发生的 —— 不管是她的错，还是你的错 —— 毫无疑问，她的处境比你糟。你把怀尔狄夫放弃了，对你实际是有利的，你怎么能嫁给他呢？托马辛可不能这么容易就脱身的 —— 要是她失去怀尔狄夫，大家都要怪她的。所以我请求你，把怀尔狄夫让给她 —— 不是因为托马辛的权利最充分，而是因为她处境最糟糕。"

"不行 —— 我不干，不干！"游苔莎忘了此前把红土贩视若走卒的态度，急促地说，"从来没有人受过这样的亏待！事情本来一帆风顺 —— 我不能让人打垮 —— 让她那样的低等女人打垮。你来替她求情，好倒是好，不过她不是咎由自取吗？难道没有一群乡下人的恩

① 古希腊典故，富庶的吕底亚国王坎道勒斯命令妻子当众裸露胴体。

准，我就不可以向我相中的人示好吗？她妨碍了我实现心愿，现在罪有应得，又找了你来替她说情是不是！"

"天地良心，"维恩诚恳地说，"她对于此事一无所知。只是鄙人请你放弃怀尔狄夫，这对你对她会两全其美。淑女跟曾亏待过别的女人的男人私会，要是人家知道了，会说闲话的。"

"我并没有伤害她，他在和她相好之前，就已经是我的了！他现在因为——因为更爱我，又跑回来了！"她怒不可遏地说，"不过跟你说话，太失自尊了。你看我都说了些什么！"

"我能保密的，"维恩温柔地说，"别害怕。知道你跟他相会的人，只有我一个。我还要跟你说一件事，完了我就走。昨天我听见你对怀尔狄夫说，你讨厌在这个地方住——说埃格敦是你的牢狱。"

"我是那样说过，我知道荒原风景里有一种美，不过它对于我是牢狱。你说的那个人，虽然就住在这儿，却没有把我从这种感觉里解救出来。要是附近有比他好的人，我就不会把他放在心上了。"

红土贩露出大有希望的神色来：有了她这句话，他的第三步计划看来成功在望了。"小姐，既然咱们现在都把心里的话说出了一点，"他说，"那我就要告诉你，我有什么计议。自从我干卖红土这种营生以后，你知道我走遍了许多地方。"

她低下头，环顾四围，目光最后落到他们下面那个雾蒙蒙的山谷里。

"我到处游历，曾到过蓓蕾嘴附近。我说，蓓蕾嘴真是个好地方——了不起——亮闪闪的一片海水像一张弯弓伸进了陆地——成千上万的先生小姐在那儿散步——乐队演奏着——海军和陆军里的军官也一块儿闲逛——那儿碰到的人，十有八九在谈情说爱。"

"那地方我熟，"她鄙夷地说，"蓓蕾嘴我知道得比你还多呢。我生在那儿的。我父亲从外国回来，到那儿做了军队的乐师。哎呀，蓓蕾嘴，我的天啊！恨不得我现在就在那儿！"

红土贩发现，慢火有时也能发出烈焰来，不由得一惊。"要是诚心想去，小姐，"他回答说，"那么，只要一个礼拜，你心里就再也不会想着怀尔狄夫了，就像把那边的野马一样一脚踢开。嘿，我可以把你送到那儿去。"

"怎么个去法？"游苔莎朦胧的眼睛放出了极大的好奇心。

"蓓蕾嘴有位富孀，我叔叔替她管事快二十五年了。她有一所很漂亮的海景房。她现在又老又瘸，想找一个年轻陪伴，读书唱歌给她听。她在报纸上登过广告，试用过五六个人，可无论如何找不到称心的人。她会对你相见恨晚的，叔叔能从中疏通。"

"也许我得干活吧？"

"不，不能算是真干活：只要做一点点小事，比方读书之类。等到了元旦才需要你呢。"

"早知道得干活。"她又垂头丧气地说。

"说实话，多少得做点小事逗她乐；但是闲人可以说那是干活，而工作的人却把它当作玩。想一想以后跟哪些人做伴，过上哪种生活吧，小姐；想一想可以看到哪种欢乐情形，想一想可以嫁哪种绅士。我叔叔奉命到乡下去寻访可靠的小姐，那老太太不喜欢城里的姑娘。"

"这是要我消耗自己取悦她！才不去呢。要是我真能跟淑女一样住在追求享乐的城市里，自行其是，自得其乐，该多好啊！我愿意用皱纹巴巴的后半辈子去交换，心甘情愿！不错，红土贩，我肯那样做。"

"你帮我一把，使托马辛幸福吧，小姐，你机会多着呢。"同伴敦促她说。

"机会！这不算什么机会，"她充满自尊地说，"真是的，像你这样一个穷人，能提供什么？——我要回家去啦，我没话要说了。难道你的马不要喂吗？你的红口袋不要补吗？你不要找买主出货吗？跑到这儿来这样闲扯。"

维恩再没说一句话。他背着双手转身走开，不让对方看见一脸无奈失望。他早就发现这孤寂的姑娘思维清晰，意志坚强，接近她才几分钟，他的一举一动就充满了疑惧。她年纪轻轻，处境不好，他原本以为一定单纯得很，容易支使。但他那一套利诱，骗骗没主见的乡下姑娘还可以，反而令游苔莎反感。一般来说，荒原人一听到蓓蕾嘴这个词，就会心驰神往。那皇家港口和浴场，如果在荒原居民的心目中真实反映出来，就是大兴土木的迦太基①，加上奢靡豪华的塔兰托②，健康美丽的波伊③，以妙不可言的方式融为一体。游苔莎对这地方，狂热也不亚于他们，但她不能为了前往而丧失自主性。

迪格利·维恩走远以后，游苔莎才上了土堤，顺着下面那荒凉而美如画的山谷，往太阳望去，那也是怀尔狄夫住的方向。雾气已经散得差不多了，他家周围的树梢刚刚露出来，就好像从遮天蔽日的巨大白蜘蛛网里钻出来。毫无疑问，游苔莎的心就在那里；那颗心游弋飘忽，浮想联翩，围绕他身体缠了又解，解了又缠，她的眼界以内，他是唯一可赖以梦想成真的物体。其实，此人起初只不过是游苔莎的消遣品而已，要不是他有适时抛弃她的手段，就永远也不会超出业余爱好的层面；但是现在，他又成了她想念的人物了。他一停止向她求爱，她的爱就起死回生。游苔莎随便施予怀尔狄夫的感情，由于托马辛的围堵而泛滥成灾。她一度确实在戏耍怀尔狄夫，但那是别人属意他之前的事。在平淡无味的场合，加上一点点反讽成分，往往能使全场变得生动活泼。

"我永远也不会放弃他——永远不！"她心急火燎地说。

红土贩关于引起物议闲话的暗示，并不能永远吓倒游苔莎。她对于那种可能性漠不关心，就像女神无所谓衣不遮体一样。倒不是她天生不知羞耻，而是生活圈子离社会太远，她并不感到人言可畏。芝诺比阿④远在沙漠里，很难在乎罗马人对她的议论。游苔莎在社会伦理方面，土得近乎茹毛饮血，但在情感方面却细腻得食不厌精。她还没迈进人情世故的门坎，对于感官刺激却已经曲径通幽了。

---

① 迦太基：古北非国家，在今突尼斯。

② 塔兰托：意大利南部历史名城，曾经是大希腊地区的首府。

③ 波伊：意大利西部历史名城，为罗马人主要浴场，亦以奢华著称。

④ 芝诺比阿（？—274？）：罗马属国巴尔米拉（今叙利亚沙漠中的绿洲）的女王，一度宣布独立，被镇压。

11 老实女人不老实

红土贩离开游苔莎时，对托马辛未来的福分忧心忡忡，但在他回篷车的路上，老远看见约布赖特太太慢慢地朝静女酒店走，猛然醒悟，还有一条路没有试过。他于是走过去，来到她跟前。他从她脸上焦急的样子，猜到她往怀尔狄夫这儿跑一趟，目的和他自己找游苔莎一模一样。

她并不隐瞒实情。"那么，太太，"红土贩说，"这件事您就不用管啦。"

"我自己也有这样的想法，"她说，"不过除了对他施加压力，没有别的法子了。"

"我倒想先说一句话，"维恩坚定地说，"向托马辛求过婚的，不止怀尔狄夫一个，别人为什么就不能有机会呢？太太，我就乐意娶你外甥女。近两年以来，随时都可以办手续的。哟，说出口了，除了她以外，我可谁也没告诉过。"

约布赖特太太不动声色，目光却不由自主地瞄向他那怪异但好看的身材。

"外表不代表一切，"红土贩觉察出了这一瞥。"论财力，有许多行当进账比不上我多呢，我的日子跟怀尔狄夫也许差不多吧。专业人员一旦事业不成功，比谁都穷；要是您不喜欢我这身红色——好的，您知道我并不是生出来就是红的，我不过一时心血来潮，才干了这种行当；我可以及时金盆洗手干别的呀。"

"你对我家姑娘这片心，我很感激；不过我担心有人反对。还有，她一心一意在这个人身上。"

"此话不错，否则今天早晨我就不会那样办了。"

"除此之外，这件事就没有什么麻烦的了，你现在也不会看见我往他家跑了。你对托马辛表白感情，她是怎么答复的？"

"她写信给我，说您会反对，还有别的话。"

"她说的有几分是对的。你听了可不要不服气，我只是实话实说。你待她好，我们牢记在心。不过，既然是她自己不愿意做你的太太，那问题就解决了，跟我愿意不愿意没关系。"

"没错，不过昨是今非呀，太太。她现在是愁肠百结，我在想，要是您现在跟她提起我，自己也赞成我，也许有机会使她回心转意，让她摆脱这个怀尔狄夫耍的朝三暮四的把戏，连他自己都不知道到底要不要她呢。"

约布赖特太太摇了摇头。"托马辛觉得，我也有同感，她要在世人面前不坏名声，就应该做怀尔狄夫的老婆。要是他们尽快结婚，大家都会相信，上次婚礼不成的确是意外。否则也许会给她的品格留下阴影——反正会弄得她滑稽可笑。总而言之，如果办得到，他们现在必须结婚。"

"半小时以前，我也是那么想的。但是，说到底，她不过同怀尔狄夫一起到过安格伯里，呆了几个小时而已，怎么能伤害到她呢？凡是知道她纯洁无邪的人，都会觉得这种想法很不公道。今天早晨，我曾努力促成她和怀尔狄夫这段婚姻——是我，太太——我相信我应该那样做，谁叫她被他迷住了呀。可我终究怀疑自己做得对不对。不过，事情毫无结果。所以我才自荐的。"

约布赖特太太显然不愿意深谈。"恐怕我要走了，"她说，"我看别无它法。"

她就往前走了。这场谈话虽没打消托马辛阿姨一心和怀尔狄夫会晤的念头，却大大改变了她的会晤开展方式。红土贩给了她武器，她衷心感谢上帝。

她到旅店的时候，怀尔狄夫在家。他一声不响，把她让进客厅，把门关上。太太开口说："我觉得今天来跑一趟，是我责任所在。有人向我做了新的说项，让我很有些吃惊。这对托马辛会有很大影响，所以我决定至少来对你说一下。"

"是吗？什么新东西啊？"怀尔狄夫彬彬有礼地说。

"自然事关托马辛的前途啰。你也许不知道，还有人表示很想娶托马辛。现在，虽然我还没支持他，但不能再有意不给他机会了。我固然不愿意急慢你；但是我对他，对托马辛，也要一视同仁啊。"

"此人是谁？"怀尔狄夫吃惊地问。

"此人爱上托马辛的时间，比托马辛爱上你还久呢。两年以前，他就向托马辛求过婚了，当时托马辛没答应。"

"啊？"

"他新近又见了托马辛，还请求我同意向托马辛求婚。托马辛不一定再拒绝他的。"

"他叫什么名字？"

太太避而不谈。"他这个人，托马辛是喜欢的，"她补充道，"至少他始终如一，她是佩服的。在我看来，那时她虽然拒绝了，现在却乐于得到。她对自己的尴尬处境很懊恼呢。"

"她一次也没跟我提起过这位旧情人啊。"

"有教养的女人没那么傻，会把手里的牌全都摊出来。"

"好啦，既然她想要他，我看就得嫁啦。"

"此话说说容易，你不知道里面的难处。托马辛想嫁他，远不如那人要娶她来得急切；我先要得到你的明确谅解，说你不会横加干扰，不会破坏我认为属于最佳方案并且尽力促成的安排，我才能支持这种事。比方说，他们订了婚，并且把一应结婚事宜都安排顺当，那时你跑出来插一脚，重新求婚怎么办呢？你不一定把她再拉回去，却会造成不快的。"

"我当然不会做那事的，"怀尔狄夫说，"不过他们还没订婚。你怎么知道托马辛会答应他的？"

"这是我仔细推敲的问题啰，总的看来，托马辛日后答应他的可能性非常大。我自诩，对托马辛还能有些影响。她很柔顺，我又可以力荐他。"

"同时力贬我。"

"好啦，保证不会捧你的，"她冷冷地说，"如果觉得这是耍手腕，那你得记住，托马辛现在的处境很特殊，被捉弄得够受的。她很想摆脱屈辱的现状，我顺势促成婚事，也可以省事呀。这种事情，女人的自尊心要起很大的作用。叫她回心转意，多少还需要一点点手段，这个我有把握，只要你答应我一件必不可少的事；也就是，你要明确宣告，她不要再把你当作她的丈夫人选了。这样一来，就可以激她接受那人了。"

"我现在还很难说这句话，约布赖特太太。太突然了。"

"那就干预我的整个计划了！真不识相，连明确说你和我们家没有关系，这样的小忙都不肯帮。"

怀尔狄夫尴尬地思索着。"我承认没防到这一手，"他说，"你要我放弃托马辛，如果万不得已，我当然可以照办。不过我想还是可以做她丈夫的。"

"从前也听到过这种话。"

"哦，约布赖特太太，咱们用不着争执的。给我一点点时间吧。我并不想妨碍她得到任何更好的机会，只希望你让我知道得早一些。我明后天就写信给你，或者登门拜访。这样够了吧？"

"可以，只要你答应，不私自和托马辛沟通。"她回答说。

"这我答应。"怀尔狄夫说。会晤就此结束，太太照原路回家去了。

那一天，约布赖特太太略施小计，其最大的效应却产生在设计目标以外的地方，歪打正着是常有的事。首先，她的到访，使怀尔狄夫当晚天黑后就到迷雾岗找游苔莎去了。

此刻，那静僻的房子里，百叶窗和窗板拉得严严实实，隔绝了外面的寒气和夜色。怀尔狄夫和她约定的暗号，是拿一块小石头从安在外面的百叶窗窗顶缝隙投下去，顺着百叶窗和玻璃之间轻轻溜到下面，沙沙的声音就像老鼠爬窗。引起她注意的方法颇为小心谨慎，本是为了防止她外公起疑心。

只听游苔莎的声音在里面轻柔地说："听见啦，等着吧。"他就知道她独自在家了。

怀尔狄夫按老规矩，顺着土堤散步，或者在池塘边闲站等候，那位情人尽管屈尊俯就，但态度高傲，从来就没请他进过屋。她并没有急忙出来的迹象。时光慢慢过去了，他等得不耐烦起来。有二十分钟的工夫，她才从拐角后转出来，走路好像只是出来透透气似的。

"你要是知道我为什么来，就不会让我等这么久了，"怀尔狄夫悻悻地说，"不过，你这样的人，还是值得等的。"

"出了什么事啦？"游苔莎问，"不知道你有了麻烦。我也闷闷不乐啊。"

"我没有麻烦，"怀尔狄夫说，"只是事情到了紧要关头，我非采取明确的路径不可了。"

"那是什么路径？"她关注地问。

"难道那天晚上我跟你提议的，你这么快就忘了吗？嗨，带你离开这个地方，携手出国去呀。"

"没有忘。不过你答应下礼拜六才来的，为什么忽然跑来重复这个问题呢？我还以为有的是时间考虑呢。"

"是的，不过情况有变。"

"说给我听听。"

"我不想说，又要惹你痛心了。"

"我一定要知道你为什么这样猴急。"

"只怪我激情如火嘛，亲爱的游苔莎。现在一切都顺利了。"

"那你为什么这样心绪不宁呢？"

"自己并没有觉得。一切都正常的呀。约布赖特太太——不过她跟咱们没有关系。"

"啊，我知道她跟这件事有关系！快说，我就不喜欢城府深深。"

"没啥——她没有什么的。她只是对我说，她希望我放弃托马辛，另外有人很想娶她。这女人现在用不着我了，当真趾高气扬起来了。"怀尔狄夫的烦躁不由自主地流露出来。

游苔莎沉默了良久。"你就像没人理睬的官员一样尴尬。"她换了口气说。

"好像是这样。不过我还没见到托马辛。"

"这让你生气啊。戴蒙,不要抵赖。你实际上是遭到了冷不防的怠慢,才大为恼火的。"

"哦?"

"你得不到她,就跑来找我。的确是别开生面啊。我成了补缺的了。"

"请记住,那天我就提出同样的内容了。"

游苔莎又哑口无言了。她心里产生的奇怪涟漪是什么样的呢?她对怀尔狄夫的兴趣,是不是纯属分庭抗礼的产物?所以一听说她的情敌不再迫切地要他了,光荣和梦幻就立刻荡然无存了?她现在终于能控制住他了。托马辛已经不要他了。这样的胜利有多么可耻!她想,怀尔狄夫最爱的是她;可是 —— 他这个人连比自己低级的女人都不看重,还有什么价值呢?她敢把这种无情无义的批评哪怕轻轻地嘟哝出来吗?自然界的所有生命,都是人弃之物我不要,这种情感大家或多或少都有一点,而现在在游苔莎食不厌精、超级细腻的心里,它却像活跃的激情。她的社会地位高于怀尔狄夫,这一点她此前并没什么印象,现在却刻骨铭心,真不爽快;她生平第一次感觉到,她爱他真是屈尊了。

"好啦,亲爱的,你答应了?"怀尔狄夫问。

"要是伦敦,哪怕是蓓蕾嘴就好了,而不是美国嘛,"她懒洋洋地嘟囔着,"好啦,我要想想看。事关重大,不是说话之间就能决定的。但愿我少恨这荒原一点 —— 或者多爱你一点。"

"你倒是直言无忌啊!一个月以前,你还那样热烈地爱我,愿意跟我走到天边。"

"你当时还爱着托马辛呢。"

"是的,也许这就是原因所在了,"他差不多冷笑出来了,"我现在也并不恨她呀。"

"千真万确。就是你不再能得到她了。"

"喏——游苔莎,别揭短啦,免得吵起来。要是不答应跟我走,不能短时间内答应,那我就一个人走啦。"

"或者再去试试托马辛吧。戴蒙,真是奇怪,你娶她娶我都无所谓,而且来找我只是因为我——最廉价!是的,是的——没错的。从前,我会对这种人大声抨击,还大发脾气呢。时过境迁啊。"

"去不去吧,亲爱的?先偷偷跟我到布里斯托尔^①,结了婚,然后永远离开英国这个狗窝怎么样?同意了吧。"

"离开这鬼地方,我不惜任何代价,"她疲乏地说,"只是不愿意跟你走。再多给一点时间来决定吧。"

"已经给了你时间了,"怀尔狄夫说,"好吧,再给你一个礼拜。"

"再多点吧,就可以给你准信。我得考虑许多许多事情啊。想一想,托马辛正急于摆脱你呢!这一点我难忘啊。"

"就别管它啦。下下礼拜一怎么样?我准时在这儿等。"

"雨冢上去等吧,"她说,"这儿离家太近了,外公也许会出来走动的。"

"谢谢你,亲爱的。下下礼拜一这个时候,我一定在雨冢上等。再见吧。"

"再见。不要,现在不许你碰我,我还没下决心以前,握握手就够啦。"

游苔莎看着他那模糊的身影消失。她手按额上,不住地喘粗气;接着她那丰满、浪漫的嘴唇张开了,是迫于普普通通的冲动——打呵欠。她对对方的激情,居然有可能昙花一现,还连自己都瞒不住,她顿时恼起火来。她现在无法立刻就承认,她可能过高估计了怀尔狄夫,因为现在意识到他的平庸,就等于承认自己以前愚不可及。她现在发现,自己拥有的性情,纯属占着茅坑不拉屎那种,个中的含义,起初还使她脸红呢。

约布赖特太太的外交手腕虽然还没有她预计的那种效果,却也令

---

① 布里斯托尔:英国西南港市,去美国的港口。

人刮目相看。怀尔狄夫明显受了影响，而对游苔莎的影响要更大。她那位情郎，在她眼里已经不再是令人兴奋的人物了；他原来是许多女人争夺的对象，本是自己得通过争斗才能留住的人物，而现在已经是多余的人了。

游苔莎进了家门，心中有一种很特殊的苦恼，不完全是悲痛，而是在一场轻率、短暂的恋爱末了时理智初现的时候，才出现的伴随感觉。意识到大梦即将终结，却还没完全猛醒，是激情从发端到结束的过程中最使人疲乏、最奇怪的阶段之一。

她外公已经回家了，正忙着把新买来的几加仑朗姆甘蔗酒，往他那方形酒橱的方形酒瓶里倒。家里的存货一旦喝完，他就跑到静女酒店里，背着壁炉站着，手里拿着格罗格搀水酒，对那些本地人讲述当年在军舰的吃水线下度过了七年的不平凡经历，以及其他种种海军奇闻。那些人都迫切希望他赏点儿啤酒喝，所以对他讲的是否属实，从不表露任何怀疑。

当天晚上，他又去过店里了。他顾不得抬头就问："游苔莎，我想你已经听说埃格敦新闻了吧？大家在静女酒店里，像谈论国家大事那样谈论它的。"

"没听见。"她说。

"一个青年，人们都管他叫克林·约布赖特的，下礼拜要回家，陪母亲过圣诞节。现在他好像是个棒小伙子了。我想你还记得他吧？"

"一辈子没见过他。"

"啊，不错；你还没来，他就走了。我可记得清楚，是个有出息的孩子。"

"他这些年都在什么地方住？"

"我想是那讲排场、争名逐利的巴黎吧。"

第二卷　归来

1　归客的消息

在这一季节里，或者再早些，天气晴朗的时候，往往有一些短暂的活动，虽然微不足道，却也足以把埃格敦荒原那种威严的平静打破。要是在城市里、村庄里，哪怕是农场上，这些活动就只能算死水微澜，或者是睡觉时肌肤起鸡皮疙瘩。但是这地方山峦环立，与世隔绝，没有比较对象，仅仅步行就像彩车游行一般新鲜，任何人都可以轻而易举地自封人类始祖亚当。于是，这些活动就可以吸引目力所及的所有鸟儿，尚未入蛰的所有爬虫，并且让周围的小兔也都好奇得远远蹲在山坡上瞭望。

原来，表演的项目是归拢荆豆柴棍，并且堆成一个大柴垛。那是前几天天气好，汉弗莱帮舰长砍的劈柴。柴垛就堆在舰长屋子的尽头，干活的人是汉弗莱和萨姆，老头在一旁看着。

一个晴朗平静的下午，三点钟左右，冬至已经悄悄临近，低低的太阳使时光显得比实际晚；荒原上没有东西来提醒当地居民，必须忘记夏天里把天空当日晷的那种经验了。日复一日，周复一周，日出的方位已经从东北挺进到东南，日入的方位已经从西北退却到西南了，但是埃格敦荒原就没理会这种变化。

游苔莎正在餐厅里，餐厅石板铺地，角落壁炉开得很大，其实更像厨房。空气纹丝不动，她在那儿独自停了一下，说话声穿过烟囱，一直传到她的耳朵里。她进了壁炉的角落，一面听，一面往上看烟囱内壁。四壁参差不齐，满是洞孔，烟气横冲直撞，直上烟囱上面那块方形的天空，淡淡的日光从那儿射到煤炱上面，煤炱挂在烟囱壁上，跟海藻挂在礁石缝里一样。

她想起来了，柴垛离烟囱不远，说话声来自堆柴垛的工人。

只听外公也和他们说笑起来。"那小伙子绝不该离开老家的。子承父业最合适，他应该接着干。我不认为家里老出新招会有什么好处。我父亲是水兵，所以我也当水兵，要是我有儿子，他也该去当水兵。"

　　"他住的地方可是巴黎，"汉弗莱说，"人家告诉我，从前那里的国王被砍了头。我可怜的妈常跟我讲那段故事。她说：'汉咪，当时我还是小姑娘呢。有一天下午，我在家里给你姥姥熨帽子，只见牧师走进来说：简，他们把国王的头砍下来啦；以后干什么事，只有上帝知道了。'"

　　"没过多久，我们有很多的人也和上帝一样知道了，"老舰长笑呵呵地说，"就因为那件事，我小时候在兵舰的水线下过了七个年头——就在'凯旋号'那个该死的手术室里，眼看着那些胳膊腿炸飞的水兵往伤兵舱里抬。……于是，这小伙子就在巴黎定居了。给钻石商人当经理，诸如此类的事儿，是不是？"

　　"是的，先生，正是这样。他加入了金灿灿的大买卖，听他妈这么说来着——说到那些金刚钻，真是皇宫一般金碧辉煌。"

　　"他离开家的情景，我记得很清楚。"萨姆说。

　　"那家伙好福气啊，"汉弗莱说，"卖金刚钻，比在这儿折腾不知强多少倍。"

　　"在那种地方做买卖，一定要花好多先令的吧？"

　　"说的是，实在少不了，"老舰长回答说，"不错，那种地方浪费许多钱，还是成不了酒囊饭袋的。"

　　"听说克林·约布赖特成了读书人，对于事情总有奇怪的见解。嘿，这都是因为他上学早吧，那种学校就是那样子的！"

　　"他有奇怪的见解？真的吗？"老头问，"唉，这年头，把送小孩上学这件事搞得太过火啦！只有害处。随便到哪个门柱子和谷仓门，肯定会看见小坏蛋们在上面涂的那些脏话：女人都不好意思从那种地方路过。要是没人教给他们写字，就不会涂那些脏话了。父辈们不会干这种事，国家反倒比现在太平得多。"

　　"哎，舰长，我看游苔莎小姐脑袋里从书本上学来的东西，也不比这地方的什么人少吧？"

"游苔莎小姐的脑子里，要是没有那么多浪漫的废话，也许对她倒好一些的。"舰长不耐烦地说，说完就走了。

"我说萨姆，"老头走了以后，汉弗莱说，"她和克林·约布赖特，真是天生的一对——哎？如果不是，我就瞎了眼！他俩关于享福肯定想法一致，都识字，都志气高远——就是上帝故意要造一对，也没有更合适的啦。克林也和她家门当户对。克林的爹是个庄稼汉，那没错；可是大家知道，他妈算得上淑女啊。他俩能配成夫妻，我是再高兴也不过了。"

"他要是还像从前那样英俊，那么他俩手挽着手，都穿着最好的衣服，那一定很美，其实衣服好不好没有关系的。"

"对，汉弗莱，一定很美。唉，这么些年了，真想见见这家伙。要是确切知道他什么时候到，我会跑三四英里去接，帮他拿东西。我想他变了，不是小孩子模样了。听说他法国话说得快极了，跟小姑娘吃黑莓一样快。要真是那样，我们这些窝在家里的人，在他眼里肯定是土包子啦。"

"坐轮船渡海到蓓蕾嘴的，是不是？"

"是，在蓓蕾嘴坐什么，就不知道了。"

"他表妹托马辛现在麻烦可大了。我看他克林那么一个讲究的人，回家碰到这样的事会高兴才怪呢。那天晚上大家伙把他们当两口子，唱歌道喜，后来听说根本没结婚，那一场真是出洋相啊！要是我家亲戚这样被男人愚弄，我要高兴才怪哪。让全家人都被小看了。"

"是啊。可怜的姑娘，为了这件事也够痛心的了。听说身体都搞坏啦，老呆在家里憋着嘛。现在根本看不见她出来了，从前她会在荆豆丛上蹦达，那两个脸蛋像玫瑰花一样红呢。"

"听说现在就是怀尔狄夫再来找她，她也不要他了。"

"是吗？这倒是新闻。"

堆柴垛的人还在东拉西扯，游苔莎慢慢地低下头，面对炉床陷入了沉思，脚尖也不知不觉踢动着脚下燃烧着的干泥炭。

他们谈论的题材引起了她的极大兴趣。一个聪明的青年，正要来到这片荒原上了，出发地居然是世上反差最大的地方——巴黎。这好比天上掉下个男人来一样。更加奇怪的是，乡下人心目中居然本能地把她和此人看成了天造地设的一对。

偷听了五分钟，游苔莎浮想联翩，足够整个空闲的下午忙的。空虚的心灵就这样发生骤变，有时却是如此静悄悄地实现。就在这天早晨，游苔莎绝对不会相信，她那毫无色彩的内心世界，会在入夜之前，并且在没有访客来的情况下，变得和显微镜下的水滴那样生动活泼。萨姆和汉弗莱关于她自己跟那位素昧平生的人和谐般配的那番话，在她心头产生的效应，活像《怠惰的城堡》①里吟游诗人闯进城堡的前奏曲，那地方一度一片空洞寂静，一曲弹起，却有亿万囚徒的形体站起来。

游苔莎埋头遐想，把时光全忘了。等她意识到外界情况的时候，已经是黄昏天了。柴火垛已经堆好，人们也都回家去了。游苔莎上了楼，想在每天这个老时间出去散一下步，并且决定朝布露斯头方向走，那是小约布赖特出生的地方，他母亲现在的家。她没有理由往别处去，何不去那里走一趟呢？白日美梦中的场景，足以让十九岁的姑娘去朝拜一番。到约布赖特的住宅前看一看篱栅，这里面有一种必须履约的尊严。真奇怪，这样的闲逛，却好像重大的使命。

她戴上帽子出了门，朝着布露斯头的方向下了坡，顺着山谷，漫步了一英里半后，来到了一个地方。谷底的青草地扩大了面积，路两旁的荆豆丛也退后了，越来越稀少，成了孤零零的一丛一丛，土地越来越肥沃了嘛。这一片不规则的绿草地那面，有一排白色篱栅，标出荒原在这一地带的边界。暮色大地上，篱栅很清晰，好像白色的蕾丝花边镶在天鹅绒布料上一样。白色篱栅后面有一个小小的庭园；庭园后面有一所不规则形的老草房，面对着荒原，俯视整个山谷。原来这偏僻不起眼的住宅，就是那个青年就要回归的地方，而他近年来一直生活在法国首都——那个时尚界的中心和漩涡。

---

① 《怠惰的城堡》：英国诗人汤姆逊（1700—1748）的寓言诗，十四行诗体，讲术士"怠惰"造城堡招引世上惰人囚禁起来，后来吟游诗人把他们救出。

2　布露斯头家人做准备

整个下午，那个让游苔莎费琢磨的主体快要到家了，也让布露斯头的人们忙着准备。托马辛在阿姨的劝说下，也出于表兄妹亲情的本能冲动，为了克林而行动起来，那种麻利劲在她一生最伤心的日子里实在是少见的。游苔莎听堆柴人谈论克林要还乡的当口，托马辛正在爬阿姨的柴房阁楼，从储存的苹果里，挑选又大又好的，供应即将来到的节日。

阁楼的采光靠一个半圆形窗户，同样住在高处的鸽子，也从那儿爬进爬出。也是那个半圆窗，太阳洒进一片金黄色的亮光，照在姑娘的身上。托马辛正跪在里边，撸起衣袖，掏到柔软的褐色蕨草里面；蕨草在埃格敦极丰富，大家拿来包裹各种收藏品。有许多鸽子围着她的脑袋无忧无虑地飞来飞去；几道散射过来的光线里，看见阿姨的脸刚好露出阁楼地板上面，她站在梯子的半腰，老远瞧着她不敢爬上去的地方。

"托马辛，再捡几个粗皮的好啦。他从前也吃的，差不多和立孛斯东苹果①一样喜欢。"

托马辛转身把另一个角落的蕨草扒开，熟透的果子散发出一阵香味，扑到鼻子里。把苹果捡出来之前，她先停了一会儿。

"亲爱的克林，不知道你现在长得什么样了？"她说，朝着鸽笼洞口出神。阳光从那个洞口直射到她那褐色的头发和晶莹的肌肤上，差不多都把她照透了。

"要是他能从另一层面跟你相亲相爱，"约布赖特太太在梯子上

---

① 立孛斯东苹果：英国冬苹果名品，产于约克的立孛斯东。

说，"那这回就是喜相逢了。"

"阿姨，无济于事的话，说了有用吗？"

"有用，"阿姨颇为热情地说，"过去的倒霉事传遍各处，别的姑娘闻者足戒，远远躲开。"

托马辛又低下头捡苹果。"我成了别人的鉴戒，和小偷、醉鬼、赌徒一样了，"她小声说，"落得个跟这类人为伍！我真跟他们同类吗？太荒唐了！阿姨，别人为什么老这样对待我，让我觉得跟他们同类呢？人们为什么不按照我的行动来评判我呢？嘿，你看看我跪在这儿挑苹果——像是一个沦落的女人吗？……但愿所有的良家女子都能像我这样好！"她斩钉截铁地补充了一句。

"外人不会像我这样看待你，"约布赖特太太说，"只会捕风捉影。唉，那事做得真傻，一部分也怪我。"

"鲁莽事做起来如山倒啊！"姑娘回答说。她的嘴唇颤动起来，泪眼模糊，分不清苹果和蕨草，尽管她为了掩饰自己的软弱，不停地翻捡着。

"苹果捡完后，"阿姨一面下梯子，一面说，"马上就下来，咱们一块儿采冬青去。下午荒原上没人，用不着害怕有人瞪眼瞧你。一定要采些浆果回来，否则克林就不相信我们准备充分了。"

托马辛捡好苹果，就下了阁楼，然后她俩穿过白篱栅，往外面的荒原走去。空旷的群山高高耸起，明净如洗。远处的大气层跟平常晴朗冬日里一样，呈现一层一层发光的平面，各层都有独立的色调；照亮近处景物的光线，明显地覆盖在远处的一层景物前面；一层金黄的光线压在一层深蓝上面，后面是更遥远的景物，笼罩在阴冷的灰色里。

她们走到了冬青遍布的地方，由于长在圆锥形的坑洼里面，树梢比平地高不了多少。托马辛跨到一丛冬青的枝杈中间，就像快活时在类似场合常常做的那样，用带来的砍刀，动手砍果实累累的树枝。

"当心划破了脸，"阿姨说，她站在土坑边上，老远看着站在鲜红鲜绿丛中的姑娘，"今天傍晚，你要不要跟我一起去接呢？"

"我很想去，否则好像我把他忘了似的。"托马辛说着扔出一截树枝来，"其实接不接没有很大关系；我已经有男人了，怎么都不能改变的。为了维护自尊起见，我非嫁那男人不可。"

"恐怕 ——"约布赖特太太开口说。

"啊，您在想：'那个弱女子 —— 看她有什么法子能叫男人按照选定的时间娶她呢？'不过，阿姨，让我先告诉你：怀尔狄夫先生不是不检点的男人，正如我不是不正经的女人一样。他生来一副倒霉相，要是人家不主动喜欢他，他也不设法去讨人家喜欢的。"

"托马辛，"约布赖特太太两眼瞪着外甥女，轻轻地说，"你替怀尔狄夫辩护，你以为是在欺骗我吗？"

"您这话是什么意思？"

"我早就怀疑了，自从你发现他并不是原先想象的圣人，你对他的爱就变色了，你就在我面前演戏了。"

"他本来想娶我，我现在愿意嫁他呀。"

"好了，我且问你一句：要是没有那件事把你和他纠缠在一起，那你此刻还会答应做他老婆吗？"

托马辛显得不知所措，眼睛看着树上。"阿姨，"她迟疑了一下说，"我想我有权拒绝回答这个问题吧。"

"是的，你有权。"

"您爱怎么想就怎么想好啦。我的一言一行，从来都没向您暗示过对他变心了，以后也不会变。我会嫁他的。"

"呃，那等他再来求婚好啦。我想他会来的，因为他知道了 ——我透露了消息给他。你嫁给他是最最合适的了，我丝毫也不怀疑。虽然从前相当不赞成他，现在我可同意你的意见了，你可以确信。处在心口不一的尴尬境地，而且性质到了令人恼火的地步，那是唯一的出路。"

"您透露了什么给他？"

"我说他正在妨碍你的另一个情人。"

"阿姨，"托马辛两眼圆睁，问道，"您这话究竟是什么意思？"

"用不着吃惊，那只是我的责任。现在不便多说。等事情过去了，我会把对他说的那番话，说那番话的原因，一五一十地告诉你的。"

托马辛只好不问。

"我婚礼不成，您会暂时对克林保守秘密吧？"她接着问。

"我已经答应过了。不过那有什么用处？他很快就会知道底细的。只要看一看你的脸，他就能知道其中有问题的。"

托马辛在树上转过身来，看着阿姨。"嘿，您听我说，"她说，一种体力以外的力量使她本来娇弱的声音变得很坚定，"什么都不要对他讲。要是他发现我不配做他妹子，那只好由他。不过，他从前爱过我，咱们不要过早把我的麻烦告诉他，免得他难过。我知道，现在到处在传这件事，但是一开始说闲话的人也不敢跟他提这件事。他跟我那样亲近，足以防止事情早早传到他的耳朵里。要是一个、两个礼拜后，我还是不能摆脱受人讥笑的威胁，那我就自己对他说好啦。"

托马辛说话时态度恳切，约布赖特太太无法再表示反对。阿姨只是说："很好。按理说，举行婚礼以前就该通知他的。你秘而不宣，他永远也不会原谅你的。"

"不，会原谅的。他只要知道，我保密是怕他麻烦，我不想他提早回家。再说，您不可以让我抢你圣诞聚会的风头，要是往后拖就更不好了。"

"当然不可以拖啦。我不愿意让埃格敦所有的人都看见我垂头丧气的，而且是栽在怀尔狄夫那么个人手里。我想，采的果子已经够了，最好拿回家去吧。用这些把屋子装饰起来，再把槲寄生草挂起来，就得考虑接他去了。"

托马辛从树上下来，把掉在头发衣服上的零散果子抖掉，就跟着阿姨下山了，每人背着一半树枝。差不多四点钟了，阳光正要撤离山谷。西方红霞溢彩的时候，娘儿俩又出了大门，朝着荒原的另一方向，直奔期待的那个人回归的远方大道而去。

3 小声音引发大梦

游苔莎刚好站在荒原边界内，瞪大眼睛朝约布赖特太太宅第方向看。那里却感觉不到任何亮光、声音、活动。黄昏天冷，那地方又昏暗荒僻，游苔莎推测，客人一定还没来；她在那儿流连了十多分钟，就转身朝着家里走去。

她回头走了没有多远，就听见前面有说话声，说明有人在同一条小路上越走越近。很快就看见了他们的脑袋背靠着天空出现。他们走得很慢；虽然天色太暗，不大能鉴貌辨色，但是看步态就知道不是荒原上的工人。游苔莎稍稍往小路旁闪开，让他们通过。他们是两女一男；两个女人的声音，听出来是约布赖特太太和托马辛。

他们从她身旁擦身走过，经过时好像认出了她的朦胧形体。一个男人的声音说："晚安！"传到她的耳朵里。

她轻轻回答了一声，与他们交臂而过，接着转过来。她一时之间真不能相信机缘会送上门来，居然与前去探访的那所房子的灵魂劈面相逢，而没有此人她是绝不会考虑出巡的。

她使劲睁大眼睛，却看不见他们。不过，她十分专注，耳朵好像兼有听和看的功能。在这种时刻，人们简直相信感官能力是可以延伸的。聋博士基托①说过，由于长久努力，他的身体对于震动感觉非常灵敏，所以能和耳朵一样有感觉官能；他说这话时，大概也收到了类似的幻觉吧。

那三人的闲话，她字字句句全听得见。没谈什么秘密，神合貌离的亲戚久别重逢，只是一个劲地闲谈。但游苔莎听的却不是说话；几

---

① 基托（1804—1854）：聋子，发奋写了许多关于宗教的书。

分钟以后，就连他们的话都记不起来了。她是在听谈话中仅占十分之一的那个时断时续的声音——那个对她说"晚安"的声音。有的时候，那个嗓音答应"是"，有的时候说"不是"；有的时候打听当地的一个老居民。有一次，只听得说，四周的山峦都有和蔼可亲的面目，让她的观念受到了冲击。

三人的说话声渐行渐远，轻下去，听不见了。赐福到此为止，其余均遭扣留。天地间没有什么事更激动人心的了。那天下午，她一直在心驰神往地琢磨着那位直接从美丽的巴黎归来的男人种种迷人之处——他一定沾满了巴黎的气息，并熟悉巴黎的魅力所在。而这个人跟她寒暄过了。

随着人影的离去，两个女人喋喋不休的声音也从她的记忆中抹去了，但那个男子的声音却久久萦回不去。约布赖特太太的儿子——那人正是克林——说话的声音本身，真有令人惊异的地方吗？没有，而它简直无所不包。对于道那声"晚安"的人，各种感情方面的事情，都有可能发生。游苔莎凭想象就补足了一切——除了一个谜她猜不透。那个发现这些破烂的山峦和蔼可亲的男人，他的趣味到底是怎么样的呢？

情绪激荡的女人遇到现在这样的场合，千头万绪都涌上了心头，并且在脸上表现出来；不过变化虽然实在，却非常细微。游苔莎的表情发生了有节奏的更替，先脸红，再想起想象的虚妄，又泄了气；接着又提起情绪，脸又发热了；跟着又冷了下去。这是一种周而复始的表情，源自一种周而复始的幻象。

游苔莎进了自己家门，兴奋不已。外公正在烤火，拨开炭灰，露出泥炭的红火，耀眼的火焰把壁炉角映得通红，呈现熔炉的色调。

"我们为什么和约布赖特家从不来往呢？"游苔莎走上前去问，把那双柔嫩的小手伸到火旁烤着，"真希望有过来往。他们一家人好像都不错的。"

"我要是知道才怪哪，"老舰长说，"那老头子虽然像树篱一样地粗鲁，我倒很喜欢他的，不过我肯定，就是你有机会到他们家去，你也不肯去的。"

"为什么不肯？"

"你有城里的趣味，会觉得他们实在太土。他们在厨房里闲坐，喝蜜酒和接骨木果酒，靠在地上铺沙子来保持清洁。这是合理的生活方式，但你怎么会喜欢呢？"

"我想约布赖特太太是一位淑女吧？她不是副牧师的女儿吗？"

"是啊，不过她不得不学她丈夫的活法呀；我想，事到如今她也过惯了。啊，我想起来了，有一次不小心把她得罪了，从那以后，就再没和她见面了。"

那天晚上，游苔莎脑海里翻腾不停，真是多事之夜，难以忘怀啊。她做了一个梦，上自尼布甲尼撒①，下至司瓦夫翰补锅匠②，很少有人做更奇异的梦。游苔莎这种处境的姑娘，以前当然不会做这么详尽编排而令人困惑、令人兴奋的梦。梦境像克里特的迷宫③一样曲折迷离，像北极光一样闪烁变幻，和六月花坛一样色彩缤纷，和加冕礼一般人物拥挤。也许在山鲁佐德④王后看起来，这个梦流于平庸，在一个刚从欧洲各国宫廷归来的小姐看起来，这个梦只能算有趣。但是在游苔莎的生活环境里，这个梦算是登峰造极了。

但是梦中的变换场景中，却渐渐派生出一幕，不那么富丽堂皇，一片辉煌灿烂的情景后面，荒原隐隐出现了。她正伴着清音雅乐与一个银盔银甲的男士翩翩起舞。前面的光怪陆离的变幻中，也是他伴着，而他头盔上的面罩没揭开过。错综的舞步令人快乐销魂。甜言蜜语从亮闪闪的银盔下面轻轻地送到她耳朵里，她觉得自己进了天堂乐园。忽然之间，两人转出了跳舞的人群，跳到了荒原的一个池塘里，又从池底下钻了出来，到了一个彩虹横跨、五彩缤纷的山坳。"想必在这地方。"身旁的声音说。她红着脸抬头一看，发现他正要揭去头

---

① 尼布甲尼撒：《圣经》故事，巴比伦国王，做怪梦后逼人解释。

② 英国传说，15世纪东部司瓦夫翰一个小商贩梦见宝藏，果然有所得。

③ 克里特的迷宫：希腊神话，在地中海古国克里特，相传迷宫是为国王弥诺斯所修，进入者无法出来。

④ 山鲁佐德：《天方夜谭》中的故事叙述者，连讲一千零一夜。

盔和她接吻。此刻出现了撕裂的声音，那个身影散成了碎片，好像一副纸牌一般飞散。

她大声喊："要是看见他的脸有多好！"

游苔莎醒来了。撕裂声来自楼下的百叶窗，女仆正把它打开放进日光来；这是毫无生气的季节，大自然不大赏光，但天色还是渐渐放亮了。"要是看见他的脸有多好！"游苔莎又说了一遍，"那人应该是约布赖特先生！"

游苔莎冷静下来，发现梦里许多阶段是昨天白日梦的自然延伸。但这并未使梦境减色多少，新燃起的热情倒有了绝佳的燃料。她到了无所谓和恋爱之间的临界点，所谓"爱慕"那个阶段，最强烈的激情过程中，都要出现一次，而在此刻，人的意志最薄弱。

这位感情炽烈的女人，此刻竟有点儿爱上了一个幻影。她的激情性质离奇，降低了她的理智存在，却提高了她的心灵存在。要是她的自制力再多一点，就能完全用理智把感情克制下去，并把它斩除。要是她的自尊心再少一点，就会牺牲任何少女的矜持，去到布露斯头，围着约布赖特宅地彷徨，直到看见他为止。但是游苔莎并没有做这两种事。考虑到她头脑已经发热，她的行动堪称模范；她只在埃格敦的山上，一天出来透两三次空气，东张西望。

头一次机会过去了，他并没往这边来。

她又一次在外面游荡，还是只有她在那里独自徘徊。

第三次碰着浓雾，她四周看了看，根本就没抱多少希望。哪怕他在离开二十码以内的地方走路，她也看不见。

第四次想要和他邂逅，忽然下起倾盆大雨，她只得转身回家。

第五次出击是在下午，天气晴朗，她在外面流连很久，一直走到布露斯头所在山谷的顶上。她看见了白色的篱栅，在半英里开外，但他没有露面。这次她回家，心里差不多沮丧了，同时对自己的软弱感到惭愧。她决定不再出去寻这位巴黎归客了。

但天意是专门故意挑逗人的。游苔莎刚下决心，机会就来了，而有意找机会的时候，却全然没有。

4 引导游苔莎去冒险

　　游苔莎最后一天期待，是十二月二十三日晚上，她独自在家。谣言刚传到耳朵里，说约布赖特回乡探母只是短期的，下礼拜就要走；她已经悲伤了一个小时。"当然啰。"她自言自语地说。一个男人在灯红酒绿的城市里正干得热火朝天，没办法在埃格敦荒原久久耽搁。她要在有限的假期里和那位说话声令人鼓舞的人谋面，是没什么可能的了；除非她变成旅鸫，老在他母亲家的周围出没，但那样做不但有困难，而且不好看。

　　乡村里的青年男女遇到这种情况，习惯采取权宜之计，就是去礼拜堂。在平常的村镇里，满可以十拿九稳地盘算，本地人回家过节，只要不是年迈或者心灰意懒而失去了看人和让人看的胃口，就会在圣诞节或者节后礼拜天出现在教堂的长凳上，穿着新衣服，顾盼自雄，显得前途光明，光彩照人。于是，圣诞节早上的教众里，当地出生的名人济济一堂，就像伦敦图索德夫人①陈列馆。在那里，遗弃在故乡达一年的情妇，可以偷偷去看一眼那位把她遗忘的回乡旧情人的发展情况；她一边从祈祷书抬起头，关注旧情人，一边心里琢磨，一旦新奇事物失去魔力，他也许会旧情复燃，心跳不已吧。在那里，像游苔莎这样新来乍到的居民，可以移步前往，去细察那位她落脚此地前离家的本地青年，看一看他的人品，琢磨那青年再次离家后，值不值得和他的父母交朋友，好在他下次回乡时确保能认识他。

　　但埃格敦荒原居民稀疏，这种亲近计划行不通。名义上都是教区的居民，实际上并不属于任何教区。凡是到这些孤零分散的房子里和

---

　　① 图索德夫人（1760—1850）：瑞士蜡像师，1802 年移居伦敦，创立伦敦蜡像馆。

家人亲友过圣诞节的，都坐在亲友的壁炉旁边，喝蜂蜜酒和别的令人开怀的烧酒，直到再次离去，不复返乡。雨雪天气，到处是泥泞冰雪，他们不愿意跋涉两三英里上教堂，免得两脚湿漉漉，脖子后溅着泥浆，去和那些虽然也算是街坊、却因教堂近而保持洁净干爽的人坐在一起。游苔莎清楚，克林·约布赖特在家只待几天，十有八九不会到教堂去的；她要是坐着矮种马马车，走坑坑洼洼的路，想要在那儿见上他一面，肯定是白费力气。

时光已黄昏，她在饭厅兼门厅里烤火。冬天他们不愿意坐到客厅去，老舰长偏爱烧泥炭，而饭厅的大炉床正是专为烧泥炭砌的。房间里面能看见的东西，只有窗台上的物件，低低的天空衬托出了它们的形体：中间是那个旧沙漏，两旁是一对不列颠古瓮，是附近古冢里出土的，现在当花盆，栽着两个带刺的仙人掌。有人敲门。仆人不在家，外公也出去了。敲门人等了一会，就走进来敲房门。

"谁呀？"游苔莎问。

"劳驾，维尔舰长，能不能让我们——"

游苔莎起身走到门口。"我不能擅自放你进来的。应该在外面等着啊。"

"舰长说过，我可以一直进来没关系。"小伙子悦耳的声音回答。

"哦，是吗？"游苔莎温和了一点说，"你有什么事，查利？"

"请问今晚七点钟，你外公能不能把柴房借给我们排一排戏？"

"怎么？今年埃格敦假面剧里有你出演吗？"

"有的，小姐。舰长以前让老演员们在这儿排演的。"

"我知道。好吧，你们可以随意使用这柴房。"游苔莎懒洋洋地说。

选择老舰长的柴房排戏，是因为该住宅接近荒原的中心，而且像谷仓一样宽敞，用来排戏再好不过了。剧团的小伙子们都分散住在各地，在这里会合，大家所走的路差不多相等。

游苔莎对假面哑剧和假面剧演员极其鄙视。演员们对于自己的艺术倒没有那种感觉的折磨，但也并不热心。传统的娱乐消遣和并不招

116

摇的旧戏重演之间，必须加以区别；复兴重演时充满了兴奋和热情，而因袭遗风时大家都漠不关心，轰动不起来，人们不免纳闷，做事那样敷衍塞责，为什么非年年举行不可。这些演员和就像巴兰①等并非情愿的先知一样，不管愿意不愿意，似乎内心有一种强迫性冲动，在按指派的角色说话做动作。在这个时兴旧物翻新的时代，这种有口无心的扮演方式，就是僵化因袭和仿真重演的真正分辨标志。

剧目是尽人皆知的《圣乔治》②。幕后所有的人包括各家的妇女都帮着准备。要是没有姊妹和恋人的合作，戏装也许就穿不成；不过话说回来，这类帮助也并非完美无缺。那些女孩子在设计和装饰盔甲的时候，无论如何也无法使她们尊重传统；她们一定要迎合自己的趣味，在任何情景下都加绸结和绒环。据这些女性的眼光看来，护喉甲胄、护腋甲片、轻钢盔、护腕、袖套等，统统是实用的地方，可以缝上随风飘动的彩条。

也许是阴差阳错，基督徒方面的战士乔有一个恋人，穆斯林方面的战士吉姆也有一个。做戏服时，吉姆的恋人除了在面罩上加丝带外，还在情郎的战袍底襟上加了鲜艳的丝绸扇贝边，而面罩的条带均为半英寸宽的彩色飘带，垂在面具前，大半也用丝带材料。这种情况让乔的恋人知道了，马上就在下摆扇贝边配上鲜艳的丝绸，而且加了一码，护肩也加上了带坠。吉姆的恋人不甘落后，会到处加上玫瑰花结和蝴蝶结。

到头来，基督教徒军队中的勇士和土耳其的骑士，竟不能从装备特征上分辨出来；更有甚者，乍一看，也许会把圣乔治错当成他的死敌撒拉森人③。那些扮演者虽然心里对于人物这样混乱感到遗憾，却又得罪不起那些帮了大忙的人，也就让这种新花样留下了。

诚然，这种千人一面的趋势也有限度。戏里的郎中，性格还是原

---

① 巴兰：《圣经》故事中的先知。奉摩押王命令骑驴前往诅咒以色列人，上帝下令阻拦，他便打驴。驴子逼急了开口说话。

② 《圣乔治》：圣乔治为英国护国圣人，这是圣诞节的保留剧目。

③ 撒拉森人：指穆斯林。

样不动，黑衣服，怪帽子，腋下拎药瓶子，永远不会认错。圣诞老人的传统形象也一样，一根大棒子，年纪较大，作为保护人陪伴着这班人，从一个教区到另一个教区长途夜行，同时又是管钱袋子的。

排戏时间七点钟到了，不久游苔莎就听见柴房里有人说话。她想稍微排遣一下人生暗淡的持久感觉，就走到柴房旁边的斜窝棚里，那是一个"披间"，是宅子里存萝卜之类根菜的地方。泥墙上有一个粗糙的窟窿，本来是为鸽子预备的，从这里可以看到隔壁窝棚的内部。有一道亮光透出，游苔莎就站在凳子上，观看里面的场面。

柴房里有壁架，上面点着三盏高高的灯心草蜡烛。烛光下有七八个小伙子正在走来走去，大声朗诵台词，互相干扰，努力改善着演出质量。砍柴工汉弗莱和泥炭工萨姆则站在一旁观看。还有费尔韦也在一旁，身子靠在墙上，凭记忆给他们提台词，同时还在台词中间插进一些评论，讲讲当年他那一辈人像现在这些年轻人一样充当埃格敦演员时的轶事，说说那时候更红火的境况。

"哎，你们算是够好的了，"他说，"我们那时候，这种演法不成。哈里扮撒拉森人，还得昂首阔步一点，约翰不必那么声嘶力竭地喊。除了这些，别的都凑合。戏服都准备好了吗？"

"礼拜一准备好。"

"头场演出是礼拜一晚上，是不是？"

"是。在约布赖特太太家里。"

"哦，约布赖特太太。她怎么想起看你们演出的？我以为中年妇女看腻了假面剧。"

"她搞了一个聚会，儿子克林多年来第一次在家过圣诞节嘛。"

"当然，当然 —— 她办聚会了嘛！我也去的。真的，差一点把这事给忘啦。"

游苔莎顿时板起脸来。约布赖特家要办聚会请客了，而与她自己当然无关了。她在这种当地人的集会上从不露面，始终认为这不在她的活动范围。不过，她要是常去露面，那会是多好的一个机会啊！她准能看见那位现在正像初夏阳光那样温暖着她的男人的。增添这种温

118

暖，是求之不得的，令人春心荡漾；抛开它，可以恢复内心的宁静；听之任之，真令人垂涎欲滴。

老少爷们要离开了，游苔莎回到了炉火旁。她低头沉思起来，却为时不长。没过几分钟，原先来借地方的小伙子查利，来厨房还钥匙了。游苔莎听到有人，就打开了通到过道的门，叫道："查利，过来一下。"

小伙子吓了一跳。他走进前屋，脸上不免涨红了；他也和许多人一样，能感觉到这位姑娘脸蛋和身材的魅力。

她指着炉火旁的座位，自己也走进壁炉角的对面。看她脸色就知道，她叫年轻人进来是何动机，很快要真相大白。

"你扮哪个角色，查利？——是不是土耳其骑士？"美人在炉火的对面，隔着缭绕的烟气问。

"是的，小姐，土耳其骑士。"他羞怯地答道。

"你那个角色台词很长吗？"

"有九段，大概吧。"

"能背给我听吗？要是能，我想听一听。"

小伙子朝着烧红了的泥炭微笑着，嘴里念道——

　　　"我上场了，是土耳其骑士，
　　　　武艺在土耳其国学成。"

接着一场场念下去，直到结局，他丧生于圣乔治手中。

游苔莎当初听别人念过这个角色的台词。小伙子背完后，她就开始了，从头到尾，一字不差，铿锵有力，没停顿，没岔子。内容一样，却又多么不同啊！形式相似，却又增添了拉斐尔[①]仿佩鲁吉诺[②]时的柔媚和修饰，对于原作主题既忠实复制，又在艺术上大肆拔高。

查利听得目瞪口呆。"哎呀，真是聪明伶俐的小姐！"他仰慕地

---

①　拉斐尔（1483—1520）：意大利著名文艺复兴画家。

②　佩鲁吉诺（1446—1523）：意大利画家，拉斐尔的师傅。

说，"我那是费了三个礼拜才背会的呀。"

"以前听人念过的，"游苔莎不动声色地说，"嗨，查利，你肯不肯做件事讨我喜欢？"

"我肯做很多事的，小姐。"

"让我替你演一晚上好不好？"

"小姐呀！你那女人长袍——你替不了。"

"我能弄到男装的——除了戏服，弄得到所需的东西。你把戏服借给我，让我礼拜一晚上替你一两个钟头，同时绝不透露我的身份，我得给你什么报酬呢？当然你得找借口脱身，说那天晚上不能出场，有人来替你——是维尔小姐的表弟。其余的演员都从来没跟我说过话，很牢靠的；就是露了馅，我也不在乎。嗨，给你多少钱才答应呢？半个克朗①好吗？"

小伙子摇头。

"五先令呢？"

他又摇头。"钱做不到。"他说着，手掌抚摸着壁炉薪架的铁头。

"那么，查利，要什么呢？"游苔莎失望地问。

"上次过五朔节②，你知道没答应我什么的吧，小姐？"小伙子低声说，一面仍低着头摸铁头。

"知道的，"游苔莎又高傲起来，"我记得，你想和我手拉手跳舞，对不对？"

"那样半个钟头就答应你，小姐。"

游苔莎定睛看着小伙子。他比她小三岁，但显然人小心不小。"怎么样半个钟头？"她问，其实早已猜出来了。

"把你的手握在我手里。"

游苔莎不言语。"一刻钟好啦。"她说。

"好吧，游苔莎小姐——只要让我吻它一下就行。握一刻钟，我发誓尽心尽力让你替我，别人还不知道。小姐，你看别人会听出你的

---

① 克朗：英国旧币之一种，一克朗值五先令。

② 五朔节：英国节日。5 月 1 日，立五朔柱，选五朔王后，围柱跳舞。

声音来吗？"

"那倒有可能。不过，嘴里含上石子，可以打消这个可能性。好吧，只要把戏服，还有你的剑和权杖都拿来，我就让你握手。现在可以走了。"

查利走了，游苔莎越来越感到人生趣味无穷。现在有事做了，有人可以见了，而且是用迷人的冒险方法去见。"啊，"她自言自语，"我的全部问题在于——生活缺乏目标！"

游苔莎的举止通常总是昏昏欲睡的样子，她的情感属于博大精深一类，而不是鲜明活泼那种。但是一旦来了劲头，她也会横冲直撞，一时和天性活泼的人不相上下。

至于认出来的问题，她不大在乎的。演戏的小伙子们不大可能认出她来。而请来的客人，她不见得那么有把握了。不过，即使被人发现，也没有什么可怕的。能看穿的只有表面事实，真正的动机永远深藏不露。人们会立刻认定，这只是姑娘的心血来潮罢了，早就知道她行事古怪了。本来这种举动，想当然是闹着玩的，而她却是为了正经理由，这一点无论如何是稳妥看不破的秘密。

第二天晚上，游苔莎准时站在柴房门前，等候黄昏降临，查利来送戏装。外公今晚在家，所以无法请同谋进屋。

查利在荒原黑糊糊的山脊上出现了，好像苍蝇叮在黑人身上，他拿着行头，走得气喘吁吁的。

"东西全带来啦，"他把东西放在门坎上轻声说，"现在，游苔莎小姐——"

"报酬。预备好啦。我说话算话的。"

她靠在门柱上，把手伸给了他。查利万般温柔地双手握住它，仿佛小孩捧着刚捉到的小麻雀。

"哎呀，还戴着手套！"他不满地说。

"我刚才散步来着。"游苔莎说。

"不过，小姐！"

"也罢 —— 是不大公道。"她就把手套脱去,赤手伸给他。

他俩站在一起,时间一分钟一分钟过去,谁也没有再说话,各人看着黑下去的景物,各自想着心事。

"我想今晚上不要全都握完了,"查利虔诚地说,那时已经握了六到八分钟的工夫了,"剩下的那几分钟,留着下次再握好不好?"

"随你的便,"她无动于衷地说,"但必须在一个礼拜内完结。下面,我只有一件事要你做了,等我换好了装,看一看我演得对不对。我先进屋看一看去。"

她离开了一两分钟,进屋了。外公稳稳当当地坐在椅子上睡着了。"好吧,"她回来的时候说,"先到园子里去走一会儿,好了就叫你。"

查利到外面等去了,很快就听见了轻轻的口哨。他回到柴房门前。

"刚才吹口哨了吗,维尔小姐?"

"是的,进来吧,"只听游苔莎的声音在屋后说,"先把门关上,我才能点灯,否则外面可以看见亮光。你能摸过去的话,就先把通洗衣房的窟窿,用帽子堵上。"

查利照办了,她就点起灯,亮出自己已经女变男,衣甲鲜艳,全副武装。面对查利的逼视,她也许有一点畏缩,不过面部挡住了,看不出是否露出了女扮男装的羞容来。戏服上有许多丝带垂在前面,代表中世纪头盔上的条状面罩。

她低头看着白罩袍说:"合身极啦,只有上衣的袖子长了一点。上衣你们怎么叫法?罩袍的下摆可以在里面折上去。请注意。"

游苔莎于是就背台词,遇到恐吓性词句,按正宗假面剧的规矩,挥剑砍那权杖或长矛,还昂首踱步。查利赞不绝口,仅仅点缀了一点点极温和的批评,游苔莎纤手的感觉余温犹在。

"再想好你不来的借口,"她说,"你们去约布赖特太太家的时候,在什么地方集合?"

"要是你不反对的话,我们就打算在这儿集合。八点钟,好在九点赶到那里。"

"好的。哎，你当然不能出现了。我要迟到五分钟，全套戏服冲进来对他们说，你不能来了。我已经拿定主意，最好由我把你支使到什么地方去，假戏真做。我们家那两匹荒原马，老往草场那儿跑，明晚你可以去草场，看看它们是不是又跑到那儿去了。其余的事情我来管。现在你可以走了。"

"是，小姐。不过，如果不介意，我想在欠我的时间里先再握手一分钟。"

游苔莎像刚才一样把手递给他。

"一分钟。"她说，然后继续往下数，到七八分钟的时候，她就连人带手，一齐缩回好几英尺远，同时部分恢复了先前的尊严。合同履行了，她就在他们之间垒起一道屏障，像墙一般不可逾越。

"嗨，都握完啦；本来还不打算一下子完结呢。"他叹了一口气说。

"时间不短啦。"她说着转身离开。

"是，小姐。好啦，完了，也该回家去啦。"

5 披星戴月

第二天晚上，假面剧演员们在老地点会齐了，只等土耳其骑士进来。

"静女酒店的钟八点二十分啦，查利还不来。"

"布露斯头的钟八点十分啦。"

"坎特尔大爷的手表还差十分才八点呢。"

"老舰长的钟是八点零五分。"

埃格敦荒原并没有绝对的钟点。无论哪一时刻，时间都是各村庄宣称的若干各别教义，有一些原本出自共同的根，后来有人脱离而分裂了的，有一些一开始就是外来的。西埃格敦信奉布露斯头时间，东埃格敦信奉静女酒店时间。坎特尔大爷的表，当年也有许多追随者，不过自他上了年纪以后，信仰就动摇了。于是，散居各处的演员们来集合，各人有着不同的迟早信条；他们相互通融，多等一些时候。

游苔莎早已通过窟窿看着他们聚齐；她觉得现在是进去的时候了，就出了"披屋"，大模大样地拉开了柴房的门闩。外公在静女酒店里，不会出问题。

"查利到底来了！查利，怎么这么晚。"

"不是查利，"土耳其骑士隔着面罩说，"是维尔小姐的表弟，出于好奇，来替查利一回。查利来不了了，到草场去找跑掉的荒原马了，他知道今晚来不及赶回来，我就答应来替他。我跟他一样熟悉那个角色。"

她优雅的步态、俊美的身材和庄重的态度，使演员们心服口服，他们认为，通过换人他们赚了，关键是他要演得精彩。

"没关系 —— 只要你不是太年轻就行，""圣乔治"说，游苔莎的嗓音听起来比查利略显清脆，比较孩子气。

"告诉你们，台词我背得滚瓜烂熟。"游苔莎斩钉截铁地说。要蒙混过关，只需要敢做敢为的精神，所以她就尽量表现得果敢。"小伙子们，就排演一下吧。我看你们到底谁能挑出我的毛病来。"

于是匆匆排了一遍，大家对于新骑士没有不喜欢的。八点半，他们把蜡烛吹灭，踏上了荒原，朝着布露斯头约布赖特太太的住宅走去。

晚上起了点白霜；月亮还不到半圆，却在那一队光怪陆离的演员们身上，投下了一片生动撩人的银光，走路时他们的羽饰和丝带，都像秋叶一样沙沙作响。他们这次并不走越过雨冢的那条路，而是顺山谷而下，那个古老的高地出现在东边。谷底是绿色的地带，十码来宽，那草叶上闪闪发光的霜棱，仿佛跟着它们围起来的影子向前移动。左右两边那些浓密的荆棘和石南丛还是黑糊糊的；仅仅半轮月亮，是无力把那一片黑洞洞涂成银色的。

他们边走边说话，走了半个小时，就来到了绿草地带扩大的地方，它通到住宅的前门。游苔莎和那些小伙子一路走着的时候，心里曾不时犯疑，但一看到这地方，又为自己冒了险而高兴起来。她这次出来，是来见一位男士，他也许有能耐把她的灵魂从死气沉沉的郁闷里拯救出来的。怀尔狄夫算什么呢？有点意思，但火候不到。今晚，她也许能看到一位堪称英雄的人物。

演员们靠近房前，就听到里面的乐声和舞声，十分热闹。当时，蛇形管①是主要的管乐，一阵阵地发出拖长而低沉的声音，它比尖细的高音更远地传到荒原上，单独传到他们耳朵里；接着跳舞者特别沉重的脚步声，也向同一方向发出。走近房前，那断断续续的声音就一气呵成了，原来是《南希的梦幻》舞曲的主旋律。

他当然在那儿了。同他共舞的她是谁呢？也许是无名的女人，文化教养远不如自己，此刻正施展那最微妙的魅力，把他的命运给锁定

---

① 蛇形管：古代木制管乐器，和喇叭一类，声音猛烈而粗野。

了。同一个男人跳舞，就等于在一个钟头的几分之一时间内，把十二个月的常规热情，浓缩到他身上。不相识就求婚，不求婚就结婚，这种跳跃进度，是仅仅留给走跳舞这条康庄大道的人的。她要把所有女人都细察一番，看一看他属意于谁。

那位有魄力的小姐跟着演员队伍穿过了白色篱栅的大门，站到敞开着的门廊下。村舍屋顶上蒙着厚厚的芦杆，都垂挂到了上层窗户之间；月光直照的前墙本来是白色的，现在大部分被一棵巨型火棘树遮暗了。

他们立刻就发现，人们就在那门板里面跳舞，中间并没有房间相隔。门板上听得出衣摆和胳膊的摩擦，偶然还有肩膀的碰撞。游苔莎的家离这里虽然不过两英里，但她从没见过这所古怪老房子的内部。维尔舰长和约布赖特家向来就不熟；舰长是外来户，买下迷雾岗那所长久空置的房子以后不久，约布赖特太太的丈夫就死了。他这一死，儿子又离了家，两家以前培养的那点交情，就完全断绝了。

"门里面就没有过道了？"他们站在门廊下，游苔莎问。

"没有，"扮撒拉森人的小伙子说，"开门进去就是前厅，现在热闹快活的地方。"

"那咱们要是一开门，舞就得停跳了。"

"正是。咱们得在这等到他们跳完，后门天一黑就闩上了。"

"他们跳不了很久了。""圣诞老人"说。

但这句断言却无事实的印证。乐器奏毕却又开始了，奏得那样热烈、动情，仿佛是开首的曲子。该曲调正是那无始无终、无过门的东西——著名的《魔鬼梦》[①]；来了灵感的琴师，脑子里舞曲纷至杳来，也许此曲最能传达无休止的观念。疯狂的乐曲，激发了疯狂的个体动作，门外站在月光下的人，有时能听见旋转格外迅速时，脚趾和脚跟踢门的声音，由此想象热烈的场面。

对于门外的演员们，头五分钟听着还觉得有意思。但是五分钟延

---

① 《魔鬼梦》：19世纪英国乡间流行的六对舞舞曲。

长到十分钟，十分钟又延长到一刻钟，活泼的《魔鬼梦》，还是听不出有终了的迹象。门上的磕碰声，门里的大笑声和踢踏声，依然那样起劲；而站在外面的人简直兴味索然。

"约布赖特太太怎么搞这样的聚会呢？"游苔莎问，听到场面如此热火朝天，她有些吃惊。

"这并不是她的高级客厅舞会。她请了平常的街坊和工人，不分界限，就是请他们好好吃一顿晚餐什么的。她和儿子招待这些乡亲。"

"原来如此。"游苔莎说。

"我想这是最后一曲了吧。""圣乔治"说，他耳朵贴在门板上，"一对年轻男女刚刚旋到这个角落上，他对她说：'啊，可惜，亲爱的，我们这一场跳完了。'"

"感谢上帝。""土耳其骑士"说，脚一跺，把墙上演员人手一根的普通长矛拿在手里。她的靴子比那些小伙子的薄，白霜把她的脚沾湿了，冷冰冰的。

"我说，咱们又得等十分钟。""勇士"说。他从钥匙孔往里面看，曲调不停顿，变调到另一个了。"坎特尔大爷正站在这个角落排队。"

"不会长的，只是一场六对舞。""医生"说。

"为什么不走进去呢？管他们跳舞不跳舞的？是他们来请的呀。""萨拉森人"说。

"当然不行，"游苔莎权威性地说。她在栅栏门和房门之间，迅速地来回踱步取暖，"我们会一下子冲到他们人堆里，把跳舞给中断的。那样不礼貌。"

"他因为比咱们多念了几年书，就自以为了不起了。"医生说。

"见你的鬼！"游苔莎说。

他们中有三四个人窃窃私语，其中一个转身问她："你可以说一件事吗？你是不是维尔小姐？我们想你一定是。"那人说话态度颇为温柔。

"愿意怎么想就怎么想好啦，"游苔莎慢腾腾地说，"不过体面小伙子是不会搬弄人家小姐的是非的。"

"我们决不说出去，小姐。拿名誉保证。"

"谢谢你们。"她回答说。

此刻，小提琴戛然而止，蛇形管发出最后的一声，响得简直把屋顶都揭了起来。演员们听见屋里比较安静了，断定跳舞的人都已坐下，"圣诞老人"上前拉开门闩，脑袋探到屋里。

"噢，假面剧的，假面剧演员！"好几位客人一齐喊，"给演员腾出地方来！"

驼背的"圣诞老人"这才完全走进了屋里。他手里挥舞着大棒，大肆帮主力演员们清场，同时嘴里念着滑稽诗，说他不管欢迎不欢迎，已经来了，最后的几句是——

> 让开，让开，勇猛的孩子们，
> 腾出地方让我们演戏，
> 值此圣诞佳节，
> 来演这一出《圣乔治》。

客人们纷纷在房间一端排开，小提琴手在修理琴弦，吹蛇形管的在清理喇叭吹口，假面剧开演了。外面走进的第一个演员是"勇士"，"圣乔治"一方的——

> 我上场，是勇士，
> 本名砍刀；

云云。结尾是向异教徒挑战的话，说完就应该是游苔莎扮演的土耳其骑士上场。她跟那些还没上场的演员一起，一直站在撒满月光的门廊下。她轻松地、干脆地进了屋，开始念——

> 我上场，是土耳其骑士，
> 武艺在土耳其学成。

我要鼓足勇气和此人一战，
　　管叫他热血变冷水！

　　游苔莎朗诵台词时，昂首挺胸，嗓门尽量放粗，觉得很可靠，不会被看破。不过，她一方面要专注于自己的角色，以免被发现，一方面人生地不熟，烛光耀眼，遮脸面罩的丝带又混淆了她的视线，所以根本看不清现场的观众是谁。在点着蜡烛的桌子后面，她只能依稀看出一些人脸而已。

　　同时，扮勇士的杰姆·司塔克斯走上前来，瞪着土耳其人，答应道——

　　你若就是那土耳其骑士，
　　拔出剑来，比比身手！

于是就格斗起来，结果是，勇士被游苔莎不可思议的乱刺刺死了。杰姆热衷于戏剧艺术，所以身体直挺挺木头一般倒在石头地上，力度足以把肩膀摔得脱臼。接着，土耳其骑士又念台词，有气无力的，又说要和圣乔治及手下人马血战到底，于是圣乔治本人就耀武扬威地上场来，以著名的花腔念着——

　　我来了，勇士圣乔治，
　　剑出鞘，枪在手，
　　我曾斗过毒龙，力斩不饶，
　　为此赢得了埃及公主美人沙布拉①为妻。
　　我手持宝剑，
　　哪个凡人敢前来挑战？

_____

　　① 沙布拉：埃及王之女，为圣乔治斩龙所救，并与之结婚，见英国作家理查德·约翰逊（1573—1659？）之《基督教七斗士本纪》（1597年）。

这小伙子就是首先认出游苔莎的那个。扮土耳其人的游苔莎恰如其分地藐视他，应答后两个人就战斗起来。那青年怜香惜玉，尽量温柔地挥剑。骑士受伤以后，按照规定单腿跪下。医生上场了，把所带瓶子里的药给骑士服了一剂，让他恢复力气，于是又斗起来。土耳其人渐渐瘫软了，最后倒地——他在这出古戏里拼死抵抗的精神，正如人们所说的现代土耳其人①一样。

土耳其骑士这个角色虽然并非最短，但他这个缓缓倒地的动作，实际上就是游苔莎觉得自己最适合演这个角色的原因。别的人物的结局，都是打得直挺挺倒地，对于一个姑娘家，未免不雅观、不体面。但土耳其人的死法比较容易，顽强抵抗，慢慢倒下。

游苔莎现在也属于被杀的人，不过她却没有倒在地上，而是设法靠在大钟上，歪着身体，因此头部比较高。圣乔治、萨拉森人、医生和圣诞老人接着演下去；而游苔莎闲着，第一次得空去观察周围的情景，去寻找吸引她到这儿来的那个人。

---

① 指垂而不死的土耳其帝国。

6 两人相对而立

　　屋子里为了跳舞重新布置了家具，那大橡木桌子早就挪到后面了，靠壁炉放着，成了胸墙。桌子两边和后面，还有壁炉角里面，都挤满了客人，有许多人还满脸通红，气喘吁吁；游苔莎眼睛余光一扫，认出来几位住在荒原以外的小康人家。里面看不见托马辛，不出游苔莎所料啊；她想起来了，刚才在外面，楼上有窗户放光——大概就是托马辛的房间了。只见壁炉角里面的坐位上露出了鼻子、下巴、双手、膝盖，还有两个脚尖的投影，这些部位联结起来，她发现原来是坎特尔大爷，他有时候替约布赖特太太在庭园里帮忙，所以也在被请之列。他面前是一堆泥炭，烟尘像埃特纳火山①那样滚滚而上，围着水壶挂钩的下钩盘绕，撞在盐盒上，消失在挂起的熏肉中间。

　　游苔莎很快又注视到屋子的另一端。只见烟囱的那一边放着高背长椅子，这是必需的一件附属品，壁炉宽敞时，烟尘非有强烈的气流才会往上冒。对于开口很大的老式壁炉，它就像东边的树林对于一览无遗的乡村庄园，就像北墙对于庭园一样，起屏障作用。长椅子外面，蜡烛在淌蜡，头发在飘动，年轻女人在哆嗦，老头子在打嚏喷。长椅子里面则是天堂，和穿堂风的症候无缘；坐在那儿，背脊和面部都暖烘烘的，舒服的暖气把歌曲和故事都引了出来，好像暖房里瓜熟蒂落一样。

　　但是，游苔莎所关心的并不是长椅子客。黑糊糊的椅背上部，清清楚楚地衬出一张脸来。那靠在长椅子外端的人，正是克莱门特·约布赖特，本地人都叫他小名克林；她知道那不会是别人。那镜头构成

---

　　① 埃特纳火山：欧洲最高的活火山，在意大利西西里。

了伦勃朗①二英尺见方的精心杰作。闲靠长椅子的人，容貌有股子奇怪的力量，虽然全身都看得见，但观察者的眼睛却只见他的脸。

中年人看来，这张脸属于年轻人，但青年人难以看出使用不成熟这个字眼的必要性。脸上明白地传达了阅历积累的年资，而不是年龄增长的概念。用年龄足以概括雅列、玛勒列等大洪水以前的人②的一生，但现代人的年龄却要用阅历的深浅来计算。

这张脸长得很端正，甚至可以说很出众，但内心却开始把它用作区区一张废刻写板，把个人独特性格的发展脉络描画在上面。现在还显得秀气，不久就要让它的寄生物——思想无情地蹂躏掉；其实思想满可以去寄生于一张乏善可陈的脸面，那样也就无伤大雅了。要是上天保佑，不让约布赖特养成左思右想的折磨习惯，人们便可称他是"美男子"。要是他的脑袋更加有棱有角，便可以说他是"沉思者"。但心中的较劲正在吞噬外表的端正匀称，因此人们把他的容貌算作别具特色。

于是，人们一开始不过看他一眼，却以端详一番而告终。他的颜面上布满了可解读的意义。尽管尚未因心事重重而憔悴，但他还是烙上了感悟环境而留下的印记；男人在平静的学徒期之后奋斗了四五年，这种情况是不算少见的。他已经体现出，思想是肉体之病，并且间接地证明，理想的形体美与感情的发展水火不容，且不容人世事洞明。尽管身体需要生命的膏油，心明眼亮更需要饲以生命的膏油；一源两用、心力交瘁的可怜相在这里一览无余啊。

面对某种人，哲学家很遗憾思想家只是易耗的身体组织而已，而艺术家则遗憾易耗的身体组织不得不思想。他们都是出于各自的观点而悲叹精神和肉体互相毁灭的依存关系，而对约布赖特评头论足的人，则会本能地这样悲叹的。

至于他的相貌，则是乐天的天性和外来的抑郁抗争而屡战屡败的

---

① 伦布朗（1606—1669）：荷兰绘画大师。

② 《圣经》故事，雅列、玛勒列等人生活在大洪水以前，雅列活了962岁。玛勒列活了895岁。

产物。它具有孤独的意味，但揭示得更多。就像乐天派常见的那样，被卑鄙地锁在短暂臭皮囊里的一股灵气，如一道光芒从他身上射出。

游苔莎身上产生的效应昭然若揭。说实话，她本来就特别兴奋，哪怕凡夫俗子都可以影响她的。发现约布赖特近在眼前，她也就躁动起来。

剩下的戏演完了：萨拉森人的头被砍了下来，圣乔治大胜凯旋。没人加以评论，就好比看到秋天出了蘑菇，春天开了雪花莲一样。他们和演员们一样泰然处之。那是年年圣诞节都有的热闹过程，理所当然的，没有什么可说。

他们一同唱起剧终悲歌，期间死去的人都像《半夜阅兵》里拿破仑士卒的鬼魂一样，统统默默地、阴森可怕地站了起来。然后，房门开了，费尔韦在门槛上出现，身后跟着克里斯琴和另一个人。他们一直在门外等候着假面剧结束，就像刚才演员们等候跳舞结束一样。

"请进，请进，"约布赖特太太说，克林也上前去欢迎他们，"你怎么来得这么晚？坎特尔大爷早就来了，你们住得那么近，我们还以为你会跟他一块来呢。"

"哦，我早就应该来的。"费尔韦先生说，同时站住了，观察着天花板的房梁，想找挂帽子的钉子；一看他平素挂帽子的那个钉子已经叫槲寄生草占了，而墙上所有的钉子也都挂着冬青枝，他最后把帽子不牢靠地架在蜡烛盒和座钟顶之间，才脱了手。"我早就应该来的，太太，"他接着说，镇定多了，"可我知道聚会的情况，屋子里总是人多地方小，所以想等到你这儿稍微安定了才来。"

"约布赖特太太，我也那么想来着，"克里斯琴诚恳地说，"我爹可急了，也不讲规矩，天还没黑透就出门了。我对他说，一个老人家来得太早不体面；不过，说话都是耳旁风。"

"呔！我才不会在家里等到游戏快玩完的时候才来的！只要有什么动静，我就像鹬子一样轻快！"坎特尔大爷在壁炉的坐位咋呼说。

同时，费尔韦把约布赖特端详完了。"嗨，大家伙也许不信，"他对屋里的客人说，"要不是在他的家乡荒原上碰到，我绝对认不出这

133

位绅士，变化太大了。"

"你也变了，蒂莫西，而且我觉得你越变越棒。"约布赖特一面说，一面打量着费尔韦结实的身材。

"约布赖特少爷，也看看我呀。我也越变越棒了，是不是？"坎特尔大爷说着站起来，走到约布赖特眼前约摸半英尺多的地方，希望把他仔细品评一番。

"当然要看一看的。"费尔韦说着拿过蜡烛来，在坎特尔大爷脸上照来照去。那观察对象照得亮堂堂的，春风满面，如年轻人一样动作快捷。

"你并没多大变化。"约布赖特说。

"要是有什么差别的话，大爷越活越年轻了。"费尔韦斩钉截铁地补充了一句。

"那不是我自己的功劳，所以不觉得自豪，"老头高兴地说，"不过我的异想天开就是没法治，我承认那是毛病。对啦，坎特尔老爷子一直是那种人，大家都知道的。不过，克林少爷，要是跟你比起来，我可就无地自容了。"

"我们谁也不能跟他比。"汉弗莱说，他这句赞叹说得浑厚低沉，不打算传到别人的耳朵里。

"说实在的，要不是我在'棒啊乡团里'当过兵（我们英俊，大家就叫棒啊团），这里就没有比他差一截的，就是差两截的也找不出来，"坎特尔大爷说，"即便这样，大家跟他比还是显得土头土脑的。但是在〇四年，据说整个南威塞克斯①都没有比我漂亮的了。有一天，原以为拿破仑在海岬登了陆，我就跟着队伍从蓓蕾嘴开拔出去，我从大橱窗前面冲过去，可神气啦。当时我像小白杨树那样挺拔，扛着火枪，上了刺刀，裹着绑腿，高领圈很硬，差一点把下巴都要锯掉了，全副披挂跟北斗七星一样亮晶晶。对啦，街坊们，我当兵那年份，样子很好看的。你们真应该在〇四年看一看我的！"

---

① 南威塞克斯：即今多塞特郡。

"克林少爷的身材像他姥姥，上帝保佑，"蒂莫西说，"我跟他的几个舅舅可熟啦。整个南威塞克斯这一郡从来没有做过那样大的棺材，即使这样，据说可怜的乔治还不得不弯腿下葬呢。"

"棺材？在哪儿？"克里斯琴凑上前问，"又有谁见鬼了吗，费尔韦先生？"

"没有，没有。克里斯琴，不要疑神疑鬼的，误导耳朵啦，做个男子汉。"蒂莫西责备地说。

"好的，"克里斯琴说，"可是现在想起来，昨夜我的影子可真像一口棺材呀。街坊们，一个人的影子要是像棺材，那是什么兆头呢？我想，不会是让人害怕的东西吧？"

"害怕？不会的！"大爷说，"真的，除了拿破仑以外，我就没怕过什么，不然就不会那样去当兵了。是啊，你们〇四年没看见我，实在太可惜了！"

此刻，演员们正打算告辞，但约布赖特太太把他们拦住了，请他们坐下用一点晚餐。"圣诞老人"以全体的名义欣然接受了邀请。

游苔莎发现能多待一会儿，觉得很高兴。外面的夜天寒地冻，对于她是加倍地凛冽。不过，留在这儿，也并不是没有困难。原来大房间里太挤，而旁边的食物间正好相通，约布赖特太太就给演员们在食物间的门口摆了一条长凳，他们就在那儿一排儿坐下，食物间的门开着，这样他们实际仍然坐在同一个大房间里。太太对儿子嘀咕了几句，他就穿过大屋子，来到食物间，从槲寄生下面过的时候，脑袋都碰到它了。他把牛肉、面包、蛋糕、糕点、蜜酒和接骨木酒，都给演员们搬了出来；他们母子亲自伺候客人，好让小女仆也做客人高坐。演员们摘去头盔，动嘴吃喝起来。

"你还是用点什么吧！"克林手里端着盘子，站在"土耳其骑士"面前说。她已经宣布不用了，坐在那儿，脸上遮着，只有闪闪的目光从条带的缝里看得出来。

"谢谢你，我不用。"游苔莎回答说。

"他年纪小啊，""撒拉森人"抱歉地说，"不要见怪。他并不是老班底，有人不能来，来替工的。"

"他多少用点什么呀，"约布赖特力劝道，"尝一杯蜜酒或者接骨木酒吧？"

"对呀，最好尝一尝，""撒拉森人"说，"回家路上可以驱驱寒。"

游苔莎虽然吃东西非得把脸露出来，但喝东西满可以不动头盔的。于是，她就接过一杯接骨木酒，酒杯在条带里面消失不见了。

游苔莎提心吊胆地喝着酒，唯恐自己露馅，地位不稳；但担心归担心，还是喜不自胜。在她面前频频殷勤款待的，正是她毕生第一个倾心的男人，只可惜这并不是针对她的，而是针对想象中的人物；她不由得百感交集，难以分说。她爱克林，一是他在这个场面上是特殊人物，一是她已经下决心要爱他，主要是因为她厌烦了怀尔狄夫以后，万般无奈非得爱一个人不可。她坚信自己会不由自主爱定他的；这种意念上的影响，有着从前利特尔顿爵士第二①等人的先例，他们梦见了自己要在某天死，就狠命痴迷死期，结果心想事成。一旦让一个姑娘承认，她会在某时某地对某人一见倾心，那么事情就等于已经成了。

当时有没有什么东西向约布赖特暗示，披着古怪戏服的人是男是女呢？游苔莎自己的情感力和激发别人情感的机会有多大？她的能量所及，和同班戏子们比起来超出多少呢？当年化身凡人的爱情女王在埃涅阿斯②面前出现，身上非凡的芳泽泄露了身份。如果凡间女人含情脉脉，也曾对她情之所钟的对象散发过这种神秘的东西，那现在它就一定把游苔莎的芳踪指示给约布赖特了。他依依不舍地看着游苔莎，然后陷入了沉思，像是忘记了他的观察对象。那情形稍纵即逝，他又往前走，游苔莎喝着酒，喝不出滋味了。只见她存心要培养激情并热恋的男人进了小房间，并穿过它往另一头去了。

---

① 利特尔顿爵士第二（1744—1779）：死前梦见鸟儿飞进屋，化作女人警告他，他活不到三天了，果然第三天就死了。

② 希腊罗马神话，埃涅阿斯是特洛伊王和爱情女王阿弗洛狄忒（即罗马神话中之维纳斯）的儿子。特洛伊城破逃出，流浪各地。罗马诗人维吉尔的史诗《埃涅阿斯纪》描述他在树林里遇见乔装打扮的母亲，识破她是天神。

如前所述，演员们都坐在长凳上，外屋不够大，凳子的一头伸进了放食物那个小间里。游苔莎部分出于害羞，特意选了正中间的座位，从而既能看到宾客满堂的房间，又能看见食物间的内部。克林走进食物间，她目送着他来到里面的暗处。房间尽头有门，克林正要去开，里面却有人把门打开了，透出一道亮光来。

那人是托马辛，手持蜡烛，显得忧心忡忡，脸色苍白，很耐看。约布赖特看见她显然很高兴，握了她的手。"这才对呀，托马辛，"他热情地说，仿佛看见了她自己才回过神似的，"你到底决定下楼了，这我很高兴。"

"嘘——不，不是的，"托马辛急忙说，"我只是下楼来跟你说句话。"

"何不跟我们一块玩呢？"

"不行啊。至少我不大愿意。身体没恢复好，反正你打算回乡度长假，我们在一起的日子长着呢。"

"没有你就不怎么快活。你真的病了吗？"

"有一点儿，老兄——就在这儿。"她说着，手玩笑似的一摸心口。

"啊，也许今晚妈妈应该请另一位来的吧？"

"呃，没有的事。克林，我只是下楼来问问你——"说到这儿，他就跟托马辛进了门，到了里面的私室；门带上了，游苔莎和身边坐着的那个演员——只有他俩目击这情形——就什么也看不见、听不见了。

热流冲上游苔莎的脑袋和脸颊。她马上就猜到，克林刚回家三两天，还没了解托马辛对怀尔狄夫的苦恋；看见托马辛和他离家前那样住在这儿，他自然也不会起疑了。游苔莎不由得拼命嫉妒起托马辛来。虽然托马辛对于另一位也许还情意绵绵，但她和这位充满趣味、周游列国的表兄终日厮守，那情意能指望维持多久呢？两个人朝夕相处，又没有分心的对象，谁知道他俩之间还有什么感情不能油然而生呢。克林对于表妹两小无猜的爱也许已经消散了，但是旧情复燃也很容易啊。

游苔莎为自己的计策而恼火。另一个女人光彩夺目，占尽先机，而自己却女扮男装，真是枉费心机！要是早就知道这次相会的全部份量，她一定会挖空心思，以本来面目前来聚会的。现在她容貌的力量尽失，感情的魅力全隐，风情的迷惑力荡然无存了，剩下的只有声音，她悟到了厄科①的下场。"这儿没人尊重我。"她说。她却没想到，既然扮作男子杂在男孩中间，人家就会拿她当男孩子。人家小看她，本是咎由自取，并且不言自明，但她却无法认识到人家是无心之过而一笑置之；当时的处境把她弄得过于敏感了。

女子穿戏服，也曾获益良多。上个世纪初扮波利·皮查姆②和本世纪③初期扮莉迪亚·兰格维希④的那类尤物，得到爱情、公爵夫人的头饰双丰收，那自不待言；退而求其次，女人靠演戏曾经成群成队地初战告捷，随心所欲地得到意中人。但是"土耳其骑士"却不敢把面前那些飘摇的条带撩开，连这种好处都无缘得到。

约布赖特回到房间里，却没有表妹陪着。他走到游苔莎跟前两三英尺以内的地方，好像又想起心事来似的，一脚站住，眼睛盯在她身上。游苔莎心慌意乱，赶紧把脸别转，心想，不知道这场酷刑得持续多久。约布赖特流连了几秒钟，就往前走去了。

对于某些性情热烈的女人，因爱而自寻烦恼是家常便饭。爱情、惧怕、羞愧，她百感交集，忐忑不安，难以自持。逃避是当务之急。演员们没有急着离去的样子，所以她低声告诉旁边的小伙子，说她情愿在外面等他们，接着就尽可能神不知鬼不觉地走到门前，开门溜出去了。

恬静孤寂的夜景，让她定下心来。她走到白篱栅跟前，凭栏观月。她在那儿站了不久，房门又打开了。游苔莎以为是演员班子出来

---

① 厄科：希腊神话中的回声女神、山林女神，因暗恋美少年那喀索斯，憔悴而死，只留下回应的能力。

② 波利·皮查姆：英国诗人盖依（1685—1732）的政治讽刺剧《乞丐的歌剧》（1728年）的女主角。演这个角色而做了公爵夫人的是芬顿小姐。

③ 本书写于1877年。

④ 莉迪亚·兰格维希：英国戏剧家谢立丹（1751—1816）的喜剧《情敌》（1775年）里的女主角。1827年迈仑演这个角色而做了圣奥尔本公爵夫人。

了，回头看去；可别呀 —— 克林·约布赖特跟她刚才那样，轻轻地出来，又把门带上了。

他走上前来，站在她旁边。"我有个怪念头，"他说，"想请教你一个问题。你是不是女的？还是我看错了？"

"我是女的。"

约布赖特的眼睛很感兴趣地打量她。"现在女孩子常演假面剧吗？从前不这样的。"

"现在也不。"

"那你为什么演？"

"找刺激，摆脱郁闷。"她低声说。

"什么让你郁闷呢？"

"人生。"

"这种郁闷的原因，许多人都得忍受的。"

"不错。"

沉默了许久。后来克林终于开口了："找到了刺激没有？"

"此刻也许算找到了。"

"被认出来，感到恼火吧？"

"是的，不过我早就料到会露馅了。"

"要是我早就知道你想来，一定乐于请你来聚会的。我年轻时认识你吗？"

"不认识。"

"请你再到屋子里，想待多久就多久，好吗？"

"不好，我不愿意让更多的人认出来。"

"好吧，我这儿你可以放心，"约布赖特沉思了一下，又温柔地说，"我不想再打扰你啦。这种见面的方式实在很怪。我不想追问，为什么有教养的女人会演这个角色。"

克林好像盼望能把原因告诉他似的，但是她却不愿主动说，因此克林对她道了晚安，绕到房子后面去了。他在那儿来回踱步了一阵，才回到了屋里。

游苔莎心里有一团火，暖洋洋的，此后再也无法等待她的伙伴们了。她把面前的条带撩起来，打开了栅栏门，一下投身进了荒原。她并不匆忙赶路。那时候外公已经睡了，游苔莎常常在山上月夜闲步的，他根本不管她来来去去；自己自得其乐，对外孙女也同样地放任。现在占据游苔莎心头的，并不是回家，而是更重要的问题。只要约布赖特有一丁点好奇心，就一定会打听到她的名字。然后呢？一想起这番冒险的收场方式，她就感到颇为欣喜，虽然欣喜之余不时羞得面红耳赤。接着她又想起，她勇敢闯关到底有什么用呢？不觉心灰意冷了。她现在对于约布赖特家，还完全是生人呢。她在那个人身上罩了一层非理性的浪漫光环，这会使她苦恼不堪。她怎么能让一个生人迷住了呢？并且，还有一个托马辛会让她不胜悲切，她可是跟克林在日复一日地耳鬓厮磨。游苔莎刚刚得知，克林和她原先认为的正相反，要在家里留很长的时间呢。

　　她走到迷雾岗的小栅栏门跟前，不过并未开门，而是转身再次面对荒原。只见雨冢屹立在群山之上，明月更在雨冢上高悬。夜空里十分寂静，霜汽弥漫。此情此景让游苔莎想起一件忘得干干净净的事情来了。她曾答应过怀尔狄夫，今晚八点钟在雨冢见面，就跟他私奔的请求作最后的答复。

　　这晚上，这时刻，本是她亲自定下的。他可能来过现场，在寒风里等候，并失望而归。

　　"哦，这样倒更好，没有伤害到他。"游苔莎平静地说。现在的怀尔狄夫和透过墨色玻璃看太阳那样，轮廓还在，却毫无光芒，所以她能不费吹灰之力地说出这种话来。

　　游苔莎陷入了沉思，心中又泛起托马辛对表哥那种动人的神态。

　　"唉，她早早就嫁了戴蒙有多好哇！"游苔莎说，"要不是我从中作梗，她早嫁了他了！我要是早就知道——要是早就知道就好啦！"

　　游苔莎再次抬起她那深邃狂暴的眼睛看月亮，不觉悲叹一声，活像打寒噤，然后就走到屋檐阴影里去了。她在外屋里把戏服卸下，卷在一起，然后进了自己的房间。

7 美人和怪人联手

老舰长平常对于外孙女的行动，总是不闻不问，所以把她惯得和小鸟一般无拘无束。但是第二天早晨，老先生却偏偏查问起她那样晚还出去的理由来。

"不过是没事找事儿呗，外公。"游苔莎说着往窗外看去，一副萎靡不振的样子，其实一按扳机，体内便可迸发出巨大的力量。

"没事找事儿——别人会当你是我二十一岁上认识的浪荡公子呢！"

"这地方太寂寞了。"

"这样倒更好。要是住在城里，一天到晚都要我管着你了。我从静女酒店回来，本想你早就回家了。"

"我也不想瞒着您啦。我想冒险一番，就跟着假面剧演员们去了，我扮的是土耳其骑士。"

"真的吗？哈，哈！我的上帝！我决没想到你会演戏的，游苔莎！"

"那是我头一次演戏，当然下不为例。现在告诉您了——要记住，这是秘密。"

"当然。不过，游苔莎，你从来没演过戏的——哈！哈！他妈的，要是在四十年前，我一定会高兴极了！不过，记住了，孩子，千万别再演了。你可以没日没夜地在荒原上逛，随你的便，只要不来烦我；但千万不要再去女扮男装。"

"您不用替我担心，外公。"

谈话就此打住了。游苔莎所受的道德教训，最严厉的也不过是这样的谈话；谈话如果对行善产生什么效益的话，那倒是代价不高的结局。但是她的思绪很快就撇下了本人，她对于那位连她的姓名都还不知道的人，抱着满腔热情、莫名的挂念，便冲进了那野茫茫、黄褐色的荒原，简直和犹太人亚哈随鲁①一样心神不定。她离家大约有半英里的时候，看见前面不远的深谷里，冒出了一片凶险的红色——好像阳光下的火焰一样，淡粉粉，褐黄色的；她猜出来，那代表着红土贩迪格利·维恩。

在前一个月里，想买红土新货的农民打听去哪儿找维恩，人们便回答："在埃格敦荒原。"日复一日，回答一成不变。唉，埃格敦荒原上居住的是荒原马和樵夫，而不是绵羊和牧羊人，后者趋之若鹜的大片开阔草原大部分位于荒原北面，少量在埃格顿的西面，所以维恩像以色列人驻扎在寻的旷野②那样，安营扎寨的理由很不明朗。固然，这地方位置适中，有的时候很受欢迎，但迪格利留在荒原，主要目的并不是出卖红土，特别是时近年关，他那种行商大都去了冬天的驻地了。

游苔莎看着这个孤独的人。上次见面时，怀尔狄夫告诉过她，约布赖特太太已经把维恩抛出来，说他愿意并急于替代他做托马辛的未婚夫。维恩的体型无懈可击，面容年轻，五官端正，目光炯炯，智力超人，还可以随心所欲地改善自己的地位。不过，虽然存在种种可能，托马辛身边有了约布赖特那么一位表兄，同时怀尔狄夫又不是对她完全无意，她不大可能接受这样一位行踪不定的人。游苔莎很快就猜到，可怜的约布赖特太太出于对外甥女前途的关心，才提起这位情人，以刺激对方的热情。现在游苔莎站在约布赖特家一边，想阿姨之所想，念阿姨之所念了。

"早上好，小姐。"红土贩脱下兔皮帽致意；他显然对于上次的会晤，并没有记仇怀恨。

"红土贩，早上好。"游苔莎说，那愁眉紧皱的眼睛连抬都不肯抬，"没想到你就在附近，你的篷车也在这一带吗？"

---

① 亚哈随鲁：《圣经》故事，传说中漂流的犹太人。得罪基督，便永远不得安宁。
② 寻的旷野：《圣经》故事，系地名。

维恩胳膊肘往山洼一戳，那儿有一丛密密麻麻的紫茎黑莓荆棘，四处占地蔓延，差不多成了绿油油的小山谷。黑莓棘虽然粗糙扎手难伺候，但是在初冬时节却是挡风的屏障，在落叶植物之中，它的叶子落得最晚。只见维恩的篷车顶和烟囱，在藤蔓纠缠的棘丛后面露出。

"你就待在这一带吗？"游苔莎兴趣陡增地问。

"不错，我在这一带有生意。"

"不全是红土生意吧？"

"跟红土生意无关。"

"跟约布赖特小姐肯定有关系啰？"

她脸上露出请求以武逼和的神气，所以他坦率地答道："正是，小姐，正是为了她。"

"因为你快要跟她结婚了？"

维恩红色的脸上，仍然透出羞色来。"维尔小姐，别取笑我啦。"

"此话并不对？"

"当然不对。"

游苔莎于是就深信不疑，红土贩不过是约布赖特太太心目中的最后一招罢了；并且他本人连被人提拔到该低下的地位还蒙在鼓里。"那不过是我个人的想法罢了。"她不动声色地说。本来打算不再说什么就往前走，但她往右边一看，发现一个使她不胜苦恼的熟人，正走在一条小路上，朝着她所在的小山包蜿蜒而上。山路曲折，此刻他的后背冲着他们。游苔莎急忙四处张望，要躲开那个人，只有一种办法。她转身对维恩说："可以让我在你的篷车里歇几分钟吗？山坡上太潮湿，不能坐。"

"当然可以，小姐，我先给你腾出地方。"

她跟着他走到黑莓丛后面他的轮上住所，维恩先爬上车，把三腿凳放在车门口。

"我已经尽力而为。"他说着跳下了车，又回到小路上，重新抽着烟斗，一面来回溜达。

游苔莎跳上篷车，在小凳上坐下，挡住了小路方向的视线。不久，她就听见了红土贩之外的脚步擦过声，两人交臂而过，说了一句不大热乎的"你好"，接着一个人的脚步声就渐渐远去了。游苔莎伸出头来，看到了远去的肩膀和背脊；不知道为什么，她感到一阵苦涩，锥心一般疼痛，真惨啊。那是一种恶心的感觉，变了心的人如果还算宽宏大量，忽然见到不再亲爱的旧情人，这样的感觉就会油然而生。

游苔莎下了车，要上路的时候，红土贩走近前来。"刚才是怀尔狄夫先生啊，小姐。"他慢条斯理地说，脸上好像在说，他以为小姐会为进车躲避而懊恼不已。

"是的，我看见他上山的，"游苔莎答，"为什么告诉我？"考虑到红土贩知道她的恋爱史，这一问未免大胆；不过她那种矜持的态度，足以压制她认为关系疏远的人说三道四。

"听你问话，我很高兴，"红土贩直截了当地说，"现在一琢磨，跟我昨晚看见的情况对上号了。"

"啊——昨晚看见什么啦？"游苔莎想离开，却又很想知道。

"怀尔狄夫先生在雨冢上等待某小姐，等了半天也没来。"

"看来你也在等待？

"是的，我时刻等待着。看见他大失所望我很高兴。他今晚上还要去那个地方的。"

"再一次大失所望。说实话吧，红土贩，现在那小姐不但不想阻碍托马辛嫁给怀尔狄夫先生，反倒乐观其成。"

维恩听了这自白大吃一惊，但他没有流露。表露惊异，本是冲着离预料只差一步的言语来的；要是情况复杂，出乎意料两步以上，通常是处变不惊的。"真的吗，小姐？"他问道。

"你怎么知道怀尔狄夫先生今晚还要到雨冢上去？"她问。

"我听见他自言自语的。他并没生气呀。"

游苔莎心里有事，一时在脸上表示出来了。她抬起那双深陷的黑眼睛，焦灼地看着对方，嘴里嘟囔着说："真希望知道怎么办。我不想失礼，可又不想再跟他见面；还有几件小东西要交还。"

"小姐，要是肯把东西交我转达，再写一张条子，告诉他您希望分手，我能悄悄地替您拿过去。要让他知道您的心，这是最直截了当的。"

"很好，"游苔莎说，"到我家里来，我把东西交给你。"

她走了，那段路极小，本是荒原上石南荆丛中踏出来的，所以红土贩完全跟着她的脚步走。她远远看见老舰长正站在土堤上，拿着望远镜扫视天边，就吩咐维恩站下等着，独自进了家门。

十分钟后，她回来了，手里拿着包裹和信。她把东西交到他手里，问："你为什么这样乐于替我送东西？"

"您会问我这个？"

"想必你以为这样能为托马辛效绵薄之力吧。你还是急于促成托马辛的婚事吗？"

维恩听了颇为动情。"我倒想自己娶她，"他低声说，"不过我总觉得，要是她没有他就不能幸福，那我就尽职尽心地帮助她得到他；男子汉应该这样。"

游苔莎好奇地看着这位怪人说这种怪话。多么奇怪的爱情啊！完全脱离了自私，而自私往往是爱情的主要成分，有时还是爱情的唯一成分！红土贩毫不利己，固然令人肃然起敬，但是他专门利人，反而言过其实，无法理解，便不可敬了；她简直觉得这样很荒唐呢。

"咱们两人终于是一条心了。"她说。

"是的，"维恩闷闷不乐地说，"不过小姐，要是您肯告诉我为什么这样热衷于她，我就比较放心了。这太突然，太奇怪了。"

游苔莎显得不知所措，只冷冷地说："这不能告诉你，红土贩。"

维恩不再说话。他把信装在口袋里，对游苔莎鞠躬离开了。

雨冢又和夜色混为一体了，只见怀尔狄夫又上了雨冢基座的那个长坡。他爬到顶上的时候，身后的地上涌现了一个人影。那是游苔莎的使者。他一拍怀尔狄夫的肩膀，那焦躁不安的青年店主兼前工程师吓了一跳，仿佛撒旦让伊受锐尔①的矛尖触到的样子。

---

① 英国诗人弥尔顿《失乐园》的故事，天使伊受锐尔（意思是神的发现）奉命搜索去乐园捣乱的撒旦，矛一触，撒旦就现了原形。

"见面总是在这儿，八点钟，"维恩说，"咱们三个又相会了。"

"咱们三个？"怀尔狄夫说着，急忙转身看。

"对呀，你，我，还有她，这就是她。"他把包裹和信举了起来。

怀尔狄夫莫名其妙地把东西接过去。"我不大明白这是什么意思，"他说，"你怎么到这儿来了？一定是弄错了吧。"

"看一看信，你就心明眼亮了。灯笼伺候吧。"红土贩划了火柴，把他带来的一英寸长的牛油蜡烛头点起来，用帽子遮挡着。

"你是谁？"怀尔狄夫在烛光下，隐约看见了身边这个一团红的家伙，便问，"你就是我今早上山看见的红土贩——哟，你就是那——"

"请看信。"

"若你是那一位打发来的，我也不会觉得奇怪的。"怀尔狄夫一面拆信看，一面嘟囔着说。只见他脸上郑重其事起来。

怀尔狄夫先生启

经过深思熟虑，我一劳永逸地决定，我们不要再往来了。这件事一琢磨，我越来越坚信，我们必须做个了断。要是近两年来，你对我忠诚不二，那你现在也许有根据指责我无情无意。但你平心静气考虑一下，你抛弃我以后我忍受的一切，而你跟别人调情的时候，我忍辱负重，一次都没介入，那我看你就会承认，你再次回到我身边时，我有权顾及自己的感情。现在我对你的感情今非昔比，也许是我的错，但如果你记得舍下我去找托马辛的情景，就无法责备我了。

我们初交时，你给了一些小礼物，现在托捎信人一并奉还。按道理讲，当初听见你和托马辛订婚的时候，就该把东西还你的。

游苔莎

怀尔狄夫看信的前半部分时，脸上还毫无表情，等看到她的落款，便恼羞成怒。"我横竖都给愚弄了，"他忿忿地说，"你知道信里写的是什么吗？"

红土贩哼起了小曲。

"难道不会回答吗？"怀尔狄夫紧追不放地问。

"啦——啦——啦——"红土贩唱道。

怀尔狄夫站在那儿，眼睛盯着红土贩脚边的地上，后来才把眼睛往上抬，打量烛光下迪格利的身体，直到他的头和脸。"哈哈！想到把她们两个都耍了，我觉得是活该，"他终于说话了，说给维恩听，也说给自己听，"我知道世上无奇不有，最大的怪事是，你送这封信给我，正是跟你自己的利益过不去呀。"

"我自己的利益？"

"当然啰。现在托马辛已经接受你了——差不多吧，你要维护自己的利益，就不要惹得我再去向托马辛求婚才对呀。约布赖特太太说你要娶她了。难道不对吗？"

"我的上帝！以前也听说过这种话，但我不信。她是什么时候说的？"

怀尔狄夫学刚才红土贩那样，也哼起小调来。

"我现在还是不信。"维恩喊道。

"啦——啦——啦——"怀尔狄夫唱道。

"天哪——人真会模仿啊！"维恩鄙视地说，"我要弄个水落石出！我马上就去会她。"

迪格利一跺脚走了，怀尔狄夫以令人难堪的嘲笑神气，斜睨他的全身，仿佛他只不过是一匹荒原马。红土贩消失后，怀尔狄夫自己也下山了，一头扎入了黑暗的山谷。

把两个女人全丢了——他本是她们两个深爱的人——这样的结局太讽刺了，无法忍受。他唯一体面的自救办法是依靠托马辛；一旦做了她的丈夫，他想，游苔莎一定会痛悔很长时间。怀尔狄夫不知道后台来了新人，无怪他以为游苔莎又故意作态了。要相信这封信并不是气头上的产物，要推断她真把他放弃了，让给托马辛了，就得先知道她因那男人影响而移情别恋了。有谁知道呢？她因对新恋情的贪婪而慷慨大度起来了；因垂涎表兄而对表妹宽厚起来了；她急于独占，却先给与，本是欲擒却先纵，这不是她做秀啊。

怀尔狄夫走了，当时满心就想快快结婚，好让那个骄傲的姑娘心碎。

同时迪格利回到了自己的篷车里，站在炉边，心事重重地看炉火。新的前景在他面前展开了。不过，哪怕他在约布赖特太太眼里是很有希望的人选，可以递补外甥女的婚约，要想让托马辛本人喜欢他，却有一个必不可少的条件，那就是放弃现在这种野人般的生活。这一点，他并没有困难。

维恩当时等不得第二天，马上就去见托马辛，详细说明自己的计划。他急忙动手梳妆打扮起来，从箱子里抽出一套呢子服；约莫二十分钟以后，站在灯笼光下的维恩，除了脸上以外，就看不出是红土贩了，脸上的红色不是一下就能去掉的。他把车门关上，用挂锁锁起来，就向布露斯头进发了。

他走到白篱栅前，伸手去开栅栏门时，只见屋门一开，一下又关上了。一个女孩子的身影溜进屋里去了。同时一个男人走上前来，和维恩劈面相逢，此前他好像是和那女人一同站在门廊下的。又是怀尔狄夫。

"哎呀，动作真快啊。"迪格利讥讽说。

"你慢了点，一会儿就知道啦，"怀尔狄夫说，接着又压低声音说，"你现在不妨回家去啦。我已经提出要求，并得到她了。晚安吧，红土贩！"说完他就走了。

维恩心里一沉，尽管原本就没提起太高的期望。他靠在篱栅上，犹豫了差不多一刻钟，才走了花园小径去敲门，说要见约布赖特太太。

她没请他进屋，自己跑到了门廊下。他们两个不紧不慢地低声叙谈了十多分钟。完了以后，约布赖特太太进屋，维恩悲伤地顺着原路回到荒原去了。他回到大车上，把灯笼点起来，板着脸立刻着手把出客衣服全都扒了。不到几分钟，他依然回复到以前那个好像顽固不化、不可救药的红土贩了。

8 温柔之心现坚毅

那天晚上，布露斯头住宅的里面，虽然温暖舒适，却有些寂静。克林·约布赖特不在家。圣诞晚会以后，他就去拜访十英里以外的一位朋友了，打算在那住上几天。

维恩之前看见的一个影子，在门廊下和怀尔狄夫分了手，匆匆地缩进屋的，正是托马辛。她进了屋里，就把随便披在身上的斗篷脱下，来到蜡光下，约布赖特太太正在针线桌旁边坐着做活儿，桌子拉到了长椅子里面，一头都伸到壁炉角里面去了。

"托马辛，我不喜欢你天黑以后一个人出门。"阿姨埋头干活，平静地说。

"我就在门口待了一会儿。"

"哦？"约布赖特太太一听托马辛口气有变化，觉得奇怪，就抬起头来观察。托马辛的脸颊红红的，比出事以前都红得多，两眼也放光了。

"刚才敲门的原来是他。"托马辛说。

"我也想到了。"

"他希望马上办婚事。"

"真的吗！怎么——他着急吗？"约布赖特太太仔细打量着外甥女，"怀尔狄夫先生怎么不进来？"

"他不愿进来。说是您对他不友好。他想后天就举行婚礼，私下在他那教区的教堂里办——不在咱们这个。"

"哦！你怎么说的？"

"我同意了，"托马辛坚定地答道，"我现在是个务实的女人了。根本不信感情那一套了。我不管怎样都会嫁他的——既然克林写了那封信。"

信放在约布赖特太太的针线篮里。托马辛现在一提，阿姨就又把它打开了，今天那封信已经是第十遍默读了：

> 人们流传着关于托马辛和怀尔狄夫先生的无聊事，到底是什么意思呢？像这样的丑闻，只要有一丁点儿可能是真实的，我就认为很丢人。这种弥天大谎究竟是因何而起的呢？俗话说，要听国内新闻，应该出国，我好像做到了。当然我到处都断然驳斥的；不过实在令人懊恼。不知道到底是怎么缘起的。凭托马辛这样的姑娘，竟会在结婚当天叫人家甩了，让我们跟着受辱，太滑稽可笑了。她到底干什么啦？

"对了，"约布赖特太太放下信，悲戚地说，"要是你看看能嫁他，就嫁他好啦。怀尔狄夫希望不拘形式，那也由着他。我是无能为力了。现在都由你一个人做主吧。自从你上次离开家，跟他去了安格伯里，我就算终结了管辖你幸福的权力啰。"她有些怨恨地接着说，"我简直可以问一声，何必跟我来商量这件事呢？哪怕对我一声不吭，悄悄跟他去结了婚，我也无法生你的气——因为，可怜的孩子，你没有更好的办法呀。"

"请您不要这样说，让我丧气。"

"你说得对，我不说了。"

"阿姨，我并不是替他辩白。人性有弱点，我不是瞎子，不会非说他是完人不可。我从前倒是觉得他是完人，现在不了。不过我认识自己的路，您也明白我认识的。我乐观处世吧。"

"我也一样啊，并且都要坚持下去。"约布赖特太太说着站起来，亲了她一下，"那么，这次婚礼要是真能办了，就正好是克林回家那天上午了？"

"是的。我决定在他回来前就把事情办完。从此以后，您见了他可以问心无愧，我也是。咱们瞒他的情节就没关系了。"

约布赖特太太沉思着点点头，跟着又问："你希望我在婚礼上把你交给他吗？如果是，我还是跟上回一样，很愿意承担下来的，你知道的。我反对过一回结婚通告，所以觉得责无旁贷。"

"我想还是不请您，"托马辛说，虽然勉强，但决心很大，"会闹不愉快的，我几乎能肯定。最好只有外人参加，亲戚都不要去。我情愿那样办。我不希望做有损您的声名的事，经过这些波折，您要是在，我觉得自己会不自在的。我不过是外甥女，您不必过分操心。"

"好的，他战胜了我们，"阿姨说，"这样他真像是故意要你呢，以便报复我的轻慢，谁叫我起初站出来反对他呢。"

"不是这样的，阿姨。"托马辛低声说。

此后，她们就不谈这个问题了。过了不久，就听见迪格利·维恩敲门。约布赖特太太在门廊下和他见了面，回到屋里满不在意地说："又来了一个情人向你求婚呢。"

"不会吧？"

"是真的，那个怪青年维恩。"

"来向我求婚？"

"正是，我已经告诉他，来迟了。"

托马辛默默地看着烛光。"可怜的迪格利！"她说着就注意别的事情了。

第二天忙着准备结婚的例行事务，两个女人都迫切地埋头于此，逃避情势的情感因素。衣物用品又重新给托马辛收拾了一下，不时提起些家务琐事，也就把内心对做怀尔狄夫太太的前途疑虑给掩饰了。

预定结婚的上午来到了。跟怀尔狄夫约好了在教堂等，以免按乡俗同赴教堂引起好奇围观而令人不快。

娘儿俩一起站在卧室里，帮新娘梳妆打扮。阳光照到托马辛的头发，就把它变成了镜子。她头发总是扎辫子的，扎多少条，要看日历的安排，日子越重要，辫子也越多。平常的工作日，只编三条，普通星期日编四条；过五朔节、野餐等编五条。多年前她说过，结婚要编七条。今天就编了七条。

"我考虑半天了，还是穿那条蓝色连衣裙，"她说，"今天是结婚的日子，哪怕时辰上有些悲伤的因素。"她怕误会，急忙改口说，"并不是说日子本身很悲伤，而是说事前有过大失望、大麻烦。"

　　约布赖特太太呼吸的样子，简直可以说是叹息。"有点希望克林在家，"她说，"当然，你挑这个日子，就是看他不在家。"

　　"部分属实。没把一切都告诉他，觉得很对不起他；不过，那样做是为了不让他难过，我想还是一不做二不休，等雨过天晴了，再和盘托出。"

　　"你真是务实的小妇人，"约布赖特太太微笑着说，"我希望你跟他——不，我没有什么希望。看，已经九点了。"她听见楼下的钟咝咝、叮当地响起来，便打断了话头说。

　　"告诉过戴蒙的，我九点钟出发。"托马辛说着急忙走出卧室。

　　阿姨跟在后面。托马辛出房门沿着小径朝着小栅栏院门走，约布赖特太太心有不甘地看着她说："让你一个人去，太可惜了。"

　　"势在必行嘛。"托马辛说。

　　"不管怎么样，"阿姨强颜欢笑说，"我今天下午就去看你，把喜蛋糕给你带去，要是克林回得来，他也许同去。我希望对怀尔狄夫表示一下，我并不记他的仇。把过去都忘了。好吧，上帝保佑你！唉，我本来不信那一套老迷信的，但还是要那么办。"她朝着那位步步离去的姑娘扔了一只便鞋①，姑娘回过头来笑了笑，又转身走去。

　　她往前走了几步，又回头看。"您叫我了吗，阿姨？"她颤抖着问，"再见吧！"

　　看见约布赖特太太老泪纵横，她不是滋味，忍不住回身跑了过来；阿姨也迎上前来，于是两人又碰到了一起。"托马辛呀，"长辈哭着说，"我不愿让你走。"

　　"我——我——"托马辛刚张嘴也垮了。不过，她强压悲痛，又说了一声："再见！"转身走了。

---

　　① 英国习俗，婚礼后新郎新娘走的时候，亲友们都跑到门口，朝着他们扔旧鞋或便鞋，以及米和纸屑等物，取吉利的意思。

随后约布赖特太太就眼看着那小小的身影，在刺人的荆棘中跋涉，往山谷那一端去了，变得越来越小——成为灰蒙蒙的褐色大地上浅蓝色的小点，孤孤单单，赤手空拳，只靠那点希望的力量聊以自慰。

但这里最糟的地方并不出在景物上，而在于那个男人。

托马辛和怀尔狄夫为婚礼选那个时辰，是有意的安排，好避免她见了表兄难为情；他当天上午要回来。只要事件造成的丢脸局面没有改善，部分承认克林所听到的传言属实，就够令人痛苦了。只有二次去到教堂，完成婚礼之后，她才能抬头见人，并证明第一次婚礼中止纯属意外。

托马辛离开布露斯头还不到半个钟头，约布赖特就从对面方向跨过草地，进了家门。

"我很早就吃了早餐，"他问了母亲平安以后说，"现在还能再吃一点。"

他们坐下，又吃了起来，他显然认为托马辛还没有下楼来，便焦灼地低声接着说："我听人说起托马辛和怀尔狄夫先生，到底是怎么回事？"

"那些话有不少是真的，"约布赖特太太平静地说，"不过我希望现在都好了。"她看了看钟。

"真的？"

"托马辛今天上他那儿去了。"

克林把早餐推开了。"那么说，真的有某种丑闻了，这就是托马辛的问题了。她不舒服，是不是为了这个？"

"是，不能算丑闻，只能算不幸。克林，我全都对你说了吧。你千万不要生气，一定要听一听。你会发现，我们所做的，全是最佳方案啊。"

然后，她就把详情说了一遍。克林从巴黎回来之前，只知道托马辛和怀尔狄夫之间有了感情，他母亲最初不赞成，后来托马辛据理力争，总算有点回心转意。因此，现在母亲从头说起，他大惊失色，忧心忡忡。

"她打定主意，婚礼要在你回来前就完成，"约布赖特太太说，"这样就没有机会碰到你，免得不痛快。所以她才去了他那儿；他们安排好了，今天上午结婚。"

"不过我不明白啊，"约布赖特说着站了起来，"这根本不像她的为人。她不幸回了娘家，我懂您为什么不写信告诉我。不过她要结婚——第一次的时候，为什么不告诉我呢？"

"啊，那时候我正对她恼火呢。我觉得她很固执，还发现她心里根本没有你，所以发誓不让你心里有她。我觉得，她只是我的外甥女而已；我对她说，可以结婚，但不关我的事，也不能拿它来烦你。"

"不会烦我的。妈，您做错了。"

"我还以为会搞乱你的生意，为此而辞职，阴差阳错毁了前途，所以就闭口不谈了。当然，他们当初要是好好结了婚，我早就告诉你了。"

"咱们在家坐着，托马辛当真在结婚哪！"

"是的。除非又像头一次那样，又出什么意外。说不定的，怀尔狄夫还是怀尔狄夫呀。"

"不错，我相信会发生的。放她去对不对呢？要是怀尔狄夫真是坏人呢？"

"那样他就不会到场，她就又要回娘家来了。"

"您本该仔细过问才是。"

"说这种话无济于事的。"母亲愁容满面，不耐烦地说，"克林，你不知道，家里这几个星期境况有多糟。你不知道，这档子事，对女人是多么丢脸。你不知道，我们在这房子里，有多少夜难以入睡，十一月五日以来，我们俩几乎恶语相向。希望以后永远也别再过那样的七个星期。托马辛闭门不出，我见了谁脸上都无光。而你现在却怪我，不该让她去做唯一能解决麻烦的事。"

"不是的，"克林慢慢地说，"总的来说，我并不怪您。不过想一想，这对于我是多么突然。我回来了，蒙在鼓里，一下子又告诉我托马辛结婚去了。好吧，我看也没有什么好法子。妈，您知道吗？"
他顿了一会接着说，忽然露出对自己的过去感兴趣的样子，"我曾经
把托马辛当作心上人看的？是的，就这样。男孩子真奇怪！这次回
来见了她，觉得她比平时还亲，所以又想起那时候来了，特别是圣
诞聚会那晚上她不舒服的时候。咱们照样搞聚会 —— 对她是不是有
些狠心？"

　　"没什么关系。聚会早就定好了，搞得过分凄惨就不值得了。一
开始就紧闭房门，诉说托马辛的不幸，那种欢迎未免差劲了吧。"

　　克林在思考。"我真希望没有搞聚会，"他说，"为了其他原因。
过一两天再告诉您好啦。现在只能替托马辛考虑。"

　　他们陷入了静默。"告诉您，"约布赖特又开了口，声音里仍含着
绵绵的旧情，"我觉得让托马辛就这样去结婚不够亲情，咱俩一个也
不到场去给她鼓劲，去关心一下。她并没做丢脸之类的事，不该这样
遭罪啊。婚礼搞得这样猴急，这样冷清，本来就够糟糕的了，还要加
上我们亲人都回避。说真的，这简直是耻辱。我要去一趟。"

　　"这时候婚礼该结束了，"母亲叹了一口气说，"除非他们去晚了，
或者他 ——"

　　"那我总来得及看一看他们出教堂啊。毕竟我不喜欢妈这样把我
蒙在鼓里的。说真的，我倒有点儿希望这回他又没来接她！"

　　"好把她的人品毁了？"

　　"废话，那样并不能毁掉托马辛。"

　　他拿起帽子，匆匆出了门。约布赖特太太脸色有些不快，坐在那
出神。不过她独自待的时间并不长。几分钟以后，克林又回来了，还
有迪格利·维恩陪同。

　　"发现来不及赶到那儿啦。"克林说。

　　"她行完了礼吗？"约布赖特太太转身问红土贩，脸上正反两种
希望古怪地争斗，昭然若揭。

　　维恩鞠了一躬，说："行完礼了，太太。"

　　"这话听着怪怪的。"克林嘟囔着说。

"这次他没叫她失望？"约布赖特太太问。

"没有。现在她的名声保全了。看见您没在，赶紧跑来告诉一声。"

"你怎么在那儿的？怎么知道的？"她问。

"我到那附近转悠了一阵子，眼看着他们两个进去的，"红土贩说，"怀尔狄夫准时来到教堂门口，分秒不差。真没想到他会那样啊。"红土贩还有一句话没有说出来，他在附近转悠并非偶然；自从怀尔狄夫重新要求托马辛履行婚约的权利，维恩就本着做事做到底的性格，决心看看这出戏的结局。

"都有谁在教堂里？"约布赖特太太问。

"几乎没人。我只站得远远的，她没看见我。"红土贩声音沙哑地说，眼睛看着庭园。

"谁代表亲属把她交给新郎的？"

"维尔小姐。"

"引人瞩目！维尔小姐！我想这算是一种荣誉吧。"

"维尔小姐是谁？"克林问。

"维尔老舰长的外孙女，住在迷雾岗。"

"来自蓓蕾嘴的傲慢姑娘，"约布赖特太太说，"我不大喜欢的。人说是个女巫，不过那种事当然很荒唐。"

红土贩没提自己认识那位美女，而且游苔莎到教堂，本是他去接了去的。他事先答应过，一听说举行婚礼，他就去约她来。他只接着说了这件事——

"他们来的时候，我正坐在教堂坟地的墙上。他们一个从这边来，一个从那边来；维尔小姐正在附近散步看墓碑。他们一进去，我就走到门口，觉得我跟她那么熟，得看一看婚礼。靴子脚步声大，就脱下来，赤脚上了楼座。那时牧师和助手都已经在了。"

"既然维尔小姐只是到那散散步，怎么参与婚礼的呢？"

"因为再没有别人了。她刚好是在我前面进了教堂的，没上楼座。开始行礼前，牧师往四下看，只有她在跟前，就挥手招呼她作证，她就走到圣案栏杆边去了。礼毕往簿子上签名的时候，她把面纱揭开，签了名；托马辛好像对她的帮忙很感激似的。"红土贩讲故事时心事重重的，他难以忘怀，游苔莎把一直遮掩着真面目的厚面纱揭起来，心安理得地往怀尔狄夫脸上看的时候，对方脸色一变。"于是，"迪格利悲伤地说，"我就走了，她托马辛·约布赖特的历史已经走完了。"

"我说过要去的，"约布赖特太太后悔地说，"不过她说没有必要。"

"啊呀，没有什么关系的，"红土贩说，"总算是初衷未改啊。上帝给她赐福。我告辞啦。"

他戴上帽子出了门。

自从红土贩离开约布赖特家门，埃格敦附近有好几个月看不见他了。他销声匿迹了。第二天早晨，他歇车的那个荆棘丛生的角落，又空空如也了，除了几根干草，草地上的一点红色，几乎没有他盘桓过的半点踪迹，而接下来的一场暴雨，把一切都冲走了。

红土贩所报告的婚礼情况，尽管都是真相，却漏掉了一个很重要的情节。他站在教堂后面，离得太远，没有看见。托马辛哆哆嗦嗦忙着签名的时候，怀尔狄夫朝游苔莎瞥了一眼，那一眼明显等于在说："我现在惩罚了你。"游苔莎低声回答说："你弄错了；今天我亲眼看到她做了你的太太，我由衷地高兴啊。"怀尔狄夫万万没想到，她说的是真的。

第三卷　诱惑

1 "吾心于我即一王国"①

　　克林·约布赖特的脸上，隐约看得出未来的典型面容。假如今后艺术上会出现古典时期，那么古希腊的菲迪亚斯②塑造的就是这类面容。现在，忍耐生活的人生观代替了古代文明中强烈的生存热情；它最终势必会毫无保留地溶入先进民族的本性里，由此产生的表情将会作为一个新的艺术起点而得到认可。其实，人们已经觉得，一个人在生活中，如果脸上没有牵动皱纹，身上没有留下任何心理焦虑的烙印，那么，这种人就远远地脱离了现代洞察力，算不上现代人了。同样，体格健美的男子汉这一人类早期引以为荣的形象，现在可谓落伍了；我们还可以据此追问，有朝一日花容月貌的女子，会不会成为明日黄花。

　　事实真相似乎可以这样理解，即世纪延绵，幻灭不断，希腊式的人生观，不管用什么称谓，早已一去不复返地扫荡殆尽。当初，古希腊人仅仅猜测到的东西，我们都了如指掌；悲剧大师埃斯库罗斯③所想象的东西，连我们幼儿园里的孩子都知道。由于自然法则的缺陷不断得到揭示，我们都明白自然法则的运作使人类处于窘境，以往对于人类生活总体形势所抱有的旧式陶醉变得越来越无法施行了。

　　以这种新认识为基础的理想境界，表现出来的外貌大概会跟约布赖特相近。凡观察约布赖特的人，都会目不转睛，神情贯注，但不是

---

　　① 戴尔诗句。戴尔，英国伊丽莎白一世时外交官、诗人。这首诗咏"自足"，共十一段。张谷若先生译其第一段："吾心于我即一王国，一切快乐于斯求得，上帝所赐人世福泽，我心比之无不过过；我固多欲，我固多求，我心制之，因以忘忧。"

　　② 菲迪亚斯：活动于公元前448—前432年，古希腊雕塑家。

　　③ 埃斯库罗斯（公元前525？—前456）：古希腊戏剧家，悲剧作品表现人类受命运的捉弄。

由于他的面容像一幅画，而是因为像一页翻开的书，不是由于其面容本身所致，而是因为他的面容所刻录的内情。他的五官颇具符号的象征性，十分吸引人，就像本来寻常的声音，进了语言就具备了吸引力；就像本来简单的形体，变成文字，就意义深刻。

他在孩童时期，人们就希望他有出息了。除此以外，一切都是含糊不清的。成功失败都有可能发生，要么独树一帜，功成名就，要么钻牛角尖，不齿于人类。关于他的命运，唯一可以断定的无非就是，他决不会在出生的环境里原地踏步。

所以，附近的农夫们随便提到他的名字时，听见的人都会问道："啊，克林·约布赖特，他现在在干啥呀？"人们本能地问起一个人正在干什么时，总会觉得他不会像大多数人一样碌碌无为。人们模棱两可地感到，克林·约布赖特一定在进军某个奇特的领域，不管是好事还是坏事。人们都虔诚地希望，他混得不错。人们都暗地里坚信，他过得一团糟。有五六位生活小康的商人，每次驾马车路过"静女酒店"时，总是那儿的常客。他们对于这个话题特感兴趣。其实，他们虽然不算埃格敦荒原人，但是，每当他们叼着长杆陶烟斗，透过窗户眺望荒原时，免不了谈论这个话题。克林的童年是和荒原纠缠在一起的，所以，任何看到荒原的人，十有八九会想到他。因此，这个话题不绝于耳。如果克林发了财，出了名，这对于他来说自然是再好不过了；假如他成为生活中的悲剧角色，那么，对于故事叙述来说，不是更好的事吗？

实际上，约布赖特离开家乡之前，已经四处扬名，吹捧得令人尴尬。西班牙耶稣会教士格拉西安①说过："名不符实是一件坏事。"据说，克林六岁时，提到《圣经》上一个悬而未决的问题："谁是第一个穿裤子的人？"事后，赞誉的掌声响彻荒原。七岁时，他弄不到水彩颜料，仅用卷丹花粉和黑加仑子汁就画了一幅滑铁卢战场图。到了十二岁，至少方圆两英里内，人们对他交口称赞，称其为艺术家兼学

---

① 格拉西安（1601—1658）：西班牙作家。

者。换成别人，同样处境下声名仅仅能传七八百码，一个人却能名震三四千码，那他一定身手不凡。克林出名，跟荷马①一样，大概由于其身临其境偶然造成的吧。但是，不管怎么说，他算是出了名的。

后来，克林长大了，得到帮助出了道。命运弄人啊，比如说，克莱夫②出道时当过文员，盖伊③学生意卖过布，济慈④则入过医门。总之，有一千个青年，就会有一千种奇特的谋生方式。当年，命运就把这位节俭朴素的荒原野小子发落到了一个专事炒作穷奢极侈、纸醉金迷的特有符号的行当。

关于如何替克林择业的详细情况，就没有必要一一交代了。父亲过世时，一位绅士邻居热心地安排他学生意，办法是送他去了蓓蕾嘴。当初，克林还不愿去，可是，可行的出路只有这么一条。然后，克林去了伦敦，没多久又去了巴黎，一直待到现在。

人们希望他有出息，所以，他回家没有几天工夫，荒原乡亲们便开始好奇，他怎么待那么久。正常的假期转眼结束了，他仍然留着。托马辛行婚礼后的第一个礼拜天，不少老乡围在费尔韦家门前，边理发边谈论着这件事。礼拜天这个时间，是当地的理发日。中午，乡亲们还要礼拜天大洗澡，一个小时之后，进行礼拜天大梳妆。在埃格敦荒原，礼拜天正式开始，要一直等到正餐时分。即便到了这段时间，也是一个弄得支离破碎的礼拜天。

礼拜天上午理发的活儿都由费尔韦包揽。挨剪的人脱了外套，坐在门前的案板上。邻里们在一旁七嘴八舌，说东道西，悠闲地看着一缕缕剪下的头发随风飘荡，到天边消失得无影无踪。无论寒暑，都是这番景致，除非刮起了异常强风，理发凳才拐弯抹角挪动几英尺。理发的人脱了帽子和外套，听费尔韦趁剪刀停顿的间隙，说一些轶闻趣

---

① 荷马（约公元前9—前8世纪）：古希腊盲诗人，他的生平著作是著名的争论题目。

② 克莱夫 (1725—1774)：英军驻印度总司令。

③ 盖伊 (1685—1732)：英国诗人。

④ 济慈 (1795—1821)：英国诗人。

事，若抱怨坐在屋外寒冷，等于立马宣布自己非好汉。理发的人若耳根被剪子轻微蹭了一下，或脖子上被梳子划了一下，不禁脖子一缩，惊叫一声，或面部肌肉抽动，别人会认为他真不识相，毕竟费尔韦替人理发可是分文不取的。礼拜天下午脑袋上流血，一声"嗨，我理过发了"，解释就足够了。

人们远远看见克林在荒原上闲逛，就把年轻人作为话题谈论开了。

"在别处混得不错，可不会无缘无故在这儿一住就是两三个礼拜。"费尔韦说道，"他肯定有了新的打算——信我的吧。"

"哎，可不会在这开一家钻石店吧。"萨姆说。

"如果不打算住下，我可不明白，为什么要带回家那两个沉甸甸的箱子。他会在这儿干什么，只有上帝知道。"

他们来不及多加猜测，克林走近了，见众人在理发，就转身凑过来了。他走上前，评头论足地看了一眼人们的脸色，开门见山便说道："乡亲们，让我猜猜，你们刚才在谈论什么吧。"

"哦，当然可以，猜吧。"萨姆答道。

"在谈论我。"

"哦，我本来不会想到这样做的，"费尔韦老实地说，"约布赖特少爷，既然你说出来了，我承认我们是在说你。不明白你为什么留在家乡四处逛，你可是做挂件大生意的，世界有名啊——咳，这是实话啊。"

"告诉你们吧，"约布赖特出乎意料地认真，"我有了这个机会并不遗憾。我回家是因为经过通盘考虑，自己不会像在外地那样毫无用处。不过，是最近才发觉的。当初我离家时，心想这地方是不值得费神的。当时认为，这儿的生活可怜巴巴的。靴子搭油，而不是擦黑鞋油，外套掸灰用枝条，而不是刷子——还有比这更滑稽的事情吗？"

"就是就是，太可笑了！"

"不，不——你们搞错了，不可笑的。"

"对不起，我们以为你是那个意思呢。"

"唉，我后来改变了看法，生活道路压得我意志消沉。我发现，自己在模仿他人，而那些人跟自己几乎没有共同点。我是在努力摆脱一种生活方式，去学会另一种，而它并不会比以前的好到哪里去，只是不一样罢了。"

"真的，大不一样嘛。"费尔韦说道。

"对，巴黎一定是个迷人的地方啊，"汉弗莱道，"豪华的商店橱窗，热闹的鼓乐声。我们这儿，一年四季大家都在野地里风吹雨打——"

"可是，你误解我了，"克林恳求道，"这一切都令人感到压抑。但是，后来我觉得，有一件事最让我感到精神不振——我做的是一件男人所从事的最无聊、最虚荣、女性化的工作。想到这儿，就下决心换饭碗，要在最熟悉的人中间做合乎情理的差事。和熟人在一起，我或许会很有用。所以，我回到了家乡。打算是这样的，我想在尽量靠近埃格敦荒原的地方建一所学校，可以步行到这儿，在我母亲家再办一个夜校。但我首先必须看一些书，让自己各方面都合格。唉，乡亲们，我得走了。"

说罢，克林继续往荒原方向走去。

"他永远都不会实现那个计划的。过几个礼拜，他就知道另眼看待问题了。"费尔韦说道。

"这个年轻人真热心啊。"另一位认为，"不过依我看，他还是多管管自己的事吧。"

2 新的道路令人失望

约布赖特热爱自己的乡亲，坚信大多数人缺少的是那种给他们启智的知识，而不是致富的知识。他希望以个人的代价提高整体的素质，而不是相反。况且，他已经做好准备，身先士卒，自我牺牲。

务农生活转为求知生活，至少要经过两个中间阶段，且往往更多。其中有一个阶段，可以肯定是要学会世事精明。乡间平静的生活节拍为了读书而迅速加快，若离得开作为过渡阶段的社会目的，是很难想象的。约布赖特禀性独特。他虽然立志高远，但坚持俭朴生活——不对，在不少方面，他过得相当原始清苦，和乡亲们打成一片。

他就是施洗者约翰①，宣讲的主旨不是劝人忏悔，而是让人高尚。他的思想就是乡村的未来境界，或者说，在许多观点上，他都与当时中心城市里的思想家们并驾齐驱。他的思想形成很大程度上要归功于在巴黎时他学习非常刻苦，且对于当时流行的伦理学说曾耳濡目染。

约布赖特思想相对领先，恐怕是挺不幸的。对于他来说，乡村的世界还没有成熟。一个人的思想只宜部分超越时代——心愿上若成为彻头彻尾的先锋，对于名声将是致命伤。如果菲力普好战的儿子②当年思想进步到欲尝试不流血的文明进程，那么，他将是人们心目中双料的战神英雄，不过，人们也不会听到亚力山大大帝的大名了。

为了扬名于世，超前性应主要表现在处事能力上。功成名就的宣传家之所以奏效，就在于其夸夸其谈的学说听众早已了悟，只不过未能加以表述而已。一个人宣扬审美努力，贬低社会努力，仅可能被一

---

① 施洗者约翰：《圣经》人物。

② 指亚历山大大帝（公元前356—前323），马其顿国王，经过征服战争而建立了亚历山大帝国。

部分视社会努力为陈腐粪土的人所理解。对乡村世界的人强调文化生活有可能领先于奢侈生活，当然是说真话，不过，这种尝试可就打乱了人们一直习以为常的事理次序了。约布赖特对埃格敦荒原的土著们大肆宣讲，说他们可以不必经过发家致富的过程，便能一步到达心澄神明的全知境界。这无疑就像针对古代的迦勒底人①，鼓吹可以从地上直接升到纯光的最高天，而不必先经过中介的以太层一样。

约布赖特的心均衡协调吗？不。均衡的心是没有偏见的。我们可以放心地说，心理均衡的人决不会叫人家当疯子关起来，当异教徒进行折磨，当作亵渎神明的人钉死在十字架上。另外，反过来，这种人也不会让人家当作先知来喝彩，当作牧师来尊敬，当作国王来推崇。心理均衡通常的赐福是幸福而平庸。这种心情使得罗杰斯②写出了诗歌，韦斯特③创作了绘画，诺斯④有了政治手腕，汤姆莱恩⑤能精神引导，让这样的人发财致富，善始善终，体面引退，无疾而终，得到丰碑，对于大多数人来说当之无愧。而它决不会使约布赖特干出这种可笑的事，为了乡亲们的利益而丢弃自己的老本行。

克林回家时，连路都不看。如果说有人熟悉荒原，就非他莫属了。他身上浸透着那儿的景致，那儿的物质和旷野的气息。可以说，他就是荒原的产品。他第一次睁开眼睛就看到荒原了，最初的记忆和荒原的模样浑然一体，连对生活的判断都带荒原的颜色。他童年的玩具就是随地捡拾的燧石，有的如同砍刀，有的形如箭镞；当初，他真有点儿纳闷，不明白石头怎么会"长"成如此古怪的形状。当年，他看到的鲜花都是紫色的石南花和黄色的荆豆花，他了解的动物也都是出没山野的毒蛇和驰骋荒原的野马。他心目中的社会无非就是一批出没荒原的人罢了。游苔莎对于荒原的各种恨，如果能转化为爱，那

---

① 迦勒底人：古代的民族国家，在幼发拉底河和底格里斯河之间，都城为巴比伦。人民以观星象著名，认为月亮以外有以太层，外面才有恒星。

② 罗杰斯（1763—1855）：英国诗人。

③ 韦斯特（1738—1820）：美国画家。

④ 诺斯（1732—1792）：英国政治家。

⑤ 汤姆莱恩（1780—1862）：英国坎特伯雷大主教。

么，你也就理解克林的一片心意了。此时此刻，他一边游览广袤的原野景象，一边心情舒畅地走着。

对于不少人来说，埃格敦荒原在祖祖辈辈以前悄悄地脱离了它那个世纪，又以粗犷的模样闯入了本世纪。这个地区是个废弃物，没有几个人愿意对其进行探究。如今，人们看惯了井井有条的田地，成行的枝条篱笆，错落的草场沟渠，水草丰满，每当晴空丽日，看上去就像一个个银白色的烤炉栅格，又怎么会去青睐荒原呢？骑在马上的农民面对人工培植的草场，会露出会心的微笑，看到即将成熟的麦子，会感到丰收的渴望，而对于遭受虫叮蝇咬的萝卜，会叹息不止，但他们眺望远处的荒原高地时，只会愁眉不展。然而，对克林来说，他在路上从高处俯视眼前的荒芜景致时，禁不住感到一阵野性的满足，痛快极了。曾经有人来这儿开荒种地，但折腾了一两年，便心灰意懒地离开了；蕨草和荆棘又克尽厥责，卷土重来了。

这时，克林走进了山谷，不久便来到了自己在布露斯头的家。母亲在修剪窗台花盆的枯叶，抬头朝他看了一眼，似乎不明白儿子在家陪自己这么长时间的含义。几天来，母亲的脸色一直如此。但克林觉察到，理发的人们流露的好奇心情，在母亲脸上的表现却是一副关切的神情。母亲没有张口提问，哪怕儿子的行李箱搬进了家，说明他近期不会离开。但母亲的沉默等于恳求他做出解释，这要比大声疾呼还有效。

"妈，我不打算回巴黎了。"克林说，"至少不会重操旧业，那儿的行当，我已经放弃。"

约布赖特太太转过脸，神色既惊讶又痛苦。"看见行李箱，就知道有问题，但不明白，为什么不早点告诉我呀。"

"应该早点告诉的。但我对你会不会同意我的计划没把握。有几点细节，连我自己都不清楚。我要重新开始生活道路。"

"克林，我很吃惊，你怎么能够贪心不足，想比眼前更有出息呢？"

"很简单的。但我干得更有出息，跟你的意思不一样。我想，应该叫干得更没出息吧。我很讨厌过去那个行当，想在死掉前干一番事业。我想做教师——为那些穷人和愚昧的人当一名教师，别人不愿意教的东西，我愿意。"

"好不容易才出了道，现在不用费事了，只要一直朝前走，就可以发家致富的嘛，可是你偏偏要当穷人的教书匠。异想天开，会毁了自己的，克林。"

约布赖特太太说话很镇定，但字里行间携带的激烈情绪，对于自己儿子那样熟悉她的人，实在是昭然若揭的。当时，克林没有答话，但表情很无奈，得不到理解嘛。反对者天生不讲逻辑的呀，而且，逻辑工具即便占上风，对这次争辩的微妙之处，也会显得无比笨拙，差强人意。

后来，直到吃完正餐，他们娘俩才言归正传。只听母亲开口说，似乎早上以来，两人间的谈话并没有间断过。"克林，你带这种想法回家来，我感到很不安。我根本没有想到，你会自觉自愿地在世路上开倒车。当然，我一直认为，你会勇往直前的，就跟其他人——那些名副其实的男子汉——一样，他们一旦走上正道，就会一鼓作气地干。"

"我身不由己呀，"克林心烦意乱地答道，"妈，我厌恶那种华而不实的生意。提起名副其实的男子汉，眼睁睁看着世界上有一半人走向沉沦，缺少热心人倾全力教诲他们同与生俱来的苦难进行搏斗，却在女人气的事业上荒废人生，难道是名副其实的男子汉吗？每天一早起来，我就看见一切受造之物一同叹息劳苦，就跟圣·保罗[1]说的一样；然而，我却在那里向阔绰的妇人和纨绔子弟兜售珠光宝气的玩意儿，曲意逢迎别人最卑鄙的虚荣心——我可是身强体壮，什么事都能干的呀。一年来，我心里一直忐忑不安，到头来再也干不下去了。"

"别人干得很出色，为什么就不能依样画葫芦呢？"

"不知道，不过，有许多事情，别人喜欢，我就不喜欢；我为什么会有上述想法，这就是部分原因吧。举一个例子，我的物质追求并不多，无法享受山珍海味，美味佳肴对于我简直就是浪费。哦，我应

---

① 圣·保罗：见《圣经新约·罗马书》第8章22节。

该化不足之处为优势，别人必要的，我不要也照样可以过，这样，就能够省下钱，花在别人身上了。"

约布赖特这种本能，有些本来就是从眼前那位女人那儿遗传的，所以，他可以动用母子感情，而非通过唇枪舌剑，来唤起母亲的情感共鸣，尽管她为了儿子的好，会将这种情感交流掩饰起来。她的口气不像刚才那么斩钉截铁了。"你只要持之以恒，就会成为富翁的。在那家大型钻石商铺当经理——难道一个男人还会有更好的指望吗？多么受人器重，多么受人尊重的位置啊！我看有其父必有其子，你跟他一样，懒得有出息。"

"不对，"儿子道，"我可不会那样，只是对于你说的出息感到心灰意懒而已。妈，什么是有出息呀？"

约布赖特太太是有头脑的女人，对于现成的定义，可不会欣然接受。约布赖特提的问题有争议，如同柏拉图①书中苏格拉底问的"什么是智慧呢？"还有彼拉多②问的"什么是真理呢？"一样，没有得到回答。

庭院的栅栏门传来一阵碰撞声，打破了沉默，接着，一阵敲门声之后，门开了，只见克里斯琴·坎特尔身穿出客的服饰，走进了房门。

埃格敦荒原有个习俗，还没走进别人家门，先说故事的开场白，这样宾主面对面站着时，就可以开门见山，直接谈正事。克里斯琴进门时，门闩刚拉开，就忙不迭地说："想一想吧，我偶尔出门，一向难得出门的，但今天早晨竟然也去那儿了。"

"克里斯琴，你是给我们送消息的吗？"约布赖特太太问道。

"啊，可不是吗，巫婆的事，我现在这个时辰来，你们不必介意，我说过的：'必须告诉他们，尽管他们正餐吃了一半。'我保证，当时我吓得就像狂风刮起的树叶。你们看，会有伤害吗？"

---

① 柏拉图（公元前 427—前 347）：希腊大哲学家。下面的问题见《特埃特图斯》，该书记录特埃特图斯和苏格拉底的对话。

② 见《新约·约翰福音》第 18 章，37—38 节。彼拉多是罗马帝国在犹太的总督。

"哦——什么啊？"

"今天早晨，我们在教堂都站着呢，听见牧师说：'我们祈祷。''哎，'当时我想，'站着和跪着都一样。'于是，我就跪了下去，不止这样，身边的人也都服服帖帖像我一样跪了下去。但没跪上一分钟，教堂里便传出令人毛骨悚然的尖叫声，似乎有人心口刚刚放血了。大家顿时跳起身，发现苏珊·农色奇用细长的钩袜针扎了维尔小姐。她以前就扬言，只要能把小姐弄去礼拜，就要扎她，但维尔小姐礼拜的次数不多。苏珊等了好几个礼拜的机会，就是为了替她放血，苏珊的孩子都中邪多日，女巫流血才能驱散邪气。她就尾随小姐进了教堂，坐在她身边，一看机会到了，就用钩袜针扎了小姐的胳膊。"

"天哪，多可怕啊！"约布赖特太太惊呼道。

"苏珊扎得可深了，小姐都晕过去了。我怕出现混乱，赶紧躲在低音提琴后面，以后的事情，没有看见。据说有人把小姐抬到露天，等到大家找苏珊时，她早已不见踪影。小姐叫得撕心裂肺，可怜的人！后来，身穿白色法衣的牧师举起手，说道：'坐下吧，善男信女们，快坐下吧！'可是，没有一个人坐下。噢，约布赖特太太，你想，我看见了什么？牧师的白色法衣下露出了日常的西装——他抬起胳膊时，我看见了黑色的衣袖。"

"太惨了。"约布赖特说道。

"是啊。"母亲说。

"国家应该介入调查的嘛。"克里斯琴接着说，"我想汉弗莱过来啦。"

进来的是汉弗莱。"哎，听到消息了吗？我看你们是听过了。真奇怪，埃格敦人只要去礼拜就出怪事。上一次是在秋天，礼拜的人是费尔韦街坊。约布赖特太太，那天你反对了结婚通告。"

"那位惨遭残害的女孩能走回家吗？"克林问。

"听说好多了，回家时挺好的。给你们讲过了，我现在也该回家了。"

"我也是，"汉弗莱说，"我们现在可以看看了，关于小姐的传闻，到底有没有道理。"

他们再次踏入荒原深处后，约布赖特平静地对母亲说："你认为改行当教师太早了吗？"

"世上需要教师和传教士这一类人，这是理所当然的。"母亲回答，"但是，我想拉你一把，跳出这里，实现小康，就不该走回头路让我白忙活一场，也是理所当然的啊。"

当天晚些时候，泥炭工萨姆走进屋子。"约布赖特太太，我来借东西。想必听说山上的美人出事了吧？"

"是啊，萨姆，五六个人对我们说过了。"

"美人？"克林问道。

"对啊，长得挺好看。"萨姆回答，"上帝呀！乡下人都说，这种女人会搬到这里住，真是天下一大离奇之事。"

"皮肤是黑是白？"

"哦，这个嘛，我记不得了，尽管见过她二十来次。"

"比托马辛黑。"约布赖特太太喃喃地说。

"可以说，她好像是什么都不在意的女人。"

"这么说，她忧郁寡欢？"克林问道。

"总是独自一人闲逛，不合群。"

"是不是喜欢冒险的小姐？"

"我看不见得。"

"不和小伙们一起玩游戏，在这荒凉的地方寻求一点刺激吗？"

"对。"

"比方说表演假面剧？"

"不参加。她的想法与众不同嘛。可以说，她的思想离这儿远着哪，思念的都是永远不相识的爵爷和贵妇人，还有她永远都不会再看见的庄园。"

约布赖特太太发现克林对那女人另眼相看，就忐忑不安地对萨姆说道："你比我们都了解她。我认为，维尔小姐过于懒散，谈不上动人心弦。从未听说她对自己，对别人有啥用处。哪怕在埃格敦荒原，也不会把正经女孩当巫婆的。"

172

"废话 —— 这证明不了好坏的。"约布赖特说。

"嗯，当然了，这种细枝末节我搞不懂的，"萨姆一边说一边抽身，怕争吵起来不愉快，"至于她是什么样的人，需要等一段时间才能知道。我来这儿的真正目的，是想跟你们借一根最长、最结实的绳子。舰长的水桶落到井里了，现在缺水用。今天，大家都在家，我们想，大伙儿可以帮他捞起来。我们已经有三根大车上的绳子，但够不到井底。"

约布赖特太太叫他去外屋找绳子用。于是，萨姆出去找了。萨姆经过房门时，克林过来，送他到了大门。

"这位巫婆小姐会在迷雾岗住很长时间吗？"克林问道。

"我想是这样。"

"这样害她，真是太惨，太过分了。她一定很痛苦 —— 心灵的创伤比肉体的折磨更厉害。"

"这个把戏非常不像话 —— 而且是大美女呢。约布赖特先生，你是远方来的年轻人，应该去看看她，你尽管年轻，但比我们大伙儿见多识广啊。"

"你认为，她愿意教孩子们读书吗？"克林问道。

萨姆摇了摇头，答道："我看她根本就不是那种人。"

"噢，我只不过闪过这个念头而已。当然，很有必要跟她见一面，谈一谈 —— 看样子，可不是一件轻松的事儿。我们两家关系并不和睦。"

"约布赖特先生，告诉你见她的办法。"萨姆说，"今晚六点，我们打算去她家打捞水桶，你可以去帮忙。有五六个人去，但那口井很深，如果你不介意这样露面，多一个人会有用的。她一定会在附近散步的。"

"可以考虑。"约布赖特回话，随后两人分开了。

他考虑了良久，但当时家里再没有提起游苔莎。这位受迷信祸害的浪漫殉道者和他在满月下交谈过的忧郁演员是否就是同一个人，仍然是一个问题。

3 古老戏剧开幕

那天下午，天气晴朗，约布赖特携母至荒原散步达一小时之久。最后，他们来到一个高耸的山脊，那是布露斯头山谷的分水岭。他们在那儿伫立，朝四周环视。静女酒店清晰可见，就在荒原低洼方向的边缘处，而另一个方向的远处，则是隆起的迷雾岗。

"您想去看望托马辛吗？"约布赖特问道。

"是的，但这一次你就不必去了。"母亲答道。

"那么，我就在这儿分开了，妈妈。我去迷雾岗。"

约布赖特太太朝儿子看，一副询问的神色。

"去帮帮他们，把舰长的水桶从井里捞上来。"他接着说，"井太深，我去可以帮一把。我还想见见这位维尔小姐——主要不是看她的花容月貌，而是另有原因。"

"难道非去不成？"母亲问道。

"早就想去的。"

母子就这样分开了。"真没治啊。"克林妈神情沮丧，喃喃自语，看着他远去，"他俩一定会见面的。真希望萨姆将消息告诉其他乡亲，而不是我家的人。"

克林的身影渐渐远去，随着起伏的山路，变得越来越小。太太望着儿子，自言自语道："他啊，就是心肠太软。什么大不了的，瞧他走路那副德性！"

约布赖特走在荆棘丛生的路上，的确一副豪情满怀的样子，走的路线笔直，似乎那就是自己的生命线。母亲深深地吸了一口气，打消了探望托马辛的念头，转身往回走。暮色苍茫，山谷渐渐成为朦胧的图画，而高高的台地仍然沐浴在冬日的余晖中。斜阳照在朝前赶路的克林身上，路边的野兔和田鹩纷纷驻足向他观望，只见他的前边，拉出了长长的影子。

他走近拱卫老舰长宅邸的长满荆棘的土堤和水沟，便听到堤内传来说话声。这表明，打捞水桶的工作已经开始了。他在边大门停下了脚步，朝里面看。

只见井边有五六位彪形大汉，从井口边站成一排，手中都扯着一根绳子，从井架的辘轳上放到井下深处。绳子的一头伸进了井里。费尔韦腰间扎着一根稍细的绳子，绑在柱子上以防不测，他俯身井口，右手紧攥那根伸进井里的绳子。

"喂，安静，乡亲们。"费尔韦说。

顿时，嘈杂的交谈声停止了。费尔韦将绳子甩了一圈，似乎是在搅面糊。片刻，井里传出一阵沉闷的溅水声，他旋转绳子产生的作用力已经传送到绳子的抓钩上。

"拉！"费尔韦喊道，于是，手拉绳子的那帮壮汉便开始收辘轳上的绳子。

"我想已经捞到一样东西了。"一个拉绳者说。

"那就慢悠悠地拉吧。"费尔韦说道。

只见众人不停地收绳子，最后听到了井下传来的滴水声。水桶提升得越高，滴水声越清晰。不一会儿，一百五十码长的绳子拉了上来。

后来，费尔韦点亮了一个灯笼，扎在另一根绳子上，将其靠在第一根绳子边上放入井里。克林不禁走向前，朝井里张望。灯笼往井里放下去，只见井壁上长着不知四季更替的陌生潮湿的叶片，还有一片片形状古怪的青苔。后来，灯笼的光线照亮了绞缠在一起的绳子和水桶，悬挂在井壁阴湿、光线昏暗的井中。

"只钩到了水桶的铁箍——要稳当啊，看在上帝的分上！"费尔韦喊道。

大家都用最最轻柔的动作拉绳子，渐渐地，湿淋淋的水桶离井口只有两码距离了，好比一个死去又活来的朋友，再次回到大地。顿时，三四只手伸了出去。但是，绳子一松，只听见"嗖"的一声，辘轳倒旋，前面两个拉绳者往后倒下，水桶顺着井壁落下，发出东西掉下的撞击声，接着井底传出一阵沉重的溅水声。水桶再次失落了。

"该死的水桶！"费尔韦说。

"再放绳子。"萨姆说。

"我的腰弯得太久了，腰杆就像羊角一样硬了。"费尔韦一边说，一边直起身，伸了伸腰，只听关节发出一阵咯咯声。

"蒂莫西，休息一会儿吧，"约布赖特说话了，"我来接替你。"

绳钩重新放回井里，触及水面，传出一声亲吻般清脆的溅水声。此时此刻，约布赖特跪靠在井边，像费尔韦那样一遍又一遍地转动绳钩。

"用绳子捆住他 —— 太危险了！"突然，上方传来一阵柔和而焦虑的喊声。

大家不禁都转过头，只见是一位妇人，在楼上的窗口望着人群，窗玻璃在夕阳的照射下映衬出一片红晕。她张着嘴，似乎一时忘记了自己身处何方。

绳子随之系在约布赖特的腰身上，打捞工作继续进行。第二次拉绳子时，并不沉重，原来捞上来的是一团系在水桶边的绳子。他们把这团绳子扔在后面地上之后，汉弗莱接替约布赖特，重新放下绳钩。

约布赖特思绪凝重地朝那团打捞上来的绳子走过去。刚才那位妇人的嗓音和忧郁的假面演员说话声竟如出一辙，顿时，他的疑虑消失了。"她考虑得真周到啊！"他思忖道。

游苔莎觉察到自己的喊声引起了楼下众人的注意，不禁脸红了，便退入房间，从窗口消失了，尽管约布赖特望眼欲穿。约布赖特站在原地的时候，大家没费什么麻烦就把水桶打捞上来了。后来，有人跑去询问舰长，对于修理井辘轳有什么吩咐。舰长不在家，但游苔莎神态庄重随和地从门口走了出来，跟刚才为了克林的安全而焦急呼喊时有着天壤之别。

"今晚能够打水吗？"她问道。

"不行，小姐。水桶的底完全脱落了。眼下，我们无能为力，只好先走了。明天早上再来。"

"没有水用啦。"她一边嘀咕，一边转身走开。

"我可以从布露斯头给你送水。"克林说，这时，周围的人群纷纷离去，但他向她走去，脱帽致意。

约布赖特和游苔莎彼此看了一眼，似乎两人都回味着共同领略月下光景的那个短暂时光。眼神一瞥之余，游苔莎目光矜持的平静面容，升华为典雅而温馨的神情，仿佛区区几秒钟，烈日当空的艳丽耀眼上升为夕阳余晖般的庄重气质。

"谢谢，没有必要的。"游苔莎开口回答。

"没有水可不行吧？"

"噢，是我说的没有水。"游苔莎回话时脸红了。她将长睫毛往上一扬，似乎那是深思熟虑的结果。"可是，我外公说水够用了。我的意思是，指给你看吧。"

她走了几码，克林跟在身后。她走到土堤的一角，那儿有台阶可以爬上堤围。只见她轻巧地纵身一跃而上，跟刚才去井边时无精打采的神态相比，简直不可思议。这无意中表明，她刚才的那副倦怠模样并不是由于体力不支的缘故。

克林跟着她走上土堤，看见一圈焚烧过的痕迹，便问道："是灰烬吧？"

"是的。"游苔莎答道，"11 月 5 日，烧过一小堆篝火留下的痕迹。"

游苔莎就是在那地方点燃了篝火吸引怀尔狄夫的。

"这就是我们仅有的水源了。"说着，她往池塘扔了一块石子。池塘位于堤外，犹如一只少了瞳孔的眼白。只见那块石子嗖地落入水中，但并没有怀尔狄夫跟上次那样在塘对面露面。游苔莎继续说道："我外公说，他在海上生活过二十多年，用水条件比这边差多了。所以认为情况紧急时，这点水给我们在这儿用够好的了。"

"噢，这个季节，实际上池水是没有杂质的，雨水刚刚灌满了池塘嘛。"

她摇了摇头说："尽管我在荒野维持生计，但这种野塘水，我可不会喝。"

克林朝水井望去，只见那儿空荡荡的，人们早已回家。"派人取泉水得走很长一段路。"他沉默了一阵，说道，"不过，既然你不喜欢塘水，我会想法替你打一些。"他回到水井边，"对，我想可以用这个水桶系上绳子打水。"

"我都不愿意麻烦那些人为我打水，就更不好意思让你去啦。"

"我可不觉得麻烦呀。"

克林将长绳卷系上水桶，挂在辘轳上，然后，松动手中的绳子，让水桶慢慢地下降，然而，没放多少绳子，就勒住了。

"我必须把绳子的一头拴住，否则会统统落入井里的。"他对靠近身边的游苔莎说道，"你拽住一会儿，好吗？我来拴绳子——或者，我叫你家的用人过来？"

"我来拽住吧。"游苔莎答道。于是，克林把绳子递给她，自己去寻找绳头。

这时，游苔莎问道："我想，可以放绳子吧？"

"我看别放得太多。"克林说，"你会发现，绳子越放越沉重的。"

然而，游苔莎还是开始放了。克林拴绳子时，她喊道："我拉不住了！"

克林赶紧跑到她身边，发现只能将绳子松弛的一段绕在直柱上，绳子才能止住；最后绳子猛然止滑了。"伤着了吗？"

"是的。"她答道。

"厉害吗？"

"我想不厉害。"游苔莎摊开双手。一只手在流血，绳子擦破了皮。她用手帕包扎了伤口。

"你应该放开的呀。"约布赖特说道，"为什么不放呢？"

"你说过要抓紧的。……今天，已经第二次受伤了。"

"是呀，我已经听说了。我替家乡埃格敦感到脸红。你在礼拜堂受的伤很严重吗，维尔小姐？"

178

克林的口气里有无限的同情心，于是，游苔莎慢慢地卷起衣袖，露出丰满白晰的胳膊。细腻的皮肤上有一个鲜红的点点，宛如洁白大理石上镶嵌的红宝石。

"瞧。"她指着那个红点说道。

"那女人真卑鄙怯懦。维尔船长难道不找她讨公道吗？"克林说道。

"他正是为了这件事离家的。我也不知道自己会有魔法的名声。"

"当时你晕过去了吗？"克林一边问，一边看着那个小红点，似乎会口对口吸毒，将其治愈。

"是的，我吓了一跳。我很久没有去礼拜了。以后长期不会去了——或许是永远不去。从那以后，我无法正视他们的目光。你难道不觉得很丢人现眼吗？事情发生后好几个小时，我生不如死啊。当然，我现在可不介意了。"

约布赖特说："我回来就是为了清除这种陈规陋习。你愿不愿意帮助我——从事优质教育？我们可以让他们受益匪浅。"

"我并不感到很迫切。我对自己的同胞并没有多少爱心，有时，反而很讨厌他们。"

"我仍然想，你若听一听我的计划，就会感兴趣的。讨厌别人是不顶用的——如果你讨厌什么，就应该痛恨造成它的根源。"

"你指的是大自然？我早就厌恶了。不过，你的计划我随时洗耳恭听。"

事情发展到此，也就这样了，任其自然，接下去可就要分手告别了。克林对此是很清楚的，游苔莎示意结束交谈。但他依然看着她，似乎言犹未尽。克林如果没有在巴黎住过，这句话也许永远都不会说出口。

"我们见过。"他一边说，一边过分感兴趣地望着她。

"我看不见得吧。"游苔莎不动声色地说，按捺住自己的情绪。

"可我说的是心里话嘛。"

"不错。"

"你在这里很孤独啊。"

"我无法忍受荒原的寂寞，除了姹紫嫣红的季节。对我来说，荒原就是残暴的督工①。"

克林问道："你能这样认为吗？在我看来，只有荒原才能催人振奋，让人坚毅，给人宽慰了。我愿住在这片群山中，世界上任何地方都不肯去。"

"这儿对画家来说确实很美好，可是我并不想学习绘画啊。"

"那边有一块稀奇的德鲁伊特石②。你经常去看吗？"克林一边说，一边朝那个方向扔了一块石子。

"我压根儿不知道有什么稀奇的德鲁伊特石，只知道巴黎的林荫道。"

约布赖特望着地面，若有所思，接着他说道："你的话意味深长啊。"

"千真万确。"游苔莎回答。

"从前，我对城市的喧嚣也很向往，这我还记得。不过，在大都市生活五六年，是医治这种向往的灵丹妙药。"

"但愿天上掉下这种灵丹妙药给我啊！好了约布赖特先生，我进屋去给伤手抹药了。"

他俩分开了，游苔莎在深沉的夜色中消失了。她内心似乎充实极了。过去是一片空白，她的生活刚刚开始。这次会面对于克林的作用，过了一段时间他才充分领略。克林回家路上最清晰的感觉是，自己的大计划带上了光彩。一位美人已经跟它沾上了边。

到了家之后，克林径直走进房间，今后，那就是他的书房。晚上，他忙着开箱取书，往书架上一行一行地排放。从另外一只箱子中他拿出一盏灯、一罐油。接着，他调节好灯芯，放好桌子，说道："现在可以开始了。"

第二天，他一大早就起床了，没吃早餐就在灯下看了两小时书——后来，整个上午，整个下午，他都在读书。太阳开始落山，他眼睛觉得疲倦，就靠在椅子上。

① 语出《旧约·出埃及记》第 1 章第 11 节。
② 德鲁伊特石：英国史前期残存的大块砂石，巨石阵属于此类。

克林的房间面向自家宅基地的正面，俯视远处荒原的山谷。冬日的余晖，把房子的影子洒在木栅上，跨越荒原边缘的草地，投向远处的溪谷。屋顶上的烟囱和四周树梢的轮廓在影子中就像长长的黑叉子。坐了一整天，克林决定在天黑之前，去山间溜达溜达。他走出门，径直朝迷雾岗大步走去。

一个半小时之后，克林再次回到花园栅栏门口。屋子的百叶窗关着。克里斯琴·坎特尔往花园里运了一天肥料，这时也回家去了。克林进门时，发现母亲等他很久不归，都已经吃过了晚饭。

"你去哪儿了，克林？"她一见面就问，"这时候会走开，为啥不告诉我？"

"我去荒原了。"

"你去那儿，会碰见游苔莎的。"

克林停顿了片刻，说道："是的，今晚我碰见她了。"似乎完全是为了表明自己诚实才被迫说的。

"我料到这回事了。"

"但不是约会。"

"当然了，这种相会决不会约好的。"

"您没有生气吧，妈？"

"很难说一点儿都不生气吧。发火吗？不会的。但是，前途无量的人，往往会为情所困，没出息，辜负了世人，一想到这，我就心里不安。"

"妈，您有这种感觉很可贵。但我可以向您担保，不必为我感到不安。"

"想到你和新近的怪念头，"约布赖特太太语气铿锵地说道，"我自然跟一年前不一样，无法感到很舒坦。真难以置信，一个看惯了巴黎女郎或别处美女的男子汉，竟然会轻而易举地任凭一个荒原女子摆弄。你完全可以走别的路嘛。"

"我看了一天的书。"

"对呀，"母亲又来劲了，"我一直在考虑，既然你打心里讨厌过去的生活道路，你满可以做一名教师，并且出人头地。"

约布赖特不愿打扰这个想法，尽管他的计划与其有着天壤之别。他并不想把教育青年仅仅当作在社会上飞黄腾达的渠道。他没有这种野心。年轻人已经到了醒悟的年龄了，有生以来第一次认清了世上不如意事比比皆是。认识到这一点，可以多少收敛一下雄心壮志了。在这种年龄自杀，在法国是并不少见的，但在英国，情况要么好多了，要么更糟糕，一切依人而定。

这时，约布赖特与母亲之间的眷爱不可思议地趋于无形了。可以说，关于爱，世俗的内容越少，情感外露就越少。爱以颠扑不破的形式所达到的深度，对其任何表露，都是痛苦的。他们母子间就是这种情形。假如有人听到他俩交谈，都会说："他们母子间怎么会冷若冰霜啊！"

约布赖特想将自己的未来奉献给教学，他既有个人观点，又有抱负，令母亲很感动。不假，母子心连心——就像一个人左右手之间在对话，怎么会不这样呢？他原已对通过论理来感化她不抱希望了，但他不经意间发现，可以通过某种磁力来打动她，这种磁力比言语高级，犹如言语比叫嚷高级一样。

说来真怪，他开始觉得，要说服母亲，让她认为安贫乐道本质上是他更高的生活道路，这并不困难，她毕竟是自己最好的朋友，困难的是自己在情感上接受劝母从子的行为。展望未来，毫无疑问，母亲的考虑是对的。他发现自己有可能动摇母亲，心里反而感到忐忑不安。

母亲从未在生活中摸爬滚打，却对生活有着独特的洞察力。有不少人，对自己所批评的事情并不清楚，但对于事物间的联系却了如指掌。例如，诗人布莱克洛克①出生时就双目失明，但能精确地描述视觉物体。桑德森②教授也是盲人，却能在讲座中宏论颜色，给学生讲

---

① 布莱克洛克（1721—1791）：英国盲诗人。朋友读诗给他听，12 岁便试作诗。一七四六年出版一本诗集。

② 桑德森（1682—1739）：英国教授，幼年以天花失明，研究古文及数学不懈，触觉及听觉极强。

解他们了解而他不了解的各种概念原理。在社会领域，这种天赋极高的人大都是女性。她们可以通过道听途说来观察世界，估计各种形势。我们称这种能力为直觉。

对于约布赖特太太来说，什么是广大的世界呢？那不过是数不清的人而已，尽管其本性难以捉摸，但众生的动向是可以觉察的。她隔着一段距离观察社群。她眼中的人们，如同我们从佛兰德斯画派萨拉厄①和范·阿勒斯鲁②等人画布上看到的人群 —— 芸芸众生，摩肩接踵，蜿蜒跋涉，四处奔波。虽然他们目标明确，但是，由于画面包罗万象，神态容貌都模糊不清。

就以往的生活而言，人们能够发现，她的思辨是无懈可击的。她天性中的道德哲学及其环境规定的局限性，几乎就反映在她的动作上。她的风度并不雍容高雅，却有着华贵的根基。她的风度并不充满自信，却为自信打下了基础。时光流逝，她轻盈矫健的步伐已经沉重迟缓了。当年，她可谓风华正茂，但天生的生命豪迈，由于家境所困落得半途而废。

几天之后，改变克林命运的又一个小插曲发生了。荒原上挖掘了一个古墓，约布赖特躬逢其盛，几个小时没有看书。下午，克里斯琴从那个方向回来了，约布赖特太太便向他打听。

"太太，他们挖了一个坑，找到一些东西，就像倒放的花盆，里面装着真人的尸骨。有人把尸骨拿回家，但我不愿意在放尸骨的地方睡觉。听说死人会过来索取自己的东西。约布赖特先生拿了一罐尸骨，打算带回家 —— 是真人的骨骼啊 —— 但上帝注定不能拿。你放心吧，他想了想，就把罐子送给了旁人。太太，真是有福气呀，回想一下夜风劲吹吧。"

"送人了？"

"是的，送给维尔小姐了。她好像对教堂里葬的家当有吃人族一

---

① 萨拉厄（约 1590—约 1648）：比利时画家，佛兰德斯派，画有《布鲁塞尔商会游行》。

② 范·阿勒斯鲁（约 1550—17 世纪初）：比利时画家，佛兰德斯派，画有同名画。

样的爱好。"

"维尔小姐也在那儿？"

"哦，我想她在那儿。"

克林不久后回家了，母亲口吻好奇地问道："你打算给我的罐子，又送给别人啦？"

约布赖特没吭声；母亲的情绪波动太大，他不便一口承认。

新年的几个星期过去了。约布赖特当然待在家里攻读，但也经常去外面走动。他外出总是朝着贯穿迷雾岗和雨冢之间一线的方向。

三月份到了。荒原渐渐露出从冬眠中复苏的淡淡迹象。荒原苏醒的步子犹如猫的脚步一样蹑手蹑脚。游苔莎屋外的土堤旁，对于塘沿上一边走动，一边嘀咕的旁观者来说，池水一片死寂。然而，如果静观一会儿，就会逐渐发现水中生机盎然。易受惊的动物世界已经活跃起来了，迎接春暖花开的季节。一些小蝌蚪和水蜗开始在水中游弋吐泡。蛤蟆像小鸭子似的叫唤，三五成群地爬向塘边。头顶上，大黄蜂在渐渐强烈的阳光下来回飞奔，发出敲锣般的嗡嗡声。

在这样的一天傍晚，约布赖特从池塘往布露斯头山谷下走。他刚才在那儿和别人一道静静地站了很久，聆听大自然苏醒时发出的任何轻微躁动。但是，他当时却什么动静都没有听见。他下山时脚步很快，步履轻盈。在母亲屋外，他停下了脚步，喘了一口气。窗口的灯光照在他身上，露出涨红的脸和发亮的眼睛。灯光却没有照亮他嘴唇上流下的一块印记。这块痕迹迟迟不退，非常真切，他几乎不敢走进屋，似乎母亲会问："你嘴上亮晶晶的红点是什么呀？"

但没等多久，他就进了屋；见茶点已经备好，就在母亲对面坐下。母亲说话不多；至于他，由于刚才在山上的所作所为和谈话，现在已经无心漫谈了。其实，母亲默默无言，并不是好兆头，但他看上去一副无所谓的样子。他知道母亲为何寡言少语，却无法釜底抽薪地改变她对自己抱有的态度。他俩坐在一块儿，面面相觑，这已经是家常便饭了。最后，约布赖特开口了，打算刨根问底，来个通盘解决。

"妈，我们这样坐着吃饭，几乎不说话，已经有五天了，何苦呢？"

"不为啥啊，"母亲以愤懑的口吻答道，"不过，理由很充分的。"

"您了解了前因后果，就不会了。我一直想说一说这件事，很高兴提起了这个话题。理由嘛，当然就是游苔莎·维尔了。哎，我承认，最近见过她，见过好多次呢。"

"是啊，是啊，我知道那意味着什么。克林，我心里烦着哪。你在这儿虚度人生，完全是为了她呀。没有这个女人，你决不会有教书计划的。"

克林凝视着母亲。"您知道，不是那么一回事呀。"

"哎，我知道，你在见到她之前就决定试试看了，但那样只会胎死腹中的嘛。这种事，说一说是挺不错的，可是，一有行动，就很可笑了。我满以为过了一两个月，你会明白这种自我牺牲是瞎胡闹，现在早就返回巴黎，去做什么行当了。我理解你，讨厌钻石生意——我确实认为，这种事对于你这样的人来说，即便能让你变成百万富翁，生活也是不充实的。但关于这姑娘的事，我发现你是大错特错的。所以我怀疑你处理其他事正确不正确。"

"我怎么会把她看错呢？"

"她很懒散，要求又高。不止这些呢。就算她是你所能找到的本分女人，其实根本不是，为什么要现在谈情说爱呢？"

"哎，有实际理由的嘛。"克林开始解释，但他觉得反驳的意见很有分量，自己几乎理屈词穷了，"如果我办学，有文化女人的帮助，会千金难买。"

"什么！你真的想娶她吗？"

"说话这样明确，还为时过早。不过，可以考虑一下这事有多少明显的好处。她——"

"别指望她有钱。她可是一分钱都没有啊。"

"她受过良好教育，可以在寄宿学校当一名尽职的学监。坦率地说，为了尊重您，我已经对自己的观点做了一点修正，该满意了吧。现在，我不坚持要亲口给低年级教基础课了。我可以更上一层楼的。我可以建立一所上好的私立学校，招收农民的儿子，并且一边建校，一边通过教师资格测试。通过这种办法，依靠像她这样的妻子的帮助——"

"哦，克林！"

"我希望最终能成为全郡最佳学校之一的校长。"

约布赖特说到"她"这个字时，情绪一阵激动。但跟母亲谈话，这种态度是荒唐而草率的。四海之内，凡是做母亲的，看到儿子对新出现的女人不合时宜地表白内心情感，此情此景，几乎没有不生气的。

"克林，你真是瞎了眼啊。"母亲态度激烈地说道，"你初次看到她的那天，真是个倒霉的日子。教书计划仅仅是空中楼阁嘛，意图就是证明你的心血来潮的胡闹是有道理的，无非为了使自己在荒谬的处境下得到良心上的安抚罢了。"

"妈，这话不对呀。"克林口气坚定地回答。

"克林，你认为我是坐在这儿捕风捉影吗？我是一心想使你摆脱哀伤啊。你真不害羞啊！当然，都怪那个女人——臊货！"

克林的脸涨得通红。他站起来，手搭在母亲的肩上，以介于恳求和命令的奇怪口吻说道："我不要听了。惹得我回嘴的话，我们都会追悔莫及的。"

母亲张口要说几句措辞激烈的实在话，但看见他那副脸色，便将话吞了回去。克林在房间里来回走动了一下，然后，突然出了门。回来时已经到了十一点，但他没有走出花园的范围。母亲已经去睡觉了。桌子上留了一盏灯，晚饭摊在上面。他没有吃饭，就把门闩上，上了楼。

4 喜悦短暂愁苦长

翌日，布露斯头气氛沉闷。约布赖特待在书房里，坐在翻开的书前。但数小时过后，完成的工作少得可怜。他决意不让母亲觉察出自己的言语举止透着闷闷不乐的心情，便时常和母亲打一声招呼，说上几句闲话，即便母亲的回答寥寥数语，他也无所谓。晚上七点许，他同样坚决地打开话匣："今晚有月蚀，我出去看看。"话毕，他披上大衣，离开了母亲。

月亮低挂，在屋子前面还看不见。于是，约布赖特从山谷爬上高处，沐浴在月光下，他没有停止脚步，一直朝着雨冢方向走去。

半小时之后，他站在雨冢上，见月下的夜空十分清朗，月光倾泻在荒原的每一个角落。当然，月光淡然，山地轮廓模糊，依稀可辨的仅仅是附近裸露着白色燧石和晶莹石英沙的小路和河床。他站立了一会儿，便蹲下来摸摸石南草。草丛里面很干燥，他就躺倒在冢顶，面对着明月，眼珠中分别映照出小小的一轮皎月。

他经常来这儿，但并没有把目的告诉母亲。而这次他首度当面宣布外出目的，坦率的外表却隐藏了真实的目的。这种涉及道德品质的事情，自己在三个月前几乎是不会做的。他回归这片与世隔绝的地界，劳其肢体，就是期待着躲避社会上身不由己的煎熬。可是你看，即便在这儿，也照样存在啊。他越发渴望能够来到某个世界，在那儿，个人野心并不是公认的唯一上进形式 —— 或许，这种憧憬有朝一日会在头顶那轮银光倾泻的月球上实现。他的目力扫视着广袤无垠的遥远大地 —— 思绪万千，神游八荒，越过了月球上的虹湾和黑沉沉的危海，领略了风暴洋，目睹了梦湖。他似乎还去了广漠的环壁平原和奇异的环形高山 —— 后来，他几乎感到自己亲身走遍了月球上每一处荒凉的景点，站立在山体空洞的山上，走过沙漠，深入溪谷和古海海底，甚至还攀登上一座座火山口。

约布赖特观察遥远景色的时候，月亮的底部有一个褐色的阴影慢慢地出现，月蚀开始了。这标志着一个预先约好的时刻——因为，遥远的天体现象早已成为地球情人们约会的信号了。望见眼前的情景，约布赖特的心立即飞回了地球。他坐起来，活动了一下身子，侧耳倾听。时间一分钟一分钟地过去了，过了十来分钟，月亮上的阴影明显扩大了。这时，他听见左手方向传来一阵瑟瑟声，只见雨冢底部走来一个身披风衣、抬头张望的人，克林便下来了。很快，那个人已经靠在他的怀抱里了，而他顺势将嘴唇贴在她的嘴上。

"我的游苔莎！"

"克林，亲爱的！"

不到三个月，两人之间的关系已经如火如荼。

他俩默默相视，良久一言不语，因为语言无法表达他们的心境——词语犹如远古的蛮荒时代锈迹斑斑的铁器，只能偶尔将就地使用一下罢了。

后来，游苔莎在约布赖特的怀抱中稍微抽了一下身。他开口说道："我刚才还在想，你怎么还不来呀。"

"你说的定在月亮初亏后十分钟嘛。现在不正好吗？"

"哦，让我们只想着两人在一起吧。"

于是，两人搀着手，再度陷入沉默。此刻，月亮上的阴影又增大了一点。

"上次见面之后，你觉得过了很久吗？"她问道。

"我都觉得伤心了。"

"那么，时间不长吗？那是因为你太忙了，根本就没有惦记我。而我却无所事事，觉得生活就像一团死水。"

"亲爱的，我宁愿忍受无聊乏味，也不愿像我这样缩短时间啊。"

"这是什么办法？你一直希望没有爱上我吧。"

"堂堂男子汉怎么能既那样希望，又继续爱下去呢？不会的，游苔莎。"

"男人做得到，女人不行。"

"哎，无论我有什么心思，有一件事是肯定的——我确实爱你——无以复加，难以言表。爱你爱得五体投地——而我过去碰见女人，充其量感到愉悦，好感一下而已。让我看看你的脸吧，月光照耀下的脸，仔细欣赏每一道纹路和曲线！你现在的面孔和我认识你以前见惯的那些面孔，只有毫厘的差别。然而，这是什么样的差别啊——就是这种差别区分了风情万种和乏善可陈啊。再亲一下小嘴吧！喏，喏，喏。游苔莎，眼皮似乎很沉重啊。"

"哪里，我习惯这样看人嘛。我有时觉得不如不出生，并痛苦地顾影自怜，我想那是原因吧。"

"现在不会有这种感觉了吧？"

"不啦。不过，我知道无法一直这样爱下去的。任何事情都不能保证爱情天长地久。爱情会像幽灵般蒸发，所以，我很害怕。"

"不必害怕的。"

"哎，你不明白的。你是比我见多识广，去过的城市，见过的人，我只是听说过而已，年纪也比我大，可是，我这方面比你老道多了。我以前爱过一个男人，现在又爱上了你。"

"游苔莎，看在上帝的分上，可别这样说了！"

"但我想自己不会先厌烦变心的。我倒担心，事情会这样结束：你母亲发现你我约会，就逼着断绝关系！"

"决不可能。她早已知道我们的约会了。"

"她嫌弃我啦？"

"我不想说。"

"好了，滚吧！去听她的吧。我会毁了你的前程。你跟我这样约会，真蠢啊。吻我一下，然后，永远走开。永远——听见了吗——永远！"

"我不会的。"

"这可是你唯一的机会。爱情对许多男人就是祸根。"

"你真是走极端，想入非非，太任性，而且误解了。今晚我来见你，除了对你的爱，还有别的原因。我的想法与你不一样，我觉得，我们之间的爱慕之情可以天长地久。当然，有一点我的想法和你一样，我们这样相处是不能持久的。"

"噢，都怪你母亲。就是因为她！我很清楚。"

"别管什么原因了。我不会让你离开我，请相信。我要永远和你在一起。今晚，我就不愿意让你走。现在，只有一种办法能够化解我们的愁情，亲爱的——你必须做我的新娘。"

游苔莎大惊失色——接着努力恢复镇静，说道："玩世不恭的人讲过，婚姻治住了相思，才治愈了愁情。"

"但你必须给我一个答复。我可以过几天来找你吗？——我不是说马上答复。"

"我得考虑一下。"游苔莎低声回答道，"你现在给我说一说巴黎的事吧。世界上有什么地方比得上巴黎呢？"

"巴黎非常美。可是，你愿意跟我一辈子吗？"

"我不会跟世界上任何别人的——这样满意吗？"

"暂时满意。"

"那可以给我介绍杜伊勒利宫①，还有卢浮宫②了吧。"她继续扯开话题。

"我讨厌谈起巴黎！对了，我记得卢浮宫里有一间阳光充足的房间，你在那儿居住挺合适——就是阿波罗陈列馆。房间的窗户大都朝东，旭日东升，整个房间金碧辉煌，光线照射到镀金的护墙板，反射向豪华的镶嵌天花板花格上，再照耀到金银餐具、珠宝玉器、陶瓷器皿。阳光形成完整的网络，照得人目光晕眩。嗨，还是谈我们的婚姻吧——"

"还有凡尔塞宫③——国王陈列馆也是这样美不胜收的，不是吗？"

---

① 杜伊勒利宫：法国旧宫廷，1871 年遭焚毁，现为公园。

② 卢浮宫：法国旧王宫，现为博物馆。

③ 凡尔赛宫：法国旧王宫，现为历史博物馆。

"是啊。但是，光谈那些美不胜收的房间有什么用呢？还有，小特利阿农花园①让我们去住，别提多合适了，你可以在花园中月下散步，觉得自己简直就置身于英国的灌木林，那是按照英国款式设计的。"

"想什么英国，讨厌！"

"那么，你也可以待在大宫②前边的草坪上。在那儿，你一准会觉得自己回到了历史的浪漫岁月中了。"

约布赖特一个劲地往下说。对游苔莎而言，一切都是新奇的。他说了枫丹白露③、圣·克卢④、布洛涅森林⑤等巴黎人时常光顾的景点。后来，她问道——

"你会在什么时候去那些地方呢？"

"星期天。"

"啊，真巧。我就讨厌英国的星期天。我跟那边人的习惯有多么合拍！亲爱的克林，你会重回巴黎吗？"

克林摇了摇头，抬头看了一眼月蚀。

"你要是回去，我就——做那个什么的，"游苔莎娇声娇气地说，一边将头靠在他的胸前，"要是你答应，我就保证不反悔，不用你再等片刻。"

"关于这一点，你跟我母亲可真是如出一辙啊。真奇怪！"约布赖特说道，"我发过誓决不回去，游苔莎。我倒不是厌倦那个地方，而是讨厌那个工作。"

"可是，你可以改变身份再去嘛。"

"不行。而且我的计划会打乱的。别逼我了，游苔莎。愿意嫁给我吗？"

---

① 小特利阿农花园：位于凡尔赛宫，英国式别墅。
② 大宫：巴黎大建筑之一，每年都开名画展览会。
③ 枫丹白露：法国巴黎东南城市，有王宫博物馆和园林。
④ 圣·克卢：法国巴黎西面市镇，有公园和美丽山丘，俯视巴黎全城。
⑤ 布洛涅森林：巴黎西郊有名的公园。

"没法说。"

"哎 ——不要再提巴黎了。那儿比别的地方好不了多少。答应吧，亲爱的！"

"你坚持不了你的教育计划的，我可以肯定。这对我倒挺不错。所以，我保证永远永远跟随你。"

克林轻轻地扶着她的脸，靠近后给了她一个吻。

"啊！可是，你还没有了解我呢。有时候，我想，游苔莎·维尔不是成为贤妻良母的料。哎，别提了 ——瞧，时光在流逝，流逝，流逝！"她一边说，一边指了指蚀了一半的月亮。

"你太消沉了。"

"不消沉。无非就是害怕想到今后的情形而已。现在的东西，我俩都清楚。现在，我俩在一起，但不知道彼此能牵手多久。所以我心里充满了惆怅，觉得有可能发生可怕的事情，尽管理智地想一想，是该有愉快的期盼。……克林，月蚀后的月光照在你的脸上，洒下了奇异的色彩，似乎你的脸型是由黄金剪裁的。这表明，你今后理应干比这个更好的事情啊。"

"游苔莎，你很有野心 ——不，不全是野心，是贪图荣华富贵。我看我应该和你心心相印，让你幸福美满才是。可是，我不仅不这样，还可以一辈子隐居此地，做力所能及的事。"

克林话里有话，暗示他质疑自己是体贴的情人，怀疑自己的言行举止对对方是否公正，她的生活情趣简直和他格格不入嘛。游苔莎看出了他的心思，用低沉的口气迫不及待地向他担保："别误解了我，克林 ——尽管我喜欢巴黎，但我更喜欢你呀。做你的新娘，住在巴黎，对我来说可是上天堂一样啊，但是，我宁愿和你一起在这儿隐居，也不愿和你失之交臂。不管哪种方式对于我来说都有利，而且是大利。这可是我的肺腑之言啊。"

"真是妇人之言。我得很快离开你。不过，先送你回家。"

"必须回家了吗？"她问道，"是啊，沙漏快流尽了，我知道，月蚀也越来越扩大了。先留步！等到这沙漏的钟点结束吧，那我不会再

192

逼你了。你可以回家，美美睡上一觉。而我在睡梦中不断叹息！你梦到过我吗？"

"我不记得清清楚楚地梦见过你。"

"可我在梦中处处看见你的面容，听到什么声音，都是你在说话。但愿不会梦见你。但我太痴情了。听说这种爱情不会持久。但是，必须爱得经久不衰！不过有一次，记得梦见一位轻骑兵军官，骑马路过蓓蕾嘴的大街。尽管素昧平生，也没跟我说过话，但我很爱他，后来，我以为这样下去会相思而死的 —— 但没有死，最终不再牵肠挂肚了。克林，要是有朝一日我也能不爱你了，那多可怕啊！"

"请不要随口胡说了。如果你说的事迫在眉睫，我们都会说'我已经万念俱灰'，一死了之。噢，沙漏钟点已经过了 —— 现在走吧。"

他俩手牵着手，沿小道向迷雾岗走去。快到屋子时，克林说道："今晚太迟，我不拜见你外公了。你看他会反对吗？"

"我会告诉他的。我已经独立自主惯了，根本没想到要向他请示。"

接着，他俩依依不舍地告别了。克林下山朝布露斯头走去。

离天仙般的女友越来越远，随着远离那陶醉的气氛，他脸上浮现出一种新的愁容。爱情带来的两难窘境，一古脑儿地重上他的心头。尽管游苔莎看上去愿意等，挨过这一段不会有起色的订婚期，直到他在新的行当里站稳脚跟，但他时不时地不由得感到，她爱他，不过把他看作花花世界来的客人罢了，而她名正言顺地属于灯红酒绿的生活，她并未把他当作反抗自己的过去的有志青年，反而对他的过去极感兴趣。他俩见面时，她常常说漏嘴，还长吁短叹。这一切表明，尽管游苔莎没有开出要他重返法国首都的条件，但她暗暗渴望婚后能如愿以偿，这件事剥夺了他不少本该是欢乐的时光。与此同时，他们母子间的裂痕愈来愈大了。每当发生一件小事，放大了他给她带来的失望，他就会出去独自闷闷不乐地散步；一旦认识到自己对不起母亲，便情绪烦乱，大半夜难以入眠。要是能够让约布赖特太太明白，儿子的志向是多么有理，多么值得，而且根本没有由于他对游苔莎的爱而受到影响，那么，她对儿子的看法，就会大不相同的！

于是，当他的视力适应了爱情和美貌给自己营造的最初耀眼光环之后，他便觉察到自己的重重困境了。有时候，他希望自己从来就不认识游苔莎，但是，他认为这种想法是残忍的，赶快收回它。他不得不维持三种相互对峙的发展：母亲对他的信任，他成为教师的计划，游苔莎的幸福。然而，他性格热情，经不起放弃上述任何一项，虽然他最多有两项希望能够保留。尽管他的爱情像意大利诗人彼特拉克①对待情人劳拉一样纯真，但他却将普通的难题铸造成婚姻的桎梏。他所处的生活位置，哪怕全力以赴已经不大简单了，现在，加进游苔莎之后就越发复杂了，真是难以用语言表达。母亲刚想容忍他的一项计划，他就提出了更加苦涩的东西；两项计划加起来，母亲就不堪忍受了。

———————————

① 彼特拉克（1304—1374）：意大利著名诗人，为劳拉写了许多情诗。

5 唇枪舌剑引危机

约布赖特不在游苔莎身边时，便伏案苦读，如饥似渴。不读书时，他就去见游苔莎。他俩之间的见面是绝对保密的。

一天下午，母亲晨访托马辛后回到家。他看见她愁眉紧锁，面露烦躁，就知道出了事。

"我听说一件令人费解的事情，"母亲沮丧地说道，"那位舰长在静女酒店放出风声，你和游苔莎已经订婚了。"

"是呀，"约布赖特回答，"不过，也不一定结婚，要等很长时间的。"

"想必不用等很长时间了！我看你会带她去巴黎的吧？"母亲心灰意懒地问道。

"我不会回巴黎。"

"讨了老婆打算干什么？"

"在蓓蕾嘴办学校啊，对你说过的。"

"真令人难以置信！那地方到处都是教师，人满为患啊。你又没有专业资格，能碰到什么机遇呢？"

"是没有发财的机遇。可是，我的教育方法不但新颖，而且正确。我可以为同胞做许多好事。"

"做梦啊，都是梦想！如果还剩下什么教育方法需要发明，人们早就在大学里办到了。"

"妈，不可能。他们办不到的，因为大学教师不接触需要这种方法的阶级——就是说，那些未受过初步培训的人。我的计划是把高等知识灌输到空洞的头脑里，而不是先去填塞真正学习开始之前又要清除的东西。"

"如果你没有套牢，我倒可以相信你的。可是这个女人 —— 就算她是正经姑娘，就已经够糟的了，但作为 ——"

"她是个好姑娘。"

"这是你的看法。希腊乐队指挥的女儿！她有过什么样的身世？就连她的姓也不是真的啊。"

"她是维尔舰长的外孙女。她父亲只不过随了母亲的姓。她可是一位天生的小姐。"

"他们称他为'舰长'，但谁都可以是舰长啊。"

"他在皇家海军干过！"

"无疑，他是驾着什么破船出海干过一阵。他为什么不替她操操心？正经小姐可不会像她那样整天整夜在荒原上闲逛。但是，事情远非这些。她和托马辛的丈夫之间曾经出过一些怪事 —— 对此，我可是深信不疑。"

"游苔莎都对我说过啦。一年前，他确实对她有点意思，但那并无伤害啊。我更加喜欢她了嘛。"

母亲斩钉截铁地说道："克林，真不巧，我没有证据说她不好。可是，她一旦成为你的贤妻，那么，世界上可就没有什么恶妻了。"

约布赖特语调激烈地回答："说真的，你简直是存心找茬。其实，就在今天，我还打算为你们安排一次会面，但是，你让我不得安宁，处处想让我的希望化为泡影。"

"想到自己的儿子婚姻草率，我就心里气愤！我不如死了，省得看见这一切。真让人受不了 —— 连做梦都没有想到啊！"说罢，她气喘吁吁地向窗口转过身，张着嘴，双唇发白，浑身颤抖。

约布赖特赶紧说道："妈，无论你做什么，你都是我最亲的 —— 你心里清楚的。但有一件事我有权说，就是，我的年龄已经够大了，知道哪些事最适合自己。"

母亲沉默了一会儿，心烦意乱，似乎无话可说。后来，她开口说道："最适合？你为了这么一个妖艳的懒婆娘而坏了前程，最适合吗？你难道不明白，你选中她，就证明根本不知道什么事最适合你

196

吗？你丢掉了自己的全部思想 —— 神魂颠倒 —— 就是为了取悦一个女人。"

"确实如此，那个女人就是你啊。"

"你对我怎么能这样没大没小的！"母亲噙着眼泪，朝他转过身，"克林，你不正常，真没想到是这样啊。"

"很可能，"克林不快地答道，"你不知道你要用什么量器量给我，因此也不知道别人必用什么量器还量给你的啊。"

"你回嘴，心里只想着她。对她百依百顺。"

"这证明她有价值。我从未支持过坏人坏事。而且我并不只关爱她一人，我还关爱你和我自己，凡是好的我都关爱。一个女人一旦讨厌另一个，就变得冷酷无情的！"

"克林噢！可别把你的执迷不悟当作我的过错。你想跟一钱不值的女人结合的话，为什么要回家乡来办呢？为什么不在巴黎办啰？ —— 那里更时尚啊。你回来就是为了折腾我孤苦伶仃的老婆子，让我折寿短命啊！望你把尊驾挪到垂爱的地方去吧！"

克林嗓音沙哑地说道："你是我母亲。不说别的了 —— 只说一句，恳请你原谅，我把这里看作我的家了。我不会再拖累你了。我可以走。"说罢，他含泪走出家门。

这是初夏的一个下午，阳光明媚，湿润的荒原低洼处早已由一片枯黄变得郁郁葱葱。约布赖特来到从迷雾岗和雨冢伸下的谷地边缘。此时此刻，他已经平静下来。他眺望四周景致，纵横分布的小山丘使山谷的轮廓形状各异。小山谷里，丘壑之间，幼嫩的蕨草正在茁壮成长，最终会长到五六英尺高的。他往山下走了一段，在有小路通往一个狭小山谷的地方躺下来，等待着。他答应游苔莎，下午让母亲过来见面，重归于好。但他的打算彻底落空了。

他置身于绿生生的草窝，四周是长得茂密而整齐的蕨草，仿佛是机制叶片所组成的一片树林，满世界的锯齿边绿色三角形，却没有花朵。空气温暖而湿润，到处都很静寂。举目观看，只有蜥蜴、蚂蚱和蚂蚁等小动物。这场景似乎属于古老的石炭纪，植物形式单一，仅有蕨类植物，既没有花蕾，也没有鲜花，唯有千篇一律的绿色叶子，听不到鸟儿欢唱。

克林靠在地上，心情沉重地思索了好一阵。后来，他发现蕨草上方有一顶绷紧的白色丝帽，从左边朝他靠近。他立刻明白，帽子下是他的心上人，心情顿时从百无聊赖中清醒过来，变得热情兴奋了。他从地上跳了起来，大声喊道："我知道，她一定会来的。"

游苔莎的身影在山谷内消失了一阵，接着，整个从树林边现身了。

"只有你在这儿？"她带着失望的神情喊道。这时，只见她脸色红了起来，略微内疚地轻声笑了笑，证明那神情的虚妄。"约布赖特太太在哪儿？"

"没来。"他压低声答道。

"真希望早就知道你会独自一人在这儿，"她一本正经地说道，"但愿早就知道我俩可以像现在这样悠闲轻松。欢乐事先不知道，等于白白浪费一半，预先期待着，欢乐就会加倍。今天一点也没想到，下午你会单独陪我，一件事情实际发生时，可是稍纵即逝啊。"

"确实如此。"

"可怜的克林！"游苔莎温柔地看着他，继续说道，"你真悲伤。家里出事了。别管事情的本质——让我们只看看事情的表象吧。"

"可是，亲爱的，我们该怎么办？"他问。

"我行我素啊——一次次约会，照样活，别管明天的事。我知道，你总在考虑这个——我看得出你的心思。但是，你不必多想——亲爱的克林，好吗？"

"天下女人都一样。总是满足于把自己的生活寄托于偶然出现的机遇，而男人们总爱千方百计迎合她们。听着，游苔莎，有一件事情，我决不会再延误了。你喜欢'今朝有酒今朝醉'这种智慧，今天是不会打动我的心了。我俩目前的生活方式必须立刻结束。"

"是你母亲吧！"

"是的。我告诉了你，却依然爱你；你理应知情的。"

游苔莎抿着嘴说道："我早就担心自己的福气，太热烈、太耗神了。"

"希望依然在。我还能工作它四十年呢，你为什么要沮丧？我只不过处于人生转折点，不太顺心而已。希望人们不会轻易认为，没有步调一致就不会进步。"

"啊 —— 你的思想转到哲学上去了。嗯，这些令人伤心绝望的阻碍，在一个意义上来得正好，使我们能横眉冷对命运一贯喜欢玩弄的无情讥讽。听说有人一下子得到幸福，便唯恐不能活着尽情享受，于是焦虑而死。最近，我觉得自己就处于这种心神不安、瞬息万变的心境，但现在不必受累啦。咱们走走吧。"

克林抓住游苔莎早已脱下手套的手 —— 他俩就喜欢这样光手牵着光手散步 —— 领着她穿越蕨草丛。金童玉女构成了一幅描写爱情高歌猛进的美景图：傍晚时分，他俩沿着山谷行走，右边斜阳照耀，幽灵般细长的身影像白杨一样高挑，远远地投向荆棘和蕨草丛。游苔莎得意地扬着头，沉湎在幻想中，眼中流露出胜利的喜悦之情和感官满足，因为，她单枪匹马猎获了一位大男人，他无论在成就、外貌和年龄上都与她般配极了。至于那位小伙子，刚从巴黎来到这里时，面色灰白，已经开始留下岁月和忧思的痕迹；如今脸上的皱纹少多了，原本就体质好，精力充沛，强健的体魄也恢复了大半。两人漫步来到了荒原低洼的边缘，那儿地面湿湿的，临近一片泥炭沼泽。

"克林，得在这儿跟你分手了。"游苔莎说道。

他俩站住了，打算告别。眼前，山野的一切处于一个完美的平面上。太阳贴在地平线上，霞光从红铜色和淡紫色的云彩中射出来，越过大地，而那些云彩则是以扁平的条带铺在淡碧柔和的天空下。地面上朝向太阳的所有昏暗物体，都笼罩在一片紫色的雾霭里，只有一群群嗡嗡叫的蠓虫是发亮的，像火星上下飞舞着。

"噢，跟你分手真受不了！"突然，游苔莎轻声发出一阵痛苦的感叹，"你母亲对你的影响太深了，对我的看法不会公正的。大家会流传，我不是正经姑娘，再加巫婆的传说，会把我抹得更黑！"

"不会的。谁都不敢编派你我。"

"我多么希望能有把握永远不失去你啊 —— 让你无论如何都无法抛弃我！"

克林一声不吭地站了一会儿。他情绪激昂，非常冲动，于是，他当即快刀斩乱麻。

"亲爱的，你能把握我的呀，"他搂着她说道，"我们马上就结婚。"

"啊，克林！"

"答应吗？"

"如果 —— 如果可以做到。"

"当然可以的，我们都是成年人了。这几年，我做珠宝行当，不会没有积蓄。你愿意的话，我们可以在荒原上找小屋先住下，直到我在蓓蕾嘴买房办学。这样，结婚的开支就很小。"

"在小屋里得住多久，克林？"

"大约半年吧。过了这段时间，我也读完了书 —— 对了，我们这就办婚事，令人伤心的事就可以了结了。当然，我们的生活将与世隔绝，等到我们在蓓蕾嘴安了家，才可以向外界公开婚事。我已经写了一封信去那里联系此事了。你外公会同意吗？"

"我想会的 —— 条件是不能超过半年。"

"我可以保证，当然，不能出现意外。"

"不能出现意外。"游苔莎缓慢地重复道。

"这种可能性是不大的，亲爱的，定下日子吧。"

接着，他两商谈了一阵，选择了结婚的日子，确定在半个月之后。

交谈结束，游苔莎离开了。克林目送她迎着太阳走去，她越走越远，吞噬在金色的阳光中，裙子碰擦路边鲜嫩的莎草和禾草的沙沙声也消失了。克林观望着，死气沉沉的扁平景致攫住了他，尽管他仍能充分领略到风华正茂的初夏的绿色美，但那是最下贱的野草临时拼凑出来的。那一马平川令人压抑，克林情不自禁地想到了人生大舞台；还给了他一种赤裸裸的平等感，阳光普照下，应该万物平等，不能高人一等。

此时此刻，游苔莎再也不是他心中的女神了，而是一个女人。他要争取她，支持和帮助她，并为她而遭到中伤。克林的头脑冷静了，悔不该决定匆忙结婚；可是，牌已经发了，他决心打下去。至于游苔莎是不是属于那种炽爱难持久的人，下面的故事当然会轻易证明的。

6 约布赖特出走，彻底决裂

当晚，约布赖特在屋里整理行李的揪心嘈杂声传进楼下母亲的耳内。

翌日一早，他离开家，再次向荒原走去。他得行走一天，要确定一处住所，结婚之后，可以带游苔莎去住。一个月之前，他不经意地看见这么一座幽静的小屋子，窗户钉着木条，离东埃格敦村约有两英里路远，总共距离是六英里。所以，他朝那个方向走去。

天气跟昨天夜晚大不相同。他目送游苔莎时，将她吞噬的金色余晖雾气朦胧，其实，那就预示了天气变化。这是英国六月份颇常见的一天，跟十一月份的天气一样潮湿狂暴。阴冷的乌云似乎绘制在幻灯片上，一堆堆地飞过。风中夹带着欧洲大陆的水气，在他身边盘旋分开。他在雾霭中行走着。

最后，克林来到一个冷杉和山毛榉种植林场的边缘。他出生时，这片林子就从荒原上圈出来了。这儿的树木，新枝嫩叶水灵灵的，很沉重，现在遭受的损害，比朔风劲吹时还要严重，因为冬季树木专门解除了叶子的负担，可与大风搏斗。眼下，幼小的山毛榉又湿又重，正在遭受折枝断裂和擦伤撕裂的折磨，受伤的小树汁液流淌，达数天之久。留下的疤痕，直到树木当柴烧掉的那天，都清晰可见。每一棵树都连根扭曲，仿佛骨头在骨槽里活动，每逢风吹树动，都发出抽搐的声音，就像疼痛的呻吟。附近的树林里，一只燕雀正要歌唱，一阵大风刮起它的羽毛，连尾巴都吹乱了，它只好不唱了。

离克林左边几码远的开阔荒原上，风暴肆虐，但对地面的影响并不大！掀翻大树的狂风仅仅在轻轻抚摩着起伏的荆棘和石南。埃格敦这个地方就是为这种时刻而造的。

正午时分，克林抵达那座空屋。小屋跟游苔莎外公的屋子一样僻静，但周围有冷杉环绕，看不出就坐落在荒原附近。他继续往前走了大约一英里路，来到房主居住的村庄。后来，他和房主一块儿返回那座小屋，才把事情都商议好了，房主保证，第二天至少有一间屋子可以住人。克林打算独自一人居住在那儿，等待游苔莎过来和他结婚。

后来，克林冒着毛毛雨返回自己的家。这时，野外的景色已经大变样了。昨天，他可以舒服地躺在蕨草上，可是现在，片片叶子都挂着水珠。他从草丛中走过，裤腿都弄湿了。眼前，野兔到处蹦跳，浑身的兔毛也都打得湿漉漉的，粘成黑糊糊的一团团。

他行走十英里之后到了家，浑身湿透，筋疲力尽。这种开端很难算得上吉兆，但他已经选择了生活道路，不会露出要偏离的样子了。那晚和次晨他都在打点行装，准备出发。他觉得，既然下了决心，就没有必要在家里多待一分钟，因为，他的言语、脸色和行为只会给母亲增加痛苦。

他雇了一辆马车，下午两点，把行李都运走了。下一步，得购买一些家具，先放在小屋里暂时用一阵，以后搬到蓓蕾嘴时，再添置一些好的，还可以一起用。安格尔堡有个集市比较大，可以买到家具，离他选定的居住地相距几英里。克林决定去那儿过夜。

现在，就剩下和母亲告别这件事了。他走下楼梯时，母亲像往常一样，端坐在窗口。

"妈，我要离开您了。"克林伸出手说道。

"看见你打点行李就知道了。"母亲努力掩饰着感情，不露声色地答道。

"我们好说好散吧？"

"当然啦，克林。"

"我定在二十五号结婚。"

"知道你快结婚了。"

"到时候——你可得过来看我们啊。婚后你会更加理解我的，我们的处境不会像现在这样糟糕了。"

"我看是不大可能去看你们的。"

"妈，那可不是我和游苔莎的过错了。再见！"

克林亲吻了一下母亲的脸颊，十分苦恼地走了。过了好几个小时，他才控制住情绪。当时面临的情形是这样的，要再说些什么，首先得化解彼此之间的隔阂，然而，那种隔阂是无法驱除的。

约布赖特刚离开家，母亲的面色顿时从刻板变成了绝望。过了一会儿，她哭了，流了泪之后，感到心情轻松了一点。她一天都没做事，只是沿着庭院里的小径不停地来回走动，精神近乎麻木。夜晚降临，并没有带来多少安宁。第二天，母亲出于本能，有所动作，要把虚脱减轻为哀伤，便走进了儿子的房间，亲手收拾了一番，心想他以后还会回家。她还照看了一下花卉，但那是敷衍了事，鲜花对她来说再也没有魅力了。

那天下午刚到，托马辛出乎意料地探望了她，使她感到非常宽慰。托马辛结婚之后，亲戚走动已经不是第一次了。过去的过错大致都弥补了，她们满可以轻松愉快地经常见面问候。

小媳妇走进房间，身后跟进一道斜阳，和她的体态很配，把她照耀得夺目生辉，就跟她的到来给荒原带来了光明一样。她的一举一动，一颦一蹙，都让人回想起栖息在她家四周的羽毛族。形容她的象征比喻无不以鸟儿开始，到鸟儿结束。她的举止婀娜多姿，就像鸟儿飞翔时多姿多彩。沉思默想时，就像红隼，张开翅膀，以无形的动作飘浮在空中；狂风中，就像轻巧的苍鹭，向着树林和山坡飘动，任凭劲风吹荡，惊骇时，就像悄然疾飞的翠鸟；宁静时，恰似飞掠而过的燕子。现在，她行走时，就跟燕子一样。

"哎哟，托马辛，你看上去很开心。"约布赖特太太苦笑着说，"戴蒙好吗？"

"很好。"

"托马辛，他对你好吗？"约布赖特太太仔细地端详着她。

"挺好啊。"

"说的可是实话？"

托马辛红着脸，迟疑地答道："当然啦，阿姨。他若不好，会告诉您的。他 —— 有一件事，不知道该不该向您抱怨，我不知该怎么办。你知道，我需要一些零用钱 —— 买一些日常用品 —— 可是他一个子儿都不给。当然，我也不愿意张口向他要，也许，不给我零用钱，是因为他不知道我需要。阿姨，我应不应该向他提起这件事呢？"

"当然应该啦。你从未提起过吗？"

这时，托马辛闪烁其辞地说："您看，我原先自己有一点钱，所以一直不想跟他要的。上礼拜，我可是向他提起过这件事的，但他似乎 —— 记不住。"

"你可得让他记住啊。你知道，我有一个小盒子，里面放满了黑桃基尼①。这些钱是你姨夫给我的，他让我选定一个日子，分给你和克林。大概分钱的时间到了。这些钱随时可以兑换成金镑。"

"我希望得到自己的那份 —— 就是说，如果您不介意的话。"

"如果必要，你会得到的。但你必须先直截了当地告诉你丈夫，你身无分文了，看他怎么办，这样比较合适。"

"嗯，我会的。…… 阿姨，我听说了克林的消息，知道您在为他担忧，所以我过来了。"

约布赖特太太转过身，面部抽搐，在掩饰自己的感情。接着，她不再克制了，哭诉道："托马辛噢，你认为他恨我吗？这些年来，我活着就是为了他，他怎么忍心让我伤心？"

托马辛安慰道："恨您 —— 不会的。只不过他太爱她了。平心静气想一想吧 —— 消消气好吗。克林这样做并不很坏。您知道吗，我认为，他找的不是最差的婚配。维尔小姐母亲的家庭出身好，父亲喜欢浪漫，云游四海 —— 就像希腊的尤里西斯②。"

"托马辛，说这种话没有用啊，根本没有用。你的用意是好的，不过，也不劳你争辩。我已经把双方的全部理由通盘考虑过了，考虑过多次。克林跟我分手时，谈不上是在生气，其实，比生气还要糟

———————
① 基尼：旧时英国金币名。
② 尤里西斯：荷马史诗《奥德修纪》中漂流各地的主人翁。

糕。谈不上是激烈争吵让我心碎，他是和我针锋相对，蓄意摊牌，一意孤行，怙恶不悛。托马辛噢，小时候，他有多乖啊——脾气好，心肠软！"

"是啊，没错。"

"真没有想到，自己的孩子长大之后，竟然这样对待我。他说话的口气，好像我反对他是要害他，仿佛我会诅咒他！"

"比游苔莎·维尔还要差劲的女人，世界上多着呢。"

"比她好的女人实在是多，苦恼就在这里。托马辛，过去是她，也只有她，才诱惑你丈夫做出那种事的——我发誓证明！"

听罢，托马辛不禁急忙解释道："哪里的话，他是在认识我之前惦记她的，仅仅是眉来眼去罢了。"

"好啦，就算这样吧。现在揭这种事的底没有意思。儿子要瞎眼，母亲有什么办法啊。女人远远就看得清的事，男人为什么在近处会看不清？克林要顽固到底——他和我已经没有任何关系了。当娘的就是这么一回事——把自己最好的年华，最深的爱奉献出来，确保的却是遭鄙视的命运！"

"你也太倔强了。想一想有多少母亲由于儿子犯罪而在大庭广众蒙受耻辱吧，你就别对这件事耿耿于怀了。"

"托马辛，用不着教训我——我可接受不了。正是出乎我们所料，打击才沉重，所以她们遭受的打击也许不如我的大啊，她们可能预见到最坏的结局的。……托马辛，我真是命苦啊。"她苦笑着说道，"有的寡妇通过移情改嫁防范孩子带来的伤害，重新开始生活。但是，我始终可怜巴巴，软弱无助，脑袋又不开窍——既没有广大的爱心，又不敢贸然嫁人。自从丈夫魂飞天国，我一直孤苦伶仃，麻木不仁——从来不考虑查漏补缺。当年，我还年轻，现在可能又儿女成群了，这个儿子一事无成，还可以依靠他们的安慰。"

"您没有去做，反而显得高尚。"

"越高尚，越不明智。"

"亲爱的阿姨，忘记这件事吧，量大福大。我不会让您长时间孤独下去的，每天都会来看您。”

　　整整一周，托马辛说到做到。她尽量淡化克林的婚礼，仅透露一些婚姻的准备情况，还说她应邀出席婚礼。第二周她身体不好，就没有露面。关于基尼的事，一直都没有动手做，因为托马辛不敢再跟丈夫提起这件事，而约布赖特太太却执意要她开口。

　　昨天这个时候，怀尔狄夫就站在静女酒店门前。这儿，除了穿越荒原通往雨冢和迷雾岗的上山小道，还有一条大路。这条路从酒店下方不远处的公路叉开，沿山坡蜿蜒曲折地缓缓伸向迷雾岗。这是那边唯一一条马车路，通往老船长偏僻的住处。这时，附近镇上的一辆轻便马车顺着山路驶下来，赶车的小伙子在酒店门前停住车，想进去喝酒。

　　“从迷雾岗来的吗？”怀尔狄夫问。

　　“是啊。他们在往那儿搬运好东西。要举办婚礼了。”车夫捧着杯子低头喝酒。

　　怀尔狄夫根本没有听说过此事，脸上不禁流露出痛苦的神情。他赶紧把头转向过道里掩饰一下。接着，他又回过头。

　　“你指的是维尔小姐吗？”他问，“怎么回事啊 —— 她这么快就要结婚了？”

　　“我想是上帝的旨意，外加一位现成的年轻人。”

　　“你不是指约布赖特先生吧？”

　　“正是啊。整个春天，他都在身边粘着她呢。”

　　“我想 —— 她深深迷上他了？”

　　“他们管家告诉我，对他可是如醉如痴啊。看管马匹的那个小伙子查利也觉得挺纳闷的。但那个傻家伙也喜欢她。”

　　“她很活跃 —— 很快乐吗？不久就结婚 —— 嗨！”

　　“不太快吧。”

　　“是的，不太快。”

　　这时，怀尔狄夫转身走进空荡荡的酒馆，胸口感到一阵怪异的疼痛，于是，就把一个胳膊肘靠在壁炉的支架上，托着脸。后来，托马辛走了进来，但他没告诉她刚才听到的消息。此时此刻，怀尔狄夫心中又浮现出对游苔莎的旧情——主因是发现另一个男人打算把她据为己有。

渴望难得之物，厌倦送上之物，舍近求远，这始终是怀尔狄夫的性格，是性情中人的真正标记。尽管他的炽热情怀尚未演变到诗情画意的境地，但也属于标准的爱情模式了。可以说，他就是埃格敦荒原上的卢梭①了。

---

① 卢梭（1712—1778）：法国思想家和文学家。

7 上午和傍晚

　　举行婚礼的早晨来到了。那天，从外表看，没有人会想到布露斯头人对迷雾岗会感兴趣。克林妈的屋子周围气氛安静肃穆，室内不再有一点生气。约布赖特太太已经谢绝参加儿子的婚礼，坐在老房间的早餐桌旁，紧挨着门廊，双眼无精打采地盯着敞开的屋门。半年前，就在这屋里举办过欢快的圣诞晚会，当时游苔莎还是陌路人，悄悄地跑过来观看。如今，进屋的唯一活物就剩下一只麻雀了。麻雀见四周没有什么值得警觉的动静，便大胆地在房间里跳来跳去，想从窗户里往外飞，却落进了花盆，拍打着翅膀。她独自一人坐着，听到动静便站了起来，放走了麻雀，接着，转身向门口走去。她在等待托马辛。头天晚上，托马辛给她写信，说她想领那笔钱的时间到了，如果可能，就今天登门拜访。

　　但是，约布赖特太太思想里并没有多少留给托马辛。她抬头眺望荒原的山谷，只见彩蝶飞舞，蚱蜢欢鸣，到处都是昆虫嘶哑低沉的合唱声。离这儿一两英里远，正准备着一场家庭剧，就跟在她眼前演出差不多，简直历历在目。她想打消这种印象，便在花园里随处走动，可眼睛却不时地朝迷雾岗所在的教堂方向望去。她想象力勃发，劈开遮挡视线的重重山岗，看见了那边的房屋。上午渐渐挨过去了。钟敲了十一下——婚礼会不会仍在进行？一定还在举行。她继续想象教堂里的场景。此刻，儿子牵着新娘来到了。她还想到了小马车抵达时，教堂门口有一群孩子。托马辛打听到，新郎新娘打算乘马车行驶那段短短的路程。她仿佛看见他们步入教堂，走向圣坛，跪拜之后，继续其他仪式。

　　她不禁捂住脸抱怨道："哦，这可是一场错误啊！总有一天，他

209

会后悔莫及，想到我的！"

她站在那儿为不祥的感觉痛心疾首时，屋内的旧钟咣咣着敲了十二下。不久，山岗那边隐隐约约传来了一阵响声，飘进她的耳朵。风是从那边刮过来的，所以，随风带来了远处教堂一阵阵欢快的钟声，一声、二声、三声、四声、五声。东埃格敦村的打钟人正在宣告游苔莎和儿子的婚事。

她不禁轻声说："就这样结束了。嗨！生命也会很快结束的。我为啥要以泪洗面？生活里，为了一件事就哭泣，事事都会哭一顿，牵一发而动全身嘛。但我们还说'笑有时！'①"

傍晚时分，怀尔狄夫来了。自从外甥女出嫁以来，约布赖特太太一直对他保持板着脸的友善关系，所有不欢迎的亲事都会这样告终的。梦想破灭，心灰意懒。人受到挫折之后，往往情绪低落，面对现实，得过且过了。至于怀尔狄夫，公正地说，他对待妻子阿姨的态度已经很客气了，所以见他进门，她并不感到惊讶。

"托马辛答应来的，但无法分身。"怀尔狄夫答话。太太询问时口气很焦急，她知道外甥女急需用钱。他继续说道："昨晚，舰长亲自下山来劝她，硬要她今天到场。她碍于面子，决定去。他们用小马车接送的。"

太太说道："那么婚礼办了。他们去新房了吗？"

"不知道。托马辛离开之后，再也没有听到过迷雾岗那边的消息。"

"你没跟她一块去？"她问道，似乎不去事出有因。

"去不了，"怀尔狄夫说，脸微微红了，"我们不能两人都离开家，早上太忙了，安格伯里赶大集市嘛。我想，你有东西交给托马辛吗？如果您愿意，我可以带走。"

约布赖特太太犹豫不决，不清楚他是否知道那东西是什么，便问道："她告诉你了吗？"

"并没有特意提起，只不过顺便说过，准备要来拿样东西。"

---

① 见《旧约·传道书》，第3章。

"大可不必叫人带呀。她可以随时来取的嘛。"

"一时来不了。眼下身体不好，不可以像以前那样多走动的。"怀尔狄夫略带讥讽的口吻补充道，"不能委托给我，是什么好东西呀？"

"没什么值得麻烦你的东西。"

"别人会认为，你怀疑我不够诚实。"他笑着说，但已经气得脸通红了。他动不动就发火的。

"不必多心。"她不动声色，"我无非觉得，有些事并不是谁都适合干的。人之常情嘛。"

"随便，随便。"他简短地表示，"用不着辩解。嗨，我该回家了，酒店不能老让伙计和女仆照看啊。"

他转身便走，告别时可不像刚进门时彬彬有礼了。这时候，太太已经看透了他，才不在乎他的态度是好是坏呢。

怀尔狄夫走了之后，太太站起了身，琢磨该如何妥善处理那笔基尼。她可不愿意托付给怀尔狄夫。托马辛叫他来取那笔基尼，这简直难以置信。她从他那儿得不到钱，才会想到这笔钱的。她确实等着用钱，而至少有一礼拜，她无法来布露斯头。但把钱送到或捎到酒店也不妥当，因为怀尔狄夫几乎一定在场，要不然也会发现金钱往来的。要是他不出她阿姨所料，对托马辛很不像话，也许会从她温顺的手里把款项弄走。但今天夜晚，托马辛在迷雾岗，如果给她捎东西，丈夫倒不会知道。思来想去，这个机会值得一试。

她的儿子也在迷雾岗，刚结婚，现在给他送上他那份钱，时机再好不过。送上这份礼物，可以表示她并不怀恨在心，机会难得，慈母那颗悲伤的心不禁欢愉了。

她上了楼，从一个上了锁的抽屉里取出小盒子，倒出一些崭新的大个基尼。这笔钱已经存放多年，数目成百。她将钱分成两堆，每一份五十基尼。把钱放进帆布袋扎好之后，她就去花园叫克里斯琴·坎特尔。这时候，克里斯琴正在游荡，希望能够蹭上一顿晚饭。太太把钱袋交给他，嘱咐他送往迷雾岗，务必交到她儿子和托马辛本人手上。她又一想，觉得应该告诉小鬼两个布袋里究竟装的什么，让他充分体会到东西非同小可。克里斯琴接过钱，放入兜里，表示一定会非常留意，然后就上路了。

太太对他说道："你不必着急。最好黄昏以后到达，别人才不会注意你。如果来得及，回来到这儿吃晚饭。"

将近九点，克里斯琴开始攀爬山谷去迷雾岗，但时值盛夏，白昼极长，黄昏刚开始染黑四野。克里斯琴正在路上走，突然听见了说话声。他发现声音来自男男女女一群人，在前面的山坳里走着，隐约看见他们的头顶。

克里斯琴停下脚步，想到了身上的钱。天色还早，连他也不至于真的害怕遭遇抢劫，但他做了防范。小时候起，他每逢随身携带二三个先令以上，防范意识便油然而生——是一种戒备心理，如同皮特钻石①的拥有者，整日提心吊胆。这时，他脱掉靴子，解开钱袋，把钱一袋倒入右靴，一袋倒入左靴，在靴底尽量摊平。靴子确实犹如宽敞的钱匣，绝不受脚板大小的限制。接着，他穿好靴子，把靴带系到最上面，继续赶路，虽然脚底不舒服，但心里踏实多了。

他走的路和前面又说又笑的那群人的路正好交会。走近之后，他松了一口气，原来他们都是埃格敦村民，很熟悉，而且布露斯头的费尔韦也在那帮人当中。

费尔韦认出新来的，立即打招呼："什么！克里斯琴也去吗？你可是既没有老婆，又没有女友，我敢说，赢了衣料送不出去啊。"

"你这是什么话？"克里斯琴问。

"哟，摸彩呀。我们年年参加的。和我们一块去摸摸吗？"

"从来没听说过啊。就像要棍棒之类的流血玩意儿吗？我不去，谢谢，费尔韦先生，别见怪。"

"克里斯琴不知道它好玩，看了会大开眼界的。"一位胖女人插话了，"一点危险都没有啊，克里斯琴。就是每人出一个先令，摸赢了就得到一片衣料，送给老婆或者心上人，如果有女人的话。"

---

① 皮特钻石：世界上第六大钻石，原来属于皮特，故名。皮特把钻石带到英国时，把它藏在儿子的靴子里。

"噢，我可没有这种福气，去了也没有意思。不过，倒也想看一看热闹，只要里面没有魔法，只要可以看白戏，不会卷入危险争吵就行。"

"而且一点吵闹都没有。"蒂莫西说道，"放心吧，克里斯琴，如果你愿意来，我们可以担保，决不会出事的。"

"我想，不会恶作剧吧？街坊们，你们知道，那样会给我爹留下坏样子，他可是不讲德行的啊。不过，一片衣料才出一个先令，而且，不会有诈——倒也值得一看，耽搁不了半个钟头。好吧，看完之后，你们送我一段路去迷雾岗，我就一块儿去，那个时候天也黑了，没有人走那条路了吧？"

有一两个人答应了，于是，克里斯琴就离开了直路，向右转过身，和乡亲们一起朝静女酒店走去。

他们进入酒店宽敞的厅堂之后，发现里面聚有十来位邻村的居民。新队伍来之后，人数多出了一倍。那些人大部分都坐在厅堂边上的位子上。那些座位都隔着木头扶手，和教堂里面一排排简陋的牧师座一样，上面刻有许多酒鬼大名的开头字母。当年，他们很有名气，没日没夜在这儿坐着酗酒取乐；现在，他们就像酒精灰渣一样，躺在附近教堂的墓地里。座位前的长桌上，放着酒杯，酒杯之间有一个打开的包袱，里面放着一块薄布——他们叫做衣料——是为摸彩准备的。这时，怀尔狄夫正背着壁炉站着，抽一根雪茄。庄家是来自偏远城镇的行贩，正在不厌其烦地介绍布料子的价值，说可以做一条夏季穿戴的连身裙。

"来，先生们，"庄家见新来的人走到桌子跟前，就继续讲道，"已有五位参加了，还差四位就够数目了。我想，刚才进来的几位先生，从面相上看都很精明，会利用这个千载难逢的机会，花几个小钱，打扮自己的爱人的。"

费尔韦、萨姆和另一位纷纷拿出先令，放在桌子上。这时，庄家朝克里斯琴转过身。

"不，先生，"克里斯琴顿时流露出疑虑的目光，往后退了一步说，"我是个穷光蛋，来看热闹的，求您了，先生。怎么玩，我根本不懂啊。如果我肯定能赢，也会拿出先令的，不然就不干。"

"我想，你的把握还是挺大的。"行贩说，"说句实在话，看你的面相，即便不能肯定你一定会赢，也可以说，我一辈子都没有见过像你这样的人，极有可能获得赢财的好运。"

"反正你的机会和我们大伙儿是一样的。"萨姆说道。

另一人接着说道："外加最后来的总是运气最好啊。"

"我出生时，头上顶着胎膜①，淹不死，也破不了财吧？"克里斯琴又说，他开始动摇了。

最终，克里斯琴放下了先令。随着骰子轮流转，摸彩开始了。轮到克里斯琴时，颤抖的手拿起盒子，心惊胆颤地晃动一下，掷出的是三对子，有三人掷出普通小对子，其余的人都是点。

"我早就说过，这位先生有可能赢财。"行贩不动声色地宣布，"拿去吧，这料子归你了，先生。"

这时，费尔韦嚷道："嗨嗨嗨！见鬼，这种怪异的开局，还是头一次碰到！"

"归我了？"克里斯琴茫然的眼珠瞪得像箭靶，问道，"我——我既没妻子和女友，也没有相好的寡妇。我怕拿着让人笑话，行贩大人。我来摸彩是好奇，根本没想到会这样！我在睡觉的屋里摆着女人衣服干什么，岂不有失体统！"

"别担心，拿着吧，"费尔韦说道，"图个吉利嘛。你骨瘦如柴，妙手空空，哪个女人愿意跟你，有了衣料，或许能吸引女人了。"

"当然得收下。"怀尔狄夫一直在远处悠闲地观看。

桌上的东西清理掉了，大家都开始开怀饮酒。

"嗨，对了！"克里斯琴有点自言自语地说，"想想看，我生来就这样有好运，但直到现在才兑现！那几个骰子真是奇怪的东西啊——是我们大家的强大主宰，却听我的指挥！从此之后，我肯定什么都不

① 旧时英国人认为这样的小孩运气好，有水淹不死的魔力。水手往往把胎膜买来带在身边图吉利。

必怕了。"他一边爱抚着每一颗骰子。接着，他以推心置腹的口气对位于左边的怀尔狄夫耳语道："嗳，先生，我要是能用我身上钱生钱的魔法，就可以替你的至爱亲朋做一些好事，看看我给她带来了什么——喏？"他把脚上一只放了钱的靴子往地上敲了敲。

怀尔狄夫问道："什么意思？"

"这是秘密。哎，我得走了。"他焦急地看了看费尔韦。

怀尔狄夫问道："去哪里？"

"迷雾岗，要去那里见托马辛太太——就这件事。"

"我也要去那儿接怀尔狄夫太太，我们可以一起走。"

怀尔狄夫陷入了沉思，眼睛露出恍然大悟的光芒。约布赖特太太不肯委托给他的，原来是给他妻子的钱。他自言自语道："她却委托这家伙。属于老婆的东西为什么不能也属于老公呢？"

他叫跑堂把帽子拿来给他，说道："喂，克里斯琴，我可以走了。"

克里斯琴离开厅堂时，胆怯地问道："怀尔狄夫先生，您把那些带有我的好运的美妙小玩意儿借给我好吗？我想单独练一下嘛。"说罢，他恋恋不舍地朝壁炉架上的骰子和盒子看了一眼。

怀尔狄夫漫不经心地答道："当然可以。只是一个小鬼用刀子刻成的，不值钱。"于是，克里斯琴走回去，悄悄地把骰子放入口袋。

怀尔狄夫打开门，朝外面探望。夜晚很暖和，天空阴沉。他开口说道："上帝啊，天黑了，不过，我想路还是看得清的。"

"要是迷路就尴尬了。"克里斯琴道，"提个灯笼防身，两人才安全。"

"那就去提上一个吧。"于是，他们拿出马厩里的灯笼，点上了火。克里斯琴收拾好衣料后，两人就上山了。

厅堂里的人都在谈天说地，后来，他们开始注意到壁炉角。那块地方很大，除了平常的空地，就像埃格敦许多壁炉一样，在侧墙里面也有一个缩进的位子，可以坐一个人，不被发现，假如壁炉没有生火照亮他的话。而现在是夏季，壁炉是不用的。借助餐桌上的烛光，可以看见壁龛处有一凸现物。那是一个微带红色的陶土烟斗。大家是听见有人喊着要借火才注意那个烟斗的。

费尔韦手持蜡烛说道："我的天哪，那家伙一说话，把我吓了一跳啊！噢——原来是红土贩！年轻人，你一直不声不响啊。"

"是啊，没话可说嘛。"维恩说道。过了几分钟，他站起身，向众人告别。

此刻，怀尔狄夫和克里斯琴在荒原里奔走。

夜晚，空气沉闷，雾气蒙蒙，挺暖和，到处弥漫着未被烈日晒枯的新生植被散发的扑鼻清香，尤其是蕨草的香味。克里斯琴手中晃荡的灯笼，不时地碰擦路边羽毛般的蕨草头，惊动了无数蛾子和有翅的昆虫。虫子们纷纷飞起来，落在灯笼的角质灯罩上。

"你有钱要带给怀尔狄夫太太吗？"克里斯琴的同路人沉默了一阵，问道，"不交给我，你不觉得很奇怪？"

"夫妻一体嘛，我想，两人都一样的。"克里斯琴回答，"不过，我受到严格指示，要把钱交在怀尔狄夫太太手里——做事要得法嘛。"

"毫无疑问的。"怀尔狄夫说道。他发现，递交的东西就是钱，而非他在布露斯头时猜到的只有女人感兴趣的花里胡哨小玩意，这时蒙受的耻辱，任何知情人都可想而知。约布赖特太太不肯把钱交给他，暗示着别人认为他的信誉不够好，所以不能妥善地替太太保管钱财。

"克里斯琴，今晚真热啊！"快走到雨冢下面时，怀尔狄夫喘着气说道，"看在上帝的分上，休息一会儿吧。"

怀尔狄夫随即倒在松软的蕨草上。克里斯琴把灯笼和包袱放在地上，在一旁蹲下，下巴几乎碰到膝盖。接着，他将手伸进衣袋，晃动了起来。

"你口袋里晃什么呀？"怀尔狄夫问道。

克里斯琴立刻抽回手说："就是骰子嘛。怀尔狄夫先生，这些小玩意儿真神啊！我百玩不厌。拿出来看看，是怎么制作的，您不在意吧？在别人面前我不愿细看，生怕他们说我没礼貌。"说罢，他拿了出来，借着灯笼发出的光亮，放在手上仔细观看。"这些小玩意儿竟然带有这般好运，这般魅力，这般魔法，这般神力，我从来没有听说过，从来没有看见过。"他继续聚精会神地观看骰子。其实，那几个骰子跟乡下常用的没什么两样，都是木制的，上面的黑点是铁丝头烫成的。

"它们个头小，能量大，是吗？"

"是啊，怀尔狄夫先生，你看，这不是魔鬼玩的东西吗？这样，我交了好运，反而碰到不祥的征兆了。"

"你既然带在身边，应该赢一些钱的。有了钱，任何女人都会嫁给你的。克里斯琴，机会到了，劝你可别错过啊。有的男人天生有好运，有的男人却没有。我属于后者。"

"除了我，你知道还有哪些人天生有好运呢？"

"有的噢。我听说过一位意大利人，口袋里只有一个路易，那是外国的金镑。他坐在桌边连续赌钱二十四个钟头，最后赚了一万英镑，让庄家输了个精光。还有一个人，输了一千英镑，第二天，跑到经纪人那儿卖股票来还赌债。债主跟他坐一辆出租马车，为了消磨时间，两人便掷币，决定由谁支付车费。结果，破产的人赢了，对方还要玩，两人一路掷币。等到赶车人停住马车时，他们却叫他掉头回家，原来，整整一千英镑又让要卖股票的人赢了回来。"

克里斯琴大叫："哈哈 —— 真绝了！说下去 —— 快！"

"还有一位伦敦人，在怀特俱乐部①工作，只是跑堂的。他开始赌钱时，只出半个克朗②赌注，后来，赌注逐渐增加，最后，成了富翁，去印度谋了一份差事，成了马德拉斯③的总督。他女儿嫁给了国会议员，有一个孩子认了卡莱尔④的主教做教父。"

"太棒了！太棒了！"

"从前，还有一位年轻的美国人，赌钱输掉了最后一元钱，便把手表和表链作为赌注，都输掉了，后来，连自己的雨伞、帽子、上衣

---

① 怀特俱乐部：伦敦赌场名。

② 克朗：英国旧辅币，值两先令六便士。

③ 马德拉斯：印度的一个邦，现在称泰米尔纳德邦。

④ 卡莱尔：英格兰西北部城市。

都成了赌注，只穿着衬衫赌，可惜，也都输光了。他打算脱掉裤子做赌注时，一位旁观者佩服他的勇气，给了他一点钱。最终，他靠这点钱赢了，翻本了。赢回了上衣、帽子、雨伞、手表、金钱，等他出门时，已经成富人了。"

"噢，太动听了——简直令我透不过气来！怀尔狄夫先生，我想再和你试一枚先令，因为我属于那种人；不会有什么危险，你也输得起。"

"好啊。"怀尔狄夫应声从地上站起身。他手拿灯笼，找到一大块石板，便放在自己和克里斯琴之间，然后，又坐了下去。他打开灯罩，光线更亮了，直接照在石板上。克里斯琴和怀尔狄夫各拿出一枚先令，相继掷骰子。结果，克里斯琴赢了。他俩又赌了两个先令，还是克里斯琴赢。

"咱们赌四个先令吧。"怀尔狄夫道。他们赌了四先令。这一回，怀尔狄夫赢了。

他评论道："啊，这种小小的意外，最幸运的人当然不免也会碰上。"

克里斯琴激动地喊道："我没钱了！可是，如果再赌下去，会翻本的，而且赢得更多。我真希望这些都是我的。"他把靴子往地上踩了踩，里面的基尼发出叮当声。

"嗨！莫非你把怀尔狄夫太太的钱放在那里了？"

"是啊。这样安全嘛。我用太太的钱当赌注，赢了，就如数归还她那一份，留下赚头，对方赢了，她的钱也合法地物归其主，这样，有何不妥？"

"没什么不妥。"

自从上路之后，怀尔狄夫一直耿耿于怀，觉得妻子的朋友都认为他是个小人，心里就像刀割一样痛苦。分分秒秒过去，不知不觉，他渐渐地产生了复仇的念头。他想，这只是教训一下约布赖特太太而已，也就是尽量让她明白，外甥女婿看管外甥女的钱最合适。

"好啊，就这么干吧！"克里斯琴一边开始解开靴子，一边说道，

"我想，我会每天夜里梦见这事，但我发誓，那时候决不会后怕而起鸡皮疙瘩。"

克里斯琴伸手从靴子里把可怜的托马辛的宝贝基尼摸出一枚，滚烫的。怀尔狄夫早已在石板上放了一枚金镑。两人又开始赌钱了。起初，怀尔狄夫赢。克里斯琴继续下赌注，也赢了一局。赌局各有起落，但是，平均说来，怀尔狄夫赢得较多。两人都全神贯注，除了眼皮底下的小物件，已经甩开了一切；石板、灯笼和骰子，还有灯光照亮的几片蕨草叶子，成了他俩的全部世界。

最后，克里斯琴节节败退。猛然，他惊恐地发现，托马辛的五十枚基尼统统交给对方了。

"我不在乎——不在乎！"他一边嘟哝着，一边孤注一掷地解开左靴，取剩下的五十枚基尼。"我知道，今晚这么干，魔鬼会用三齿叉把我挑进地狱烤火的！但我或许又会赢，那样就可以娶媳妇，夜夜陪伴我，也就不怕啦！不怕！老弟，我再出一枚！"他将一枚基尼啪地摔在石板上，骰子盒子又响起来了。

时间慢慢过去了。怀尔狄夫开始跟克里斯琴一样激动不已。起初，他赌钱不过是想跟约布赖特太太恶作剧。他模糊的打算是，不管用何手段赢了钱，都会当着阿姨的面，把钱轻蔑地交给托马辛。但是，人们在实现自己意图的过程中，也会偏离方向。怀尔狄夫赚了二十枚基尼时，除了个人的赢钱目的之外，还有什么想法，非常值得怀疑。况且，他现在要赢的钱不再是妻子的，而是约布赖特的。不过，当时克里斯琴由于胆小，后来才告诉怀尔狄夫。

将近十一点，克里斯琴尖叫了一声，将约布赖特的最后一枚基尼亮晶晶放在石板上。过了半分钟，这枚基尼就随了大流。

克里斯琴转身扑倒在草地上，浑身抽搐，万分后悔，一个劲地咕哝道："噢，我真倒霉啊，我该怎么办呀？怎么办？上帝会原谅我邪恶的灵魂吗？"

"怎么办？和往常一样活嘛。"

"不能和过去一样活啦！我要去死！我说，你是——是——"

"比街坊精明的人。"

"是啊，精明多了，一个惯骗。"

"可怜的小兔崽子，太不讲礼貌了。"

"我不知道什么礼貌不礼貌！我说你才没有礼貌！你拿走了不属于你的钱。有一半基尼是可怜的克林先生的。"

"怎么回事？"

"因为，我得把五十枚基尼交给他，约布赖特太太嘱托的。"

"噢？……如果她把钱交给儿媳妇游苔莎，那才潇洒大肚呢。不过，这些钱可都在我手里了。"

克里斯琴一边穿靴子，一边喘着粗气，老远都能听见，接着，他有气无力地站起身，拖着脚步，走得无影无踪。怀尔狄夫准备合上灯罩往回走，因为他觉得现在去迷雾岗接妻子已经太迟了。他妻子会乘舰长的四轮马车送回来的。他正在合上灯笼的角质小罩子时，附近灌木丛后站起了一个身影，朝灯光走来。那位红土贩靠近了。

8 新力量扭动局面

怀尔狄夫瞪着眼睛望，只见维恩不露声色地看着自己。维恩没有说话，走过来在克里斯琴刚才坐过的地方稳当地坐下，从衣袋里摸出一个金镑，放在石板上。

"你刚才一直在灌木丛里观看吗？"怀尔狄夫问道。

红土贩点了点头，说道："下注吧，是不是没胆量再玩下去了？"

哎，赌钱这种娱乐，赢了钱固然不愿歇手，口袋里装满了更容易开赌。要是怀尔狄夫头脑冷静，原本可以谨慎地谢绝邀请，但他赢了钱，兴奋极了，被成功冲昏了头脑。他将一个基尼紧挨红土贩的金币摆放在石板上，说道："我出的是基尼①。"

"又不是你的基尼。"维恩讥讽道。

"是我的。"怀尔狄夫傲慢地答道，"是我妻子的，她的就是我的。"

"很好，我们开始吧。"他摇晃了一下盒子，掷出的是八、十、九。三掷共二十七点。

怀尔狄夫深受鼓舞。他也摇晃了一下盒子，三掷共有四十五点。

红土贩在怀尔狄夫放下的赢他的第一枚金镑边上又放了一枚。这次，怀尔狄夫掷出五十一点，但没有对子。红土贩面色冷峻，掷出了三个幺点，将赌本装入了衣袋。

"接着玩，"怀尔狄夫以蔑视的口气说道，"加倍下注。"他拿出两枚托马辛的基尼，红土贩拿出两镑。维恩又赢了。石板上又放上了新的赌注。两人一如既往，不停地往下赌。

怀尔狄夫生性紧张，容易激动，连续赌钱后，他开始沉不住气

---

① 基尼值二十一先令，比金镑多一先令。

了。只见他东摇西摆，气急败坏，坐立不安，心砰砰直跳，简直听得出来。维恩则抿紧嘴唇，眯缝着的眼忽闪着，无动于衷地坐着，似乎不在呼吸，犹如一位爱好静坐的阿拉伯人或者机器人。如果不是他的胳膊在摇晃骰子盒，可真像一尊红砂岩塑像。

赌局胜负不定，彼此都有输赢，相持不下。近二十多分钟过去了。烛光吸引了不少荒原蝇、飞蛾等夜间活动的昆虫。它们纷纷围绕着灯笼飞舞，有的扑进了烈焰，有的碰撞在两人的脸上。

但两人谁都不去理会这些东西，他们的目光紧紧地盯着小石板。对于他俩来说，那石板就是一个莫大的角斗场，和战场一样重要。这时，赌局出现了变化。红土贩局局赢钱。最后，六十个基尼——托马辛五十个，克林十个——都进了他的手心。此时此刻，怀尔狄夫焦躁狂暴了，方寸大乱。

"赢回了外套。"维恩狡黠地说道。

又掷了一回，钱又走了老路。

"赢回了帽子。"维恩继续说道。

"噢，噢！"怀尔狄夫道。

"赢回手表，赢回钱，出门成富人啊。"维恩一字一句地说道，而钱一注一注地落入了他的口袋。

怀尔狄夫一边往地上砸钱，一边大声嚷道："再出五个！三掷见鬼去吧——一掷定输赢。"

这时，对面的红色机器人陷入了沉默。他仅点点头，跟了赌注。怀尔狄夫晃动骰子盒，一次掷出一对六点和一个五点。他拍了拍手说："我这次可赢了——乌拉！"

红土贩轻轻地按下骰子盒，说道："两人赌钱，才一人掷过嘛。"此时此刻，他们两人都盯着地上的石板，可以想象他们目光炯炯，犹如透过雾霭的阳光。

维恩拿起骰子盒，见开出的是三个六点。

怀尔狄夫恼羞成怒。他趁红土贩收赌本的机会，一把夺过骰子和骰子盒，咬牙切齿地诅咒着，然后向黑暗处扔去。接着，他站起身，像疯子似地来回跺着脚。

维恩问道："那么，就到此结束了？"

怀尔狄夫大喊道："不，不行！我想再来一次！必须再来！"

"嗨，我的伙计，你把骰子怎么啦？"

"扔了——一时气不过嘛。我真傻！这样吧——过来帮我一块寻找——必须找到。"

说罢，怀尔狄夫抓起灯笼，开始在荆棘和蕨草丛中焦急地寻找。

维恩也跟着他寻找，说道："那儿不可能找到的。为什么干这种歇斯底里的事啊？啊，骰子盒在这儿，骰子不会远。"

怀尔狄夫急忙将灯笼提了过来，照亮了找到盒子那块地方，来回蹂躏着荒草丛。过了几分钟，找到一颗骰子。于是，他俩又寻找了一阵，但一颗都没有找到。

怀尔狄夫说道："没关系，我们就用一个骰子吧。"

"同意。"维恩答道。

他俩重新坐下，又开始用一个基尼下注，赌得挺带劲。但是，今晚，幸运之神分明是爱上了红土贩。只见他接连获胜，最后，又赢得了十四枚金币。一百个基尼当中，他赢了七十九个，怀尔狄夫只剩下二十一个。两个对手的脸色真是很怪了。当时，除了举止之外，眼珠里也上演着全场赌局风云变幻之势的西洋镜。每个瞳孔里都映出一朵小小的烛花，从中可以分辨出希望的心情，还是放纵的情绪，哪怕维恩也不例外，尽管他的面部肌肉并不显示任何迹象。怀尔狄夫绝望了，孤注一掷地继续赌下去。

"是什么东西？"突然，他听到草丛里传出一阵沙沙声，便大声问道。他俩顿时都抬起了头。

灯笼照耀的几步之外，有几个四五英尺高的东西，外形黑糊糊的，正围着他俩站着。定睛一看，原来是几匹荒原野马，头朝他俩目不转睛地张望。

"嘘！"怀尔狄夫喝道，刹那间，四五十匹野马掉头便奔开了。钱又继续赌了下去。

十分钟过去了。一只很大的骷髅天蛾从黑暗中飞过来，绕灯笼转了两圈，然后，直接向蜡烛扑去，瞬间将火扑灭。这时，怀尔狄夫刚掷出骰子，还没来得及拎起骰子盒看清掷出的结果。当然，再想看已经不可能了。

怀尔狄夫扯着嗓子尖叫了一声："该死的东西！这可怎么办？也许我掷出的骰子是六点——你有火柴吗？"

"没有。"维恩回答。

"克里斯琴有——不知道他在哪儿。克里斯琴！"

并没有人回答怀尔狄夫的喊叫，只有栖息在下面山谷的苍鹭发出的凄凉叫声。两人仍然坐在原地，茫然四顾。后来，眼睛适应了黑暗，看见野草和蕨草中有绿莹莹的亮点，像暗淡的星星撒落在山坡。

怀尔狄夫说道："啊——萤火虫。等一会儿。我们能继续玩。"

维恩安静地坐着，而伙伴四处奔跑，抓获了十三只萤火虫——四五分钟内也只能抓住这些——放在一片特意拔下的毛地黄叶子上。红土贩看见对手带着这些东西回来，不禁幽默地低声笑了。接着，他不动声色地问道："决心再干吗？"

怀尔狄夫气冲冲地回答："一如既往！"说罢，手颤抖着将萤火虫从叶子上抖落到石板上，撒成一个圈，中间的空处可摆放骰子盒。于是，十三盏小萤火灯散发出幽暗的磷光照亮了它。这时，他俩又赌开了。真巧，一年四季，萤火虫就在这一段时间最光亮，发出的光芒用来照明绰绰有余，因为，借助三两个萤火虫的光线，足以在黑夜看清信上的笔迹。

两人的所作所为和周围环境是极不相称的。当时，他俩席地坐在山坳里，身边水草丰美，四野静寂，空阔孤零，却夹杂着基尼的叮铛声，掷骰的沙沙声和赌徒肆无忌惮的叫喊声。

有了光线，怀尔狄夫立刻拎起骰子盒，但是，单个骰子宣布，他仍然很不走运。

他大喊道："我不赌了——你在骰子上做了手脚。"

"怎么可能——骰子不都是你的吗？"红土贩道。

"我们换个玩法，点小的赢钱 —— 这样可以冲冲晦气。你不反对吧？"

"是的 —— 继续吧。"维恩回答。

突然，怀尔狄夫抬起头，喊了一声："噢，马又来了 —— 去它的！"此时此刻，荒原马都悄然无声地回到附近，像刚才一样昂着头张望。马儿们目光胆怯地凝视着眼前的场景，似乎在纳闷，夜深人静，人和烛光出现在它们时常出没的地点，到底是怎么一回事啊。

"讨厌的东西 —— 盯着我看！"怀尔狄夫骂道，朝野马扔了一个石块驱散了，然后，赌局又继续了。

这时，怀尔狄夫剩下十个基尼，他俩各自下了五个注。接着，怀尔狄夫掷出三点，维恩两点，于是，他便拿走了钱。怀尔狄夫抓起骰子，气得把它咬在嘴里，似乎要将它咬碎。"决不罢休 —— 这是我最后的五个基尼！"他一边叫喊，一边把钱砸下。"短命的萤火虫 —— 都没有光了。你们为什么不亮了，小笨蛋？用荆棘刺一下。"

他用小树棍捅捅那些萤火虫，把它们翻了个身，让尾巴发亮的一面朝上。

维恩说道："够亮了。掷吧。"

怀尔狄夫把骰子盒往发亮的萤光圈内一放，急切地看了一眼。这次，他掷出了幺点。"好极了！ —— 我说过会时来运转，果然不出所料。"维恩一言不发，但手略微抖动了一下。

他也掷出了幺点。

"噢！我真该死！"怀尔狄夫喊道。

骰子第二次落在石板上，又是幺点。维恩一脸郁闷的样子，他掷了一下 —— 骰子竟然一下裂成两半，裂开的一面朝上。

"我什么都没掷出来。"他说道。

"是我活该 —— 我用牙咬裂了骰子。给 —— 拿上你的钱。空白比幺点小。"

"我不想要。"

"拿着，我说 —— 是你赢的！"怀尔狄夫将赌本朝红土贩的胸口掷去。维恩捡起钱，站起身，离开了山坳。怀尔狄夫坐在原地，不知所措。

后来，怀尔狄夫缓过了气，也站了起来，手上提着早已熄灭的灯笼，向大路走去。到了路边，他一动不动地站住了脚。夜晚，荒原上一片寂静，只有迷雾岗方向传来一阵声响。他可以听到轻便马车的轱辘声，不久，看见两盏马车灯下山来。怀尔狄夫便藏匿于灌木丛中等待。

马车靠近之后，从他跟前驶过。那是一辆出租马车，驾车人身后的两个人他很熟悉。原来，车上坐着游苔莎和约布赖特，克林的手搂着游苔莎的腰。他们的马车在山谷底部转了一个急弯，朝东面约莫五英里外克林租借并且装饰一新的临时新房驶去。

怀尔狄夫看见失去了的爱人，顿时忘记了输钱，因为，在他眼里游苔莎无比珍稀，每出一件新的事情，就使他想起两人之间无可挽回的分手，她的价值便以几何级数猛升。他能感受的痛苦十分真切，苦辣酸涩毕具，于是心里沉甸甸地转身朝相反方向去酒店。

与怀尔狄夫走上大道差不多同时，一百码远的地方，维恩也走到大道边。他听到那个车轱辘声，同样站住脚，等马车驶近。但是，他看清坐在车上的人时，似乎很失望。他思索了一下子，马车已经从身边驶过。于是，他穿过大道，踏过荆棘和石南丛，抄近路走到卡子路转弯向山上延伸的地方。他又站在马车前方了，马车很快就慢悠悠地行驶过来。维恩朝前跨了一步，让他们看清自己。

车灯照亮了维恩的脸。游苔莎大吃一惊，克林的胳膊不由自主地从游苔莎的腰部缩回。克林道："哦，迪格利？一个人在散步啊。"

维恩回答："是啊——对不起，拦住车了。我在等怀尔狄夫太太，约布赖特太太有一样东西交给她。请告诉我，她是否已经离开婚礼聚会回家了？"

"没有。不过，快离开了。你大概在拐角可以看见她。"

维恩躬身告别后，又回到原来站立的地方。那儿是通往迷雾岗的支路汇入大道的地方。他站在那儿近半个小时，见山岗上又有一对车灯在往山下移动。那是属于舰长的一辆老式马车，老得简直难以归类。只见查利在驾车，上面坐着托马辛一个人。

马车在拐角处慢慢驶过来时，红土贩走上前，说道，"怀尔狄夫太太，对不起拦住车了。约布赖特太太有一样东西要我亲自交给你。"说罢，他拿出一个小包袱，里面有他刚刚赢回来的一百个基尼，用纸随意拧裹着。

托马辛从惊诧中冷静后，接过包裹。"太太，没别的事 —— 晚安。"紧接着，他便消失在视野之外。

这样，维恩急于想弥补事态，不仅把该属于托马辛的五十个基尼，连属于她表兄的五十个基尼也交给了她。他之所以出差错，是由于开始赌钱时怀尔狄夫义愤填膺，断然否认那笔基尼不属于他自己。红土贩当时没有弄清，钱赌到一半，已经用别人的钱下注了。就是这个错误，后来酿成了更大的不幸，损失比输掉的钱扩大三倍还要惨重。

夜深了，维恩向荒原深处走去，来到自己停车的山窝 —— 离赌钱的地方不到两百码远。他钻进移动之家，点亮灯笼；关上车门准备过夜之前，他站在地上，回想几小时以来发生的事情。当他站在那儿的时候，乌云飘散了，东北天际已经出现了鱼肚白。在这仲夏之夜，夜空渐渐泛白，尽管当时只有一两点钟。维恩感到困倦极了，于是关上车门，躺下便睡着了。

第四卷　闭门羹

1 池塘边邂逅

七月的太阳照耀在埃格敦荒原上，把紫红色的石南映成了鲜红色。每年只有这一季节，也只有遇到这种天气，荒原才美不胜收。荒原只能有这种肤浅的变化周期，而这一花季属于第二期，即正午时分；前面一季则是绿色时期或曰嫩蕨草时期，即早晨；而后面一季是褐色时期，轮生叶石南和蕨草都带上了黄褐色，代表黄昏；后面就是冬季了，天昏地暗，好像夜晚。

克林和游苔莎住在东埃格敦的奥尔德华斯他们那所小屋里，过着他们觉得快乐的单调生活。目前，荒原和天气变化，他们全视而不见。他们笼罩在一片亮闪闪的雾气里，把周围任何色彩不调和的景物都给遮掩了，万物赋有了光的品质。天下雨他们很兴奋，因为可以理直气壮地成天价在屋里厮守；天气好他们也兴奋，因为可以在山上并排坐着。他们好像就是天上互相绕行的双星，远看只是一体。生活中的绝对孤寂，强化了他们的互相思谋；不过也许有人会说，这也有不利，他们在以可怕的浪费速度，把互相的爱慕消耗掉。约布赖特倒是不担心自己方面，但想起从前游苔莎说过的爱情如朝露那种话，虽然眼下她显然忘记了，他有时还要扪心自问；一想到万物有始有终，连伊甸园都不免俗，他就畏缩不前了。

这样过了三四个礼拜以后，约布赖特又开始认真读书了。为了弥补荒废的时光，他不知疲倦地学习，希望尽早进入他的新职业。

而游苔莎的如意算盘是，一旦和克林结了婚，就有力量劝诱他回到巴黎去。克林固然是很谨慎，不松口，但他抵挡得住软磨硬缠吗？她胸有成竹，所以对外公就说，未来的家十有八九在巴黎，而没提蓓蕾嘴。她的希望就寄托在这种梦想上。在婚后的清静日子里，克林端详她的双唇、她的眉目、她的脸部线条的时候，她都在思量这件事，连她回报他的凝视时都是那样。她一见和梦想的将来背道而驰的书本，心里就一阵震颤，极端痛苦。她盼望着有朝一日成为靠近巴黎林荫路的漂亮宅第（不管多么小）的主妇，至少能在繁华世界的外围过日子，沾一点她很配享受的那种城市乐子的光。但约布赖特却持相反的主意，且态度坚决，好像结婚倾向于发展青年慈悲家的妄想，而不是扫除该妄想。

游苔莎的焦灼达到了高潮；但克林那种坚定不移的态势，使她犹豫不决，不敢探测他对这件事的意见。然而，人生经历中的一件事，帮了游苔莎的忙。事情发生在他们结合后六个礼拜左右，一天傍晚，起因完全是维恩无意中把给约布赖特的五十个基尼分派错了。

托马辛收到钱以后一两天，就给阿姨寄了感谢信。她对金额之大感到惊讶；不过以前从没说起过具体数字，她就断定那是已故姨父的慷慨了。阿姨曾严令，在丈夫面前对馈赠只字不提；怀尔狄夫自然也不肯对太太吐露那天半夜里荒原上发生的勾当；同样，克里斯琴因为害怕，对于自己参与的那回事闭口不谈；他只希望那笔钱不论怎么样能物归本主，所以他也并不多说，没提细节。

所以一两个礼拜过去了以后，约布赖特太太就纳闷起来，怎么老没听到儿子收到礼物的消息。她琢磨着儿子可能怀恨在心，所以才保持沉默吧，困惑之中不免加上了一层哀伤。她不忍置信，但他为什么不写信来呢？她就盘问克里斯琴，回答来得语无伦次，要不是托马辛的信替他的话证实了一半，她会立刻相信事情出了岔子的。

老太太正这样动摇不定的时候，一天早晨她得知儿媳妇回迷雾岗看外公去了。她决定往山上走一趟，见一见儿媳，从她嘴里确认那笔传家的基尼是不是投递错误了；老太太看待那基尼，就跟富孀们看待传家宝一样啊。

克里斯琴知道她的去向以后，担心极了。眼看她要动身，他再也不能搪塞下去了，就坦白了赌钱的事，把他所知道的真相和盘托出——那些钱都叫怀尔狄夫赢了去了。

"怎么着，他打算把钱留下吗？"老太太喊道。

"希望不会吧，相信他不会吧！"克里斯琴呻吟着说，"他是个好人，大概会做正确的事情吧。他说你应该把克林先生那一份给游苔莎才对，他自己也许就会那么办吧。"

等到约布赖特太太冷静下来一琢磨，觉得这样办很有可能，因为她难以相信怀尔狄夫当真会把她儿子的钱据为己有。把钱给游苔莎这种间接办法，正合怀尔狄夫的口味。但是这位当母亲的还是一样生气。怀尔狄夫到底掌握了这些钱，他要把钱重新分配，把克林那一份给克林的太太：因为游苔莎从前是他的情人，也许现在还是他的情人，这一点给老太太一种怒火中烧的痛苦，是她从未受过的。

鉴于可恶的克里斯琴在这事中的所作所为，她立刻解雇了他；不过，后来觉得离了他将无人手帮忙，无能为力，所以又告诉他，如果他愿意，还可以再多待些时候。接着她就急忙往游苔莎那儿去了，那时她对儿媳妇的感情，可就不像半小时以前刚打算去看她的时候那样充满希望了。当初是想要以友好的态度，询问是否有意外损失；现在却是要直截了当地追问，怀尔狄夫是否把打算给克林作神圣馈赠的钱，私下里给了她。

她两点钟出发，和游苔莎的见面提前了，因为小姐正站在外公屋外的土堤和水塘边瞭望，也许还在回味这片景物上曾经发生的浪漫动作呢。老太太走近时，游苔莎以陌生人平静的眼光打量她。

婆婆是先开口的。"我是来看你的。"她说。

"真的！"游苔莎吃惊地说，老太太那天拒绝参加婚礼，令游苔莎很难为情，"一点儿也没想到你会来。"

"我来仅仅是跑差事的，"来客说，比开始的时候还冷淡，"对不起，问你一件事——你曾从托马辛的丈夫手里收到过礼物没有？"

"礼物？"

"我说的是钱！"

"什么——我自己？"

"哦，我是指你自己收到的，私下里的——不过我刚才不想那样问出来的。"

"从怀尔狄夫先生手里收到钱？没有——从来没有的事！太太，你问这话是什么意思？"游苔莎的火气发得实在太快了，她意识到和怀尔狄夫的旧情，所以一下就断言，约布赖特太太也知道，大概这是跑来指责她现在还从他手里接受不光彩的礼物。

"我只问问这个问题，"老太太说，"我一直在——"

"你该把我看得高一点——恐怕你一开头就反对我吧！"游苔莎大声说。

"没的事。我只是替克林打算，"老太太回答，说话极认真，口气未免太重了，"照看自家人是人人都有的本能啊。"

"你怎么可以暗示说，他需要保护，要防备我？"游苔莎热泪盈眶，大声喊道，"我嫁了他，并没害他呀！我作了什么孽，让你这样看不起我？我可从来没对不起你呀，你无权在他面前诋毁我。"

"当时的情况，我只是做到不偏不倚罢了，"老太太的态度温和起来，"本来不愿意现在谈这个问题的，是你逼我的呀。现在实话实说，我也并不觉得惭愧。我曾坚信他不该娶你——所以曾尽我所能劝阻他。现在木已成舟，我再也无意发牢骚了。我还乐于向你张开臂膀欢迎呢。"

"啊，对啦，用这种跑差事的眼光看待一切，好极了，"游苔莎压住了火气，嘟囔着说，"不过干吗要认为我跟怀尔狄夫先生有染呢？我跟你一样，也有脾气啊！我很气愤，凡是女人都要气愤的。我提醒你，我嫁克林是低就，而不是高攀；所以决不愿叫人家当作阴谋家，钻进人家家里，让人家不得不逆来顺受。"

"哟！"老太太怒不可遏地说，"从来没听说过我儿子的门第比不上维尔家——只高不低的。听你说低就，真好笑。"

"反正是低就嘛，"游苔莎感情激烈地说，"要是当时就知道现在这种样子，结了婚一个月还得在这荒原上住，那我——我答应他以前，应该三思的。"

"最好不要说这种话啦，听着不真实。我知道他那边没用过什么欺诈的手段——我确信没用过——不管对方怎么样。"

"太夸张啦!"少妇嘶哑了声音,满脸通红,两眼射出了光芒,"你竟敢对我这样说话?我非把那句话重复一遍不可了,要是早就知道,从结婚到现在我的生活会是这种德性,那我当时应该说不的。我并不抱怨,在他面前对此半字不提;这却是事实。所以,希望你以后闭嘴,不要再说我急于嫁他。现在伤害我,就等于伤害你自己。"

"伤害你?你认为我是个害人精吗?"

"婚前你就伤害了我,现在又怀疑我为了钱偷人!"

"没法子不那么想。不过我在家门外从来不说你的。"

"你在家里却说我的,对克林说的,还能再坏到哪里去呢?"

"我那是尽本分啊。"

"那我也要尽本分的。"

"一部分本分大概是挑唆他反对亲娘吧。事情总是这样的。可是我何不跟前人一样忍气吞声呢!"

"我理解你,"游苔莎气得气都喘不过来了,"你把我看成无恶不作的人了。比养汉子、毒害丈夫的思想离间亲人还要坏吧?然而,那种性格是强加于我的。你难道不想把他从我手里抢走?"

老太太也针锋相对。

"不要冲我发火,太太!跟你的美貌不配的;我保证,为了我这样的人害得花容失色不值得!不过是丢了儿子的可怜老太婆而已。"

"要是体体面面地待我,儿子就还是你的呀,"游苔莎说,热泪从眼里滚下,"自己办事荒唐,造成的裂痕永远也无法弥合啦!"

"我又没干什么。小媳妇年纪不大就这样放肆,我怎么受得了!"

"都是自找的呀,怀疑我的是你,逼我以本来不会用的口气说丈夫的也是你!你这又该告诉他我都说了他些什么,好让两口子痛苦不堪。你从我这里走开好不好?你不够朋友的!"

"再说一句就走。要是有人说,我上你这儿来无端责问,那个人就是撒谎。要是有人说,我以不那么诚实的手段阻止你们的婚姻,那个人也是撒谎。我这是交了厄运；上帝让你侮辱我，对我不公。大概我儿子这一辈子别想幸福了，他是个糊涂蛋，不听娘的话。你，游苔莎，站在悬崖边还不知道呢。只要把今天对我发的脾气露一半给我儿子看 —— 你很快就会发作的 —— 你就会发现，别看他现在对你百依百顺，他也会意志如钢的！"

激动的婆婆随后就走了，游苔莎则气咻咻地望着池水。

2 遭灾祸他竟唱歌

那天下午游苔莎本打算和外公待在一起，但发生了那场不吉利的会晤，结果就匆匆回家去了，比克林原先想的早了三个小时。

她进门时面色通红，眼里还带着刚才激烈对阵的痕迹。约布赖特抬头一看，吓了一跳。他可从没见过她哪怕接近这种状态啊。她从克林身旁走过，本来可以不引起注意就上楼，但是克林很关切，立刻跟了上来。

"怎么啦，游苔莎？"他问。游苔莎正站在卧室的炉前地毯上，眼睛往地上看，两只手在胸前握着，帽子还没摘下来。她一开始并没回答，后来低声说——

"我见了你母亲，再也不想见她啦！"

仿佛一块石头压到了克林身上。当天早晨，游苔莎预备去看外公，克林就表示，希望她能坐马车到布露斯头去探望婆婆一趟，或者用她认为合适的其他方式，争取言归于好。出门时她很高兴，他期望颇高。

"怎么搞的？"克林问。

"没法说——不记得了。见了你母亲。以后再也不想跟她见面。"

"为什么？"

"我现在能知道怀尔狄夫先生的什么呀？不许任何人泼我的脏水。咳！居然有人盘问我从他手里收到过钱没有，或者怂恿过他之类的——也说不清楚究竟是什么，太侮辱人啦！"

"她怎么可能问起你这种话的？"

"她问了。"

"那么里面一定有名堂。我母亲还说了别的没有？"

"不知道她都说了些什么，我只知道，关于这事两个人都说了些永远不能饶恕的话！"

"哦，一定有误会。她的意思没弄清楚，是谁的过错呢？"

"我不想说。也许是环境的过错吧，反正当时的情景至少很尴尬。克林呐——我禁不住要说了——你让我陷入的处境可不愉快啊。你一定得改善环境啊——对呀，快说你会改善的——现在我恨透了一切！对啦，克林，带我去巴黎，继续干你的老本行好了！在那儿一开始生活简陋一点，我不在乎的，只要能是巴黎，不是埃格敦荒原就好。"

"可我已经放弃这种想法了呀，"约布赖特吃惊地说，"当然，我从来没有引导你往那方面指望吧？"

"这个我承认。不过，总有些念头放不下的啊，我就那个念头嘛。现在，我是你太太，跟你有难同当了，难道对这事就没有发言权？"

"咳，有些事情是不容讨论的；我认为这问题尤其如此，而且双方都同意的。"

"克林，这话我听了不高兴。"她低声说，目光朝下，转过脸去。

没想到游苔莎心底里会藏着这种希望，一下子表示出来，令丈夫心烦意乱。生平头一次遇到女人用拐弯抹角的办法来达到愿望。他虽然深爱着游苔莎，却专心致志，毫不动摇。她那番话反而令他抱定宗旨，自己要更紧密地拴在书本上，以便尽快从另一条道上捞到实质性的成果，来驳斥她的心血来潮。

次日，基尼的谜团解开了。托马辛匆匆来看了他们一趟，亲手把克林那份交给了他。当时游苔莎不在跟前。

"那妈妈指的东西就是这个了，"克林大声说，"托马辛，你知道她俩大吵了一场吗？"

现在托马辛对表兄的态度比以前缄默一些了。婚姻的结果是在一个方向消灭拘谨，却在几个方向又产生拘谨。"你妈告诉我了，"她平静地说，"她见过游苔莎以后就回到了我那儿。"

"我所害怕的最糟糕情况已经发生了。托马辛，妈妈到你那儿时，是不是烦恼得很？"

"不错。"

"非常烦恼吗？"

"是的。"

克林把胳膊肘靠在庭园栅栏门柱子上，用手捂着眼。

"不要为这犯愁，克林。她们早晚要握手言欢的。"

他摇摇头。"像她们那样性格火暴的人是不会的。唉，是祸躲不过。"

"有一事还算开心 —— 这些基尼到底没丢。"

"我宁愿再丢掉两次，也不要发生这种事。"

克林埋头这种伤脑筋的事件之中，觉得有一件事非办不可 —— 得赶快让学习计划显示出进展。为此，他有许多晚上读书都读到凌晨。

一天早晨，他超常用功之后醒来，觉得眼睛里感觉异样。阳光直射在窗帘上，他刚往那边看一眼，便觉得眼睛一阵剧痛，只得立刻闭上。每一次试着往四围看，都有见光发痛的感觉，火辣辣的眼泪从脸上淌下。穿衣的时候，只好在额上扎了绷带，整天都没能摘掉。游苔莎见了十分惊慌。第二天早晨，发现病情还不见好，他们决定派人上安格伯里请医生。

傍晚时分，医生来了，说这是急性结膜炎，由夜读引起。前几天，克林不顾感冒眼力一时不济继续挑灯夜读。

克林成了病人，急欲推进的任务受阻，不觉烦躁焦灼。他关在挡光的房间里，要不是游苔莎靠一盏带罩油灯的微光念书给他听，他的景况可以说是绝对悲惨了。他希望最坏的情况很快熬过去，但等医生第三次来，他十分沮丧地得知，虽然再过一个月可以戴着眼罩迈出门槛，但必须长时间打消继续工作或者看任何印刷品的念头。

时间一礼拜一礼拜挨过去了，好像没办法给这对年轻夫妇排忧解难。游苔莎常有一些可怕的想象，但她很谨慎，不在丈夫面前说出来。要是他真的瞎了，或者天可怜见，视力永远不能恢复到足以做她中意的职业，促成她搬出这所穷山僻壤里的住宅了呢？有此不幸，到美丽的巴黎去，恐怕是难以梦想成真了。日子一天一天过去，他的病情不见好转，她的心就越来越往这种悲哀的老一套里想，她会撇下丈夫跑到园子里，绝望地痛哭抹泪。

约布赖特想去叫母亲来，后又作罢。母亲要知道了他这种情况，只会愁上加愁；而他们是独门独户的生活，除非专门派人去，她不可能听见动静。他面对烦恼尽量泰然处之，一直等到病后第三个礼拜，才头一次出门。此时，医生又来探问，克林催他确诊。年轻人听了更为吃惊，他可望重操旧业的日子，仍然遥遥无期。他的眼睛处于一种奇特的状态，虽然可以看见走路，却不能用力盯住任何固定的东西，否则有引起急性结膜炎复发的危险。

克林听了准信，神情严肃起来，却并不绝望。一种平静的坚毅，乃至一种欢乐攫住了他。他的眼睛不会瞎，那就够了。注定要在不确定的时间里戴着墨镜看世界，这够糟的了，对于任何上进都是致命伤；但是克林这个人，面对只影响到个人社会地位的灾祸时，却是不折不扣的禁欲主义者；而且，要不是为游苔莎，再卑贱的行业，只要能够纳入他的某种文化计划，都能使他满意。开乡村夜校就是其中的一种；不然的话，病痛早就左右他的精神状况了。

他在暖洋洋的阳光下往西走，来到了荒原最熟悉的部分，离他的老家很近嘛。在前方一个山谷之中，他看见有磨光铁器的闪烁，走到跟前，模模糊糊地看出，亮光来自砍柴工的农具。樵夫认出了克林，克林凭声音辨出说话者是汉弗莱。

汉弗莱先对克林的病情表示难过，接着说："我说，要是你干的活也像我这样低级，就能照样干下去的。"

"说得对，照样干，"约布赖特沉思着说，"砍这些柴，能卖多少钱？"

"一百捆卖半克朗。白天像这样长，挣的钱够我好好过的了。"

回奥尔德华斯的路上，约布赖特陷入了并非不愉快的盘算。他走到房前，游苔莎从窗户口跟他搭话，他就走上前去。

"亲爱的，"他说，"我现在快活多了。要是母亲再能跟你、跟我都和解了，那我想我就十分幸福美满了。"

"恐怕永远也不会的吧，"她那双暴躁的美丽眼睛看着远处说，

240

"一切都没变，你怎么能够说'快活'呀？"

"因为，我总算找到了这不幸的日子里能做得到、能维持生计的事了。"

"是吗？"

"我要做砍柴和掘泥炭的工人了。"

"不要，克林！"游苔莎说，刚才露在脸上的那一点点希望又消失了，比以前更难过了。

"一定要做的。我能做点正当的职业来减少开支，手里的那点钱，坐吃山空岂不是很不明智吗？户外运动对身体有益；再说，谁知道隔几个月，我又能照常读书了呢？"

"外公说要是需要，可以帮咱们。"

"我们不需要帮忙。要是我去砍柴，日子就能过得很好的。"

"跟奴隶、埃及的以色列人①之流相比吧！"痛苦的眼泪从游苔莎脸上流下，克林却没看见。他口气里若无其事的样子，向她表明，在她看来绝对可怕的一种结局，他根本不觉得多少悲惨。

第二天，他就跑到汉弗莱的农舍里，跟他借了裹腿、手套、磨刀石和钩刀，准备用到他能自己买的时候。然后，他就跟这位老朋友、新工友一齐出发，找了荆棘长得最密的地方，替新职业砍下了第一刀。他的视力跟《拉塞拉斯》②里的翅膀一样，对于他的大计划无济于事，解困却够用。他发现，磨练一下，手掌硬结不起泡的时候，工作就能轻松了。

他天天日出而起，扎上裹腿，就赶到跟汉弗莱约好的地方去。他习惯从早晨四点钟工作到正午；天气最热时就回家睡一两个钟头，然后再出去干到黄昏九点钟。

这位巴黎归客，现在身上有皮装束，眼罩又非戴不可，改头换面之后，连最亲密的朋友都会认不出来，擦肩而过。他是一大片橄

---

① 埃及的以色列人：出自《圣经》故事，埃及新王曾经奴役以色列人。

② 《拉塞拉斯》：英国文学家和词典编撰家约翰逊（1709—1784）于1759年创作的道德传奇，讲到一个巧匠做翅膀，成飞人，不料掉入湖水，翅膀有浮力，得以不死。

榄绿荆豆棘丛中的一个褐色小点，仅此而已。他歇工时，虽然想起游苔莎的态度和母亲的疏远，时常情绪低落，但大干的时候，就心旷神怡起来。

他的日常生活颇像显微镜下看到的怪像，整个世界只限于身边数英尺的圈子。他的熟朋友，也就是地上爬的和空中飞的小动物，它们好像把他收容在队伍里了。蜜蜂带着亲密的神情在耳边嗡嗡叫，成群结队往他身旁那些石南花和荆豆花上爬，都把花儿拖到地上去了。别处永远见不到的埃格敦特产——琥珀色的怪蝴蝶，都随着他的呼吸而振翅，往他弯着的背脊上落，跟着那上下挥动的钩刀发亮的刀尖飞舞。翡翠绿的蚂蚱，三三两两地跳过他的脚背，像技术不精的杂技演员，笨拙地翻跟头，有的背着地，有的倒栽葱，有的屁股朝下，看机缘凑巧；还有一些，就在蕨草叶子底下沙沙地叫着，忙着跟那些不作声的素色蚂蚱调情。大个的苍蝇从来没见过食品房和铁丝网纱，还处于蛮荒状态，也就围着他嗡嗡乱飞，不知道他是人。蕨草低地上爬进爬出的蛇，都披着最华丽的黄蓝服装，那个季节刚蜕了皮，颜色最鲜艳。一窝一窝的小兔，都从窟里跳出来，蹲在小山岗上晒太阳，烈日照透了薄薄的耳朵上那纤细的组织，形成一种血红的透明体，血管毕露。动物们没有怕他的。

职业上的单调安抚着他，单调本身就是一种快乐。一个心平气和的人，被迫限制人生努力，走平凡的路就有了理由，而要是能力不受阻碍，则良心上很难允许自己安于这样默默无闻。于是，约布赖特有时就顾自唱歌，有时不得不跟汉弗莱找藤条作捆柴绳的时候，还把巴黎的生活和特色讲给汉弗莱听，供同伴消遣，这样来消磨时光。

有一个暖洋洋的下午，游苔莎独自出来散步，朝着克林工作场所走去。他正忙着砍柴，一长溜荆棘捆，从他身旁挨个排开去，表示当天工作的成绩。他并没发现游苔莎走近，于是她就站在他旁边，听见了他暗自歌唱。这使她震惊。看见他在那儿，一个可怜的受苦人，靠自己的血汗赚钱，一开始她曾感动得流泪；但是听见他唱歌，对于那种职业毫不反感，她伤心透了；不管他自己觉得多么满意，在她那样受过教育的太太看来，砍柴很丢脸。克林并不知道她在跟前，仍接着唱歌——

> 拂晓时光，
> 丛林披上了盛装。
> 曙光初现，树木更加丰姿万状；
> 鸟儿也重新情歌婉转；
> 大自然万物，
> 都赞扬破晓的时光。
>
> 拂晓时光，
> 有时也带来极度痛苦，
> 因为黑夜苦短，
> 牧羊人激情燃烧，
> 却被迫离开心上人，
> 在这个破晓的时光！[①]

　　游苔莎痛苦地认识到，克林对于社会上的失意并不在意；那位心气很高的美女想到一辈子要被克林这种情绪和境况所毁掉，就绝望不堪，低下头失声痛哭起来。然后，她走上前去。

　　"我饿死也不做这种事的，"她激昂地大声说，"你还唱得出歌来！我要回娘家，再跟着外公过去了！"

　　"游苔莎！没看见是你，只觉得有什么东西在动，"他温柔地说。他走上前去，把大皮手套脱下，握住了游苔莎的手。"你怎么说起这种怪话来啦？不过是在巴黎时喜欢的一首老歌，现在正好适合我和你的生活。是不是我的仪表已经不是优雅的绅士了，你对我的爱已经消逝了？"

[①]　法国歌。见法国作家艾提恩(1778—1845)的滑稽歌剧《居利斯当》第2幕第8场。

"最亲爱的，不要用这种不痛快的话来盘问我，否则也许我就不爱你了。"

"你以为我会冒那样的风险吗？"

"咳，你一意孤行，我希望你不要做这样可耻的劳作，就是不听。是不是你有什么不喜欢我，才跟我这样作对？我是你的太太呀，怎么不听我的话呀？不错，我确实是你的太太！"

"我听得出你这种口气有什么意思。"

"什么口气？"

"你说'确实是你的太太'的口气。里面的意思是：'做你的太太真倒霉。'"

"你的心也真狠，用那话来刺探我。女人尽管感情丰富，也可以有理智啊；即使我感觉'真倒霉'，那也算不了卑鄙啊——那才是符合天性呀。喏，你可以看出来，至少我并不想说假话。记得咱们结婚以前，我就警告过你，我没有贤妻良母的品性。"

"现在再说那种话，就是嘲笑我了。至少关于那一点，你闭嘴才是唯一高尚的办法；因为，游苔莎，你在我眼里，仍是我的王后，虽然我也许已经不是你的国王了。"

"你可是我的丈夫啊。难道这还不让你满足吗？"

"只有无怨无悔地做我的太太，才能满足。"

"我没法回答。我记得对你说过，我将是你手上需要严肃对待的问题。"

"不错，当时就看出来了。"

"那你看得太快了！真正的恋人根本看不到这种情况的；克林，你对我太苛刻了——说这样的话，我真的不高兴。"

"呃，尽管如此，我还不是娶了你，并且还不后悔！你今天下午的态度，显得多么冷淡哪！我以前还以为，没有比你那颗心更热烈的了。"

"不错，恐怕我们是冷下来了——我跟你一样看出来了。"她悲伤地叹了口气，"两个月以前，咱俩那种疯狂相爱的劲儿！你看我没有看得厌的时候，我看你也看不够。那时候谁想得到，现在我的眼睛在你眼里已经不那么明亮了，而你的嘴唇在我嘴里也不那么甜蜜了呢？才两个月——有可能吗？是，实在是这样！"

"亲爱的，你在叹气，仿佛很遗憾，那是有希望的迹象。"

"才不是。我并不是为那个叹气。让我叹气的还有别的事情；凡是处在我这种地位的女人，都要叹气的。"

"感叹你一生的机会，都因为草率嫁给一个倒霉蛋而毁了，是不是？"

"克林，你怎么老逼我说狠心的话呀？我跟你一样值得怜悯的。跟你一样？——我想我更值得怜悯吧。因为你还能唱歌啊！这样黑云压境，能听到我唱歌才怪呢！相信我吧，亲爱的，我很想大哭一场，直哭得你这样弹性脑筋的人都大惊失色，方寸大乱。哪怕你对自己的痛苦无所谓，就是为了可怜我，也大可以不必唱歌啊！上帝呀！我要是像你这样是个男人，处于这步田地，那我宁愿骂娘，也不肯歌唱。"

约布赖特把手放在她的胳膊上说："我说，幼稚的姑娘，不要认为我不能像你那样，以时髦的普罗米修斯方式反抗诸神和命运。我所拥有的那种力量，势头之猛你听都没有听说过。不过，我的人生阅历越广，就越觉得世界上再伟大的行业，也没有什么特别伟大的地方，因此我这种砍柴行当，也就没有什么特别渺小的地方。既然我觉得最大的赐福并没有很高的价值，那么赐福收去，我怎么会觉得有什么大苦大难呢。所以我才唱歌消磨时光。难道你对我的柔情都没有了吗，连这片刻的快乐都不给我享受？"

"我对你还有一些柔情。"

"你说的话已经没有从前那种味道了。因此，爱情跟着财富一齐灭了！"

"我不能听你这一套，克林——这样会不欢而散的。"她哽咽着说，"我要回家了。"

3 她出击抗忧郁

几天以后，还没出八月，游苔莎和约布赖特一同坐着吃午时的正餐。

近来，游苔莎的态度可以说是无精打采。那双美丽的眼睛露出孤苦伶仃的神情，凡是了解她和克林热恋情形的人，看了心里都会可怜她，不管她值不值得可怜。夫妻俩的心情，在一定程度上和他们的地位成反比例。克林受了苦却兴致勃勃的，还尽量安慰她，而游苔莎一辈子都没受过身体的病痛啊。

"好啦，最亲爱的，振作起精神来；我们很快会好起来的。我说不定哪一天就恢复视力了。我郑重地承诺，只要我有能力做好一点的工作，马上就不砍柴了。你不至于诚心叫我整天价在家里闲待着吧？"

"不过太可怕了——砍柴工！你本是见过世面，会法语、德语，适合干好得多的事情啊！"

"看来，你第一次看见我、听说我时，在你眼里，我笼罩在金色光轮里——是一个经历过光荣的事、厕身辉煌场面的人物——简单言之，一个可敬、可爱、使人神魂颠倒的英雄吧？"

"对。"她抽泣着说。

"现在沦落为绑着棕色皮裹腿的穷鬼了。"

"别挖苦我啦。这就够了。我不会再愁眉苦脸的啦。你要是不坚决反对，我今天下午就出门。东埃格敦有一个乡村野餐会——他们叫吉卜赛野餐——我要去一趟。"

"去跳舞吗？"

"为什么不跳？你都能唱歌啊。"

"好，好，随你的便。要我去接你回来吗？"

"要是你收工得早的话。但不要添麻烦。我自己认得路，荒原没什么让我害怕的。"

"你就这样热衷于追求欢乐，居然愿意赶路去什么乡村野餐会凑热闹？"

"你瞧，这是不喜欢我独自去了！克林，你不是嫉妒吧？"

"不是。不过，要是能给你任何快乐的话，我会和你同去；其实，看情形，你也许已经腻烦我了。但是，我还是有点希望你别去。不错，也许是嫉妒；像我这么一个半瞎的人，有你这么一位太太，还有比我更该嫉妒的吗？"

"别那么想。让我去吧，不要把我的兴致全打消了！"

"还不如我自己闹得兴致索然呢，我的好太太。去吧，你随心所欲好啦。谁能禁止你的心血来潮？我相信，整个的心还都放在你身上；再说，我实在是你的拖累，而你却还将就我，应当感激你才对呀。对，你自己去出出风头吧。至于我，听天由命了。在那种集会里，人家一定会躲着我的。我的钩刀和手套，就跟麻风病人拿的圣拉撒路拨浪鼓①一样，是用来警告大家躲开令人悲伤的情形的。"他吻了她一下，扎上裹腿，就出去了。

他走了以后，她双手捧头自言自语："两个人的生活白白糟蹋了——他的和我的。我竟落到了这步田地！这岂不要叫我发疯吗？"

她左思右想，想找一找任何改善现状的途径，但无功而返。她想象着，那些蓓蕾嘴人要是知道她的下场，一定会说："瞧那位高攀不起的姑娘吧！"在游苔莎看来，境遇对她的种种期望开了个大玩笑，老天爷的嘲弄要是再深化下去，唯有一死，才是解脱之门。

她突然奋起，喊道："我要推翻现状。对，一定要推翻它！不能让别人知道我在受苦。我要苦中作乐，以苦为乐，我要嘲笑世人！好，我要从草地跳舞开始。"

她爬上了卧室，精心梳妆打扮起来。在旁观者看来，她那样美

---

① 《圣经》故事，拉撒路是患有麻风病的乞丐，受圣拉撒路的保护。

貌，心里有情绪简直是合情合理的。由于轻率，更由于巧合，这个女人陷入到阴暗的角落里，有鉴于此，就是温和的拥护者也会觉得，她能够理直气壮地责问上帝，凭什么把这样一个精品人物编排到这样一种环境里，以至于她的魅力不是福，反倒成了祸。

她从家里出来准备出门时，已是下午五点钟。她就像画中人，足以再倾倒二十个人。在屋里不戴帽子，她那反叛性的哀怨昭然若揭，但出门服装却把这一切掩饰起来，淡化下去。她的出客装总带着一种朦胧性，褶皱棱角全都抹平了；因此，脸庞裹在衣饰里，活像从云雾里露出来一样，肌肤和衣服没有明显的分界线。白天的暑气还没怎么消退，她以悠闲的步子，顺着阳光下的小山路慢慢往前走，她有充足的时间从事这休闲的远征。路上一遇到蕨草丛，她就埋身于高大的绿叶里面。那些蕨草简直就是小森林，无奈其中没有一枝一干能在来年再抽枝发芽。

选作乡村舞会地点的，是一块草坪般的绿洲。它在这片荒原地区的高处偶尔能遇到，不常见的。丛生的荆棘和蕨草，到了高地的边缘都突然中止，而一片绿草却平铺绵延。一条牲口走的青草路，在这地方的边界上通过，但未从蕨草的屏蔽中暴露出来。游苔莎顺着这条路径走，以便侦察清楚那批人，然后再加入。东埃格敦乐队那起劲的乐声，早已明白无误地给她指引了方向；现在她看见那些乐师了，他们坐在红轮子的蓝色大车上，车擦得光亮如新，头顶上架着木条拱门，上面扎着树枝花朵。大车前面是十五到二十对舞伴的中央大舞池，两侧是一些小人物的小型舞蹈，这些人旋转的节奏，并不总能和乐声合拍。

男青年们戴着蓝色和白色的玫瑰花结，满脸通红，和姑娘们跳着舞；姑娘们也都因为兴奋和活动，脸蛋比身上戴的无数粉红丝带还红。披长卷发的靓女，蓄短卷发的靓女，留着刘海儿的靓女，扎辫子的靓女，都在翩翩起舞。旁观会觉得纳闷，附近只有零星的一两个村庄，怎么会挑选到这么多迷人的女青年，在身材、年龄和性格各方面大同小异，凑拢在一起呢？后场有一个乐呵呵的男人独自跳舞，眼睛闭着，忘掉了一切。几步以外，有一棵截头的山楂树，树下面生着火，火上有三把水壶并排挂着。火旁紧挨着一张桌子，几个老妇人在泡茶。游苔莎在那群人里面看，却不见牛贩子的老婆，就是那个女人劝她去的，并保证大家客气地欢迎她。

她本来打算那天下午拼命乐一下，没想到唯一认识的本地人并不在，计划遭到很大的挫折。参加跳舞成了一桩难事，虽然她要是走上前去，一定会有笑嘻嘻的女人端着茶杯迎上前来，把她看作在仪态和知识上都高于自己的嘉宾。她看着人群跳完两曲之后，就决定再往前走一走，去一个农舍人家弄点点心吃了，然后趁着暮色苍茫走回家。

她就这么办了，等到她回身向舞场走的时候，太阳已经西下了。回奥尔德华斯必须重新经过此地；空气非常静，老远就能听见乐队的声音，好像比她离开的时候奏得更起劲了，假如能更起劲的话。她走到小山边，太阳快消失了；不过这对于游苔莎和狂欢的人并没有什么关系，因为一轮黄色的圆月正从她前面升起，虽然它的光芒还比不了夕阳的余辉。跳舞仍在进行，但来了许多陌生人，在舞场外面围成一圈，游苔莎也就能站在这些人中间，没有被人认出来的可能。

整个村子的感官情绪一年到头散漫着，在这里聚成焦点，汹涌了一个钟头。那翩翩起舞的舞伴共有四十颗心，那样跳动，是从十二个月前的今日他们聚到一块同样欢乐以后，一直没再有过的。异教①的精神此刻又在他们心里复活，生命的自豪就是头等大事，他们除了自己一概不崇拜了。

这些热烈而短暂的拥抱，有多少命定终生呢？那大概是某些局内纵情的人和旁观的游苔莎都要问的事情吧。她开始嫉妒那些舞者，渴望能得到他们心里那种似乎因舞魔而生发的希望和幸福。游苔莎本人极爱跳舞，她对巴黎的期望之一，便是巴黎能给她机会沉迷于这一心爱的消遣。不幸的是，那种期望在她身上已经永远绝迹了。

正当她出神地看着舞伴们在越来越亮的月光下旋转起伏，忽听身

---

① 异教：基督教统治以前的原始宗教，一般为崇尚多神，相信享乐。

后有人轻声叫她的名字。她吃惊地转身，发现有人紧靠她身旁站着，她一见，脸立刻红到了耳根。

那人正是怀尔狄夫。自从他结婚那天上午，她在教堂里徘徊，后来揭去面纱上前在簿子上签名作了证人，让他大吃一惊以后，游苔莎没再跟怀尔狄夫见过面。但是，为什么一见他，她立刻就热血沸腾呢，她却说不出来。

还没等她张口说话，怀尔狄夫就低声问："你还是跟从前一样喜欢跳舞吗？"

"我想是吧。"她低声答道。

"你愿意跟我跳吗？"

"对我很可以调剂一下。不过，别人看到不觉得怪怪的吗？"

"亲戚一起跳舞有什么奇怪的？"

"啊——不错，亲戚。也许不怪。"

"不过，要是不喜欢别人看见，就把面纱放下来好了；其实在这样的光线下，没什么让人认出来的危险。这儿陌生人可多呢。"

她按他的提议做了，那动作等于默认她接受了他的请求。

怀尔狄夫把胳膊伸给游苔莎挽着，领着她顺着圈外走到舞场的下方，加入到舞队里。两分钟以后，他俩就踏进了舞步，慢慢朝着舞池上方转过去了。转到中场之前，游苔莎心里还多次但愿自己没有屈从他的要求；而从中场到上方，她觉得，既然出来找快乐，那得到快乐是再自然不过的事情。他们排到了第一对舞伴的位置了，在新地位上他们可以一刻不停地回旋滑动，形势所迫，游苔莎的脉搏开始高速跳动，无法再作任何长久的思索。

他们一路穿过二十五对舞伴，头晕目眩地舞过去，而游苔莎的形体注入了一种新的活力。暗淡的黄昏光线，赋予这种体验一种魔力。月光本来就具有某种力度和色调，会打破感官的平衡，危险地助长柔情；再加上动作，就能使感情泛滥，同时理智呈反比地昏昏欲睡，视而不见了；而此刻，这种光线正由圆月玉盘照射到他俩身上。所有的女孩子都感到了这种症状，尤以游苔莎为甚。他们脚下的青草都踩光了；草皮遭践踏而变硬了的地面，冲着月光斜着看，都像光滑的桌面一样光亮。空气静止了，载着乐队的那辆大车上挂的旗子都贴在旗杆上，乐师们仅仅是夜空衬托下的剪影，只有长号、蛇形大号和法国号的圆嘴，在黑压压的影子堆里像大眼睛一样闪烁。女郎们漂亮的衣服都失去了白天的细微色差，呈现一片灰蒙蒙的白色。游苔莎挎在怀尔狄夫的臂弯上，飘飘然转了一圈又一圈，脸上是痴迷的样子，像雕像一样；她的灵魂早已离开并忘记了躯壳，所以面目表情变得茫然沉静，大凡感情超过了表情范围，面目也就那样了。

她和怀尔狄夫靠得有多近哪！想想都可怕。她都能感觉到他的呼吸；他呢，当然也能感觉到她。她从前对他有多刻薄啊！然而他俩却在这儿踩着一个节拍。跳舞的魔力令她惊讶。有一条清晰的分界线，就像伸手可触的篱笆，隔开了她投入这种动作迷宫前后的内外体验。开始跳舞就好像改变大气环境；场外，她沉浸在北冰洋的严寒里，场内恰恰相反，有热带的感觉。经过了近来那种生活烦恼而参加跳舞，她就仿佛林中夜行后踏进了亮堂堂的室内。仅仅凭怀尔狄夫本人，也只能让人心动而已；怀尔狄夫再加上跳舞，加上月光，加上秘密参与，就开始成为愉悦了。对于这甜美的复合感情，是他的个性提供的成分多呢？还是跳舞和当时的场景更有分量呢？这是微妙的问题，游苔莎本人是如坠雾里云里啊。

人们纷纷开始打听："他们是什么人呀？"却没有不识相的追问。要是游苔莎平时跟那些闺女厮混在一起，情况就不同了，而在这儿，为了参加舞会，人人打扮得花枝招展的，所以没有人盯得过分紧而妨碍她。她那永恒的明艳，混在当时的短暂辉煌里，就像水星围在夕阳的余晖里一样，不大引人瞩目。

至于怀尔狄夫呢，他的感觉不难猜。障碍本来就是催熟他爱情的阳光，而他此刻正处于一种悲喜交集的狂喜之中。把整年都属于别人的女人，抱在怀里据为己有五分钟，这种滋味唯有怀尔狄夫最能领略。他早就又开始思恋旧情了；可以断言，和托马辛在结婚簿上签名，就是令他的心回归本位的天然信号，而游苔莎也结婚这种节外生枝事件，就是使回归势在必行所需添加的唯一动力。

于是，出于不同的原因，在别人只是笙歌尽欢的活动，对于他们却似风流倜傥、长风破浪一样。跳舞向他俩心头仅有的那点社会秩序感发起了不可抵御的进攻，把他们赶回到现在已格外不规矩的旧路。他们一连跳了三曲舞；然后，游苔莎因不停转动感到疲乏，便转身退出她已经待得太久了的舞圈。怀尔狄夫把她领到几码开外一个青草萋萋的土墩上面，她在那儿坐下，而舞伴站在旁边。自从跳舞前他对她说话以后，到现在两人还没交谈过。

"又跳舞，又赶路，累了吧？"怀尔狄夫温柔地说。

"不累，不太累。"

"咱们久违了，奇怪的是偏偏会在这地方碰面。"

"不见面，想必是尽量不谋面吧？"

"不错。不过，是你开头的吧——爽约了。"

"现在再谈那个不足取。那以后，我们都建立了别的关系——你不亚于我啊。"

"听说你丈夫病了，我很难过。"

"他并没有病——仅仅是残废了。"

"是啦，我就是这个意思嘛。对于你的麻烦，我真诚地表示同情。命运对你太狠了。"

她沉默了一会儿。"你听说他已经决定做砍柴工了吗？"她悲哀地低声说。

"有人对我提起过，"怀尔狄夫迟疑地答道，"我可不大相信。"

"是真的。我成了砍柴工的老婆，你怎么看我啊？"

"还是老看法啊，游苔莎。那种事不能贬低你的，你能让丈夫的职业变得高尚。"

"但愿我自己能感觉那样。"

"约布赖特先生有没有康复的机会呢？"

"他认为有，我可怀疑。"

"听说他租了所小房子，我就觉得吃惊。我和大家一样，以为你嫁给他以后，他马上会把你带走，去巴黎安家。我心里想：'她的前途多光明，多快乐啊！'我想，他视力恢复后就会带你回巴黎去吧？"

见她不答话，他就更仔细地盯着她。她差点哭出来。想到永远无缘享受的未来憧憬，辛酸的失望感重上心头，怀尔狄夫的话又勾起了左邻右舍欲嘲笑又止的情形，这太过分了，自尊的游苔莎没法泰然处之。

怀尔狄夫看见她心烦意乱却默不做声，几乎控制不住自己那太外露的感情。不过他假装没看见，她一会儿就恢复了平静。

"你不打算独自走回家去吧？"他问。

"打算的呀，"游苔莎说，"我一无所有，荒原上有什么能伤害我的呢？"

"我回家稍微绕一点，可以和你同路。乐意陪你走到特鲁普角。"见游苔莎仍坐着犹豫，他又说，"你也许以为，经过今年夏天的风风雨雨，让人看见跟我同路不是上策是不是？"

"我实在没想到这一层啊，"她高傲地说，"管他那些可怜的埃格敦人说什么闲话，我选择同谁一起走，就一起走。"

"那咱们走吧 —— 等你准备好了。你看，那边有黑压压的冬青丛，朝那丛树走最近。"

游苔莎站了起来，跟他并肩朝所指的方向走去，一路擦着露水浸渍的石南和蕨草而过，身后继续跳舞的狂欢者，舞曲乐声不绝于耳。月亮已经变得白银般明亮了，但这种亮光却洒不进荒原。但见黑糊糊的乡间大地，覆盖着天顶至天边充满了纯白光的大气，好一幅黑白分明的景致哟。对于空中俯瞰的眼睛，两张脸在那茫茫大地上，就好像是两颗珠子放在乌木桌子上一般。

为此，山路的坑洼高低可就看不见了，怀尔狄夫有时跌跌撞撞的；而游苔莎遇到小丛的石南或者荆豆根从小路上的青草下面冒出来绊住脚，就必须做一些优雅的平衡动作。她前路遇到这种关头时，总有一只手伸出来扶住她，直到地面平坦，那只手才缩到相当礼貌的距离。

他们赶路时，大部分地段都不说话，眼看走近特鲁普角了，几百码以外有一条短短的岔路，通到游苔莎家。渐渐地他们看见有两个人影朝着他们走来，显而易见是男的。

他们又靠近了些，游苔莎就打破沉默说："两个人里面，有一个是我先生。他答应来接我的。"

"另外一个就是我最大的冤家对头。"怀尔狄夫说。

"看着像是迪格利·维恩。"

"正是他。"

"冤家路窄，这就是我的命，"她说，"他对我的事情知道得太多了，除非他能再知道多些，从而证明他现在所知的算不了什么。好，管它呢，你得把我交到他们跟前。"

"你吩咐我那样做之前，得先三思。此人对咱俩的雨冢见面念念不忘，而他正陪着你丈夫呢。他们见了咱俩在一起，谁肯相信在乡村舞会上会面跳舞只是巧合呢？"

"好吧，"她忧郁地低声说，"趁着他们还没靠近，快走。"

怀尔狄夫温柔地告别，投身一片荆棘蕨草里了，而游苔莎慢慢往前走着。两三分钟以后，她就碰到丈夫和他的同伴了。

"红土贩，今晚我的路就走到这儿为止，"约布赖特刚察觉出是游苔莎就说，"我和这位女士回头走了。再见吧。"

"再见，约布赖特先生，"维恩说，"祝你早日康复。"

维恩说话时，月光直射到脸上，把皱纹全都对游苔莎展现出来了。他正狐疑地看着她。很有可能，维恩目光犀利，已经洞察到约布赖特微弱的视力所没看见的情形——一个男人正从游苔莎身旁走开。

当时游苔莎若能跟踪红土贩，那不久就可发现，她的想法有怵目惊心的证明。约布赖特刚把胳膊伸给游苔莎，领着她离场，红土贩就转身离开了往东埃格敦去的老路，他往那边走只是陪伴克林而已，他的大车现在又驻扎在附近了。他迈开长腿，跨过没有路径的荒原地，大致朝着怀尔狄夫去的方向奔去。只有惯于夜行的人，才能在这个时辰像维恩一样，这么快地冲下灌莽丛杂的山坡，而不至于一头跌进山坑里，或者一脚陷在兔子窝里拧折了。维恩一路下来，毫无周折；只见他直奔静女酒店而去。他大约半个小时就到了，清楚得很，他出发的时候，别人若还在特鲁普角附近，就不可能比他先到。

孤零零的客店，主要和过路的长途客商打交道，现在旅客们早已上路，店里几乎一个人都没有，但店门还没关。维恩进了公用间，叫了一大杯啤酒，以随随便便的口气问女仆："怀尔狄夫先生在家吗？"

托马辛坐在里屋，听见了维恩的声音。平常店里有客人，她不大露面，内心不喜欢酒店生意嘛；但她发现今晚并没有别人，就出来了。

"他还没回来，迪格利，"她和气地说，"不过我想他早该回来了。他上东埃格敦买马去啦。"

"他戴了顶轻便宽边软毡帽，是不是？"

"是啊。"

"那我在特鲁普角看见他了，牵着回家的，"维恩冷冰冰地说，"骏得很，白脸黑鬃。无疑，他马上就到了。"他站起来，往托马辛纯洁、甜美的脸上看了一会儿。自从上次见她以来，脸上增添了一层悲哀的阴影。他冒昧加了一句："你先生好像这个钟点常出门的吧？"

"正是，"托马辛装出欢快的口气大声说，"你知道的，男人都心思野野的。希望你能给我什么秘方，每天晚上帮我随心所欲地把他拴在家里。"

"我考虑考虑，看有没有。"维恩答道，照样是避重就轻的口气。然后就用他自己发明的方式鞠了一躬，转身要走。托马辛伸手让他握；红土贩欲叹息而不能，就出去了。

一刻钟以后，怀尔狄夫回来了，托马辛以现在常有的羞怯态度简单地问："戴蒙，马呢？"

"哦，闹了半天还是没买。那人要价太高了。"

"可是有人在特鲁普角看见你牵马回家的——骏得很，白脸黑鬃。"

“啊！”怀尔狄夫瞪着她说，“谁告诉你的？”

“红土贩维恩。”

怀尔狄夫脸上的表情奇怪地皱到了一起。“他搞错了——一定是看见别人了。”他慢慢地，没好气地说，他感到维恩的反击招数又启动了。

4 动用粗野的胁迫法

托马辛言近旨远的话久久萦绕在维恩的耳边："每天晚上帮我把他拴在家里。"

维恩这一次到埃格敦，本来只是要到荒原的对面去，他对于约布赖特家的利益，已经再无干系了，而他有生意要打理呢。但忽然之间，他却开始发现自己又慢慢地回到帮托马辛用计的老路上去了。

他坐在马车里琢磨着。从托马辛的一言一行，分明看得出怀尔狄夫在冷落她。要不是为游苔莎，他还能为谁冷落她呢？但说事情已经到了游苔莎有计划怂恿他的地步，还真难以置信。维恩决定把从怀尔狄夫的住处顺着山谷通到奥尔德华斯克林家的那条静僻小路，先仔细侦查一番。

前文说过，眼下怀尔狄夫还没有搞过任何预谋行为，且游苔莎婚后，除了草地跳舞，他就没再跟她见过面。但他身上有搞阴谋的脾性，却在他近来养成的一个浪漫习惯上暴露无遗：天黑出门，溜达到奥尔德华斯，在那儿看星星，看月亮，看游苔莎的家，然后悠闲地回家。

于是，舞会之后的晚上，红土贩暗中侦查，就看见他沿小路上了山，靠着克林庭园前的栅栏门，长吁短叹了一会儿再回去。显然易见，怀尔狄夫的阴谋还只是意念，并未实施。维恩就在他前面下了山，走到路径细到只是石南丛中一个深槽的地方；在那儿，他神秘地弯腰伏地了几分钟，才起身走开。等怀尔狄夫走到那地方，脚脖子给绊住了，摔了一个倒栽葱。

他刚喘过气来，就坐在地上倾听。除了夏天的风在无精打采地拂动，夜色里再听不到动静。他伸手去摸那绊倒他的障碍，发现两丛石南结在了一起，横在路上构成了圈套，路人碰上非摔跤不可。怀尔狄夫把绑草丛的绳子揪了下来，以相当快的脚步走了。回到家一看，他发现绳子带点红色。真是不出他的所料。

怀尔狄夫的软肋，虽然并不特别在于害怕头破血流之类，但来自那位老相识的这种出奇制胜的打击，却叫他心惊肉跳。但他仍然我行我素。过了一两天，他趁夜色又走山谷到了奥尔德华斯，一路上小心避开小路径。被暗中监视，有人设计阻挠他的越轨癖好，这种感觉对于纯属多情的夜行，更增添了刺激，只要威胁不形成威慑就行。他想象维恩和约布赖特太太一定是联手了，他觉得，自己和这样一个联盟作斗争，具有一定的合法性。

那天晚上，荒原上显得全无人迹；怀尔狄夫嘴里含着雪茄烟，在游苔莎的庭园栅栏门上往里看了一阵子，就身不由己地往窗前走去。他那个人对私自传递柔情蜜意情有独钟啊。他来到窗外，见窗户并没关死，百叶窗只拉下了一半。他能看见屋子的内部，游苔莎一个人坐在屋里。怀尔狄夫把她端详了一会儿，随即退到荒原，轻轻拍打蕨草，把许多蛾子都惊飞了。他捉住一个蛾子，回到窗下，朝着窗缝撒开手。飞蛾扑向游苔莎身旁桌子上点的蜡烛，围着飞了两三圈，一头扑到火焰里去了。

游苔莎吃了一惊。这本是怀尔狄夫从前到迷雾岗秘密求爱时熟悉的暗号。她马上就知道他在外面了；不过她还没来得及考虑对策，丈夫就下了楼，进了房间。事情出乎意料地碰在一起，把游苔莎闹得脸上通红，充满了平时匮乏的生动表情。

"最亲爱的，你红光满面哪，"丈夫走近看得见的时候说，"你的气色要老是这样就好了。"

"我很热，"游苔莎说，"想到外面去几分钟，透透风。"

"要陪着吗？"

"不用。只到门口那儿。"

她站起来，但是还没来得及出屋，前门就哒哒地敲响了。

"我去开 —— 我去开，"游苔莎一反常态，说话极快；她急切地向蛾子飞进来的窗户看去，那边没动静。

"这么晚了，你最好不要去。"克林说。他抢在前面进了过道，游苔莎只好等着，睡眼朦胧的举止掩饰了她心里的焦灼和激动。

她听见克林把门打开了。外面没有人说话，克林很快关上门，又回来了，嘴里说："没有人。不知道是什么意思？"

那天晚上他一直在独自纳闷，百思不得其解，游苔莎也什么都不说，而她所知道的那额外情况，只能使那敲门动作更加神秘。

与此同时，屋外上演了一出小戏，至少把游苔莎从当晚所有坏掉名声的可能里救出来了。原来怀尔狄夫准备飞蛾暗号的时候，有人跟着到了栅栏门。那人手持猎枪，把他在窗外的举动看了一会儿，就走到屋前敲了门，然后拐弯抹角跳过树篱不见了。

"该死！"怀尔狄夫说，"他又在盯梢了。"

怀尔狄夫看到暗号被这一阵响亮的敲门声弄得失效，就抽身撤退，出了栅栏门，急忙走小道下山，一心想着神不知鬼不觉地离开。他走到半山，山道附近出现一丛矮矮的冬青树，长在黑糊糊的荒山上，像黑眼睛的瞳孔。怀尔狄夫走到这个地点，只听砰的一声在耳边响起，他一惊，几粒已成强弩之末的铁砂枪子，散落到近旁的树叶中间。

无疑，他自己就是放这一枪的原因，他冲到冬青丛里，用手杖狠命地砸灌木，不过那儿没有人。这次攻击就比上次严重多了；怀尔狄夫过了半天，才惊魂甫定。一种新的极端令人不快的威吓办法已经启动，好像意在重创他的肢体。他把维恩的第一个努力当作一种胡闹，红土贩不知好歹才那样做的；但现在已经越过了界线，从讨厌变成了危险的境界。

要是怀尔狄夫知道维恩完全动了真格，那就更惊恐了。原来红土贩看见他跑到克林的房子外面，简直怒不可遏，准备除了开枪打死他之外，要不惜一切手段，迫使青年店主放弃那顽固不化的冲动。至于这粗野的胁迫手段，在合法性方面可疑，维恩根本不放在心上。遇到那样的情况，很少人会于心不安的；有时候，这样做也没什么值得后悔。从斯特拉福德①弹劾案，到农夫林奇②直截了当地处置弗吉尼亚的无赖，嘲笑法律而伸张公道的事例，可是不胜枚举的呢。

离克林那所孤零零的寓所下面半英里，有个小村庄，维持奥尔德华斯教区治安的两个警察之一就住在那儿。怀尔狄夫直奔那个警察住的农舍。他打开门，警察的警棍赫然在目，挂在钉子上，好像要他放宽心，这就是帮他达到目的的手段。但是，他一问警察的太太，才知道不在家。怀尔狄夫说他会等。

一分一秒嘀嗒嘀嗒过去了，警察还没回来。怀尔狄夫冷静下来了，从义愤填膺的状态，变成一种对自己、对景物、对警察太太、对整个环境都不满意的浮躁心情。他站起来，离开了那所房子。总而言之，那晚的经历，对于他那种用情不当，即便不是加以冰封，也是泼了一盆冷水；从此他再也没兴致天黑以后逛到奥尔德华斯，希望游苔莎会偶然一瞥留情了。

至此，红土贩设计动粗，压伏怀尔狄夫的夜游倾向，还算成功。那晚游苔莎跟旧情人可能的会晤，让他掐死在萌芽状态。但他却没料到，他的行动倾向于牵制怀尔狄夫的活动，而不是制止它。赌基尼事件固然没有让怀尔狄夫成为克林的座上客，但拜访太太的亲戚却是人之常情，而他是下定决心要见到游苔莎的。必须躲开晚十点那不吉利的时间。"既然晚上去不安全，"他说，"那我就白天去。"

同时，维恩已经离开荒原，去拜访约布赖特太太了；自从老太太得知那笔传家的基尼能物归原主，全亏维恩那有天意帮助的反击以后，他们两个就是好朋友了。老太太对于他那么晚来访觉得蹊跷，但并不反对见他。

红土贩把克林的病痛和现在的生存状态，一五一十地说给她听；接着提到托马辛显然过着愁闷的日子，也轻描淡写了一番。"太太哟，

———————
① 斯特拉福德（1593—1641）：英国国王查理一世的重臣。国会弹劾他，没有证据，最后以变通办法问斩。
② 林奇：18世纪美国人，他动用私刑对付恶棍。

请相信我吧，"他说，"您要帮他们两个的话，最好常去他们的家走动走动，哪怕一开始有点儿别扭。"

"托马辛和我儿子在婚事上都不听我的；所以我对他们的家务事并不感兴趣。他们的麻烦都是自找的。"老太太尽量装作态度严厉，其实儿子的苦难故事叫她十分动情，只是不肯表示出来。

"您去看望他们，就能让怀尔狄夫无法任性胡来，走正路，防止荒原上降临不测。"

"这话是什么意思？"

"今晚在那儿看见了一件事情，让我反感。但愿你儿子家和怀尔狄夫家能相隔百十英里，而不是四五英里。"

"这样说来，他捉弄托马辛那次，是和克林的媳妇先有了默契了！"

"我们只希望，现在他们没有什么默契。"

"我们的希望恐怕要落空啊。克林哪！托马辛哪！"

"现在还没出事呢。说实话，我已经奉劝怀尔狄夫别多管闲事了。"

"怎么奉劝的？"

"哦，不是凭说嘴——而是用我自己的一种计策，叫做无声说服法。"

"但愿你成功。"

"要是您帮我一把，去看你儿子，跟他交交心，那我就成功了。那样你就有使用眼睛的机会了。"

"好吧，事到如今，"老太太悲哀地说，"就对你实说了吧，红土贩，我早就想去了。要是娘俩能和好，我一定快活得多。婚姻是没法拆散的，我也许减寿了，希望能寿终正寝。他是我的独子；既然儿子都是这种德性，没有第二胎，我也并不遗憾。至于托马辛，向来对她没有多大指望，也并没叫我失望。不过我早就饶恕她了，现在也饶恕儿子了。我去看他好啦。"

就在红土贩在布露斯头和约布赖特太太谈话的时候，奥尔德华斯也在慢条斯理地进行谈话，谈的是同样的主题。

整个白天，克林的举止好像满腹心事，无暇旁顾；现在他的话把压在心头的事表达出来了。他挑起这个题目，正值神秘的敲门声之后。"游苔莎，我今天出了门以后就在琢磨，一定得采取措施，把我跟亲爱的母亲之间这种可怕的裂痕弥合起来。我于心不安哪。"

"那么你打算怎么办？"游苔莎心不在焉地问。怀尔狄夫刚才用计求见，使她兴奋不已，始终没能平静。

"我的提议，不论轻重缓急，你好像都兴趣不大似的。"克林说，有点生气了。

"你错怪我了，"经他一指责，她就提起精神来回答说，"我不过在考虑事情嘛。"

"考虑什么呢？"

"部分是蜡烛芯里那尸体快烧完的蛾子，"她慢慢地说，"不过你知道，无论你说什么，我总是感兴趣的。"

"很好，亲爱的。那我想我得去看一看母亲。"……他接着深情地说，"耽搁了这么久没去，绝不是放不下架子，而是恐怕去了会惹恼她。不过我一定得采取措施的。让这种情况拖下去我就不对。"

"难道你还有什么错处不成？"

"她老了，很寂寞，我又是她的独子。"

"她有托马辛的。"

"托马辛并不是她的亲生女儿呀，即使是，我也不能脱干系呀。不过，这是题外话。我已经打定主意去看她了，现在仅仅要问你的是，你肯不肯尽力帮我 —— 也就是忘记过去；要是她表示愿意和好，你肯不肯走出来迎接一下，请她到家里来，或者接受邀请，到她家去？"

起先，游苔莎抿紧嘴唇，仿佛世界上什么事情她都肯做，就是不能按他提议的做。但是想了一会儿，她嘴上的皱纹就变柔和了，虽然不彻底，她说："我决不做拦路虎；不过事到如今，叫我去套近乎，就太过分了。"

"你从来也没明确告诉我，你们两个到底有什么过节。"

"当时我不能说，现在还是不能说。有时候，五分钟播下的怨恨，一辈子都消解不了。现在这件事也许就是那种情况。"她沉吟了一会儿，又接着说，"克林，你要是不回老家，那是你多大的福气！……你这一回来不要紧，却改变了好多人的命运。"

"三个人的命运。"

"五个。"游苔莎想，不过没说出口。

5 跋涉荒原

八月三十一日，星期四，又是一个桑拿天。原本温暖舒适的房子闷热得透不过气，阵阵的凉风成了难得的享受；庭园粘土龟裂，胆小的孩子喊"地震了"；大车和马车的轮子辐条松脱下来；咬人的昆虫成群出没于空中、地上，叮住能找到的每一滴水。

约布赖特太太的庭园里，大叶子的柔嫩植物上午十点钟就都瘫软了，大黄十一点钟搭拉了，连挺硬的卷心菜正午也都蔫掉了。

就在那天的十一点钟左右，老太太按照对红土贩的承诺，要尽全力去跟儿子、儿媳言归于好，便跨过荒原朝儿子家走去。她本希望赶在气温达到高峰之前走完大半路程，但出发后才发现办不到。太阳给整个荒原都打上了烙印，连紫色的石南花，都叫前几天那燥热的烈日晒得带上了褐色。每一个山谷里面都充满了砖窑里一样的空气，自从遭旱以来，冬日潺潺流水、夏天干涸成路的河沟里的洁净石英砂，也都经了一番焚化过程。

天气清爽的时候，老太太要徒步走到奥尔德华斯根本不费力；但现在热浪袭人，旅途成了人过中年的女人的苦差使。她走完三英里路，就希望当初雇了费尔韦的车，至少送她一段路也好。但是从她现在走到的地方去克林家，和往回走到家一样容易，所以还是往前走。身边的大气在默默地搏动，把慵懒压在大地上。她抬头看天，只见春天和初夏那蓝宝石颜色的天顶，已经为金属的紫色取而代之了。

她不时经过某个地方，有些朝生暮死的蜉蝣，自成一个个世界，在那儿疯狂地喧闹度日，有的在空中，有的在滚烫的地面上和植物上，有的在快要干了的水塘里，而积水又热又粘稠。那些浅水坑全都干得只剩下一湾冒热气的泥浆，里面能模模糊糊地看出有无数不知其名的动物,那蛆形的身体都快活地起伏翻滚。老太太不反对作哲理思考,有时就坐在伞下,一面休息,一面看着它们享福;她对于这次看望儿子的效果抱有希望,心里轻松得很,在考虑大事之余,能让思绪自由驰骋,去琢磨引人注目的任何微小东西。

老太太从未到过儿子家,确切地点并不知道。上山的路她试了一条又一条,发现迷路了。她原路返回,又到了空旷的平地,老远看见有人在干活,就走到那人跟前问路。

那工人指点了方向,补充说:"太太,有没有看见一个砍柴的,正在那条小路上走?"

太太睁大眼看去,半天才说,她看见了。

"好啦,跟那人走就没有错。他也是去那里的,太太。"

于是,她就跟着指定的那人走。他看上去全身枯叶色,和周围的景物很难分别,就像草青虫爬在吃的叶子上一样。要是真正走起来,他速度比老太太快;不过她能够保持距离跟上,因为他遇到有黑莓荆丛,总要停下来歇一会儿。每当她也走到那些地方,总能看见五六根柔软的长荆条,笔直地放在路旁,是他刚才割下来的。荆条显然是要作捆柴绳的,回来收柴的时候用。

那个不声不响干活的人,在生活中仿佛小虫子一样无足轻重。他好像是荒原的区区一条寄生虫,像蛾子侵蚀衣服一般,在日常的劳动中损耗荒原地表,全神贯注于荒原的出产,除了蕨草、荆豆、石南、地衣和青苔,世上的东西他一概不知。

砍柴人只顾埋头跑腿,从不回头看;后来,他那扎着皮裹腿、戴着大手套的身影,在她眼里成了给她指路的区区活动路标了。她望着他走路的特点,忽然间留意到了他的个性。走路的姿势,她在哪里看见过;那种步态,向她揭示出他的身份,就好像亚希玛斯①在远处平原上的步态让国王的守卫认出来一样。"他走路的样子,和当初我丈夫一模一样。"她说,于是她恍然大悟,那砍柴的正是儿子。

① 亚希玛斯:典出《旧约·撒母耳记下》第18章第27节。

她简直无法习惯这一陌生的现实。早就有人告诉过她，克林常常砍柴的；但是她总以为，他从事砍柴劳动只是偶尔为之，当作一种有益的消遣罢了；然而现在她却亲眼看见，他是地地道道的砍柴工——穿的是那行当的标准装束，从他的动作来看，想的也是那行当的标准思想。她匆匆想好了十来个计划，好把他夫妻俩立刻从这种生活方式下保护起来，一面气急败坏地往前赶，看儿子进了家门。

克林家的一侧有一个小圆丘，顶上有一丛杉树，高耸入云，老远望去，那一片绿叶好像只是丘顶天空里一个黑点。老太太走到这，已经觉得很难过，方寸大乱，疲惫不堪，全身不舒服。她上了圆丘，在树阴下坐着歇气，同时盘算着如何跟游苔莎开腔才妥当，免得惹恼了她，那少妇表面上虽然懒懒散散，脾气却比老太婆自己还大，更活跃。

她头顶上的大树饱经风霜，粗陋蓬乱，很特别，老太太一度不去顾及自己心乱如麻、心力交瘁的状态，而琢磨起那些杉树来。那一丛树共有九棵，里面没有一个枝桠未被暴风骤雨劈开、砍折、扭曲的；一有恶劣天气，就要来肆意摧残一番。有的已经枯萎裂开，好像雷击过，树身好像还留有火烧的黑斑，而树底下到处是历年狂风吹下来的死针叶和一堆堆的杉果。那地方叫做"魔鬼的风箱"；要看这个名字是否取得合情合理，只消在三月或者十一月的晚上到此一游即可。就是今天这样燠热的下午，一丝风都觉不出来，那些树也老在那儿呜呜咽咽地响，一刻不停，简直叫人难以相信那是由空气引起的。

她在那儿坐了二十多分钟，才下定决心走到门前，由于身体疲乏，她的勇气已经丧失殆尽了。婆媳之间，她是长辈，却要先来讨好，除了当母亲的，无论谁都要觉得有点丢脸。但老太太已经全盘掂量过了，她一心只想着，最好怎么办，才能让游苔莎看到她的来访不是低三下四，而是高明之举。

这疲惫的女人，在那居高临下的地势上，能看见下面那所小房子的屋顶、庭园和整个周遭。她站起来时，看见又来了一个人走近门口。他的举止很古怪，犹犹豫豫，不像是有事登门，也不像是应邀而来。他兴致勃勃地查看那房子，然后又绕着庭园外围走，四处巡视，仿佛参观莎士比亚的诞生地、玛丽·斯图亚特①的囚牢，或者是乌苟孟城堡②，需要细看似的。他从房后绕过来，又到了栅栏门前，才进去了。老太太见状很恼火，原先设想只有儿子、儿媳两人在家；不过想了一想，她觉得有个熟人在，大家就可以先只谈些平常的事，慢慢跟他们感情融洽起来，从而消除初次进门的尴尬。于是，她下了小丘，来到栅栏门外，往炎热的庭园里看去。

有一只猫在甬路的光石子上睡着了，仿佛床铺、大小地毯都叫它无法忍受似的。蜀葵的叶子都像半闭着的伞似的垂着，茎里的水汁简直在沸腾；表面光滑的树叶像金属的镜子一样发亮。有一棵小苹果树，叫做"早熟种"，长在栅栏门内侧，因为土壤松软，园子里只有这一棵长得茂盛；掉到地上的苹果中间，聚了许多黄蜂，有的让苹果汁灌醉了在那儿滚，有的还没让甜汁灌醉，就在每个苹果上咬出来的窟窿里面爬。门旁放着克林的镰刀和她看着他最后采的一把荆条，显然是他进门时扔在那儿的。

① 玛丽·斯图亚特（1542—1587）：苏格兰女王，被迫逊位，逃往英国，为英女王伊丽莎白一世所囚，后被杀。
② 乌苟孟城堡：滑铁卢战场的一部分，为英军右翼，是英法军攻守之剧烈战地。

6 事有凑巧，影响及路人

前文说过，怀尔狄夫决定在光天化日之下明目张胆地去看游苔莎，而且以走亲戚的随便方式从事，因为红土贩侦查出来了，并且破坏了他趁夜色去走访她的行为。月下跳舞时，她给他施加了那样的迷惑，本来他就不是严于律己的人，想要他完全斩断情丝谈何容易。他只打算以平常交往的方式去见游苔莎夫妇，闲谈一会儿就离开。所有的外表迹象都要合乎世俗常规；不过这里头有使他满足的主要事实：他见到她了。他甚至于不希望克林不在家，因为不管游苔莎对他是什么心态，反正任何有损她做妻子的尊严的情况，很可能她都憎恶。女人家往往都那样。

他就那样去了；凑巧，他到达屋前时，老太太正好在屋后小丘上休息。正如她所见的那样，他绕房一周看了以后，就上前敲门。隔了几分钟，才听见钥匙开锁，门就开了，对面而立的，正是游苔莎自己。

没有人能从她现在的态度上想象出来，她就是上礼拜跟怀尔狄夫一同参加热烈舞会的女人，除非真能透过表面，测量那一湾静水的真实深浅。

"我想你那天平安回家的吧？"怀尔狄夫问。

"是啊。"她满不在乎地答道。

"第二天不觉得累吗？恐怕你要累的。"

"有一点儿。用不着低声说话——没有人会听见。我家小女仆到村里办事去啦。"

"那么克林没在家了？"

"在家。"

"哦！我还以为就你一个人在家，怕流浪汉闯进来，才锁着门。"

"不是的——我丈夫就在这儿。"

他们本来站在门口。现在她把前门关好，又像以前那样锁上了，把隔壁房间的门推开，让他进去。房间里好像空空的，怀尔狄夫就进去了；他刚往前走了几步，就吓了一跳。炉毯上躺着克林，睡着了。身旁还放着他劳动时穿戴的皮裹腿、厚靴子、皮手套和带袖子的背心。

"进去吧，吵醒不了他的，"游苔莎跟在后面说，"我锁着门，原因是我去庭园或者楼上的时候，不让不速之客闯进他躺的屋子里打扰他。"

"他怎么在那儿睡起来了？"怀尔狄夫低声问。

"他很累。一早四点半就出去工作了，一直不停。他砍柴是因为只有那种工作能做，才不至于损伤那可怜的眼睛。"此刻，睡觉的人和怀尔狄夫外表上对比强烈，让游苔莎看着一阵刺痛。怀尔狄夫穿着很雅致，一套簇新的夏装，一顶轻便帽子；她接着说："唉！你可不知道，曾几何时，初次见到他，样子多不一样啊。那时他的手跟我一样，又白又嫩，现在你再看，多粗多黑呀！他肤色生来很白净，现在却跟皮装一模一样，像铁锈的颜色了。都是叫毒日头晒的。"

"他为什么要出去呢？"怀尔狄夫耳语着问。

"不愿闲着；其实他赚的那点钱，于我们家用也没有多大的贴补。不过，他说，人们吃老本的时候，必须节约开支，就是有一个钱也得挣。"

"命运之神待你可不算好哇，游苔莎·约布赖特。"

"反正我没什么可感谢命运的。"

"他呢，也没什么可感谢的——除了赋予他的一件珍宝。"

"什么珍宝啊？"

怀尔狄夫盯住她的眼睛。

游苔莎那天第一次满脸飞红。"呃，我是不是珍宝很成问题啊，"她平静地说，"我还以为，你说的是知足的天赋呢——他有天赋，我

269

可没有。”

“这种情况下感到知足，我倒能理解 —— 不过，身外的处境怎么能打动他，我就纳闷了。”

“那是你不了解他。他热衷于空想理念，而不在乎身外事物。他时常跟我提使徒保罗^①的。”

“他有那样高尚的品格，我听了很高兴。”

“是的。不过糟糕的是，虽然保罗在《圣经》里是佼佼者，在实际生活里可行不通。”

他们起初没有刻意防止把克林吵醒，但是说着说着，却本能地把声音压低了。“呃，要是这意味着婚姻对你是一种不幸，你知道应该怪谁。”怀尔狄夫说。

“婚姻本身并不是什么不幸，”游苔莎有些小题大做地回嘴，“只是婚后的意外，才是毁了我的原因。就世俗意义来说，我实在是想摘无花果，却得到蒺藜^②了。不过，时间会带来什么，我怎么能知道呢？”

“游苔莎，有的时候，我觉得这就是天谴。按理你该是我的人，你是知道的；我无意失去你的呀。”

“不对，不能怪我的！不能两个人都归你；别忘了，我还不知道，你就移情别恋了。你那样做太狠心轻薄了。直到你开始变卦，我连做梦也没想到耍那样的把戏呀。”

“我本来并没有那个意思的，”怀尔狄夫回答说，“那不过是一个插曲。男人都喜欢在永恒爱情中间，玩一玩暂时跟别的女人相好的游戏，但永恒爱情会卷土重来，和好如初的。当时因为你对我不服气，我就鬼迷心窍，做事过了头；而你一意孤行继续玩那吊胃口把戏时，我越走越远，跟她结了婚。”他转身又往克林沉睡的身影看了一眼，嘟囔着说，“克林哪，恐怕对于你的奖品并不珍惜吧。……他至少有

<hr>

① 保罗：《圣经》故事中的人物，耶稣死后信基督之信徒，基督教最初传播靠他的力量。

② 典出《新约·马太福音》第7章第16节：“蒺藜里哪能长出无花果呢？”

一方面该比我快活。他也许知道人世上的失意潦倒，个人蒙受灾难是怎么回事；但他大概不知道失去心爱的女人是什么滋味吧。"

"他得到了她，并没有忘恩负义，"游苔莎小声说，"那方面，他是个好人。许多女人会苦苦寻找这样的丈夫。但是，我想享受到所谓的人生——音乐、诗歌、激情、战争、世界大动脉里的一切心跳和搏动——能算是要求苛刻，不合情理吗？我的青春梦想，就是这个样子的，不过我落空了。然而，当初我还认为，在我的克林身上看到了实现的途径呢。"

"你只是为了这个，才嫁他的吧？"

"那你误解我了。我是因为爱他才嫁他的，不过我不能说，我所以爱他，部分原因不是原先认为，我在他身上看到实现那种人生的希望。"

"你又弹起你那悲伤的老调来了。"

"不过我不打算沉沦，"她任性地嚷道，"我那次去跳舞，就是给我的新做法开个头，我要坚持下去。克林能够快快乐乐地歌唱，我为什么就不能？"

怀尔狄夫沉思地看着她说："说说容易，真唱起来可就难了；不过可能的话，我一定鼓励你唱。但我丢了一样东西，现在不可能复得，人生对我是没有意义了，那就恕不能鼓励你了。"

"戴蒙，你这是怎么啦，说这种话？"她问道，那双深邃、朦胧的眼睛抬起来，看着对方的眼睛。

"这件事我永远也不肯对你明说的；我要是用谜语的形式来告诉你，你恐怕也不肯猜的。"

游苔莎沉默了一下才开口："咱们今天的关系很怪。你欲言又止，出乎寻常地微妙。戴蒙，你是说，你还爱我。唉，这让我很难过，因为我听到这种话，本该把你踢出门去的；而我的婚姻又没能使我幸福美满，以致我不愿意这样做。不过，这种事谈得太多了。你打算等我丈夫醒来吗？"

"我本来想跟他谈一谈，不过没有必要了。游苔莎，要是因为我对你不能忘情而生气，说出来是对的，可不要提什么踢出门哪。"

她没有回答；他们站在那儿，沉思地望着沉睡中的克林，那可是在不必心惊肉跳的情况下从事体力劳动的结果。

"上帝啊，真羡慕他睡得那么香！"怀尔狄夫说，"长大以后，我就没睡得那样香过 —— 那是许多许多年以前了。"

他们正这样看着克林的时候，只听栅栏门咔嗒一响，房门上有敲门的声音。游苔莎走到窗边，探头往外看。

她脸色变了，先是满脸通红，后来红色慢慢褪下去，一直褪到连嘴唇都有点失血了。

"要不要我走？"怀尔狄夫站起来问。

"我也说不上来。"

"是谁？"

"约布赖特太太。哦，她那天对我说了什么话哟！不明白她这次来干什么 —— 她是什么意思呢？她还对咱们的过去心存猜疑的。"

"我听你的吩咐。你要是认为最好不要叫她看见我在这儿，就去隔壁房间好啦。"

"好吧，去吧。"

怀尔狄夫马上退出去了；还没等到他在隔壁房间里待上半分钟，游苔莎也跟进来了。

"不行，"她说，"咱们决不要来这一套。她要是进来了，就得让她看见你 —— 任凭她以为出了什么事！不过她不喜欢我 —— 希望不要看到我，只是来看儿子的，那我怎么能给她开门呢？我可不开这个门！"

老太太又在门上敲，敲得更响了。

"她这么敲，很可能把他吵醒的，"游苔莎接着说，"那么他自己会去开门让她进来。啊 —— 你听。"

他们能听见克林在隔壁有动静，好像敲门声惊动了他似的，他嘴里说："妈。"

"对 —— 他醒了 —— 他会去开门的，"她松了一口气说，"到这边来。我在她那里名声不好，你不能给她看见。我不得不这样鬼鬼祟祟的，并不是我作了恶，而是别人硬要说我那样。"

这时，游苔莎已经把他领到后门；后门开着，门外就是一条穿过庭园的小路。"嗨，戴蒙，我有一句话，"怀尔狄夫向前迈步的时候她说，"这是你第一次来，下不为例吧。咱们从前是热恋的情人，但现在不行了。再见。"

"再见，"怀尔狄夫说，"我来的目的已经完全达到，很知足了。"

"什么目的？"

"看看你呀。以我永久的名誉担保，我来没有其他的目的呀。"

怀尔狄夫冲着他告别的美丽姑娘飞吻，到了庭园里；她目送他走过甬路，迈过路尽头的篱笆墙台阶①，走进外面齐腰深的蕨草里，最后在草丛中消失了。等他走远了，她才慢慢转身，关注房子的内部。

克林和母亲这是第一次见面，可能不希望她在场，或者在场也是多余的。总之，她并不急于跟老太太见面。她决定等克林来找她，于是就又移步回庭园里去了。她在这儿消磨了几分钟，见没人来搭理她，就回到屋子里，到了前面，听听客厅里有没有说话声。但她什么也听不见，就把门打开，进屋里一看，不觉大吃一惊，只见克林还躺在那儿，跟她们离开时一模一样；他显然并没被吵醒。敲门声倒是把他搅扰了，他进入了梦境，说着梦话，但并未醒来。游苔莎急忙跑到门口，尽管不情愿给曾经那样恶语相加的那个人开门，还是打开门往外看。一个人影都没有。刮泥板旁边，放着克林的镰刀和带回家的那把荆条；她面前只有空荡荡的园径和半开半掩的栅栏门；再往外是长满紫石南的大山谷，在阳光下静悄悄地蒸腾。老太太已经走了。

此刻，克林妈走的路，恰好有山肩挡住了游苔莎的视线。她从庭园的栅栏门往那儿走的脚步匆忙且坚决，她现在要赶快躲开那地方，正和她刚才急于进来一样。她的眼睛盯住地上；两个景象刻骨铭心——门外克林的钩刀和荆条，窗口一张女人的脸。她嘟囔着，两

---

① 篱笆墙台阶：用木板等做成台阶，在树篱或栅篱两边，人能过去，牲畜不能，以免开关栅栏门。

片颤抖的嘴唇薄得很不自然："太过分了 —— 克林啊，他怎么就忍心哪！他分明在家，却让老婆把我关在门外！"

她刚才急于避开那所房子，所以没有走直接回家的捷径，现在她东张西望，想要重新上路，却遇到一个小孩，正在山坳里采越桔。小孩就是约翰尼·农色奇，曾经给游苔莎看过篝火。小东西都有被大东西吸引的趋势，老太太一出现，他就追随左右，不觉在她旁边小跑起来。

老太太仿佛处于催眠状态似的跟他说："小孩，回家的路远着呢，不到傍晚是到不了的。"

"到得了，"那小旅伴说，"吃晚饭前还要玩玛奈尔①呢。我家六点钟吃晚饭，因为爹回家了。你爹也六点钟回家吗？"

"不，他从不回家；我儿子也永远不回家了，谁都不回家了。"

"你怎么这样不开心呀？看见怪面具了吗？"

"我看见的更可怕 —— 一张女人的脸，从玻璃窗里看我。"

"那是不好的景象吗？"

"是的。看见一个女人从窗户里眼看着路人累坏了，却不让进门，总是不好的景象。"

"有一次我去特鲁普大塘捉水螈，看见自己在水里对着我看，吓了一跳，急忙跳开了。"

"只要他们对我这种主动表示有让步的意思，事情会做得多漂亮！不过现在可什么机会都没了！吃闭门羹！一定是她挑唆他跟我作对的。世界上真会有没良心的美女吗？我想有。这样火辣辣的天，我对邻居家养的猫都不会这样做的呀！"

"你说的是什么呀？"

"再也不去了 —— 永不！哪怕他们来请我也不去！"

"你这样说话，一定是个怪婆子。"

"不怪，一点也不怪，"她回过神，应答起孩子话来，"大多数有

---

① 玛奈尔：当地乡下孩子的游戏，用九个黑色的石子和九个白色的石子，或九块粉块和九个煤块玩。

儿有女的大人，都要像我这样说话的。等到你长大了，你妈也要像我这样说话的。"

"我倒希望她不那样，因为胡说八道不好。"

"对的，孩子，我想这是胡说八道。你是不是热得筋疲力尽啊？"

"是的，但不像你那么厉害。"

"你怎么知道的？"

"脸色发白又满是汗，头也耷拉下来啦。"

"啊，我从里到外都疲乏啊。"

"为什么你每走一步都这样啊？"孩子一面说，一面模仿病人一瘸一拐的动作。

"因为有一种重担我挑不起来呀。"

小孩默默思索着，他们并肩蹒跚而行，走了一刻多钟，老太太的疲乏显然加重了，就对小孩说："我得在这儿坐下休息了。"

她坐下以后，他朝她脸上看了半天才说："你看你喘气的样子多滑稽——就跟小羊叫人追得快断气了似的。你一直这样喘气吗？"

"不见得。"她的声音非常微弱，比耳语响不了多少。

"我看你要睡着了，会不会呢？你看你眼睛都闭上了。"

"不会。我不会睡多少觉的，除非——到了那一天，那时我希望睡得很久——很久。告诉我，今年夏天圆沼泽塘干了没有？"

"圆沼泽塘干了，奥克塘可没干，因为它很深，从来不干——水塘就在那儿。"

"塘里的水还清吗？"

"还好——可是野马走进去的地方不行。"

"那么，你拿这个，赶快跑过去，给我舀一点尽可能清的水来。我头晕。"

她从手提的小柳条包里，拿出一个老式的无把瓷茶杯来；提包里一共带了半打同样的茶杯，还是她小时候保存下来的，今天带来，算是给克林夫妇的小礼物。

小孩子出发去跑腿，不久就端着差强人意的水回来了。老太太想喝，但水太热了，她恶心起来，就把水泼了。此后她还是闭着眼睛坐在那儿。

小孩等她，就在身边玩耍起来，捉了好几个到处可见的褐色小蝴蝶；然后他又站住等候。他说："我宁愿往前走，比待在这儿好。你很快就走吗？"

"不知道。"

"我想自己先走，"他又说，显然是担心被迫做苦差使，"请问你还需要我吗？"

老太太没回答。

"我跟妈怎么说？"小孩接着说。

"告诉她，你看见了一个心碎的女人，儿子弃母。"

小孩走远以前，在她脸上遗憾地看了一眼，仿佛在担忧，把她这样扔下不管，自己是不是太小气。他茫然、疑惑地盯住她脸上看，就像一个人要细看奇异的古代手稿，却找不到破解那文字的办法似的。他的年龄并不小，并非绝对不懂得需要同情心的道理；但他却也不够大，尚未摆脱小孩的恐惧感，看到他一向认为天不怕地不怕的大人级别的苦难就害怕。现在老太太究竟是在制造麻烦，还是遭到了麻烦呢；她本人和她的痛苦是值得怜悯的东西，还是应该害怕的东西呢，他都没能力断定。他低下眼睛，无言地往前走去。还没走出半英里，他就把她忘得一干二净了，只记得她是在那儿坐着休息的女人。

老太太在体力和情感两方面都疲惫不堪，几乎要趴下了；但她还是磨蹭着往前走，走一小段，歇一大阵子。那时，太阳已经远远转到西南方向去了，直接晒在她脸上，就像一个毫无慈悲的纵火犯，手持火把，准备把她焚化。那个小孩一离开，一片大地上再没有看得见的活物了；不过每一丛荆棘都有雄蚱蜢沙哑的鸣声，时断时续，足以表明，大动物趴下的时候，却有一个看不见的昆虫世界，生机勃勃，忙忙碌碌。

她走了两个小时，到达一个小山坡，大约在从奥尔德华斯回家全部路程的四分之三处；那儿有一小片百里香，伸展到小路上；她就在那片芬芳的绿茵上席地而坐。她面前有一窝蚂蚁正横穿小路，开辟出一条通衢，拖着重负，永不休止地劳作。低头看它们，仿佛在高楼大厦顶上看城市街道一样。她记得，同一个地方，有蚂蚁忙碌已经多年了——从前那些蚂蚁无疑是现在来来往往这一群的祖先。她靠后躺倒，好彻底地休息休息。东方淡雅的天空，给她的眼睛带来很大的轻松，而柔软的百里香，给她的头部带来很大的轻松。她正看着的时候，一只苍鹭从那边的天空飞起，面向太阳飞去。它是从山谷里的水塘飞起来的，身上还滴着水呢，它翱翔时，那翅膀的两边和背面，那大腿、那胸脯，都沐浴在辉煌的日光里，仿佛鸟体是银子抛光做的。苍鹭飞翔的天顶，好像是幸福自由的地方，完全游离于束缚她的这个尘世圆球；她真希望自己也能从地面抽身飞到天空，和苍鹭一样翱翔。

但是，她是一个母亲，不免很快就停止考虑自己的身体了。要是把她下一步的心思用一道线在空中划出来，像一道流星的光线似的，那就会表明，它的方向和苍鹭飞的相反，是往东落到克林的屋顶上去的。

7 两老友悲惨相遇

同时，克林已经从睡梦中醒来，翻身坐起，东张西望。游苔莎正在他旁边一把椅子上坐着；手里虽然拿着一本书，却已经好久没看了。

"乖乖！"克林双手揉着眼睛说，"这一觉可真睡得沉！还做了个了不得的梦，毕生难忘。"

"我早就觉得你在做梦了。"游苔莎说。

"是的。我梦见我妈来着。梦到领着你到她家里去讲和；到了那儿，虽然听见她不断向咱们求救，可怎么也进不去。不过梦只是梦。几点钟啦，游苔莎？"

"两点半。"

"怎么，这么晚了？我没打算在家里呆这么久哇。等我吃了东西以后，就三点多钟了。"

"安去村里还没回来，我打算让你睡到她回来。"

克林走到窗前，往外面看。一会儿他就沉思着说："一个礼拜一个礼拜地过去了，妈也没来。我想早该听到她的什么消息了。"

游苔莎的黑眼睛里，飞快地闪过疑虑、悔恨、恐惧、决心的表情。她现在面临着天大的难题，而她决定用拖延术来拖掉它。

"当然得尽快去布露斯头一趟，"克林接着说，"我想最好一个人去。"他把裹腿和手套拿起来，又扔下了，补充说，"今天的正餐拖得这么晚，就不回荒原去啦；先在园子里干干，到傍晚天气凉快一点，我就去布露斯头走一趟。我相信，只要我多少主动一点，妈就会愿意忘记一切。我回来的时候，天就晚了，单程的距离，没有一个半钟头走不完。不过，亲爱的，你不会介意这一个晚上吧？你在想什么呀，看上去那样心不在焉？"

"不能告诉你，"她沉重地说，"我只希望咱们不住在这儿有多好，克林。在这个地方住，似乎一切都搞错了。"

"呃——疑心生暗鬼嘛。不知道最近托马辛到布露斯头去过没有。希望去过。不过，我看未必，她过一个来月就要坐月子了。我希望早就想到这一层。可怜的母亲一定很寂寞的。"

"我不喜欢你今天晚上去。"

"为什么今天晚上不行？"

"会说一些严重伤害我的话。"

"我母亲并不是记仇的人。"克林说，脸上微微一红。

"我还是希望你不要去，"游苔莎低声重复说，"你要是同意今天晚上不去，那我就答应明天自己去她家，跟她讲和，然后再等你来接。"

"我以前每次提议，你都拒绝了，怎么此时忽然又要去？"

"我想先单独跟她见一见面，然后你再去，我不能多说了。"她回答说，头不耐烦地一甩，同时带着那种常见于多血质的人而少见于她那种人的那种焦灼看着克林。

"咳，真奇怪，我早就跟你提议过的，等我决定自己要去的时候，你却也要去。要是我等到明天你去过了，就又要耽误一天的工夫；我知道的，我要是不去，晚上就别想睡安稳啦。我想把这件事解决了，就得这么办。你以后再去看她，不也一样的嘛。"

"我现在总能跟你一块去吧？"

"你走去再走回来，休息的时间就肯定得比我长了。不成，今晚不要去吧，游苔莎。"

"那么就随你啦。"她平静地回答，她那种人虽然愿意尽绵力避开坏结果，事情不可收拾时，却宁可听其自然，而不是拼命去扭转它。

克林接着就进了庭园，于是，整个下午，游苔莎心事重重，懒洋洋的，丈夫认为，那是天气炎热的原故。

傍晚，克林就上路了。虽然暑热依旧，但白昼却已经大为缩短。他走了还不到一英里，荒原上所有那些紫色、棕色和绿色，就统统融入了颜色一律的服饰，也没有透视浓淡的层次，仅仅见到些许的白色加以点缀：这里有一小堆一小堆纯净的石英砂，显示出兔子洞口的所在，那里是山路上的白燧石，像纱线一般经过山坡。孤零零的、矮株的山楂树，东长一棵，西长一棵，差不多每棵上面都躲着一头夜鹰，它们像水车干转一般嚎叫，尽一口气拉长声音，然后停下来，扑打着翅膀，在树丛上盘旋，再落下来，静静地听一会儿，又开口叫起来。克林的脚每次擦过，都有白色的蛾子飞到空中，高度恰好能让柔光照射到灰粉翅上；西下的光平着掠过低洼区和平地，并没有落到上面把它们照亮。

约布赖特就在这片静悄悄的景色中走去，希望着一切立刻好转。走了三英里，他到了一个地方，闻到淡淡的香味飘过他那条小路；他站了一会儿，呼吸这闻惯了的香味。原来此地就是四个钟头前他母亲筋疲力尽坐下休息的地方，那长满百里香的土墩。站着站着，忽然有一种声音，一半像喘息，一半像呻吟，传到他的耳朵里。

他朝着声音发出的地方看去，但除了连绵不断的山脊伸向天空之外，什么也没有。他朝着那方向挪了几步，就看见一个斜靠着的人影，差不多近在他的脚下。

这个人的身份本来有多种可能性，但约布赖特一刻也没想到，会是自己家里人。这种季节，砍柴工有时候为了免去回家来去的长途跋涉，在露天睡觉也是常有的事。但是克林记得那呻吟声，凑近一看，发现那身影是个女的；一阵苦楚袭来，仿佛山洞里吹出的阴风。但是一直等到他俯下身去，看见那人灰白的脸和闭着的眼睛，才完全确认，那人就是母亲。

他当时简直可以说断了气，本来要脱口而出的痛苦叫喊，也消失在了嘴边。刹那间，他时间和空间感尽失，仿佛回到了童年，多年前，相同的时辰，相同的荒原，他跟母亲在一起；过了一会儿，他才意识到必须采取措施。于是他行动起来，低下头去，发现母亲还有口气，虽然细弱，却还匀称，只是偶尔有喘不过气的情况。

"啊，怎么啦！妈，您病得重吗？——不会有个三长两短的吧？"

他嘴唇贴到她脸上喊道，"我是儿子克林哪。您怎么跑到这儿来了？到底是怎么回事啊？"

此刻，克林已经不记得由于爱游苔莎而引起的母子裂痕了；在他心里，现在和他还没跟母亲分歧以前的亲密过去又无缝连接起来了。

母亲嘴巴嚅动着，好像还认得他，却说不出话；接着克林就开动脑筋，有什么好办法挪动她，一定要在露水还不很重以前，把她搬离现场。他本是年轻力壮，母亲又不胖，就把她拦腰抱住，稍稍抱起，问道："这样痛吗？"

她摇了摇头，他就把她抱了起来，慢慢地负重往前走。那时，空气已经完全凉爽了；但每当经过那无植被覆盖的砂石地，那上面白天吸收的热气，就反射到脸上。他刚开始抱人的时候，并没怎么顾及得走多远，才能走到布露斯头；但虽然那天下午已经睡了一觉，他不久就感到负担沉重。于是，克林像埃涅阿斯背着父亲逃命那样往前赶；蝙蝠在他头上盘旋，夜鹰在他面前不到一码的地方扑腾翅膀，附近却没有一个人。

他走到离住宅还有将近一英里的时候，母亲因为被抱着走勒得慌，就露出浑身不安的样子，仿佛他的胳膊很讨厌似的。他把她放低到膝上，向四处张望。他们现在到达的地点，虽然离大路都很远，离费尔韦、萨姆、汉弗莱、坎特尔家所住的布露斯头农舍却不过一英里。而且五十码开外就有一个棚屋，是土块垒的，蒙着薄薄的草皮，现在完全废弃了。独立土棚的简单轮廓清晰可辨，他决定先往那儿去。他一到就把母亲小心地放在门口，然后跑出去，用小刀割了一抱最干爽的蕨草，铺在敞开一面的小棚里，让母亲躺在草上，接着往费尔韦家奋力跑去。

快一刻钟过去了，只听见病人断断续续的喘息声。这时，天际线和荒原之间有人影活动。很快就看见克林带着费尔韦、汉弗莱和苏珊·农色奇来了，奥利·道登碰巧在费尔韦家里，还有克里斯琴和坎特尔大爷，都慌里慌张地跟在后面。他们带来了灯笼、火柴、水、枕头，还有一些匆忙之间想得起来的东西，然后又打发萨姆回去取白兰地。一个小孩把费尔韦的矮种马拉出来，他骑上去请就近的医生；同时他们吩咐他顺路到怀尔狄夫店里去一下，通知托马辛，说她阿姨病了。

萨姆不久就拿了白兰地来了，凑在灯笼下把酒给病人喝了；喝过以后，病人才有了知觉，能够比划着说明脚上有毛病。奥利·道登终于明白了病人的意思，就把她指出的那只脚检查了一下。脚又红又肿，就在他们观察的时候，红肿处开始发紫，正中间出现了一个鲜红色的小点，比豌豆粒还小，他们发现那是一滴血，在踝骨的光滑皮肤上面凸起，呈半球形。

"我明白是怎么回事啦，"萨姆说，"她叫蝰蛇咬啦！"

"不错，"克林也马上说，"我想起来了，小时候见过这种蛇伤的。哎呀，可怜的妈呀！"

"那次被咬的就是我爹，"萨姆说，"只有一个方子能治。必须用蝰蛇身上的油脂擦伤口；只有把蛇放到锅里煎，才能熬蛇油。他们给爹治伤，就用的那种方子。"

"那是老方子了，"克林不相信地说，"我有点儿怀疑。不过医生不来，咱们是没有别的办法的。"

"方子灵验极了，"奥利·道登强调地说，"过去给人家护理病人，我就用过那个方子。"

"那咱们只好祷告天尽快亮了，好去捉蝰蛇。"克林忧郁地说。

"我去看看行不行。"萨姆说。

他拿起一根他用作手杖的绿色榛树棍，把一头劈开夹进一颗小石子，然后抓过灯笼来，往荒原里去了。克林此刻已经生起一堆小火，打发苏珊·农色奇去取煎锅了。她还没回来，萨姆就捉了三条蝰蛇进来，有一条正在棍子劈叉里拼命盘绕挣扎，另两条都死了，在棍子上挂着。

"只捉到一条能杀鲜肉的活蛇，"萨姆说，"这两条耷拉着的是我白天干活弄死的；不过太阳下山前还没死，肉不会臭的。"

活蝰蛇小黑眼珠恶狠狠地瞪着聚在那儿的人，背上棕黑相间的美丽花纹也好像气得更鲜艳了。老太太和蛇对视；她浑身颤抖，把目光转到一边去了。

"看这蛇，"克里斯琴嘟囔着说，"街坊们，当初上帝伊甸园里的老蛇，把苹果给身上不穿衣服的姑娘吃的那条^①，说不定把邪灵传给了蝰蛇和别的蛇呢？看这蛇眼 —— 天地良心，就像凶神恶煞的黑加仑子。但愿它不能给咱们歹毒意念才好！荒原上已经有人被蛇目瞪过倒霉的了。我一辈子也不会去杀蝰蛇的。"

"唉，要是人忍不住要害怕，那也只好害怕了，"坎特尔大爷说，"我当年要是知道害怕，就可以省掉不少勇敢的冒险。"

"我好像听见棚子外面有动静，"克里斯琴说，"但愿白天出乱子，就是碰到最邪门的老巫婆，人也可以显一显胆量，不用哀求她发慈悲，只要人勇敢，跑得快，能躲得开！"

"连我这样的傻瓜，都不会那么窝囊的。"萨姆说。

"唉，防不胜防啊，祸事总是出其不意的。街坊们，要是约布赖特太太死掉了，你们看咱们会不会被捉去，以过失杀人受审？"

"不会，他们不能那样裁定的，"萨姆说，"除非能证明咱们前半辈子非法捕猎过。不过她会挺过来的。"

"嘿，就是叫十条蝰蛇咬了，我也不会耽误一天的活，"坎特尔大爷说，"我振作起来时，精神可好啦。不过经过作战训练的人，也许这很自然。对，我经过的事很多很多啊；自从〇四年在乡团里参军以后，就没再出过一次闪失。"他摇摇头，微笑地想象着自己身穿军装的模样。"年轻的时候，有什么最勇敢冲锋的事，我老是一马当先的！"

"想必是他们老叫最大的傻瓜打头阵吧？"费尔韦从火堆旁说，他正跪在那儿吹火。

"你那么想吗，蒂莫西？"坎特尔大爷脸上忽然阴沉下来，来到费尔韦旁边说，"这么说，一个人多少年来一直觉得自己是好样的，

---

① 《圣经》故事，上帝创造了狡猾的蛇，诱惑夏娃吃禁果。

到头来是搞错了？"

"别管那种问题啦，大爷。把老腿活动活动，再去捡些柴。人家在生死关头呢，你老头子净吹牛，真胡闹。"

"是是是，"坎特尔大爷郁闷而自信地说，"唉，对于当年的好汉，今晚上绝对糟糕。哪怕我是吹双簧管、拉低音提琴的好手，现在也无心吹吹拉拉的了。"

苏珊已经拿煎锅来了；活蝰蛇宰了，三个蛇头割下了。蛇身剁成一段一段的，剖开了扔到煎锅里，就在火上开始发出咝咝和噼啪声。不久，蛇肉上就有清油流出来，克林拿手帕角蘸了蛇油，往伤口处涂。

8 游苔莎耳闻好运目睹厄运

与此同时，游苔莎独自一人留在奥尔德华斯家里，最近的事态把她搞得很郁闷。那天居然让克林妈吃了闭门羹，克林发现后很可能会造成不痛快的后果；她厌恶事态竟变成了这种性质，渴望着趋吉避凶。

晚上独守空房，什么时候她都会觉得厌倦，而今晚有了前面几个钟头的兴奋，她觉得格外烦闷。两次来客，把她搅得心神不宁。克林母子谈起她想必不会说好话，这种可能虽然并未把她搞得坐立不安，却也非常懊恼；连她那种瞌睡昏沉的行动也加快了节奏，真希望当初开了门。她原先倒是确实认为克林醒了的，这种借口还算实事求是；但婆婆头一次敲门时不去开，她无论如何难逃责难。不过，她却并不因此埋怨自己，而把过错推卸到一个模糊不清、巨大无比的撒旦肩上，是它规定了她的处境，掌控了她的命运。

在这个季节，晚上走路要比白天舒服得多；克林走了一个来钟头以后，她忽然决定出门朝布露斯头方向走走，万一他回来碰到他呢。她刚走到庭园的栅栏门跟前，就听见有车轮靠近的声音，回头一看，发现外公驾马车驶近了。

"谢谢你，我一分钟都不能停，"他回答她的问候说，"我要去东埃格敦，绕到这儿就为了告诉你消息。也许你已经听说 —— 怀尔狄夫先生发财了？"

"没有。"游苔莎茫然地说。

"哦，他继承了一万一千镑的财产 —— 叔父送全家人回国，听到搭乘的'卡西俄珀亚'①船葬身海底的噩耗，很快就在加拿大死了。

---

① 卡西俄珀亚：希腊神话中的埃塞俄比亚王后，被迫把女儿交给海怪。

怀尔狄夫冷不防继承了全部财产。"

游苔莎怔住了，一时一动也不动。"他得知这个消息有多久了？"她问。

"呃，他今天一早就知道了。十点钟查利回来的时候，我也知道了。嘿，他真得说是幸运儿啊。游苔莎呀，你有多傻！"

"怎么啦？"她问，抬起眼睛，外表显得平静的样子。

"哎，当初他跟你好，没勾住他呀。"

"跟我好过，不错！"

"我新近才知道你俩曾有过意思；说真的，当初要是知道，我不极力反对才怪呢；不过，既然你们之间好像有名堂，干吗不勾住他？"

游苔莎不回答，不过看上去好像就这件事，她满可以和他一样有话说的。

"你那个可怜的半瞎子丈夫好吗？"老头接着说，"其实他的为人也很不错。"

"还好。"

"他那表妹叫什么来着，倒是交了好运了。老天，那条船本该是你坐的呀，孩子！我得赶路啦。你们用不用帮忙？我的也就是你们的，你知道的。"

"谢谢外公，我们现在还不缺钱花，"她冷淡地说，"克林在砍柴，不过那主要是因为做不了别的事，消遣一下，补贴家用。"

"这种消遣能赚钱，是不是？听说一百捆卖三先令。"

"克林有钱的。"她说，脸上一红，"不过他喜欢多赚一点。"

"很好，晚安。"老舰长赶着车走了。

外公走了，游苔莎机械地往前走，心思已经不在婆婆和克林身上了。怀尔狄夫尽管老怨天尤人，命运却再次青睐了他，阳光灿烂哪。一万一千镑啊！在埃格敦荒原上，无论怎么看，他都发财了。在游苔莎眼里，那也是一笔很大的数目——足够满足她的物质要求了，而克林在态度严肃时却贬之为虚荣和奢侈。游苔莎虽然不爱金钱，却爱金钱能买的东西；所以想象着怀尔狄夫新得的身外之物，他本人也就变得趣味无穷了。她现在想起，他今早穿着不张扬的好衣服：大概是把最新的西装穿出来了吧，也不怕石南和山楂树划破了。接着，她又想起他对她的态度来。

"噢，我明白了，我明白了，"她说，"他现在多么希望我是他的人，好满足我一切的愿望啊！"

她回忆起他的眼神和谈吐时的细节 —— 当时根本不在意 —— 就明白了，都被他得知的新鲜事左右了。"要是对抛弃他的女人怀恨在心，就会得意洋洋地告诉我他交了好运气了；他不但没那样，反倒考虑我的不幸，一个字都没提，只是暗示我比他高一等，他还爱我。"

怀尔狄夫那天对自己的事闭口不提，这种行为正是他设计好来打动那种女人的心的。实际上，这种高雅品味的细腻格调，正是怀尔狄夫与异性交往时的一个优点。他这个人独特之处在于，有时候对女人激情勃发，兴师问罪，爱记仇；有时候却又对她无比通情达理，能使以前的怠慢显得并非失礼，伤害并非侮辱，干涉只是微妙的讨好，坏了她的名声只是殷勤过头而已。就是此人，今天对游苔莎表示爱慕，她不理会，对她表示好意，她懒得接受，并把他从后门打发走了；而他却是一万一千镑的主人 —— 一位受过优质高等职业教育的人，跟着土木工程师当过学徒的人。

游苔莎只顾考虑怀尔狄夫发财，就忘了她前途攸关的是克林的财产。她没有马上往前去迎着克林，却在石头上坐下了。身后一个人说话，打断了她的遐想；她回头一看，只见旧情人兼幸运的遗产继承者就站在身旁。

她坐着没动，不过神色有变化，像怀尔狄夫那样了解她的人，都会知道她正在想他。

"你怎么上这儿来啦？"她用清爽低沉的音调说，"我还以为你在家里呢。"

"我从你家庭园出来后，就进村去了，现在又回来了，就这样。请问你去哪儿？"

她把手往布露斯头方向一挥。"我去接老公。今天你我在一起，我想说不定我惹麻烦了。"

"怎么会呢？"

"没让约布赖特太太进门哪。"

"希望我看你一趟，对你没害处。"

"没有的话。不是你的过错。"她平静地说。

这时，她已经站起来了；两个人就不由自主地一起往前散步，有两三分钟的工夫都没说话，是游苔莎打破了沉默。"我想该给你道喜啦。"

"道什么喜？对！你是指我那一万一千镑？咳，我没缘得到别的东西，只能拿那个将就了。"

"你好像无所谓似的。今天来时怎么不告诉我？"她以被冷落者的口气说，"完全是碰巧听说的。"

"本来想告诉你的，"怀尔狄夫说，"可是我——呃，直说吧——游苔莎，一看你没有福星高照，就不愿意提起它了。眼看着一个男人累死累活躺倒在那儿，像你丈夫那样，觉得再对你夸耀财富，完全不合时宜。然而，看着你站在他旁边，又不由得感到，他在许多方面比我富裕。"

听到这儿，游苔莎带着隐含的调皮说："怎么，难道你肯跟他交换——拿财产来换我吗？"

"当然肯。"怀尔狄夫说。

"净想这些不可能的荒唐事。换个题目谈谈吧？"

"很好。要是愿意听，我就把未来计划对你说一说吧。我要用九千镑作永久投资，留一千镑现款，剩下的一千镑，去旅游它一年左右。"

"旅游？妙主意！你都要到什么地方去呀？"

"从这儿先到巴黎过冬春季。再到意大利、希腊、埃及和巴勒斯坦，趁天气还没热。夏天要到美国去；然后到澳大利亚，再绕到印度，这步计划还没确定。那时候，我就该游腻了。然后我也许再回到巴黎，只要住得起，就一直待在那里。"

"再回到巴黎。"她嘟囔着说，声音差不多像叹息。她从未对怀尔狄夫说过，克林当初的描述在她心目中种下了向往巴黎的愿望，而现在他不经意间就可加以满足。"你很推崇巴黎吗？"她接着问。

"对，我认为巴黎是全世界的中心美丽城市。"

"我也这样想的！托马辛要跟你去的了？"

"要是愿意去，自然的。她也许喜欢在家里待着。"

"这么说，你要到处游逛，我要守在这儿了！"

"我想是吧。不过该怨谁，你知我知。"

"我又没有怨你。"她急忙说。

"哦，我还以为你怨我呢。要是果真想怨我，请想一想某天晚上，答应到雨冢上会面却没去。你给我写了信，我看得心疼极了，只希望你的心永远不会那么疼才好。那就是分道扬镳的地方。然后我匆忙中办了一件事。……不过她是好女人，我再没有什么话可说的。"

"我也知道那次怨我，"游苔莎说，"可也并非总是这样啊。不过，谁叫我命薄，感情变化突然。戴蒙啊，不要再责备我啦 —— 我受不了。"

他们默默无言地走了两三英里，游苔莎忽然问："你不是越走越远了吗，怀尔狄夫先生？"

"今晚的路就在脚下。陪你走到看见布露斯头的小山吧。天晚了，你一个人走不好。"

"不麻烦了。我绝不是非出来不可。我想最好还是不要再陪我走了。这种事传出去怪怪的。"

"很好，那离开好啦。"他冷不防抓住她的手吻了一下 —— 这是她婚后第一次。"那山上是什么亮光？"他接着说，好像是掩饰亲热动作似的。

她看过去，只见一点颤抖不定的火光，从前面不远的棚子敞开面射出来。那棚子以前她看见老是空着的，现在好像有人住了。

"既然已经走了这么远，"游苔莎说，"那就送我平安走过那棚子好不好？我看附近该和克林碰头了。既然他还不露面，就走快一点，不等他离开布露斯头就赶到那儿。"

他们朝草棚子靠近，只见里面的火光和灯笼，清清楚楚地照出一个女人的身影斜靠在蕨草堆上面，一群荒原的男男女女站在周围。游苔莎没认出躺着的人就是约布赖特太太，也没看出旁观者里面就有克林，直到她走近。她急忙捏了怀尔狄夫的手臂一把，示意他从棚子敞开面退出，躲到阴影里去。

"是我丈夫和他妈，"她焦躁地耳语说，"到底是怎么回事啊？能上前去看看，告诉我吗？"

怀尔狄夫离开她身旁，到棚子后墙去了。很快，游苔莎看见他向她招手，她也到他站的那儿去了。

"病得很厉害。"怀尔狄夫说。

从他们的位置，能听见棚子里的动静。

"我想不出来她要上哪儿，"只听克林对人说，"她显然走了很远的路，不过刚才就是能说话，也不肯告诉我去了哪儿。你看她究竟怎么样啦？"

"非常令人担心，"一个声音郑重地回答，游苔莎听出来，那是本地区唯一的医生，"蝰蛇咬了有点厉害，不过，是极度的疲乏才把她压垮的。我的印象是，她走的路一定特别远。"

"我早就告诉过她，这种天气不要走动过多了，"克林痛苦地说，"你看，我们用蝰蛇油做得对吗？"

"呃，那是老方子了——我想是从前捕蛇人用的古疗法，"医生回答说，"霍夫曼和米德都说那种油一搽就灵，我想丰塔纳院长也那么说过。①无疑，这是你们所能做的最好办法了。不过，我怀疑别的油也许一样有效。"

"过来呀，快来！"只听一个女人焦急的声音急速地说，接着就听见克林和医生从棚子后部冲到老太太躺着的地方去了。

"哦，怎么啦？"游苔莎轻声问。

---

① 霍夫曼（1809—1874）：德国医学家。米德（1673—1754）：英国医学家。丰塔纳（1730—1805）：意大利医学家。三人都传下医学名著，讲到中毒的医法。

"刚才说话的是托马辛，"怀尔狄夫说，"一定是把她叫来了。不知道我是不是进去为好 —— 不过恐怕有害处。"

许久，棚子里的人鸦雀无声，终于有克林痛苦的声音问："大夫啊，这是怎么啦？"

医生并没马上就回答，停了半天才说："她眼看就不行了。先是心里受了创伤，体力疲劳最后给了她致命的打击。"

接着传来女人们的哭声，后来是等候，下面是压低的喊叫，又是奇怪的喘气声，再是痛苦的肃静。

"结束了。"医生说。

只听棚子后部几个乡下人在窃窃私语："约布赖特太太死了。"

差不多同时，那两个暗中观察的人，看见一个打扮古板的小孩从敞开面进去。苏珊·农色奇看见孩子，就走到外口，默默地摆手叫他回去。

"妈，一件事告诉你，"他尖声喊着说，"那睡着的老太婆，今天跟我一路走来着；她叫我说看见她来着，说她是个心碎的女人，儿子弃母。以后我就回家了。"

听见里面发出一阵困惑的啜泣，像是男人的声音，游苔莎微弱地倒吸了一口气说："是克林 —— 我得去看他 —— 不过我敢去吗？不敢，走吧！"

他们从棚子走远了以后，游苔莎嘶哑着嗓子说："这要怪我的。我厄运将临啊。"

"到底有没有让她进门呢？"怀尔狄夫问。

"没有，麻烦就在这儿！哦，我怎么办哪！不能进去，要直接回家。戴蒙，再见吧！现在再也不能跟你说话了。"

他们分了手。游苔莎走到前面那个山头时回头一看，一个忧郁的队伍，在灯笼的亮光下，从棚子往布露斯头进发。看不见怀尔狄夫的影子。

第五卷　发现

1 受患难的人，为何有光赐给他呢？[①]

约布赖特太太葬礼后约莫三个礼拜，一天晚上，银色月面的光芒直射到奥尔德华斯克林家的地上，一个女人从屋里走出来。她靠在庭园的栅栏门上，好像要透一下空气。淡白的月光能让丑妇变美，原本美丽的面孔平添了天仙的神情。

她在那儿没待多久，一个男人从路上走来，有点迟疑地问："请问太太，他今晚好吗？"

"好点了，汉弗莱，不过还是很严重。"游苔莎答。

"还是神志不清吗，太太？"

"不啦，现在很清醒。"

"还是那样说胡话念叨妈妈吗，可怜的人？"汉弗莱接着问。

"还是念叨的，不过不那么狂乱了。"她低声说。

"太太，太不幸了，强尼那孩子居然把他妈临死的话告诉他，说她心碎了，给儿子抛弃了。谁听了都得烦心的。"

游苔莎并没回答，只是呼吸微微一顿，好像欲言又止似的。汉弗莱谢绝了进屋邀请，走开了。

游苔莎转身进了屋，上楼来到了前面的卧室，那儿点着一盏带罩的油灯。躺在床上的是克林，脸色灰白、面目憔悴、毫无睡意，在床上翻来覆去，眼里发着一股热光，好像瞳孔里有一团火，要把眼球的物质烧光似的。

"是你吗，游苔莎？"游苔莎坐下时他问。

"是我，克林，我刚才下去了，在栅栏门那儿。月亮很漂亮，连

295

一片树叶都不动。"

"月亮吗? 月亮对于我这种人算得了什么呢? 亮就让它亮吧 ——
一切都随意吧,只要我别活到明天就得!……游苔莎呀,我都不知
道往哪儿看才好,心里的想法像宝剑穿身一样。哎呀,要是有人想画
受苦图而名垂千古,就叫他来找我!"

"怎么说这种话呀?"

"我不得不感到,是我千方百计把她害死了。"

"不是那样的,克林。"

"是的,是那样的。替我开脱没有用处! 我对她的所作所为太狠
毒了 —— 我没采取主动,所以她没法饶恕我。现在她已经死了! 要
是我早一点表示愿意跟她讲和,重归于好,她再去世,就不至于这样
难以忍受了。但我再没靠近过她家,她也就没靠近我家,不知道她多
么受欢迎了 —— 这就是烦恼的地方。她并不知道我当晚要到她那儿
去,她太麻木了,不能理解我。要是她来看我一趟就好了! 我渴望她
来的。但始终没来啊。"

游苔莎不由发出了颤声的叹息,这种叹息一直在令她心惊肉跳,
就像瘟疫的发作。她还没把实情说出来呢。

约布赖特深深地痛悔自责,只顾胡言乱语,却并没有留意她的
情况。在病中,他不断地说着这种话。他本来就很悲痛,那小孩不
幸又泄露了约布赖特太太最后的话 —— 那些误会时说得过于激愤的
话,悲痛之中又掺杂了绝望。他急火攻心,只盼望着死,就像庄稼汉
在田头盼望阴凉一样。一个人处于悲痛的聚焦点上,就是这种可怜
相。他不断地哀叹自己拖拉,没及早去母亲家,铸成了永远也无法纠
正的大错;他坚持说,他一定是受了恶魔的严重蛊惑,才没能早早想
到,她既然不上他这儿来,他就有责任去找她。他老要游苔莎对他的
自我谴责表示同意。游苔莎心中有鬼,火烧火燎,宣称她无可奉告。
这时候,他就说:"那是因为你不懂我母亲的脾气呀。她那个人,只
要求她,总是乐意宽恕的;但是我对她来说像是倔孩子,所以她才不
依不饶。也不是不依不饶;她自尊心强,比较含蓄,就这些。……是

的，我明白她为什么跟我闹别扭那么久了。她那是在等我去哪。我敢说，她曾经一百遍悲痛地说过：'我为他牺牲了一切，他就是这么报答的！'我从来没去看她啊！等到我去看的时候，已经为时太晚了。想到这儿，简直忍无可忍！"

有时候，他处于悔恨交加的状态而难以自拔，一滴纯属悲伤的眼泪都不肯掉。那时他就在床上痛苦地辗转反侧，心火的折磨远胜于身体的疾病。"要是我能得到些许确信，她临死时并不认为我怀恨在心，"有一天，他陷入这种心情时说，"那就比想起上天堂还好过。但这是办不到的了。"

"你这样没完没了地绝望消耗，实在过分了，"游苔莎说，"别人也有死母亲的吧？"

"那并不减少我的损失呀。不过损失本身还不如损失的原委那样严重。我对她犯下大罪了，所以才见不到光了。"

"我想是她对你犯了罪吧？"

"不对。她没有，罪是我犯的，让整个罪责压在我的头上好啦！"

"我想不妨三思以后再说这种话，"游苔莎回答说，"单身汉无疑有权随便咒骂自己；但有太太的人，祈求天降厄运的时候，可关系到两个人啊。"

"我心里太难过了，不懂你咬文嚼字的东西，"那位受苦人说，"白天黑夜有人对我喊：'是你整死她的。'不过我承认，这样刻薄自己，也许对你不公正，可怜的太太。请你原谅我这一点吧，游苔莎，我不知所措啊。"

游苔莎总是竭力躲开丈夫陷于这种状态的情景，在她看来，那就和加略人犹大看见审判耶稣的场景①一样可怕。她眼前会出现一个疲乏女人的鬼魂，在门上敲，而她却不肯开门；她不忍卒睹啊。但是对于约布赖特自己，把深深的悔恨公开说出来反倒好一些；沉默中要忍受的痛苦无以复加，并且有时长久维持紧张、沉思的情绪，胡思乱想

---

① 《圣经》故事，犹大出卖了耶稣，后来见耶稣获罪，在后悔中自杀了。

煎熬折腾；因此让他大声谈话，绝对必要，以便他的悲伤会就此多少消耗一些。

游苔莎看月色回屋不多久，就听见轻柔的脚步声到了房前，楼下女仆通报托马辛来了。

"托马辛哪！谢谢你今晚来，"托马辛进了屋，克林说，"你瞧，我躺着呢。这种狼狈相，弄得一个朋友都不敢见，连你也差不多不敢见了。"

"千万别躲着我呀，亲爱的克林，"托马辛诚恳地说，甜美的声音，在受苦人听来，不啻一阵清风吹进了'黑牢'①里，"你身上没有什么能叫我震惊，把我赶走的。我来过，你不记得罢了。"

"哦，记得的；我并没精神错乱，托马辛；从来没有过。要是他们说，你也不要信。我只是对自己的所作所为痛心疾首罢了；加上身体虚弱，看上去疯癫癫的。其实我神志并不乱。要是我真的疯了，那你想，我还能记得母亲去世的所有情况吗？没那么好的运气呀。两个半月的工夫哪，托马辛，可怜的母亲最后那些日子，都是孤苦伶仃啊，为了我而心神恍惚，悲伤欲绝；而我一直没去看她，虽然只住在六英里外。两个半月——七十五天的工夫，日出日落，照着她那孤苦伶仃的状况，连狗都不该有的遭遇呀。从不来往的穷人，要知道她病了，知道她孤单，都会照顾她，都会去看她的；而我呢，本该是她唯一的依靠，却像狗杂种躲得远远的。要是上帝真公道，就让他现在就处死我。他差一点就把我给弄瞎了，不过还不够。要是他能给我更厉害的痛苦，我就永远相信他！"

"嘘，嘘！求求你，克林，别，别，快别说这种话啦！"托马辛吓得痛哭流涕地央求他。而坐在房间另一边的游苔莎，虽然惨白的脸上还算镇静，身体却在椅子上扭动起来。克林没理表妹的话，接着说。

"不过像我这样的人，连接受永世天谴的新证据都不配。你说，

---

① 黑牢：印度加尔各答的监狱，宽十四英尺，长十八英尺。1756年6月，有146个欧洲人关在里面，一夜闷死了大部分，仅23人幸存。

托马辛，她知道我的真心吗 —— 她死的时候，是不是最后不再误会我还没有原谅她？至于她怎么会有那种可怕的误会，我说不出来。你要是能让我确信那一点就好了！你说呢，游苔莎？你倒是告诉我呀。"

"我想我能让你确信，她最后明白了。"托马辛说。游苔莎脸色苍白，一声不响。

"她为什么不到我这儿来呢？否则一定请她进来，对她表示，不管怎么样，我还是爱她的。但她就是不来，我也没到她那儿去。于是，她就像丧家犬一样死在荒原上了，没有人救她，直到回天无力。托马辛哪，要是你像我那样，看见了她当时那种情况 —— 一个可怜的女人，奄奄一息，黑夜里躺在野地上呻吟，周围一个人都没有，认为自己被全世界的人抛弃了，你一定会痛苦之极，连野人也会为之动容的。而那个可怜的女人，正是母亲！难怪她对那小孩说：'你看见了一个心碎的女人。'说出那样的话来，她落入了什么样的心境，可想而知啊！这样做除了我，还能有谁？太可怕了，不堪设想啊；但愿我受到比现在更重的惩罚。他们说我精神错乱，时间有多久呢？"

"我想有一个礼拜吧。"

"以后我就安静下来了。"

"不错，安静了四天。"

"现在我又不安静了。"

"还是平静一点的好。求你了，身体很快就强壮起来的。要是能把心头那种印象去掉 ——"

"好的，好的，"他不耐烦地说，"但是我不想强壮起来。身体好又有什么好处？我死了才对我更好些，对游苔莎当然也更好。游苔莎在这儿吗？"

"在这儿。"

"游苔莎呀，如果我死了，对你更好，是不是？"

"别逼问啦，亲爱的克林。"

"呃，其实不过是捕风捉影罢了，很不幸，我还死不了。我自己觉得好起来了。托马辛，丈夫得了这么多钱，你们还要在店里住多久？"

"也许再住一两个月吧，住到我病好了。总得等到那时候才能搬家。我想还得一个月出零吧。"

"是的，是的。当然。托马辛妹妹呀，你的磨难都要完了 —— 再过短短的一个月就熬过去了，而且会有什么东西来安慰你；我的磨难可没完没了，也不会有安慰我的什么东西出现！"

"克林，你这是跟自己过不去了。放心吧，阿姨对你感情不错的。我知道的，她要是活过来，你早就跟她和好了。"

"结婚前问过她来不来，她没来看我。要是她来过，或是我到她那儿去过，临死她就决不会说：'我是一个心碎的女人，儿子弃母。'我总是对她敞开大门的 —— 这儿总是等着欢迎她。但她始终没来看一看。"

"最好现在不要再谈了吧，克林。"游苔莎从房间那一头有气无力地说，那情景越来越叫她受不了了。

"我在这儿待不长，还是我来跟你说说吧，"托马辛安慰他说，"克林，想一想，你看问题有多片面啊。她对小孩说那些话时，你还没看见她，还没把她抱起来呢；再说，那也许是气话呀。阿姨说话是喜欢急躁的。她对我说话，有时就急躁嘛。她虽然没来看你，但我坚信她想来看你的。你想，一个当妈的，能过了两三个月，还一点宽恕的思想都没有吗？她早已原谅我了，为什么就不能原谅你呢？"

"你努力使她回心转意，我可没做什么呀。我这个人，还想把幸福的奥秘教给人家呢，连文盲都懂得躲避的大惨剧，都不知道避开。"

"你今晚怎么来的，托马辛？"游苔莎问。

"戴蒙把我送到路口的。他又赶着车到东埃格敦办事去了，一会儿回来接我。"

果然，不久就听见车轱辘的声音了。怀尔狄夫来了，驾着双轮小马车在外面等候。

"派人出去说一声，再过两分钟就下楼。"托马辛说。

"我自己下去说吧。"游苔莎说。

她下了楼。怀尔狄夫已经下了车，游苔莎开门时，他正站在马头前面。起先他没转过脸，以为是托马辛出来了。后来他抬头一看，才稍微一惊，说了声："噢？"

"我还没对他说哪。"游苔莎低声回答。

"那就先别说，等他好了再说吧——说出来可要命。你自己也病着啊。"

"我苦恼极了。……戴蒙啊，"说着，她一下哭了出来，"我——说不出有多难过！简直受不了啦。我的烦恼，对任何人都不能说——除了你，谁也不知道。"

"可怜的姑娘！"怀尔狄夫说，显然被她的痛苦打动了，最后竟拉住了她的手，"难哪，你根本就没怎么样，却卷在这样的一团乱麻里头，太冤枉了。这种伤心场面，不是你所能受得了的。就怨我。要是当初把你从这一切里救出来就好了！"

"不过，戴蒙，请你告诉我该怎么办？一个钟头一个钟头地坐在他身边，听他责骂自己把她害死了，心里却知道，若有罪人，非我莫属，这真把我逼入了绝境。不知道怎么办才好。是应该告诉他呢，还是不应该告诉他？我老在扪心自问。唉，又想告诉他，又怕告诉他。他要是发现了真相，非把我杀了不可，因为没有其他行为，能抵得上他现在的情绪。'谨防老实人大发雷霆'，看着他，这句话天天在我耳边回响。"

"唉，等他好一点，再看机会吧。要是你告诉他，不可和盘托出——这是为他着想。"

"哪部分要瞒着呢？"

怀尔狄夫沉吟了一下。"当时我在屋里那部分。"他低声说。

"好吧。人家都暗地里说闲话了，那应该保密。仓促行事容易，再辩解可就难！"

"只要他死了——"怀尔狄夫嘟囔着。

"想都不要那么想！哪怕我恨死了他，也不愿用那样卑怯的企图换取免罪。我要回楼上陪他了。托马辛让我告诉你，过几分钟就下来。再见吧。"

她回去，托马辛很快出现了。她同丈夫坐到马车上，马转头前行时，怀尔狄夫抬头望着卧室窗户。他能分辨出一张惨白悲戚的面孔，从窗户里目送他驱车离开。那正是游苔莎的脸。

2 恍然大悟

　　克林的悲痛自生自灭了，体力恢复，托马辛探望后一个月，就能看见他在庭园里散步了。他脸上离奇地调和着坚忍和绝望、沉着和忧郁、健康气色和濒死惨白。他现在一反常态，对亡母有关的往事一概沉默；游苔莎虽然知道他仍然耿耿于怀，却乐得躲开这个题目，绝不肯把它重新提起。当初他神志恍惚，情不自禁，口无遮拦；可现在他逐步恢复了理智，就陷入了缄默。

　　一天晚上，他正站在庭园里，心不在焉地用手杖锄一棵荒草时，一个骨瘦如柴的人，转过屋角来到他跟前。

　　"是克里斯琴吧？"克林问，"很高兴，你找到我了。过几天要你去布露斯头跑一趟，帮我把房子收拾收拾。我想房子照样锁着的吧？"

　　"是，克林先生。"

　　"你把土豆和别的根菜都刨起来了吗？"

　　"刨了，感谢上帝，一滴雨都没下。特地来告诉你一件别的事情，跟新近咱们家出的事大不一样。静女酒店从前都叫他店主的那位有钱绅士，派我来告诉你，怀尔狄夫太太平安生了一个女孩，刚好是午时一点钟生的，也许前后差几分钟；据说，就是等着添这一口人，他们得了钱以后才没有搬走。"

　　"你说大人很平安，是不是？"

　　"是，先生。只是怀尔狄夫先生因为不是个小子而发脾气。这是他们在厨房里说的，不让我听见的。"

　　"克里斯琴，有话跟你说。"

　　"是，可以，约布赖特先生。"

　　"我妈死的前一天，你见她来着？"

"没有，没见。"

约布赖特脸上露出失望的表情。

"可是她死的那天上午，我见她来着。"

克林眼睛一亮。"这比我要问的更近。"他说。

"不错，我知道那是同一天。她说：'我要看他去了，克里斯琴，正餐不用你给我送菜了。'"

"看谁？"

"看你呀。你不知道吗？她是往你家来的呀。"

约布赖特十分惊异地盯着克里斯琴。"你以前怎么没提起过这话呀？"他问，"你肯定她来的是我家吗？"

"是啊。我没提那话，因为最近没看见你呀。再说，她没走到你这儿，还不是白搭，没有什么可说的！"

"我老纳闷，那样的大热天，她跑到荒原上去干什么！好啦，她说过要来做什么吗？克里斯琴，这一件事，是我很想知道的。"

"是，克林先生。她没对我说，不过我想她到处对别人说的。"

"你知道都对谁说过？"

"有一个男人，求你了先生，希望你别在他面前提我的名字，因为我老在怪地方看见他，尤其是在梦里。今年夏天，一个晚上，他像凶神恶煞'饥荒'、'干戈'①一样瞪着我，把我闹得垂头丧气，有两天连头上那几根头发都梳不通。他好像，约布赖特先生，正在通往迷雾岗的小路中间站着的，你妈走到那儿，脸上煞白煞白的 ——"

"啊，那是什么时候？"

"今年夏天，我的梦里。"

"呸！这个人是谁？"

"迪格利，就是那个卖红土的。你妈来看你的前一天晚上，他去看你妈了，陪她坐了一会儿。他走到门前的时候，我还没收工回家呢。"

"一定得见见维恩 —— 早知道这件事就好了，"克林焦急地说，

---

① 《圣经》典故，指灾难。

"不知道他怎么没来告诉我？"

"他第二天就离开埃格敦了，不大可能知道你要见他吧。"

"克里斯琴，"克林说，"你得找找维恩去。我还有别的事，不然就自己去了。马上就去把他找着了，告诉他我有话跟他说。"

"白天找人我倒是好手，"克里斯琴说，一边迟疑地东张西望，发现天色渐渐昏暗了，"不过晚上嘛，约布赖特先生，可就没有比我再差的了。"

"随便什么时候去荒原上找，尽快把他带来。可能的话，明天就把他找来。"

接着克里斯琴就走了。第二天来临，但维恩没来。晚上，克里斯琴来了，样子很疲乏。原来他找了一整天，也没打听到红土贩的消息。

"明天不要误工，尽量问问吧，"约布赖特说，"找不着就不用再来啦。"

第二天，约布赖特出发去布露斯头老屋了；那所房子，连带庭园，现在都归他了。他大病一场，无法准备搬家；但是作为母亲那点遗产的管理人，必须去照看内部的东西；为此，他决定晚上在那里过夜。

他往前走去，既不快也不果断，而是像刚从沉睡中唤醒的人那样，慢吞吞走着。他走到山谷时，刚到下午时分。只见那地方的表情，那时光的情调，都和过去日子里的类似场合一模一样；这种似曾相识的情景产生了一种幻觉，仿佛已故的老母会出来欢迎他。庭园的栅栏门锁着，百叶窗关着，都和出殡那天晚上他离开时一样。他把栅栏门打开，只见蜘蛛已经结了一张大网，把门和门楣封了起来，它大概以为这门是永远不会再开的了。他进了屋子，把百叶窗拉开，就动手清理碗橱和壁橱，把废纸烧掉，同时琢磨着怎么布置才妥当，以便把游苔莎接过来住。他打算住到能实行那耽搁已久的教育计划的时候，如果那一天还会来到。

他巡视着各个房间，强烈感情油然而生，很不愿意把父母和祖父母的传统家具陈设加以变动，去适合游苔莎的现代观念。那光秃秃橡木壳的座钟，钟门上画着耶稣升天图，钟座上画着捕鱼奇迹^①；祖母留下来的玻璃门角柜，隔着玻璃就能看见柜里的玲珑瓷器；上菜架，几个木茶盘，挂在墙上带铜龙头的茶桶——所有这些古老的器具都该往哪儿丢才好呢？

他发现窗台上的花儿都已经枯死了，便拿到外面的窗台上便于搬走。正忙碌着，他听见外面石子路上有脚步声，有人敲门。

约布赖特打开门，维恩站在他面前。

"早上好，"红土贩说，"约布赖特太太在家吗？"

约布赖特低头往地上瞧。"那你没看见过克里斯琴或者别的埃格敦人了？"他问。

"没有。我在别处待了很长时间，才回来。我离开的前一天到这儿来过。"

"你还没听说什么吧？"

"没有。"

"我母亲——去世了。"

"去世了！"维恩机械地说。

"她现在的家，我也不反对搬去住的。"

维恩看看他说："要是不看你的脸色，我永远也不会信你的话。你病了吧？"

"病了一场。"

"唉，人生无常啊！一个月前跟她分手，一切还都好像表明，她要开始新生活了。"

"好像的事成真了。"

"你说得不错，毫无疑问。磨难教育了你，你现在说话比我意味深长。我只是指她在现世的生活。死得太早了。"

"或许是我活得太长了吧。迪格利，这个月为了母亲的死，我真是痛苦不堪。请进来吧，我正要找你呢。"

---

① 《圣经》典故两则，耶稣死后，复活升天；向门徒显圣，帮助打鱼。

他把红土贩领到了圣诞节开舞会那个大房间，两人一块在长椅子上坐下。"你瞧，"克林说，"壁炉冷冰冰的了。当初那块烧了一半的木头和余烬还熊熊发光的时候，她活得好好的！这儿的一切还没动过。我是无能为力了，生活像蜗牛爬。"

"怎么会死了呢？"维恩问。

约布赖特把她生病去世的详情说了一下，接着说："从今往后，任何痛苦，对我来说都算小毛病了。——我刚才说要问你话来着，却像醉汉一样跑题了。我很想知道，我母亲跟你最后见面，都跟你说了什么话。我想你跟她谈了很久吧？"

"谈了半个多钟头。"

"谈到我了吧？"

"对。一定是因为我们的谈话，她才到荒原上去的。毫无疑问她正要来看你。"

"她那样讨厌我，为什么还来看我？这是个谜团啊。"

"不过我知道，她差不多饶恕你了。"

"但是，迪格利——女人已经饶恕了儿子，那在去儿子家的路上病倒了，还会说因为儿子虐待而心碎了吗？不可能的！"

"我只知道，她一点都没责备你。她为发生别扭而埋怨自己，一味自责。我是听她亲口说的。"

"你听她亲口说，我并没有虐待她；同时又有人听她亲口说，我虐待她？我母亲并不是冲动的女人，无缘无故就时不时改变观点的啊。维恩，你说，她怎么这样出尔反尔呢？"

"说不上来。的确很怪，她宽恕了你，宽恕了你太太，正要去你家里跟你和好呢。"

"如果需要有一件事来困惑我，那就是这件莫名其妙的事了！……迪格利，要是我们活着的人允许跟死去的人谈话——只谈一次，只谈一分钟的工夫，哪怕隔着铁栅栏，像跟囚犯谈话那样——那能了解多少事情哪！有多少春风得意的人会缩头缩脑啊！而这个谜团——立刻就水落石出了。可是坟墓把她永远关在里面了，还怎么找谜底呢？"

　　同伴并不回答，答不出什么嘛。几分钟后维恩走了，克林的心情从悲伤麻木，变为烦恼而犹豫不定了。

　　他整个下午都是那样的心情。邻居在那所房子里替他铺了床，省得明天还得往回跑。他在空荡荡的地方安歇下，一小时一小时过去了，却毫无睡意，老在琢磨那件事。如何解这个死人的谜底，似乎比解决活人的最高问题还重要。他脑海里藏着一张孩儿脸走进克林妈躺着的草棚子的生动画面。圆圆的眼睛、急切的注视和尖厉的说话声，都像刀子一般在他的脑子里乱戳。

　　去找找这小孩，可能会一无所获，却也不失为得到新的一鳞半爪细节的手段。事情已经过去六个礼拜了，再去挖掘小孩的脑袋，不是获取小孩看见和理解的事实，而是发掘本质上他根本不能领会的事情，本来希望就不大；既然每一条明渠都堵住了，只好探赜索隐了。现在别无他法嘛；这番探查之后，他只好让这个哑谜沉到不可知事物的深渊里去了。

　　他是在破晓时分才作出决定的，立刻就起床了。他把门锁好，进了一片绿草地，再往前去，就和石南混合成一片了。白色的花园栅栏前，一条小路分为三股，好像镞形标记①一样。右边一股通到静女酒店周边；中间一股通到迷雾岗；左边一股越过山丘通到迷雾岗的另一部分，那就是小孩的住处了。他一折向最后那股路，就觉得一股寒气阴森森袭来，令人毛骨悚然。寒气大家熟悉，大概是早晨的空气还没有晒热吧，但日后他却体会到它的奇特意味。

　　约布赖特走到所找小孩的母亲苏珊·农色奇住的农舍，发现屋里的人还都没起床。不过，荒山小村，从起床到出门，可谓易如反掌，快得出奇。那儿并没有呵欠和梳妆，把夜间和白昼生活关山重重地隔断。约布赖特手杖够上去，敲敲楼上的窗台，三四分钟后，那女人就下楼了。

---

　　① 镞形标记：英国政府财产的标志。

直到此刻，约布赖特才想起来，这就是对游苔莎撒过野的女人。怪不得她迎接约布赖特时凶巴巴的。而且，小孩又害起病来了；自从那晚孩子被游苔莎逼着照看篝火以后，苏珊就把他的病痛归咎于女巫游苔莎的感应。这种看法好像鼹鼠一样潜伏在地下，外表举止上是看不出来的；而她在教堂扎伤了游苔莎，老舰长打算告她，游苔莎请求他息事宁人，他也就依了，这可能起到了姑息养奸的作用。

约布赖特强压下反感心理，苏珊毕竟对他母亲并没有恶意。他和蔼地打听她儿子，但她的态度一仍旧贯。

"我要见见孩子，"约布赖特迟疑地说，"他跟我妈同路，除了已经说过的，问问他还记得些什么。"

女人用一种奇异的责难态度看着他。除了半瞎子，明眼人会一目了然，她是在说："已经把你打趴下了，这是再来讨打了。"

她把小孩叫下楼，请约布赖特在凳子上坐下，接着说："好了，强尼，把你还记得的事，都告诉先生吧。"

"那一天很热，跟可怜的老太太同路，你还没忘吧？"克林问。

"没忘。"小孩说。

"她都跟你说什么话来着？"

小孩把走进草棚时说的话一字不差地重复了一遍。约布赖特胳膊肘支在桌子上，手捂着脸；孩子妈的样子好像在纳闷，一个人遭到这么深的刺痛，怎么还要？

"你遇见她时，她正要往奥尔德华斯去吗？"

"不是，正在离开。"

"不可能的。"

"是那样，她跟我同路。我也是往回走。"

"那最早在哪儿看见她的？"

"在你家。"

"注意啦，要说实话！"克林严厉地说。

"好的，先生，就是在你家第一次看见她的。"

克林大惊失色，苏珊有所期盼地笑了，可微笑并没使她的脸增

309

色；她好像是说："可怕的事就要来了！"

"她在我家做什么来着？"

"她走到'魔鬼的风箱'，坐在树下歇息。"

"天哪！我是刚知道啊！"

"你以前可没告诉我这个呀？"苏珊说。

"没告诉你，妈，不想让你知道我出去那么远。在那儿采黑樱桃，走过头了。"

"后来她干什么来着？"约布赖特问。

"看着一个人走到你家，进去了。"

"那是我自己——一个砍柴的，手里拿着荆条。"

"不是，不是你。那是个绅士。你早就进去了。"

"是谁？"

"不认得。"

"快告诉我以后又发生了什么？"

"可怜的老太太走到你家敲门，黑头发太太在旁边的窗户里看她。"

孩子的妈转身问克林："这是没想到的吧？"

克林像石头人一样没理会她。"讲下去，讲下去。"他沙哑着嗓子对小孩说。

"老太太看见小太太从窗户里往外看，就又去敲门，见没有人出来，她就拿起镰刀来看了一看，放下后，又把荆条看了一看；以后她就走了，走到我这边了，使劲地喘气，就像这样。我们两人就一块往前走，我跟她说话，她也跟我说几句，话不多，气都喘不上来了。"

"啊！"克林低声嘟嚷着，头搭拉下去了。"再讲啊，"他说。

"她话也说不多了，路也走不了啦。她的脸，哎呀真怪！"

"她的脸怎么啦？"

"跟你的脸现在一样。"

女人朝约布赖特看去，只见他面无血色，满头冷汗。"这里面不是有意思吗？"她窃窃私语，"你现在对她怎么看呀？"

"住嘴！"克林恶狠狠地说，又转过去对小孩说，"那么你就把她

310

扔下在那儿自生自灭了？"

"没有，"女人很快愤怒地说，"他并没把她扔在那儿！是她把孩子打发走的。谁说把她扔下，谁就是说假话。"

"别为这个费心了，"克林嘴唇颤抖着说，"他所做的，比起他所看见的，没什么大不了的。你是说，门一直关着？一直关着，她在窗户里看？慈悲的上帝啊！这是什么意思呢？"

小孩在问话人的逼视下退缩起来。

"他以前就这么说的，"孩子妈说，"强尼是个敬畏上帝的孩子，从来不撒谎。"

"'儿子弃母！'不对，亲妈呀，拿生命担保，不是弃母！而是儿媳，儿媳呀 —— 但愿所有的女凶手都受到应有的刑罚！"

说着，约布赖特冲出了那所小房子。只见他的瞳仁直勾勾地盯着一片空白，隐约闪着寒光；他的嘴型进入的那个阶段，俄狄浦斯①画像草图上已经有所构思。看他那精神状态，再奇怪的事情都做得出来；但看他那处境，却什么事情都不可能做。赫然在目的，并不是游苔莎的苍白面孔和不知名的男人身影，而仅仅是荒原那副坦然自若的面目。千百年来，它扛住了无数灾变的袭击，那饱经风霜的古老面庞，足以把一个人单枪匹马的狂乱喧嚷化解于无形。

---

① 俄狄浦斯：希腊神话中的底比斯国王。他发现自己弑父娶母后，刺瞎了自己的眼睛。

3 黑色早晨游苔莎梳妆

约布赖特心烦意乱，往奥尔德华斯狂赶，但周围景物的一派冷漠却摄住了他的意识。以前也有一次，他曾经亲身感到无生命的东西压倒了内心的热情，但当时冷漠所要削弱的，却比现在弥漫全身的感情要甜蜜得多。那一次，他站着跟游苔莎分手，告别走在山后潮湿宁静的平地上的恋人。

不过，他排除了杂念往家里赶，一直来到了屋前。游苔莎卧室里的百叶窗仍严严地遮着，她可不是早起的人。看得见的生命活动，表现为一只孤零零的鸫，在门口石台阶上啄小蜗牛当早饭，周围一片寂静，啄虫声听起来很响亮；不过克林走到门前，发现前门没闩。伺候游苔莎的小女仆已经起来了，人在屋后呢。约布赖特进了门，直奔太太的卧室。

他进来的响动想必吵醒了游苔莎，推开门时，她正穿着睡衣站在镜前，一只手还挽着发梢，把头发往头上盘，准备开始梳洗。她这个人见面不爱先开口，连头都没回，让克林默默地走了进来。他走到她身后，她镜子里看见了他的脸，脸色灰白、憔悴、狰狞、可怕。游苔莎虽然是不喜欢外露的太太，往日心里没鬼胎时，见了这脸色未免也要悲伤惊起，迎上前去，但现在却动也不动，只在镜子里看着他。看着看着，因温暖和酣睡而布满脸颊和脖子的红晕消退了，克林脸上那死神般的灰白飞渡到了她的脸上。他靠得近，见状，舌头就搅动起来了。

"你知道是怎么回事了，"他沙哑着嗓子说，"脸上就看出来了。"

她挽着的发辫撒开了，手垂到腰部；那一盘头发没有了支撑，便从头顶披散到肩膀和白睡衣上。她没有答话。

"倒是跟我说话呀。"约布赖特不容分说。

她脸上由红变白的过程仍没停，嘴唇也跟脸一样白了。她转身朝着克林说："好的，克林，我是要跟你说话。怎么这么早就回来啦？有什么要我做的吗？"

"有，听我说话。夫人好像不大舒服吧？"

"怎么？"

"瞧你的脸，亲爱的，瞧你的脸。也许是惨淡的晨光夺去了脸上的血色？有个秘密要透露给你。哈哈！"

"哎呀，真吓人。"

"什么吓人？"

"你的笑法。"

"自有吓人的理由。游苔莎，你把我的幸福攥在手心里，又像魔鬼一样把它给摔了！"

她惊得从梳妆台那儿闪开，从他身边退了几步，正色面对他。"啊！你吓唬我呀，"她微微地笑了一笑说，"这值得吗？我可没有护卫，孤身一人呀。"

"真是咄咄怪事！"

"什么意思？"

"既然有的是时间，那就告诉你吧，其实你自己心里明白。我的意思是，我不在家，你会孤身一人才怪呢。告诉我吧，八月三十一号下午跟你在一块的男人现在哪里？在床底下吗？还是爬在烟囱里？"

她不由得打了一个寒噤，连整件轻纱睡衣都哆嗦起来。"我记日子没有那么准，"她说，"除了你自己，我不记得别人陪过我。"

"我说的是那天，"他嗓门提高放粗了说，"就是你把婆婆关在门外害死的那天。唉，真太过分了——太糟糕了！"他背朝着她，在床架的下首靠了一会儿，接着站起来吼道，"你说，你说！你说呀——听见了没有？"同时冲到她跟前，抓住了她衣袖松弛的折缝。

心里勇敢倔强的人，往往外表显得怯懦，外层捅破了，便触及她那大无畏的实质。她先前白森森的脸上，顿时充满了血红色。

"你要干什么？"她低声说，高傲地微微含笑看着他，"这样抓住我，并不能吓住我，袖子撕破就可惜了。"

他不但没撒手，反而把她拉得更近了些。"你说一说细节 —— 把婆婆害死的情节，"他气喘吁吁、费劲地耳语道，"否则 —— 我就 —— 我就 ——"

"克林，"她慢吞吞地答道，"真以为你敢做的，我就不敢承受吗？不过，动手前先听好了。打是打不出名堂来的，打死了也没用，看架势要打死人似的。不过，也许根本就不想叫我讲话 —— 也许你只想叫我死吧？"

"叫你死！你希望这样吗？"

"是的。"

"为什么？"

"凭以前对她那付悲痛欲绝的德性，不死不足以平息你对我的愤怒。"

"呸 —— 才不叫你死呢，"他鄙夷地说，好像忽然改了主意似的，"我倒是想到过的，但是 —— 才不呢。那样就把你变成了殉道者，送你去她所在的地方了；要是办得到，我要让你永远远离她，直到海枯石烂。"

"我简直希望你叫我死呢，"她阴郁而愤激地说，"老实跟你说吧，我对于自己近来在世上扮演的这个角色，并没有强烈的愿望。你呀，我的先生，并不是福星。"

"你关了门 —— 在窗户里看着她 —— 家里有男人陪着你 —— 你把她赶走了叫她死。丧心病狂 —— 背信弃义！我不要碰你 —— 站得离我远点 —— 一字一字都坦白出来！"

"不干！我要学我不介意遭遇的死神，死不开口；虽然说出来可以把你栽的赃洗脱一半。是的，决不开口！凡是有点尊严的人，听了这种恶语，谁还费神去清理狂人脑子里的蜘蛛网？没有人。让他闹下去吧，让他钻牛角尖吧，掉到泥坑不能自拔吧。我还有别的事要操心呢。"

"太过分了 —— 不过我一定要放过你。"

“可怜巴巴的慈悲。”

“游苔莎，以我受苦受难的灵魂作证，你刺痛了我啊。我能挺住，而且还很棒！好了，夫人，说说那个人的名字吧！”

“不干，我抱定宗旨。”

“他写情书有多勤？都把信投放在什么地方 —— 什么时候跟你见面？啊，他的情书！告诉不告诉他的姓名？”

“不告诉。”

“那我自己来找，”他的目光已经落到附近的小书桌上了，她通常伏在那上面写信。他走过去。桌子锁着。

“打开锁！”

“你又无权命令。那是我的。”

克林二话不说，把桌子抓起来往地上一摔。铰链脱开了，好些信漏了出来。

“住手！”游苔莎说，显得比以前兴奋些了，走到他前面挡着。

“嗨，嗨！让开！我一定要看的。”

游苔莎看那些信撒在地上，克制住感情，淡漠地让开了；克林把信拾起来，仔细检查。

就是牵强附会，也没有一封可以罗织任何有害的勾当。唯一的例外是一个空信封，写给她的，笔迹是怀尔狄夫的。约布赖特把信封举起来。游苔莎就是死不开口。

“你识字吗，夫人？看看这个信封。待会儿无疑还能找出更多，还有信纸。能及时了解夫人是某行当的行家里手，炉火纯青，全面发展，我无疑该心满意足了。”

“你是说我吗 —— 说我吗？”她瞠目结舌。

克林又搜查起来，却一无所获。“这封情书说的是什么？”他问。

“问写信的人去好啦。我是你的狗吗，对我这样说话？”

“这是激我吗，和我较劲吗，夫人？回答呀。不要用那双眼睛看着我，好像要再来迷惑我似的！宁死不受迷惑。你拒绝回答吗？”

“事到如今，哪怕我和天堂最可爱的婴孩一样清白，也不会告诉你的。"

"可是你并不清白呀。"

"当然并非绝对清白，"她回答说，"但我并没做你猜的那种事；不过，倘若丝毫不做有害的事才算清白，那我是罪无可恕的了。但我并不求助于你的良心。"

"你可以顽抗到底嘛！要是幡然悔悟，彻底坦白，那我想不但可以不恨你，还可以为你痛心，怜悯你哪。要饶恕你可永远办不到。并不是说你养情人——关于那个问题，我宁肯信其无，只涉及我个人嘛。我是说另一方面：要是你差一点害死的是我，要是你存心把我这半瞎的眼睛完全给弄瞎了，我都可以饶恕你。但是那件事太过分了，天理难容！"

"不要再说啦。我不要你怜悯。不过，我本来倒可以避免你说错话悔之不及。"

"我现在要出走，要离开你啦。"

"你不必走，因为我自己要走。你就在这儿待着，也一样能离我远远的。"

"你回忆她看看——想想她看——她有多么好，脸上每一道皱纹都表现出善良来！大多数女人，即使稍有心事，总要撇撇嘴，皱皱眉，露出一丝恶意来；而她呢，哪怕火冒三丈，都慈眉善目的。她是容易生气，但饶恕也快呀；她外表虽然高傲，内心却跟孩子一样柔驯。下场怎么样？——你在乎什么了？她正设法跟你亲近，你却恨她。唉！难道说，你除了非得做那件残酷的事，好诅咒我，好摧残她害死她之外，就不识好歹吗？那个陪伴你的家伙姓甚名谁？叫你对不起我还不够，非得残酷对付她。是不是怀尔狄夫？是不是可怜的托马辛她丈夫？天哪，多么恶毒！你哑巴了是不是？堂而皇之的把戏露馅以后，这是自然的呀。……游苔莎，难道你对母亲的温情，就没能让你想到，在那样疲乏的时候，应该善待婆婆吗？她悻悻而去时，你心里就没觉得一丁点儿的恻隐之心吗？想一想，刚要踏上宽容、以诚相待的道路，多好的机会白白错过了！为什么你不把他踢出去，把她请进来，并且说，从此以后，我要做忠实的妻子、高尚的女人呢？就是我命令你把咱们在这儿星星之火般的那点幸福机会去永远熄灭了，也不过如此呀。好啦，她已经长眠了；你就是情人成百，你和他们也没法再侮辱她了。"

"这话实在太夸张了，"她微弱、疲惫地说，"不过我不能替自己辩护 —— 不值得辩护嘛。你对我的未来无足轻重了，那已往的事不妨就不提了。由于你，我失去了一切，但我没抱怨过。你自己铸成大错，家门不幸，对你是个悲哀，对我却是不公了。自从我陷落到结婚的泥坑里以后，所有的文雅人士都吓跑了。把我安置在这样的破房子里，当作庄稼汉的老婆养着，难道这就是你的心愿？你欺骗了我 ——不是用言语骗的，而是用外貌骗的，其实外貌比言语更难看透。不过，这地方倒是跟别的地方一样顶用 —— 能充当把我送进坟墓的跳板。"她的话在嗓子里哽咽了，头也垂下去了。

"我不懂你这话是什么意思。难道我是你犯罪的起因吗？"（只见游苔莎哆嗦着朝他伸手示意。）"怎么，你还会落泪，还会伸手给我，上帝呀！你还能这样啊？不，我可不能。我不能犯跟你握手的罪。"（游苔莎伸出的手无力地垂下了，但泪流不止。）"好吧，我来握你的手吧，哪怕是看在我那些傻乎乎的吻分上吧，当时还不明白自己的心愿，白白浪费了那些吻吻。我被迷惑成什么样子了啊！一个人人都说坏的女人，能有什么好处？"

"哦，哦，哦！"游苔莎终于垮了，哭喊道，她泣不成声，颤抖着跪倒了，"你有完没完啊！太残酷无情了 —— 就是野蛮人，残酷也有度哇！我挺了半天 —— 到底把我压垮了。我请求开恩 —— 再也受不了了 —— 再这样说就不人道了！就算我亲手 —— 害死 ——婆婆 —— 也不该遭受这样伤筋动骨的鞭挞呀。哦，哦！上帝怜悯弱女子吧！……你这场游戏把我打败了 —— 请你可怜可怜，高抬贵手吧！……我承认，她第一次敲门，我是 —— 故意不开门 ——但是 —— 第二次要是没有认为你自己已经去开 —— 我 —— 就去开了。发现你没去，我马上就去开了，可她已经走了。这就是我犯罪

317

的全部 —— 对她犯的罪。顶顶好心的人，有时也会犯大错的，是不是？ —— 我想是的。现在我要离开你了 —— 永远永远！"

"全都说出来吧，我一定可怜你的。跟你在屋里鬼混的男人是怀尔狄夫吧？"

"我不能说，"她边抽泣，边狠命地说，"不要再逼问了 —— 我不能说的。我要离开这房子了。不能两个人都待在这儿。"

"你不必走，我走好啦。你可以在这儿待着。"

"我不，我要换衣服，换好就走。"

"去哪儿？"

"哪里来哪里去，或者另找地方。"

游苔莎匆忙穿衣，约布赖特心事重重，一直在房间里来回踱步。终于，她穿戴完毕。两只小手伸到下巴系帽带时，颤抖得非常厉害，好久都系不上，最终放弃了。克林见了，走向前去说："我给你系上吧。"

她默默答应了，抬起下巴。她有生以来，至少这一次把自己姿态的魅力忘得一干二净。克林却没忘，他眼睛侧过一旁，免得受了引诱而软下来。

帽带系好了，她扭过身去。"你还是要自己走开，不要我离开你吗？"他又问了一遍。

"是的。"

"很好 —— 就这样。你坦白那人是谁，就可以可怜你了。"

她披上了披肩，下楼去了，把克林扔在房间里站着。

游苔莎刚走不久，卧室外面有人敲门，约布赖特问："谁？"

原来是女仆，她回答说："刚才怀尔狄夫太太打发人来告诉你，说母子都平安，小孩的名字要叫游苔莎·克莱门坦。"说完就退下了。

"真是笑话！"克林说，"我这桩不幸的婚姻，竟要在孩子的名字上永存了！"

4 冷落汉殷勤照料

游苔莎上路了，起初就跟风中茸毛一样漫无方向。她不知所措啊。她希望那时候是晚上而不是早晨，至少可以在不可能被人看见的情况下独自忍受痛苦了。她在残败的蕨草和带露水的白蜘蛛网中间，走了一英里又一英里，最后把脚步转向了外公家。只见前门紧锁，她就机械地绕到马棚那一头，从马棚的门口往里一看，看见查利站在里面。

"维尔舰长不在家吗？"她问。

"对，小姐，"小伙子心里一阵激动说，"他去韦瑟伯里了，晚上才回来。女仆放假回家了，所以门锁起来了。"

游苔莎是背着天光站在门口的，马棚里光线又不足，查利看不见表情；但她那沉不住气的举止却惹起了他的注意。她转身穿过围栏所圈的地，来到栅栏门那儿，让土堤遮住了。

她消失以后，查利目露疑虑，慢慢地出了马棚门，走到土堤的另一处朝外看。只见游苔莎靠在土堤外面，手捂着脸，头靠在堤外坡上沾满露水的石南上面。这冰冷、粗糙的枕头上湿漉漉的，把帽子、头发、衣服都给浸湿弄乱了，但她看上去若无其事。显然是出了事了。

查利心目中的游苔莎，始终是游苔莎初见克林时心目中的克林一样——是浪漫甜蜜的仙童，简直是超凡入圣。她顾盼间目空一切，言语间充满傲气，除了那次让他握手的幸福瞬间以外，他被拒于千里之外，简直没把她看作过普通的女人，看作过没长天使翅膀、食人间烟火、陷于夫妻争吵的凡人。至于她生活的内情，他只能凭猜度。她是可爱的珍奇人物，注定要环绕周天运行，而他的整个轨道只是其一个小点。因此，看见她这样像一个孤苦伶仃、绝望无援的人一样，靠

319

在潮湿的野土堤上，他无比惊诧，恐慌得很。他再也闲不住了。他跳过了土堤，走到面前，手指头碰碰她，温柔地说："你不舒服啊，太太。我能帮你做什么吗？"

游苔莎一惊，说："噢，是查利啊 —— 你跟在我后面呀。我今年夏天离开的时候，你没想到我会这样回家吧！"

"没想到，亲爱的太太。现在能帮你忙吗？"

"恐怕不能吧。我希望能进屋就好。就是头晕 —— 没有别的。"

"靠在我胳膊上好了，太太；等把你搀到门廊，再想法把门打开。"

他把她扶到门廊，安置好坐位，就匆匆跑到屋后，爬梯子翻窗进了屋里，把门打开了。接着他把她扶到房间里，里面有一把旧式的马鬃长靠椅，像驴车一样大。游苔莎就在上面躺下，查利在门厅找了件斗篷替她盖上。

"要给你拿什么吃的喝的不？"他问。

"麻烦你，查利。这里恐怕没有火吧？"

"我会生火的，太太。"

查利消失，她听见了劈木柴和拉风箱的声音。很快他回来了，说："厨房里生起火来了，现在这儿也生吧。"

他在生火，游苔莎迷迷怔怔地在躺椅上看着他。火苗蹿起来，查利说："早上凉飕飕的，要把你推到炉火旁边吗，太太？"

"好吧，又麻烦你了。"

"下面去把吃的拿上来，好不好？"

"好吧，去拿吧。"她懒洋洋地嘟囔说。

查利去了，他在厨房里活动，发出沉闷的声音，有时传到她的耳朵里。她忘记了自己在什么地方，一度得用力琢磨，才弄明白那声音是怎么回事。她心不在焉，仿佛须臾间查利就又进来了，手里托着一个盘子，盛着热气腾腾的茶和吐司，而实际上已近午饭时分了。

"放桌上吧，"她说，"一会儿就吃。"

他照办了，退到门口，但看她仍躺着不动，就又往前走了几步。

"要是不想爬起来，我来端给你吧。"查利说。他把盘子拿到躺椅前面，跪下来说："我给你端着吧。"

游苔莎坐起身来，倒出一杯茶来。"你待我真好，查利。"她边呷茶，边嘟囔道。

"啊，应该的。"他羞怯地说，目光尽量躲着她，虽然游苔莎近在眼前，这是他们唯一自然的位置。"你从前也待我好呀。"

"怎么会呢？"游苔莎问。

"你还是姑娘没出嫁的时候，让我握你的手来着。"

"啊，是的，握过。我为什么让你握手呢？脑子不灵了 —— 是不是和演假面剧有关？"

"是，你要替我去。"

"想起来啦。真的想起来啦 —— 太清楚了！"

她不觉又大为沮丧起来。查利看她不想再吃再喝，就把盘子拿开了。

以后，他还不时进来一下，照看炉火，问寒问暖，告诉她南风转了西风，问她要不要让他采些黑莓来吃。对于这些问题，她要么反对，要么无所谓。

游苔莎在躺椅上又靠了些时候，就起身上了楼。她以前的卧房还是老样子，她不由得想起自己昨是今非，一塌糊涂的处境，脸上顿时又出现了刚到这儿时那种不知所措、一片狼藉的苦恼表情。她往外公的房间窥视了一下，清新的秋风正从敞开的窗户吹进来。一件东西吸引了她的眼睛，其实是熟悉的，但现在撞在她眼里，却产生了新的意义。

那是一对手枪，靠近外公的床头挂着。房子地段偏僻，手枪总是上了膛预防盗贼闯入。游苔莎盯着手枪看了老半天，好像它们是一页书，她在那儿读到了新奇的东西似的。她很快像自怕似的回到了楼下，站在那儿陷入了沉思。

"要是我能那样办就好了！"她说，"对我自己，对所有的亲戚，都大有好处，对一个人都没有害处。"

这种念头在她心里似乎越来越强烈，近十分钟的工夫，站在那儿一动也不动;随后她露出一种痛下决心的眼神来,不再茫然、犹豫了。

她转身又上了楼——这次是轻轻地、偷偷地——进了外公的房间,眼睛马上就往床头上看去。手枪已经不见了。

手枪不见了,她的意图瞬间受挫,这对她脑子的影响,无异于突然的真空作用于身体,她几乎晕过去了。这是谁干的?这地方除了她自己,只有一个人。游苔莎不觉转到开着的窗户跟前,这儿可俯视庭园的全部,包括外围的土堤。只见土堤顶站着查利,土堤很高,足以看到房间里面。他的目光热切而关心,盯着游苔莎。

游苔莎下了楼,走到门口向他招手。

"是你把东西拿走了?"

"是,太太。"

"为什么拿走?"

"看你瞧的工夫太长了。"

"那有什么关系?"

"你一上午都在伤心,好像不想活的样子。"

"啊?"

"我不忍心手枪落到你手里。你瞧那东西的神气有意思的呢。"

"东西现在哪儿?"

"锁起来啦。"

"哪儿?"

"马棚里。"

"把东西给我。"

"不行,太太。"

"你不给吗?"

"不给。我太关心你了,不能交出来。"

她转过身去,板了一上午的冷酷表情,总算温和起来,嘴角上稍微恢复了一点绝望时消失殆尽的细腻曲线。最后,她又直面查利了。

"我自己想死,为什么不可以?"她颤抖着说,"我与人生打交道吃了亏,活腻了——腻了。你这是阻碍我去解脱呀。何必呢,查利!

除了想到别人会伤心，死还有什么痛苦的呢？——而我连那种情况都没有，因为我死后，连一声的叹息都不会有！"

"啊，这都是有了烦恼事，才闹成这样的！我衷心希望，那个造成烦恼的人死了烂掉，哪怕说这种话要流放！"

"查利，不要多说啦。你打算拿刚才看见的这件事怎么办？"

"像黑夜一样保守秘密，只要你答应不会考虑那样了。"

"用不着担心。那时刻已经过了。我答应你。"于是她就走开，进屋里躺下了。

傍晚时，外公回家了。他本来要问她个明白，但一看到她，就闭嘴了。

"是的，太糟糕了，不值一提，"游苔莎看出他的眼神，慢慢地说，"外公，今晚上我住的老房间可以收拾出来吗？我又要在那儿住了。"

他并没问这都是怎么回事，也没问她为什么离开丈夫，只吩咐人把房间收拾好了。

5 故伎重演无意间

查利对旧主人的体贴真是无微不至。替她排忧解难，成了他自己的烦恼中唯一的安慰。他一时一刻都在留神她的需要，以某种感激之情看待她在那里的现身，所以就一面咒骂她不幸的因，一面还有点庆幸其不幸的果。他心里想，她也许要永久滞留了。果真那样，他就又能跟从前一样幸福了。他所惧怕的是，她会觉得回奥尔德华斯更妥当，于是他时常乘她不注意，带着关爱的好奇心去察颜观色，就跟观察野鸽子的头，看它是否打算飞一样。他既然真的搭救了她一次，也许把她的性命从极端鲁莽的行为中保全了，也就在心理上又承担起了监护其福祉的责任。

为此，他忙不及履地给她找种种娱乐消遣，还从荒原上找来珍奇物件，像喇叭形的白色藓苔啦，红头的地衣啦，荒原古部落用过的石镞啦，燧石洞里的多面水晶啦。他把这些东西点缀在宅地各处，让她偶然撞见。

一个礼拜过去了，游苔莎大门不迈。此后，她才去土堤圈起来的地上，拿着外公的望远镜观望，就像婚前常做的那样。有一天，她看见大道横穿远处山谷的地方，有一辆满载家具的大车过去。她看了又看，认出那就是自己家的东西。晚上，外公回家带来传闻，约布赖特当天已经从奥尔德华斯搬到布露斯头老屋去住了。

又有一次，她这样侦察时，看见两个女子的身影在山谷里走。那天晴空万里，两人离她又不过半英里，望远镜里细节毕露。前面走的人怀抱白包袱，一头还拖出一匹很长的布。等到两人转弯，阳光直射身上时，游苔莎发现那东西是个婴孩。她叫来查利，问他可知道她们是谁，其实自己早就猜出来了。

"怀尔狄夫太太和保姆，"查利说。

"保姆抱着小孩吗？"游苔莎问。

"不，太太抱着呢，"查利答，"保姆跟在后面，空着手。"

小伙子那天情绪好，因为十一月五日又快来了，他又在想什么计划，要把她从冥思苦想中引出来。一连两年，他家小姐好像都喜欢在俯视山谷的土堤上点篝火；但今年，她显然把这个节日和老规矩忘了。他小心不去提醒她，自己悄悄准备着，好给她来一个惊喜。去年过节他没在，没帮上忙，所以这次格外尽心。他一有片刻的空闲，就急忙跑到附近的山坡上，捡拾棘树桩、山楂树根等结实耐烧的柴火，并藏到不易瞥见的地方。

那个晚上来到了，游苔莎显然仍没意识到这个纪念日。她举望远镜观察了一会儿，就进了门，没再露面。天一黑，查利就动手堆篝火，选择的地点跟游苔莎以前在土堤上的地方一点不差。

周围所有篝火都冒火了，查利也点燃了自己的那堆柴，他堆得可以烧一会儿不用管。随后，他回到住宅里，在门外、窗下徘徊了一下，反正她总会知道他的成就的，会出来见证的。但百叶窗拉着，门也关着，好像根本不理会他的举动似的。他不想去叫她，就回身往火里添柴，一直坚持了半个多钟头。眼看积攒的柴火烧得差不多了，他才走到后门传进话去，请约布赖特太太打开百叶窗，看看外面的景色。

游苔莎当时无精打采地坐在客厅里，听见消息一惊，忙把百叶窗拉开，只见土堤上篝火耀眼，正对着她，一下就把她的房间照得通红，烛光压下去了。

"做得好，查利！"维尔舰长在壁炉角落里说，"不过，希望烧的不是我的劈柴才好。……啊，去年也就是这时节，我碰到了那个红土贩维恩，赶着车送托马辛·约布赖特回来 —— 不错，就是今天！唉，谁想得到，那姑娘的麻烦就这么顺利解决了！你在那件事上做得多莽撞呀，游苔莎！丈夫来信了吗？"

"没有。"游苔莎茫然地从窗口看着篝火说，当时她的全部心思都在篝火上，对外公的直言，也顾不得生气了。目睹查利的身影在堤上铲拨那火堆，她心头则闪过另一人的身影，那是篝火可以招引来的。

她出了房间，戴上园艺帽，披上斗篷，来到外面。她走到了土堤上，带着疯狂的好奇和疑虑，往堤外看去，这时查利洋洋得意地对她说："这是特意为你点的，太太。"

"谢谢你，"她急忙说，"不过我现在希望你把它扑灭了。"

"很快就烧完的，"查利未免有些失望，"把它搞灭，不是可惜了吗？"

"我不知道。"游苔莎沉思地回答。

他们默默站在那儿，只有篝火的毕剥声打破沉寂。后来，查利发现她不想说话，就慢腾腾地走开了。

游苔莎还留在堤里看篝火，心里打算回屋里，脚底下却不肯动。要不是她现在的处境，使她对天上人间一切光彩荣耀全都持玩世不恭的意向，也许就走开了。但她身陷绝境，都到了不玩白不玩的程度。干脆输了，就不会像心里纳闷会不会赢那样使人心烦意乱；所以现在的游苔莎不能免俗，就像身同此境的人一样，能够做到跳出身外，以无关痛痒的旁观者的身份观察自己，琢磨游苔莎这个女人是天公何等的开心果。

她站在那儿的时候，听见了一个声音。那是池塘里投进一块石头的溅落声。

哪怕那块石头整个击中了游苔莎的胸口，她的心也不会跳得更坚决。她虽然想到过查利无意中发信号，有引出这种答复的可能，但她还没期待它会出现。怀尔狄夫动作有多快呀！但他怎么能认为她现在会存心希望重叙旧盟呢？离开那地点的冲动，留在那儿的愿望，在她心里斗争起来，那愿望坚守住了阵地。但没有更进一步，连上土堤往外看，她都没做。她只一动不动地站在那儿，脸上的肌肉不抽动，眼睛也不抬。她要是仰起脸来，堤上的火光就要射到脸上，而怀尔狄夫也许正低头看着她呢。

池塘里又扑通一响。

他为什么在那儿待这么久，却不靠前往堤里看？好奇心占了上风。她在土台阶上爬了一两级，往堤外看去。

怀尔狄夫就在她面前。原来，扔完了后面的石头，他就靠前来了，现在齐胸高的土堤横亘在两个人之间，火光从土堤上射到各自的脸上。

"篝火并不是我点的！"游苔莎急忙喊着说，"是瞒着我点的。不要，不要到这边来！"

"你在这儿住了这么些天，怎么还不通知我？你离家出走了。恐怕里面有我的干系吧？"

"我没放他母亲进门。就是这么一回事！"

"游苔莎，得到这样待遇，太不应该了。你遭了大罪了；看你的眼、你的嘴和你的全身，都可以看出来的！可怜，可怜的姑娘！"他迈过了土堤，"你的不幸无与伦比啊。"

"不不，并非如此 ——"

"做得太过火了 —— 简直是要你的命：我真是这样觉得的！"

游苔莎听了，通常平静的呼吸变得急促起来。"我 —— 我 ——"她开口后就一阵抽泣，出乎意料的怜惜声，令她内心震撼了。她差不多忘记了怜香惜玉这种情感对于她还存在着。

这样失声痛哭，完全出乎游苔莎的意料，实在是难以自制啊；她面带羞愧地转过身去，其实这对怀尔狄夫遮掩不了什么。她拼命地啜泣了一阵，然后，宣泄减轻了，她安静了下来。怀尔狄夫努力克制住了要拥抱她的冲动，一言不发地站在一旁。

"我向来不爱哭，你不觉得我不害臊吗？"她擦着眼泪，无力地悄声说，"你为什么不走开呢？但愿你没有看见这一切，实在太出丑了。"

"你但愿得有理由，因为这样我也跟着伤心啊，"他动情而恭敬地说，"至于出丑 —— 咱俩之间，没那可能。"

"我并没有请你来 —— 不要忘了这一点，戴蒙；我是很痛苦，但我并没有请你来！作为人妻，至少我作风正派。"

"不要管它 —— 反正我来了。游苔莎呀，这两年来，我做了这么多的事害你，请你原谅了！我越来越觉得是我把你毁了。"

"不是你。是我住的这地方。"

"啊，你肚量大，自然会这样说的。但我是罪人。我应该一不做，二不休的。"

"怎么讲？"

"我本来不该把你发掘出来的，而已经发掘了，就该抓住不放的。当然，事到如今我无权再说这种话了。我只想问一声：我能为你做什么？地球上究竟有没有什么事情，人能够办得到，好让你即刻幸福起来呢？要是有，我就做。游苔莎，尽管吩咐我好了，我全力以赴；不要忘了，我现在有钱了。肯定有办法帮你摆脱这种处境的！这样的珍稀植物，长在这样的荒村野地上，我看着就难受哇！要替你买什么东西吗？要上什么地方去吗？要彻底逃离这个地方？尽管说出来，我要千方百计止住你的眼泪；那眼泪要不是因为我，根本不会流的。"

"咱们都各自成家了，"她含糊地说，"要你来帮忙，传出去难听——因为——因为——"

"哎，什么时候总有人造谣发泄的，堵也堵不住，你用不着害怕。我以人格对你担保，不管我心里怎么感受，除非你发话，我决不跟你提起，也决不行动。我固然知道对你这样遇人不淑的女人该尽什么责任，可是我也懂得对托马辛该尽什么责。我到底要帮你什么忙呢？"

"离开这里。"

"要去什么地方？"

"我心目中有个地方。要是你能帮我去到蓓蕾嘴，下面的事我就可以自己办。那儿有海峡轮船，就能到巴黎，巴黎就是我想去的地方。对，"她恳切地请求说，"瞒着我外公和我丈夫，帮我去到蓓蕾嘴港口，剩下的我自己都可以办。"

"把你一个人丢在那儿安全吗？"

"是的，是的。蓓蕾嘴我很熟。"

"要送你去吗？我现在有钱了。"

她不答话。

"你说要吧，宝贝！"

她仍不答话。

"好啦，什么时候想走，告诉我一声。我们还要在现在的家住到十二月，然后要搬到卡斯特桥去了。在此以前，有什么事尽管吩咐。"

"这我得想一想，"她急忙说，"能规规矩矩地请你这个朋友帮忙呢，还是非得做你的情人——这我得问问自己。我要是想走，决定接受你做伴，我会在哪个晚上准八点给你信号。这意味着你务必当晚十二点钟准备好小马车，把我送到蓓蕾嘴港，去赶早班轮船。"

"那我每天晚上八点钟都会留意的。任何信号都逃不过我的眼睛。"

"现在请走开吧。要是我决定逃走，那我跟你只能再见一次面，除非——没有你就走不成。走吧——我受不了啦。走吧——走吧！"

怀尔狄夫慢慢上了土台阶，下到对面的黑暗中去了；他几步一回头，直到土堤把她的身影挡出了视线。

6 托马辛力劝表兄修书

约布赖特此刻已搬到了布露斯头，希望游苔莎会回到身边。家具刚刚在那天才搬完，人却已经在老屋里住了一个多礼拜。在此期间，他在宅子周围忙活着，扫庭园路径上的落叶，剪花坛里的枯枝，钉牢秋风刮下来的爬藤。他做这些事情毫无乐趣可言，但忙于事务，成了他自己和绝望之间的隔离屏。另外，把母亲手中传给他的一切好好保存，变成了他的一种宗教。

勤劳苦干的同时，他时刻在恭候游苔莎回家。为了让她不搞错他的下落，他叫人做了一个告示牌，钉在奥尔德华斯的栅栏门上，牌上用白字写着他搬家的去向。一片树叶飘落到地上，他就回头看，以为那是她的脚步声。一只小鸟在花坛腐殖土里寻找虫子，就像她的手在拉门闩；黄昏中，轻微奇异的口技声从地洞、空秸秆、卷枯叶等微风、爬虫和昆虫能够肆意活动的缝穴里发出，他就以为那都是游苔莎站在门外吐露和好的愿望。

直到此刻，他一直抱定宗旨，不去请她回来。同时，他严词斥责她了之后，对母亲的内疚缓解了，而对取代母亲的人的旧情也就稍许复苏了。恶感生虐待，而虐待的反作用，又把滋生它的情绪给平息了。他痛定思痛，心肠越来越软了。不过，要把夫人看作受苦受难的无辜者尚不可能，但他扪心自问，有没有给了她充足的时间作反应——在那阴沉沉的早晨兴师问罪，他难道不是有点突然袭击，给了她一个冷不防吗？

既然第一波气头已过去，他就不愿意断言游苔莎和怀尔狄夫的关系超过了交往不检点的界限，因为游苔莎举止上看不出有不贞节的形迹来。他一旦承认了这一点，把她对婆婆的所作所为解释得一团漆

330

黑，就不再势在必行了。

十一月五日晚上，他对游苔莎思念得厉害。想当初他们整天价卿卿我我，那些甜言蜜语如今仍在耳边回响，犹如数英里开外的海滩上传来的弥漫性浪涛声。"其实，"他说，"她早就可以拿出决心来跟我联络的，老老实实地坦白怀尔狄夫是她的什么人。"

那天晚上，他没有待在家里，下决心去拜访托马辛和妹夫一趟。要是有机会，他就把他和游苔莎分居的原因提一提，但闭口不谈他母亲被拒门外时屋里还有第三个人的事情。要是证明怀尔狄夫到那儿去是光明正大的，他无疑会公开说出来的。要是他到那儿去偷香窃玉，那么，像怀尔狄夫那样敏感的人，也许会说漏嘴，吐露游苔莎失贞的程度。

但到了表妹家，他发现只有托马辛在家，怀尔狄夫那时正直奔迷雾岗的篝火，是查利头脑简单点起来的。托马辛跟平时一样，见了表兄很高兴，带他进去看了熟睡的婴儿，手还小心地遮着蜡烛，不让照到小眼睛上。

"托马辛，游苔莎现在不和我住在一起了，听说了吗？"他们再次坐下了以后，克林说。

"没有。"托马辛吓了一跳，说道。

"也没听说我搬出奥尔德华斯了？"

"对。除非你来告诉，我从来听不见那边的消息。出什么事啦？"

克林用心烦意乱的声音，跟她讲述了他去见苏珊·农色奇儿子的情形，发现真相，他指责妻子惨无人道，故意做出那种事来，结果怎么样。至于怀尔狄夫和她在一起，他绝不提起。

"有这些事，我一点儿都不知道！"托马辛大惊失色，嘟囔着说，"可怕！是什么东西让她 —— 游苔莎呀！你知道真相以后，立刻就风风火火跑回去找她？你是不是太狠心了？ —— 她真的像她看上去那样坏吗？"

"对待杀母仇人，还会太狠心了吗？"

"我想会的。"

"很好，那 —— 我就承认会那样好啦。不过，现在怎么办好呢？"

"言归于好呀 —— 要是争吵得这么凶还能言归于好的话。我倒希望你没告诉我呢。不过你一定要想法子和好。要是你们俩都有意，总有办法的。"

"不知道我们两个是否都愿意和好，"克林说，"如果她愿意和好，那到现在还不给我捎信吗？"

"你好像愿意，可也没给她捎信哪。"

"倒也是。不过我老是犹豫不决应不应该捎，惹了那么大的气啊。看我现在的样子，托马辛哪，是看不出我先前的情况来的；这么几天的工夫，我跌到什么样的深渊里了啊。哦，让婆婆吃那样的闭门羹，是令人痛心的耻辱！我还能忘记吗？我还能同意再见她的面吗？"

"她可能没料到后果严重吧，也许她不想把阿姨关在外面的呀。"

"她自己是说不想的，但事实是她把婆婆关在外面呀。"

"你就相信她后悔了，把她请回来吧。"

"要是她不回来怎么办？"

"那样就表现出她惯于记仇树敌，证明她有鬼了。不过我暂时不那样想。"

"我就这么办吧。我想再等一两天 —— 肯定不超过两天；要是那时候她还不捎信给我，我就真的捎信给她。我本来想今天晚上见见怀尔狄夫的，他不在家吗？"

托马辛脸上一红。"没有，"她说，"他只是出去散步了。"

"怎么不带着你去？晚上天气很好，你跟他一样需要新鲜空气呀。"

"哦，我不想去哪儿，再说家里有孩子。"

"对，对。呃，我在考虑，要不要问了你，也问问你丈夫对这事的看法。"克林不紧不慢地说。

"我想我自己是不会问他的，"她急忙答道，"问他没什么好处。"

表兄琢磨着她的脸。毫无疑问，托马辛不知情，那天下午发生的悲惨事件里，也有她丈夫的份；但是她的脸色仿佛露出心里有隐情，她怀疑或者考虑到了怀尔狄夫和游苔莎之间以往有亲密关系的传说。

不过，克林一无所获，他起身要走，比来的时候更狐疑了。

"你一两天后真就捎信给她吗？"少妇热切地问，"我真心希望这不幸的分居快快结束。"

"真的，"克林说，"我对现状根本不感到快活。"

他离开了，翻过山丘往布露斯头去了。上床以前，他坐下写了下面这封信：

> 爱妻游苔莎，我得服从我的感情，不要过分听从我的理智了。你能回到我身边来吗？回来吧，过去的事永远不提了。我待你太苛刻了；不过，游苔莎呀，当时实在气人啊！你现在不知道，将来也永远不会知道，你惹我说了那些气话，我都付出了什么代价。凡是诚实男人所能答应你的，我现在全答应，那就是，你再也不会为那件事受我的苦了。游苔莎呀，毕竟咱们曾经海誓山盟，我想最好在下半辈子里尽可能始终不渝。那就请你回家吧，即便还在责备我。我体会到分离的那天早晨你的痛苦了；我知道那痛苦是真切的，并且对你也真够受的了。咱们的爱必须绵绵不绝。我们两颗心若不是为了心心相印，就不会生在我们身上。游苔莎，起初没能请你回家，是因为无法使自己相信，跟你在一起的男人并不是情人。不过，如果你回家，把令人心慌意乱的迹象解释清楚，我毫不怀疑，你是能够对我开诚相见的。你为什么不早回家呢？你以为我不会听你的了吗？没有的事情，只要想一想咱俩在夏夜月下接的那些吻，发的那些誓吧。回家吧，这儿热烈欢迎你。我再不能对你抱成见了——我一心为你正名还怕来不及呢。
>
> 你永远的丈夫，克林

"唉，"他把信放到书桌里说，"总算办完了一件好事。要是到明晚她还不回家，我就把信捎给她。"

与此同时，他走后的那个家里，托马辛正坐在那儿不安地唉声叹气。她虽然怀疑怀尔狄夫对游苔莎的兴趣并没有因结婚而终止，那天晚上出于对丈夫的忠心，却把疑心都掩盖了。她并不知道什么确凿的事实；虽然克林是敬爱的表兄，但她还有更亲近的人。

　　过了一会儿，怀尔狄夫从迷雾岗回来了，托马辛说："戴蒙，上哪儿去了？我开始害怕了，以为你失脚掉进了河里。我不喜欢一个人在家里待着。"

　　"害怕？"他说，手像摸家养动物一样摸着她的脸颊，"呃，我想没什么可以叫你害怕的。看样子你是因为咱们发了财，娇贵起来，不愿意再住在这儿开店了吧。嘿，找新居还真麻烦，无聊啊，一时半会儿还不能抓紧，除非咱们这一万英镑尾巴上能加个零，花钱就能大模大样的了。"

　　"不是的——我不介意等的——我宁可再在这儿住上一年，也不要拿孩子冒风险。但我可不喜欢你这样一到晚上就失踪了。你有心事啊——我知道你有的，戴蒙。你老是抑郁地走来走去，把荒原看成什么人的牢狱似的，而不是可以供人散步的宽敞山野。"

　　他看着她，既惊讶，又可怜她。"怎么，你喜欢埃格敦荒原吗？"他问。

　　"凡是生下来就跟我亲近的东西我就喜欢。我爱慕它那严峻古老的模样。"

　　"呸，亲爱的。你这是不识好歹。"

　　"我管保知道好歹的。埃格敦荒原只有一样东西叫人不快。"

　　"是什么？"

　　"就是你在荒原散步从不带上我。既然那么讨厌荒原，为什么一个人老在那儿逛？"

　　这句问话虽然很简单，却简直令人难堪，他坐下后才回答："你不见得常看见我在那儿逛吧。举个例子看看。"

　　"好的，"她得意地答道，"今晚你出去，我心想，孩子睡了，我就去看看你到底要上哪儿去，那样神秘，也不告诉我一声。我就跑出

334

去跟在你后头。你走到大路分岔处站住了，把四周的篝火看了看，然后说：'见鬼，我要去的！'就急忙往左面那条路去了。我就站住了，看着你。"

怀尔狄夫皱起了眉头，过后才苦笑着说："嗬，你有了什么了不起的发现了吗？"

"你看——生气了不是，那就不谈这个了。"她走到他那儿，在脚凳上坐下，仰头看他的脸。

"胡说！"怀尔狄夫说，"你老是这样吞吞吐吐的。既然开了头，咱们就接着说。你以后又看见什么来着？我特别想知道的。"

"不要这样嘛，戴蒙！"她嘟囔着说，"我什么也没看见。你走着就不见了，我看了一阵子篝火，就回家了。"

"也许这不是你第一次跟着我吧。你这是想发现我有什么丑事吧？"

"没的事！我以前一次也没跟过你，现在要不是时常有关于你的风言风语，我也不会跟着你的。"

"你这话什么意思？"他不耐烦地说。

"听说——人家都说，你一到晚上就去奥尔德华斯，这让我想起听别人说过的——"

怀尔狄夫愤怒地转身，对着托马辛站了起来，手在空中挥动，说："好吧，就说出来嘛，太太！我非要知道，你都听见什么话了。"

"呃，听说你以前非常爱游苔莎——就这些，也是零零星星听见的。你又何必动气！"

他看见她热泪盈眶，就说："得了，这里面并没有新东西的呀，再说我也不是存心对你粗鲁，所以你也不必苦嘛。好了，咱们不要再提这个话题啦。"

接下去再没说什么。托马辛心里还挺高兴，因为她有理由不把克林那晚的拜访和说的话告诉丈夫了。

7 十一月六日晚

游苔莎打定主意要出走，有时却又好像巴不得出什么周折，让她的意图落空。现在唯一能够真正改变她立场的事情，只有克林现身。他做情人时的光轮已经荡然无存，但他的某种善良质朴的品质，有时却会回到她的记忆之中，一时激起希望的悸动，他可能会再次出现在她的面前。不过平心静气而论，现在这种裂痕是不大可能弥合起来的；她得作为一个痛苦的可怜虫活下去，孤苦伶仃，人生地不熟。她曾经只把荒原看作是不适宜居住的地方，而现在觉得整个世界都那样了。

六日快傍晚时，她要出走的决心又复活了。四点钟左右，她重新收拾起逃离新家时带回来的几件小东西，还有以前留在这里的属于她的东西，捆成一个不大的包袱，能够提着走一两英里的距离。屋外的景物更黑了；泥浆色的乌云从天空鼓下来，就像硕大无朋的吊床撑在空中一样。夜色越来越暗，起了一阵狂风，不过此刻雨还没下来。

游苔莎没有什么事要做了，家里待不住，就在即将告别的家门不远处的小山上徘徊。在这漫无目的的游荡中，她从苏珊·农色奇家经过，那所小屋比外公家地势略低。门半掩着，一道明亮的火光射到门外的地上。游苔莎从火光里经过的时候，一下子清清楚楚显了出来，跟魔术幻灯里的人形一样——一片黑暗包围着一个发亮的人形，瞬间，她又融入夜色里了。

屋里坐着的一个女人看到了那一瞬的光照，而且认出她来了。那女人正是苏珊，正忙着给小儿子调制牛奶甜酒治病，那孩子体弱，现在又病重了。苏珊把匙子放下，拳头冲着消失的人影挥舞一下，接着又若有所思，出神地干起活来。

八点钟，游苔莎答应必要时在此刻给怀尔狄夫发信号，她把家里四下看了一遍，见没有人，就走到柴垛，抽了一根长枝出来。她把枝干扛到土堤的转角上，回头看了看百叶窗有没有关好，就划了根火柴，把荆棘点着了。完全烧起来以后，她就举起枝干，在头顶上挥动，直到烧完。

一两分钟以后，她看见怀尔狄夫家附近出现了同样的火光，心里就满意了，如果在那种情绪里还有可能满意的话。怀尔狄夫先前答应了每晚这个时候守候着，以备她一旦求助，反应这样迅速，说明他是多么守约。从此刻起再过四个钟头，就是说半夜的时候，他得按预先约定，备车马送她到蓓蕾嘴。

游苔莎回到屋里。吃过晚饭，她早早回卧室了，坐着等时间。夜非常黑，山雨欲来，维尔舰长没去别家闲谈，没去酒店消闲，现在秋凉夜长，他有时养成了这个习惯。他在楼下坐着，独自呷着搀水烈酒。十点钟左右，外面有人敲门。女仆打开门，烛光落到费尔韦身上。

"我今晚有事去了一趟迷雾岗，"他说，"约布赖特先生叫我顺路把这个捎到这儿，可是说真的，把东西放在帽衬里就忘了个一干二净，直到回了家要闩栅栏门去睡觉时才想起来。所以马上拿着东西跑回来了。"

他递上一封信就走了。女仆把信交给老舰长，他一看，是写给游苔莎的。他翻来覆去看了一会，猜出笔迹是她丈夫的，就是没把握。但他决定，如果可能，立刻把信交给她。于是，他拿着信上了楼，但走到房门口，从钥匙孔一看，发现里面没有亮光。原来，游苔莎正和衣躺在床上休息，为未来的旅行养精蓄锐。外公一看这情形，觉得不该打搅她，所以就又下了楼，把信放在客厅壁炉架上，打算早上交给她。

十一点钟，他自己也上了床。他在卧室里吸了一会儿烟，十一点半熄了灯，并按照他一成不变的老规矩，上床前把百叶窗拉上去，这样早上睁开眼，就能知道是什么风向；他卧室的窗户可看到旗杆和风向标。他刚躺下，就吃惊地发现，那个白旗杆忽地闪亮，好像一道磷火划过外面那夜幕从天上落下来。只有一种解释是合理的——房子这边忽然发亮射到了柱子上面。那时大家都睡下了，老头觉得有必要下床，轻轻开窗左右张望。只见游苔莎的卧室亮着，是那窗户的亮光把旗杆照亮的。老头不知道是什么事让她爬起来了，就犹豫不定地站在窗边，打算把那封信取来，从她的房门底下塞进去，此刻，他听见有衣服的轻微摩擦声，划过把过道和他的房间分开的隔板。

老舰长断定，这是游苔莎睡不着觉，起来找书看。要不是听见她分明是边走边哭泣，他会认为这只是小事一桩，不必在意。

"她又在想她那个丈夫了，"他自言自语说，"唉，这傻孩子！不可以嫁他的哟。不知道信是不是真是他写的呢？"

他起身把那件海员斗篷披在身上，打开门喊道："游苔莎！"没有回答。"游苔莎！"他又大声叫了一声，"壁炉架上有你一封信。"

但是这句话除了风声雨声中想象的回答以外，没有回音；狂风好像在咬啮房子的四角，几滴雨点也正往窗上打。

他走到楼梯口，站着等了近五分钟。游苔莎仍没有回来。他回去取了蜡烛，打算跟着她，不过他先朝她的卧室看了看。只见被子上面印着她的形体，表明被毯并未打开过。更有甚者，她下楼并没拿烛台。老头这下大惊失色，他急忙穿好衣服，下楼来到前门。前门是他亲自上闩锁起的，现在却拉开了门闩。毫无疑问，游苔莎是在半夜里离家出走的。她到底能跑哪儿去呢？追踪她几乎是不可能的。要是住宅坐落在普通的大道边，那么去两个人，各走一个方向，也许有把握追上她。但是在荒原上漏夜找人简直是没有希望的，从任何一个点上跨荒原逃走的可行方向，与从北极点出来的子午线一样多。他不知所措，看了一眼客厅，只见那封信原封不动放在那儿，心里不由得烦躁起来。

十一点半钟，游苔莎发现家里静下来，就点起蜡烛，穿上暖和的外衣，披上围巾，提起包裹，把蜡烛熄灭后下了楼。她来到露天，才发现已经下雨了。她在门口停了一下，雨势加大，眼看要豪雨倾盆了。但她决心已下，只好风雨无阻。现在哪怕收到克林的来信也不可能挽留她了。夜色阴沉沉的，哭丧着脸，大自然似乎披着黑纱。屋后那些杉树的尖桩式树梢耸入夜空，活像教堂的塔楼尖顶。地平线下方伸手不见五指，却有苏珊·农色奇家亮着烛光。

游苔莎撑开雨伞，通过土堤台阶，走到堤围外面，此后，她就没有让人看见的危险了。她顺着水塘边朝雨冢走去，会不时地绊一跤，到处是盘根错节的荆棘，丛生的灯心草，一团团的肥蘑菇冒出来；到了这个季节，荒原上就撒满了真菌，活像硕大无朋的野兽腐烂了的肝肺。星星月亮都被乌云和雨雾遮得无影无踪。这样的黑夜令行路人本能地想到世界编年史上记载的灾变夜景，想到历史上、传说里所有那些可怕、黑暗的事迹——埃及最后的天谴①啦，西拿基立军队的毁灭②啦，客西马尼的痛苦③啦。

游苔莎终于走到了雨冢，在那儿站住思考起来。内心的混乱和外界的混乱之间所达到的完美和谐是无与伦比的。此刻，她忽然一闪念：出远门没有足够的钱。白天，她心里七上八下的，情绪波动大，不切实际的头脑并未考虑到行囊充实的必要性。她彻底意识到了实际形势，也就悲叹起来，身子站不直，慢慢在伞下蹲了下去，好像地下伸出一只手，要把她拖到古冢里去。她是不是仍得做俘虏？金钱，她可从来也没感受到过它的价值。即便要使自己在本国蒸发，也需要财力的呀。女人只要多少还有一点自尊心，只让怀尔狄夫给资助而不允许他陪伴，那是不可能的，而做他的情妇一块逃——她知道他爱她——那又属蒙羞性质了。

任何人，现在站在她身旁，都会可怜她的，倒不是因为风雨的摧残，除了冢里的枯骨完全与世人隔绝，而是因为另一种受苦形式，表现为她的身体受感情所累而轻微摇撼的动作。极端不幸的命运显而易

---

① 《圣经》故事，上帝在半夜里击杀埃及人，却放过了犹太人，所以有逾越节。

② 《圣经》故事，亚述王西拿基立攻打犹太城池，夜里被主的天使杀得尸横遍野。

③ 《圣经》故事，耶稣同门徒连夜来到客西马尼地方，极其难过。耶稣祷告了三次之后，仍被出卖捉拿。

见地压在她身上。淅淅沥沥的雨点从雨伞滴到斗篷上，从斗篷滴到石南灌木上，从石南又滴到地面上，其中能听见非常类似的声音，发自她的嘴唇；外界泪淋淋的景象，在她的脸上重复着。她灵魂的翅膀，让周围一切的残酷障碍给撞折；哪怕她憧憬到，自己很有希望到达蓓蕾嘴，登上轮船，坐到对岸的海港，她也轻松不了多少，因为其他的事情太恶毒，令人害怕。她高声说起话来。一个女人，不老不聋，不痴不癫，竟会抽泣着大声自言自语起来，那问题一定是悲哀的了。

"走得了吗？走得了吗？"她呻吟道，"要委身于他，他不够伟大啊——满足我的愿望，他够不上啊！……倘若他是扫罗①、拿破仑什么的嘛——啊！为了他而破坏我的婚誓——这种奢侈可就太可怜了！……而我又没钱自己走！就是走得了，我又有什么宽慰呢？明年还得挨下去，和今年一样勉强，后年又照旧。我多想多想成为出色的女子啊，可命运老是跟我作对啊！……我不应该这样苦命的！"她在一阵悲愤的反抗中，癫狂地喊道。"把我弄到这样一个构思恶劣的世界上来，有多残酷哇！我能干很多事情，就是一些我控制不了的事情把我损害了，摧残了，压垮了！哎呀，老天哪，我对你一点坏事都没做，却想出这么些刑罚来折磨我，你有多冷酷啊！"

游苔莎离家时瞥见的遥远亮光，不出她所料，是从苏珊·农色奇家的窗口发出的。但她恰恰没想到，屋里那女人当时正在干什么。原来苏珊那晚早些时候看见游苔莎走过去，离那病孩喊出"妈呀，太难受了"之后还不到五分钟，因此那位当妈的就相信，肯定是游苔莎趋近时放出了邪气。

为此，苏珊收夜工后，并没按平时的习惯就上床。孩子的母亲为了反击她想象中可怜的游苔莎正在施行的邪恶魔咒，就忙着行一种令人毛骨悚然的迷信法术，法术无论针对谁，都要把人整得浑身无力，形销骨碎，毁尸灭迹。那种习俗埃格敦荒原当时人所共知，至今尚未

---

① 扫罗:《圣经》故事中以色列的第一个国王。

绝迹。

她举着蜡烛走进里屋，那儿有各种坛坛罐罐，还有两口棕色的大平底锅，一共盛着一百来磅的稀蜂蜜，是夏天里蜜蜂产的。锅上方架子上有一坨光滑结实的半球形黄色蜂蜡，同批出产。苏珊把这块东西拿下来，从上面切下薄薄的几片，堆在铁勺子里，拿着回到了起坐间，把容器搁到壁炉里热炉灰上。等到蜂蜡软化到湿面团那样柔顺，她就把薄片捏成一团。此刻她的脸上更专注了。她开始捏弄蜂蜡；从操作的手势看，显然想要捏成某种预先构想的样子，是人形模样。

她把那个雏形融化捏弄，切削捻掐，扒掉一块，加上一块，约莫一刻钟的工夫，就做出一个约六英寸高，颇像女人的蜡人来。她把它放在桌上变冷硬结，同时拿着蜡烛到楼上孩子躺着的地方。

"乖乖，今天下午，你看见游苔莎太太身上穿的，除了那件黑裙还有别的东西没有？"

"脖子上围着红飘带。"

"还有吗？"

"没有了——还穿着凉鞋。"

"红飘带和凉鞋。"她自言自语。

农色奇太太就过去翻找了，终于找出一段极细的红飘带来；她把它拿到楼下，系在蜡人的脖子上。她又从窗边那张东倒西歪的写字台里，找出墨水和鹅毛笔，把蜡人的脚涂黑了，涂到她认为是穿鞋的部分，又按当时凉鞋上的鞋带形状，在每个脚背上画上十字。最后她在蜡人脑袋上部绑了一段黑线，有点像拢头发的束发带。

苏珊把蜡人远远擎着，仔细端详，脸上露出不带笑容的满意神色。对于熟悉埃格敦荒原上居民的人，那个蜡人像游苔莎·约布赖特。

她从窗边座位上的针线篮里取出一纸板针来，都是又长又黄的老式针，针头用一次就容易掉下来的。她把这些针从四面八方往蜡人身上插，显然是全力以赴的样子。大概插上去了五十根针，有的插到蜡人的脑袋里，有的插到肩膀里，有的插到躯体里，有的从脚底板往上插，直到蜡人全身都插满了针。

她又转向壁炉那儿。壁炉里烧的是泥炭，那高高的一大堆灰烬，虽然外表看好像发暗、要熄灭的样子，用铲子往四外拨开，里面却露出通红的热火来。她又从壁炉角拿过几块新鲜泥炭，一起垒在红火上，那火就亮到了上面。她用火钳夹着给游苔莎塑的蜡人，烤在火上，看着它慢慢开始化掉。她这样站着烧烤的时候，嘴里还嘟嘟囔囔，念念有词。

念的是一种奇怪的土语，是倒着念的《主祷文》^①，那是祈求邪魔襄助来对付敌人的仪式上常用的咒语。苏珊把这套阴森森的咒语慢慢念了三遍，念完时蜡人也化了大半。蜂蜡落到火里，伸出长长的火苗，火舌翻卷，围着蜡人，进一步吞蚀着蜡质。有时钢针会和蜂蜡一起落下，让余烬烧得通红，蜡油平淌。

---

① 《主祷文》："我们在天上的父，愿人都尊你的名为圣。愿你的国降临。愿你的旨意行在地上，如同行在天上。我们日用的饮食，今日赐给我们。免我们的债，如同我们免了人的债。不叫我们遇见试探。救我们脱离凶恶。阿门。"（《新约·马太福音》第 6 章第 9 节至第 13 节）

8 夜黑雨骤，焦急的流浪者

游苔莎的模拟像正在融化为乌有，那美女自己也正站在雨冢上，灵魂陷进了那样年轻的人很少光顾的一种孤独悲凉的深渊里，而此刻，约布赖特正独自坐在布露斯头家里。他已经兑现了对托马辛说过的话，打发费尔韦把信送给太太了，现在正越来越不耐烦地等她回来的声音或信号。要是游苔莎还在迷雾岗的话，他起码指望她会当夜叫来人捎一封回信来；不过，他关照过费尔韦，不要讨回信，一切都由着她的意向。如有复信，要马上就送来；要是没有，他可以直接回家，那天晚上就不必再麻烦回布露斯头一趟了。

但是，克林暗中寄托着更好的希望。游苔莎也许不愿意动笔——她一贯喜欢不声不响地行动——并可能在门前出现，对他突然袭击呢。她究竟下了多大的决心拒而不来，他可就不知道了。

让克林感到遗憾的是：夜色渐深时，天下起了大雨，狂风大作。狂风撕锉着房子的四角，把屋檐滴水吹得像豆粒一般往窗上打。他忐忑不安地在那些空房里到处走，把小木片塞到窗缝门缝里，把窗玻璃上脱开的铅框摁到一起，止住门窗发出的奇怪声音。在这样的夜晚，老教堂墙上的裂缝会扩大，败落的宅第里天花板上的旧污渍会刷新，从巴掌大小扩展到数英尺面积。屋子前面篱栅上的小栅栏门，不停地开开关上，但他热切地往外张望时，那儿却没有人；仿佛是死人隐形经过大门，来拜访他似的。

到十点多钟，见费尔韦没来，别人也没来，他就躺下休息了，虽然心里焦急，却很快睡着了。不过，他心里充满了期待，并没睡稳，约莫一个钟头后，他让敲门声轻易吵醒了。克林起身从窗户往外看。暴雨仍在下，眼前那广漠的荒原在雨中发出一片低沉的嘶嘶声。天黑

343

得什么都看不见。

"谁呀？"他大声问。

只听轻健的脚步声在门廊下移动，他刚刚能分辨出一个哀婉的女声在说话："克林哪，下来放我进去！"

克林激动得脸上发烧。"一定是游苔莎！"他嘟囔着说。如果是她，那真是出其不意回到他身边来了。

他急忙点起蜡烛来，穿上衣服下了楼。他把门拉开，烛光照着的，是一个身上裹得严严实实的女人。她立刻往前靠。

"托马辛！"克林以难以名状的失望口气喊，"原来是托马辛，赶在这样的黑夜里！游苔莎在哪儿呀？"

正是托马辛，身上湿漉漉的，面带惊慌，气喘吁吁。

"游苔莎？我不知道，克林，可我能猜，"她心慌意乱地说，"先让我进去歇歇 —— 就给你解释。有大乱子在酝酿呢 —— 我丈夫和游苔莎！"

"什么，什么？"

"我看我丈夫要离开我，或者做可怕的事了 —— 不清楚究竟是什么 —— 克林，你去看看吗？除了你，没有人会帮助我！游苔莎还没回家吗？"

"对。"

她上气不接下气地说下去："那么他们要一起逃走了！今晚八点钟左右，他进屋脱口就说：'托马辛，我刚发现，得出一趟门啊。''什么时候？'我问。'今晚。'他说。'哪儿？'我问他。'现在不能告诉你，明天就回来。'他说完就忙着去理他的东西了，根本不理我。我希望送他出发，但他不动身，接着到了十点钟，他说：'你还是睡觉去吧。'我不知道怎么办好，所以就躺下了。我相信他以为我睡着了，因为半个钟头以后，他就上了楼，打开了橡木箱；我们家里钱多时都放在那箱子里的。他从里面拿出一卷东西来，我看像是钞票，但我倒是不知道他把钞票放在那儿的。那一定是前几天他去银行时提出来的。如果他就出去一天，要钞票干吗？他下了楼，我就想起了游苔莎，他昨晚跟她见面来着 —— 我知道真的跟她见面了，克林，因为我跟了他半路；不过，你来我家时，我不肯告诉你，让你看不惯他，当时没想到事情会闹得这么严重嘛。我当时就躺不住了，就起来把衣服穿好了。我听见他去马棚，就想到要来告诉你一下。我就悄悄下了楼，溜出来了。"

"那你离开时他还没真走吧？"

"对。亲爱的克林哥，你能过去劝他不走吗？我的话他根本不听，老拿出门一趟、明天就回家那一套话来搪塞，我才不信呢。我想你能说动他的。"

"我就去，"克林说，"游苔莎呀！"

托马辛怀抱着大包袱；现在坐定了，就把包袱打开，露出一个婴儿，就像果壳包着果仁，干爽、暖和，全然不知行路的颠簸和风吹雨打。托马辛亲了婴儿一下，才有时间哭了出来，一面说："我把孩子也带来了，怕她出事啊。我想，抱出来也许要让她丢掉小命，但不能把她留给拉结①！"

克林赶紧把炉壁炉床上的木块拨到一起，挑开余烬，火尚未熄灭，风箱一吹冒出火苗来。

"先把自己烤烤干吧，"他说，"我再去拿些木头。"

"不不不 —— 别这样耽搁啦。我自己会添火的。马上就去好吗 —— 请你快去吧！"

约布赖特跑到楼上添衣服。他不在时，外面又有人敲门。这次就不会幻想那是游苔莎了，敲门前的脚步声沉重缓慢。约布赖特心想，可能是费尔韦送回信来了吧，便下楼把门打开。

"维尔舰长啊？"他对一个湿漉漉的人说。

"我外孙女在这儿吗？"舰长问。

"不在。"

"那她哪儿去了？"

---

① 拉结：《圣经》故事，犹太人祖先雅各的表妹和第二个妻子。雅格有两妻两妾。

"不知道。"

"可你应该知道哇 —— 你是丈夫啊。"

"显然只是名义上罢了，"克林激动起来说，"我看她今晚打算跟怀尔狄夫私奔了。我正要去看一看呀。"

"呃，她已经离开我的家了，大概半个钟头以前走的。那儿坐着的是谁？"

"我表妹托马辛。"

舰长心事重重地对她欠身致意。"我只希望不要比私奔更糟糕哇。"他说。

"更糟糕？做太太的已经坏事做绝，还有什么更糟糕的吗？"

"哼，有人告诉了我一段奇闻。刚才出来找她之前，我把马夫查利叫起来了。我前几天把手枪给丢了。"

"手枪？"

"查利当时说，手枪是他拿去擦了。刚才他已经承认，把手枪拿走，是因为看见游苔莎怪怪地瞅着手枪；她后来对查利承认想自杀，不过要他严守秘密，还答应不再想那种事。我不大相信她有胆量用那家伙，不过这表明了她的心思；凡想到那种事的人，会想第二次的。"

"手枪在哪儿？"

"已经坚壁了。不，她是再不会摸到手枪的了。可是除了枪窟窿，想要送命有的是办法啊。你跟她吵得那么厉害，到底吵什么，把她逼到这步田地呢？你一定待她很坏很坏。哼，我一直反对这头婚事的，我做对了。"

"你跟我一起去吗？"约布赖特只问他道，没理会舰长后面那句话，"要是去，可以边走边告诉你我们吵什么。"

"去哪儿？"

"去怀尔狄夫家呀 —— 那就是她的目的地，信我的话吧。"

这儿，托马辛哭着插嘴说："他说，他忽然有事，只是跑一趟短途旅行；可是那样，为什么要带那么多钱呢？克林哪，你看会闹出什么事情来呢？我担心你呀，可怜的小宝宝，很快就没爸爸了！"

"我马上走。"约布赖特说，一面迈步走进门廊。

"我倒想跟你去，"老头充满疑惑地说，"不过恐怕两条老腿，这样的黑夜，很难走得到。我已经不年轻了。他们逃跑要是给截住了，她肯定会回到我那儿去的，我应该在家里接着。不过不管怎样，我走不到静女酒店的，这不完了。我直接回家了。"

"这样也许最好，"克林说，"托马辛，你自己烤火，随便好了。"

说罢，他把门帮她带上，和维尔舰长一起走了；舰长到栅栏门外和克林分了手，往中间那条通向迷雾岗的路走去。克林走右边那条，斜穿去客店。

托马辛独自留着，把几件湿衣服脱了下来，把婴儿抱到楼上克林的床上，又下楼到了起坐间，把炉火添旺，开始烤火。火舌很快就舔到烟囱了，房间产生一股温馨的样子来；在门外风暴雨狂的天气衬托下，显得加倍地舒服。雨点敲打在窗户上，狂风在烟囱里吹出奇怪的低语声，仿佛一出悲剧的序曲。

但托马辛只有极小一部分呆在屋子里，由于对楼上的女儿已经放下心，她的心就跟着克林上路去了。这样神游了颇长一段工夫以后，她深感时光慢得令人不耐烦。不过她还是坐着没动。后来，她简直坐不下去了；其实，想到那时候克林还不可能到达客店，真是对她的耐心好一个讽刺。她最后来到了婴儿的床边。孩子睡得沉沉的，但她想象着自己家里可能发生的灾祸，心里看不见的事比看得见的事突出，搞得她狂躁不安，无法忍受。她忍不住下楼去开了门。雨仍在下着，烛光照到近处的雨点上，在后面密密麻麻的无形雨点阵的衬托下，产生了亮晶晶的飞镖群。冲入这种雨幕，就好比走进稍有空气稀释的水里。但此刻回家越是困难，她就越想回去，随便什么，都比牵挂悬念强。"我能好好地到这儿来，"她说，"为什么就不能再回去呢？我躲开是个错误啊。"

她急忙把小孩抱起来裹好，自己像先前那样披上斗篷，又铲了些灰盖在火上，防止意外，便迈步到了露天。她停了一下，把门钥匙放回百叶窗后原处，然后毅然决然，转身面对篱栅外黑压压一片，并朝漫天的黑暗投身进去。托马辛的想象正忙碌于别的事物上，所以夜黑雨狂对她来说并不可怕，只有行路难和不舒服才是实实在在的恐怖。

她很快就从布露斯头山谷里往上爬，在起伏的山坡上横穿了。荒原的狂风声声尖厉，仿佛为遇到这样相宜的黑夜而快乐得呼啸起来。有时，小路经过洼地，路两边的高大蕨草丛枯死了却没有倒伏，雨水淋漓的，围住了她，像跋涉水塘一般。遇到草丛高得出奇，她就把婴儿举到头顶，免得滴水的叶子碰到她。地势比较高的地方风势猛烈持久，雨点都横飞，没有往下落的样子，根本无法测度雨点离开云层怀抱的方位究竟有多远。这里自卫是不可能的，雨点打到她身上，都像射到圣塞巴斯蒂安①身上的箭一般。水坑呈现朦胧的灰白色，表示它的存在，她才得以躲开，但要是旁边出现不如荒原黑的东西，水坑本身就成为黑色的了。

尽管如此，托马辛并不后悔出门。她并不像游苔莎那样认为空气里有魔鬼，每一丛灌木、每一根树枝都包藏祸心。打到脸上的雨点子并不是蝎子鞭②，只是平平常常的雨水；整个荒原也并不是什么大怪物，只是没有人格的空旷大地罢了。她对这地方的恐惧都是理性的，她对它恶劣脾气的嫌恶，也都是情有可原的。此时此刻，荒原在她看来不过一个风雨交加的地方，人会感到很不舒服，一不小心就会迷路，也许会伤风感冒。

要是路径很熟，此刻认路不大困难，脚感熟悉嘛；但一旦走偏，可就万难找到它了。由于抱着娃娃妨碍了视线，转移了注意力，托马辛到底迷了路。不幸发生时，回家路已走了一大半，她正从光秃秃的山坡下来。她当时并不东找西寻，找这种羊肠小道谈何容易呀；她只管一直走，靠自己对于地形的总体认识做向导，而她对荒原的熟悉度，不亚于克林和荒原马。

托马辛终于走到了一块洼地，透过雨帘隐约辨出一片模糊的亮光

---

① 圣塞巴斯蒂安（？—288？）：罗马军官，因热心基督教，罗马皇帝下令用乱箭射死。不死，后乱棍打死。

② 蝎子鞭：语出《旧约·列王纪上》第12章第11节。

来，很快就现出了长方形，是开着的门。她知道这一带并没有房子，又从那门的地面高度，意识到了其性质。

"嗨，这是迪格利·维恩的篷车，肯定是！"她说。

托马辛知道，雨冢近旁有一僻静的去处，维恩驻扎在这一带时常常选作活动中心；她一下就猜出来，现在闯到了那个神秘的居所了。她心里产生一个问题，要不要请维恩把自己领到正路上去呢？她急于回家，尽管此时此地出现在他面前别提有多怪了，还是决定去求他帮忙。但是，她就此走到车门前，往车里张望时，却发现没有人，而那辆车无疑是红土贩的。只见炉火正旺，钉子上挂着灯笼。车门周围的地板上仅仅撒了少量雨点，没湿透，可见那门打开不久。

托马辛正站在那儿疑惑地朝车里看，身后却听见黑暗中有脚步声走近；转身一看，正是那熟悉的身影，穿着灯芯绒衣服，从头到脚红彤彤的；灯笼隔着薄雾般的雨帘照到他身上。

"我还以为你下坡了呢，"维恩没看到她的脸，嘴里说，"怎么又回到这儿来了？"

"迪格利吗？"托马辛有气无力地说。

"你是谁？"维恩问，仍没看见，"刚才你为什么哭得那么厉害？"

"迪格利呀！不认得我了吗？"托马辛问，"现在裹得严严实实，自然认不出来了。你是什么意思？我并没在这儿哭哇，刚才也没到这儿来呀。"

维恩这才靠近了些，看见她照亮了的一面。

"怀尔狄夫太太啊！"他惊叫，"咱们居然在这时候碰面！还有娃娃！这样深更半夜跑出来，出了什么可怕的事啦？"

她没能马上回答；他没等请求她允许，就先跳到车上，然后抓住胳膊，把她也拖到车上。

"怎么回事啊？"他们站到车里后，他接着问。

"我从布露斯头来，迷了路，急着赶回家。请尽快给我指路吧！我真傻，对埃格敦不够熟，真想不到怎么会迷路的。请快快指路吧，迪格利。"

"好的，没问题。我送你去。可是，怀尔狄夫太太，你刚才来过吗？"

"现在才来的。"

"那就怪了。五分钟前，我关门挡住了风雨，正在睡觉，忽然外面的石南树丛上有女人衣服擦过的声音，把我吵醒了，我睡得不沉的嘛，同时还听见那人又像抽泣又像痛哭。我开门把灯笼举到外面，看见灯笼刚刚照到一个女人：灯笼一照，她曾转过头，接着就急忙赶下山了。我把灯笼挂好，觉得好奇，就把衣服披上，跟了她几步，可就是再也看不见踪影了。你刚才过来，我就在那边；看见了你，我还以为你就是那个人。"

"也许是荒原上的人回家去吧？"

"不是，不可能。时间太晚了。她的衣服在树丛上擦过发出咻咻声，只有绸子才能那样。"

"那就不是我了。你看，我的衣服不是绸子的。……咱们这里是不是在迷雾岗通到静女酒店的路线上？"

"啊，不错，离那条线不远。"

"啊，我看会不会是她！迪格利，我得马上走！"

她不等他反应过来就跳下车去了。维恩摘下灯笼，也跟着跳下去。"我来抱小孩，太太，"他说，"一定重得累坏了。"

托马辛迟疑了一下，就把小孩交到维恩手里。"别抱太紧了，迪格利！"她说，"不要伤到小胳膊，就这样把斗篷套住她，别让雨点打到脸上。"

"遵命，"维恩认真地说，"仿佛我会损伤属于你的东西似的！"

"怕意外罢了。"托马辛说。

"孩子倒是干燥的，可你淋得够湿的了。"红土贩说，他关车门加锁时，发现她站过的地板上，有斗篷上滴下来的一圈水珠。

托马辛跟着他左躲右避地绕开大灌木丛，他有时还停下脚步，把灯笼遮住，回过头把握上面雨冢的方位。必须背着雨冢走，才能保持正确的方向。

"你肯定孩子没淋着吗？"

"肯定。请问他多大了，太太？"

"他！"托马辛责备说，"谁一看就明白的。她差不多两个月大了。现在离客店还有多远？"

"四分之一英里多。"

"可以再快点吗？"

"恐怕你跟不上。"

"我恨不得马上到。啊，窗户里有亮光！"

"那不是窗户。据我所知，那是小马车的车灯。"

"唉，"托马辛绝望地说，"但愿早点到 —— 孩子给我吧，迪格利 —— 你现在可以回去了。"

"送人要送到家，"维恩说，"那亮光和咱们中间，有一块泥沼，不带你绕过去，你会掉进去陷到脖子那么深的。"

"可是亮光在客店那边呀，客店前面又没有泥沼的。"

"不对，亮光在客店下面二三百码呢。"

"别管它，"托马辛急忙说，"朝着亮光走好啦，不要去客店。"

"好吧。"维恩回答说，顺从地转过身。他过了一会儿又说："希望你告诉我，究竟出了什么大乱子了。我想你已经证明我这人可靠吧。"

"有些事情不能 —— 不能说给 ——"说到这儿，她的心就提到嗓子眼。她张口结舌了。

9 声光聚拢漫游者

八点钟，怀尔狄夫看到游苔莎在山上发信号，就马上准备帮她逃走，还满心希望能和她一起走。他有点忐忑不安，告诉托马辛要出一趟门时简直是不打自招，让她心生疑窦。等妻子躺下以后，他把几件要用的东西收拾好，上楼打开了钱箱，拿出一大叠钞票，那是他以将要到手的资产作抵押从银行预支的，备作搬家的费用。

接着，他去马棚和车库，确保车马和马具都适于长途旅行后才放了心。这样差不多折腾了半个多钟头，等到他回到屋里，还以为托马辛已经睡着，根本没想到她会在别处。他吩咐马夫不必等他，所以小鬼以为他要在凌晨三四点钟出发；这个时间虽然出乎寻常，但不如实际商定的午夜怪异，蓓蕾嘴的邮船在一两点钟要开的。

一切终于安静下来了，他除了等时间无事可做了。自从上次跟游苔莎见了面，他就一直无力摆脱压抑的情绪，但他希望现在的处境里有用金钱能补救的东西。他说服自己，两全其美是可行的，打算把家产的一半赠与托马辛，这样对娇妻就不算不慷慨了，同时跟另一个伟大的女人共命运，献出骑士的侠义心。尽管他打算不折不扣地听游苔莎指挥，把她送到她要去的地方，要是她坚持就离开她，可是她对他的魔力越来越强烈，他预见到，面对彼此同甘苦，共患难的愿望，这种命令会失灵，他的心也随之怦怦跳动起来了。

他不允许自己没完没了地琢磨这些猜测、准则和希望，到十一点四十分，他又轻声来到了马棚，套好马笼头，点好马灯；他牵着马头把带篷的车拉出了院子，来到客店下面约四分之一英里的路边。

怀尔狄夫就在那儿等，此处筑有一道高高的土堤，稍稍挡住了急雨。只见灯光照到的路面上，松动了的砂砾和小石粒迎风掠过地面，一拍即合；把石子吹成一堆堆之后，风势就冲进了荒原，呜呜地掠过灌木丛，投入黑暗。只有一种声音压过了这风雨的喧闹，那就是南边那十孔水堰的轰鸣。那条河毗邻草甸子，形成了荒原这一方向的界线。

他一动不动地等了又等，后来，觉得午夜钟声一定敲过了。他心里就产生了强烈的疑问，游苔莎在这种天气里会不会冒险下山；不过他知道她的性格，认为她会下山。"可怜的家伙！她运气总这样坏啊。"他嘟囔着说。

终于，怀尔狄夫转到马灯边看表。他一惊，原来已经十二点过一刻了。他现在真希望一开始就驾车上了盘山路，赶到迷雾岗去；原先没采取那办法，是因为马车路比起光秃秃的山坡上那步道来，实在长得太多了，那样马匹要格外费力。

正在此刻，有脚步声走近，但马灯是朝着另一方向的，看不见来者是谁。脚步停了一下，接着又来了。

"游苔莎吗？"怀尔狄夫问。

人走上前，灯光照在了克林身上，他淋得亮晶晶的；怀尔狄夫马上就认出来了，但是他站在马灯后面，约布赖特却没有立刻就认出来。

约布赖特止步，好像在怀疑马车等人跟他太太的逃走有没有关系。看见约布赖特，怀尔狄夫的清醒感一下子不翼而飞，他又把他当作情敌死对头了，得冒死把游苔莎跟此人隔开。于是，怀尔狄夫不开口，希望克林不作详细追问就走过去。

他俩正这样犹豫的时候，一个沉闷的声音传来，盖过了风声雨声。声音的来源明白无误——那是一个人掉到附近草甸的溪流里了，好像靠近水堰那儿。

两人都跳了起来。"天啊！是不是她啊？"克林说。

"怎么会是她？"怀尔狄夫说，他在吃惊之余，忘了刚才是在躲藏了。

"啊！——是你呀，你这个叛徒！"约布赖特喊道，"怎么会是她？因为上个礼拜，她要是能做到，早就自杀了。本该有人看着她的！快拿一盏马灯，跟我来。"

约布赖特抓过身边的马灯，急忙走了。怀尔狄夫等不及解开另外那盏，就立刻顺着草甸的路往水堰赶去，紧跟在克林后面。

沙德洼水堰下面有一个圆形的大潭，直径五十英尺，水从十个大闸流下来，闸门用常见方式起降，由绞盘和齿轮控制。潭壁是石砌的，防止潭水决堤。但是冬季的溪流有时流速很猛，破坏了挡土墙基，冲出裂口来。克林来到闸上，水流湍急，闸门架子已经从根基上摇动起来。下面的水潭里，除了浪头白沫以外，什么也看不见。他上了水渠上面的板桥，手把着桥栏杆不让风刮下去，总算过了河。他靠在挡土墙上，把马灯放下去，却只能看见回浪旋转形成的漩涡。

同时，怀尔狄夫也来到了对岸；克林的灯光射到堰里的水潭上，产生斑驳汹涌的亮光，替前工程师照出急流从上面闸门滚滚落下的水道。就在这样一面屈曲的破镜子上，有一个黑影被一道回流缓缓地托起。

"我的心肝哟！"怀尔狄夫痛苦的声音喊道。他方寸大乱，连大衣也没顾得脱，就跳进翻滚的大锅里去了。

约布赖特现在也能看出那个漂着的人了，尽管隐隐约约的；见怀尔狄夫跳下去，以为还可救命，也想跟着跳。他又想起了更聪明的办法来，便把马灯靠着柱子放直了，自己绕到水潭下方，那边没有挡土墙，就跳了进去，勇敢地逆水跋涉，往深水区进发。到这里他的腿就漂起来了，一面游着水，一面被水冲到水潭的中心了，只见怀尔狄夫正在那儿挣扎。

这边从事这种匆忙动作的时候，维恩和托马辛也正艰苦地穿过荒原的下只角，朝灯光逼近。他们离河远，没听见落水声，却看见了马灯被拿走，并看着灯光挪到草甸子那儿。他们刚走到马车边，维恩就猜到，又出了什么新的岔子了，急忙跟着那挪动的灯光走。维恩走得比托马辛快，一个人来到了堰上。

克林靠在柱子上的马灯依然照着水面，红土贩发现有不会动的东西漂浮着。他有小孩的拖累，就急忙跑回去迎接托马辛。

"请你抱着小孩，怀尔狄夫太太，"他急忙说，"赶快抱着她跑回家去，把马夫叫起来，让他把附近住的男人都找来见我。有人掉进潭子里了。"

托马辛接过小孩就跑。她跑到有篷的马车跟前，见马匹虽然刚出马棚，却站着纹丝不动，好像意识到有不幸。她第一次发现马是谁家的，差一点昏倒，要不是必须保护小孩不受伤害，令她鼓足勇气产生惊人的自制力，就一步也挪不动了。她就在这种痛苦的悬念中进了家门，把小孩放到安全位置，把马夫和女仆叫醒后，又跑到外面最近的农舍去示警。

迪格利回到水潭边，发现那些上闸，叫浮板的，都给拔走了。他在草地上找到一个，就夹在胳膊下，手提马灯，像克林刚才那样，从水潭的滩头处趟进去了。他一到深水区，就趴在那闸门上；有了支撑，就能想浮多久就浮多久了，腾出手把马灯举得高高的。他靠脚的推动，在水潭里转来转去，每次都是随着回流上升，在潮水中下降。

起先他什么都看不见。然后，他在闪耀的漩涡和白色水沫团里，看出一顶女帽孤零零地漂动。他那时正在左面的挡土墙下搜索，突然有个东西浮出水面，几乎紧贴他的身旁。但出乎他所料，它不是女人，而是一个男人。红土贩牙齿衔住马灯环，抓住了浮起那人的领子，剩下的胳膊夹住闸门，奋力划入了水势最猛的水渠里，于是，那无知觉的人、水闸和他自己，都被冲到了下游。维恩一觉得脚已经踏到下面浅水里的石子，就马上站起来，往岸边走。走到潭水齐腰深的地方，就把闸门板扔了，拼命拖那个人。拖人很费事，仔细一看，原来是那不幸的陌生人那两条腿，被另一个人的胳臂紧紧抱住了，那人直到此刻都浸没在水下。

这时，他听见脚步声跑过来，心便狂跳起来，托马辛叫起来的两个人，出现在岸上。他们跑到维恩那边，帮着他把那两个显然已经淹死的人拖出水，拆开后平放在草地上。维恩把灯光往他们脸上照。上面的那个是约布赖特，没顶的那个是怀尔狄夫。

"现在必须再搜一搜那个洞，"维恩说，"有个女人在里面什么地方。找一根竿子来。"

一个人到步桥扒下一根桥栏来。红土贩和那两人一起，还是从浅处涉水，合力往前摸索，到了水潭中心深处的倾斜处。维恩的假设没错，沉下起不来的人，会被冲到这个地点的，果然，搜索到中途的时候，什么东西挡住了插下去的竿子。

"往这边拖。"维恩说。他们就用竿子拨那东西，一直拨到脚边。

维恩潜入溪水，上来时怀抱着一团湿衣饰，里面裹着一个女人冰冷的躯体。那就是伤心绝望的游苔莎遗下的全部了。

他们到了岸边，只见托马辛站着，悲痛欲绝地俯身看躺在那儿的两个昏迷者。马车拉到了大道最靠近的地方，短短几分钟，就把三具尸体都抬到了车里。维恩牵马，胳膊上还扶着托马辛，那两人跟在后面，一起到了客店。

托马辛推醒的那个女仆，已经匆匆穿好了衣服，生起了火，另一个仆人则留在后屋安然打鼾。游苔莎、克林和怀尔狄夫三个毫无知觉的身体都抬进屋子，脚冲着炉火摊在地毯上。托马辛立刻想方设法，采取了各种急救办法，同时打发马夫去请医生。但躯体上好像一丝的生气都没了。那时，托马辛把悲痛麻木也暂时抛却了，一阵玩命的动作，先把一瓶鹿角精①对着那两人熏，无效后又去熏克林的鼻孔。只听克林叹了一口气。

"克林还活着！"她大声喊。

他很快就有节奏地呼吸了，托马辛又同样在丈夫身上试了又试，但无力回天，怀尔狄夫毫无生命迹象。很有理由认为，他和游苔莎都永远不会接受香气刺激了。但他们毫不松懈地努力着，直到医生来，便把三个没有知觉的人依次抬到楼上，放入暖和的床铺。

维恩很快便觉得用不着他接着伺候了，就走到门口，对他极关心的这一家子里发生的奇怪灾变，心里还无法反应过来。在突如其来、排山倒海的事件冲击下，托马辛一定会垮下的。现在世上已经没有意

---

① 鹿角精：氨水或碳酸铵的俗称。

356

志坚定、明白事理的约布赖特太太，来扶助这温柔的姑娘挺过磨难了；不管冷眼的旁观者对托马辛失去了怀尔狄夫那样的丈夫会怎么想，她当时无疑被这样的打击弄得晕头转向，惊恐万状了。至于他自己，既然无权上前安慰她，就觉得没理由在屋里等下去了，他仅仅是个外人嘛。

他穿过荒原，回到大车里去了。炉火还没熄灭，一切还都是刚才离开时的样子。维恩这才想起身上的衣服，已经浸得像灌了铅一样重。他把衣服换下，展开烤在火炉旁，就躺下睡觉了。但刚才丢下的那个家庭里的一片混乱历历在目，兴奋得很，没法睡着，他还责备自己不该离开，于是换了一套西服，把门锁上，又匆匆赶到了客店里。他进厨房的时候，大雨仍在下。炉子里的火熊熊燃烧，两个女人正忙着，有一个是奥利·道登。

"我说，现在情况怎么样啦？"维恩耳语着问。

"约布赖特先生好点了，但约布赖特太太和怀尔狄夫先生尸体都冰凉了。大夫说，他们两个捞出水前就已经不行了。"

"啊！我把他们拖出水来时，也料到这样了。怀尔狄夫太太呢？"

"她算是很不错的了。大夫下令用毯子裹起来了，差不多跟河里捞上来的人一样湿淋淋的，可怜的孩子。你身上好像也不很干呀，红土贩。"

"哦，不太干。我已经换过衣服啦。不过刚才又冒雨过来，淋湿了一点罢了。"

"靠炉火站着吧。太太吩咐过，你请自便好啦，她刚才听到你走了，很难过啊。"

维恩走到壁炉边，出神地看着火焰。热气从裹腿冒出来，随着烟气上升到烟囱里，他心里却在想着楼上的那些人。两个已经成了死尸，另一个差点没从死神的口里逃脱，还有一个是病倒的寡妇。他上一次在那个壁炉旁流连时，大家正在摸彩；那时候，怀尔狄夫活蹦乱跳的；托马辛还在隔壁房间里活跃着，笑嘻嘻的；约布赖特和游苔莎刚刚配了夫妻；约布赖特太太也好好地住在布露斯头。那时看来，当时的事态至少可以维持二十年。然而，这个圈子里，却只有他还依然故我。

他沉思着，一个脚步声下楼来了。是保姆，手里拿着一卷湿了的纸。女人只顾办她的差，几乎没看见维恩。她从碗橱里找出几根麻线，特地把壁炉的薪架拉了出来，把麻线的一头分别系上去，在壁炉两头绷直了，然后把那些湿纸展开，就像在绳子上晒衣服那样，把湿纸一张一张用别针别上去。

"那是什么东西？"维恩问。

"苦命主人的钞票啊，"她回答，"给他脱衣时在口袋里找到的。"

"那他当时打算一时不回来的了？"维恩问道。

"咱们就永远不知道咯。"她说。

维恩不肯走，因为天底下他关心的人都在这屋檐下。既然当晚除了那两个长眠的人，屋里谁都没有再睡，他没有理由不留下。于是，他就躲到往常坐的壁龛那儿，坐看那两排钞票冒着热气，在烟囱的气流里吹得前后摆动，直到它们由湿软变成干而脆。然后，那女人过来把它们都解下来，叠好了捏在手里拿上楼。接着，医生面带无能为力的表情，从楼上下来，戴上手套走了，骑马离去的声音在路上渐渐消失了。

四点钟时，外面有人轻轻敲门。那是查利，是维尔舰长派来的，问有没有游苔莎的消息。给他开门的女仆直勾勾地看着他，好像不知道怎么回答，便把他领到了维恩坐的地方，对红土贩说："请你告诉他好吗？"

维恩就说了一遍。查利只发出了一种微弱含糊的声音来。他静静站着，然后才颤抖着迸出一句："可以再见她一面吗？"

"大概可以的，"维恩严肃地说，"不过，你是不是最好先跑回去告诉舰长一声呢？"

"是的，是的。不过我非常希望能再见她一次。"

"你去好啦。"身后一个低微的声音说。他们一惊，急忙回头看，只见暗淡的亮光里，有一个瘦削、苍白、差不多像鬼的人，身上裹着毯子，和坟墓里爬出来的拉撒路^①一样。

那是约布赖特。维恩和查利都没说话，克林接着说："你去看看她好啦。天亮后，有的是时间去告诉老舰长。你也许也想看看她吧——是不是，迪格利？她现在非常美。"

维恩站了起来，表示赞同，于是他和查利跟着克林走到了楼梯下面，他把靴子脱了下来，查利也脱了。他们跟着约布赖特上楼，楼梯口点着一支蜡烛，约布赖特把它拿在手里，领路到了隔壁房间。他走到床边，把床单卷了起来。

他们默默站着，瞻仰游苔莎的遗容。她死了，静静躺在那儿，却反倒令生前的花容月貌黯然失色。苍白二字不能概括她的脸色，它似乎不仅仅发白，简直在发光。那两片精雕细琢的嘴唇表情是乐融融的，好像是自尊心强迫她闭嘴不语。热血沸腾瞬间转为听天由命，永恒的刚性固定了它们。她的黑头发比他们两个以往见过的更蓬松，好像丛林一般覆盖在额头上。那庄严的仪态，在一个村舍居民的脸上出现未免太过显眼，而如今终于找到了艺术上恰到好处的背景了。

没有人说话，直到克林把她盖上，转过一旁。"现在到这儿来。"他说。

他们转到房间的深处，那儿有一张略小的床，放着另一具尸体——怀尔狄夫。他脸上不及游苔莎安详，但也覆盖着同样的青春容光，哪怕毫不同情的观察家现在看见了他，也会觉得，他来到人世，该有更高尚的归宿。他刚才挣扎求生所留的唯一痕迹出现在指尖上，他临死前狠命抓水堰的挡土墙，把指尖都抓破了。

约布赖特举止十分平静，露面以后沉默寡言，因此维恩以为他是认命的了。等到他们离开房间，走到楼梯口，他的真实心境才表露了出来。他站在那儿，头朝着游苔莎躺的那个房间，怪笑着说："她是我今年害死的第二个女人。我母亲死，大部分怪我；她死，主要怪我。"

"怎么讲？"维恩问。

---

① 拉撒路：《圣经》故事，病人拉撒路，死了四天，耶稣使之复活。

"我对她说了狠心的话，她就离家出走了。等我去请她回来，已经来不及了。其实我自己才该跳潭淹死的。要是河水把我吞没，把她浮了起来，那对活着的人就是善举了。但是我没能死。该活着的都死了，我却还活着！"

"不过，你不能这样给自己妄加罪名的，"维恩说，"你倒不妨说，子女犯了谋杀罪要怪父母，因为没有父母，子女就永远不会生出来的呀。"

"不错，维恩，这话很对；不过你不了解全部情况啊。要是上帝让我死了，那对大家都好。但我对于自己一生的恐怖，越来越习以为常了。有人说，和苦难长期厮守，有朝一日就会嘲笑苦难。我的那日子肯定快来了！"

"你的目标始终是高尚的，"维恩说，"干吗说这种毫无顾忌的话呢？"

"不，这并不是毫无顾忌，仅仅是毫无希望。我的一大憾事是，我的所作所为，没有人，没有法律能惩罚我！"

第六卷　后事

1 毕竟向前走

许多礼拜，许多月份，游苔莎和怀尔狄夫双双毕命的消息不仅在埃格敦荒原广为流传，甚至远播他乡。有关他俩之间的爱情旧闻也众说纷纭，历经夸大、附会、添油加醋、随意篡改，以至人多嘴杂，假托的巷议与最初的真情实况相去甚远。然而，纵观全局，虽然突然弃世，但他俩都保持了尊严。厄运仁慈一击，以灾难性的骤然挫折，切断了两人之间时冷时热的恋爱史，而不至于让他俩像芸芸众生那样苟延残喘，经过岁月的煎熬，变得皱纹满面，举目无亲，形容枯槁，枯燥地老朽掉。

对于那些介入至深的亲朋来说，影响略有不同。局外人听惯了这种风流韵事，无非多听一件而已；但直接遭受打击的人，以往无论怎么想象，都做不到有恃无恐。托马辛骤然间丧夫，有点变得感情麻木，然而，不合情理的是，她虽然意识到亡夫理应表现得更好，但内心的悲恸却丝毫不见消减。相反，起初正因为此，年轻妻子眼中，亡夫的形象反而显得拔高了，仿佛彩虹边免不了有云翳一样。

但是，世事难测的恐惧感已经挨过去了。作为弃妇对今后的日子曾有朦胧的忧虑，如今都结束了。往日，曾经心惊肉跳地揣测最坏的结局，现在只要合理推想即可，并没有坏得不可收拾。她主要的牵挂在小游苔莎身上，小宝宝劫后余生。她悲伤之中也谦卑老实，举止上并不目无神灵；受到精神创伤的人，一旦处于这种心态，是很容易恢复平静的。

托马辛现在内心悲哀，游苔莎生前的宁静心态，如果可以换算成公测度的话，那么，两者几乎会达到相同的刻度。只不过托马辛虽然在郁闷气氛下情绪算得上开朗，由于往日心情愉快，相形之下就显得阴沉了。

春来大地，她适时平静下来；到了夏季，她已经心平气和；等到秋天降临，她开始舒心宽慰了。小宝宝健壮快乐，日益长大，越来越懂事。身外事使托马辛受宠若惊。怀尔狄夫没有留下遗嘱，而她和孩子是唯一的亲属。她接管遗产，偿还了债务，夫家叔叔的财产所剩余的部分便划入她的手中，最后发现可以为她和孩子投资生息谋利的这笔钱，数额接近一万英镑。

她要去何处居住呢？显然是布露斯头了。诚然，老屋里的房间比轻帆船的甲板舱高不了多少，她从客店新带去一只立钟，不得不把地板挖去一点，再卸掉钟顶上漂亮的铜把柄，才让钟站直；然而，虽然又矮又旧，但房间很多，加上童年的记忆，她觉得这地方倍感亲切。克林很高兴接纳她做房客，他只把自己关在后楼梯上面的两个房间里，安静地待在那里，这样，就和托马辛主仆隔开，可以自行其是，思考自己的问题了。托马辛做了有钱的太太，觉得雇三个仆人铺张一下也是合适的。

克林悲天悯人，外貌稍有变样，而主要的是变生内心。可以说，他的心已经苍老得布满了皱纹。他没有敌人了，也找不到人指责他，便狠命地自怨自艾。

克林有时候想，命运一直在捉弄他，甚至说，人生在世明摆着处于进退两难的境地，人们并非要荣耀地节节推进，而应该设法不受辱地全身而退。生活对他和家人百般讽刺，无情打击，在他们的灵魂中留下了痛苦的烙印，但他并没有长久固守这个认识。除了性格特别顽强的人之外，这本是人之常情嘛。人们总是宽厚有加，不遗余力地编造不贬低造物主的假说，不愿设想有比自己道德品质还低下的主宰力量，甚至当他们坐在巴比伦河畔凄然泪下时①，还会炮制种种理由，为迫使自己流泪的压迫者辩解。

因而，别人在克林面前说了不少宽慰话尽管徒劳无益，但他独处

---

① 《圣经》故事，犹太人得罪了上帝，被俘做了奴婢。

时，却在自己选择的方向找到了宽慰。对于像他这种习惯的人来说，有母亲留下的一幢房子以及每年一百二十英镑的收入，就足以维持日常开支了。财力不在于总数大小，重要的是收支相抵。

克林经常独自一人在荒原散步，任凭历史的阴影笼罩在心头，如泣如诉地逼他倾听。于是，他心驰神游，想象那地方居住着古人，忘却已久的凯尔特人部落就在他的周围奔波。他简直生活在他们中间，端详他们的脸，还看见他们都站在隆起的坟茔旁，而古冢完好如初，跟当年初建时一模一样。涂有纹饰的野蛮人中间，早已有人选择了可耕地，他们与那些在这儿留下生活遗迹的古人相比，就如同用纸写字跟使用羊皮纸写字。他们的记载早就在犁刀下烟消云散，而后者的作品却得以保留。然而，所有的人至死都全然不知，不同的命运在等待着他们的遗迹。这不禁使他想到，千古不朽的历史演化是由未可预知的因素控制的。

冬季又来临了，带来了大风、霜冻、温顺的旅鸫和闪烁的星光。去年，托马辛几乎没有觉察到四季的交替变化。今年，她敞开心胸，体察外界的种种影响。克林坐在房间里阅读大字体书籍时，那位可爱的表妹、她的孩子以及仆人的生活情况，都化作通过板壁传到他感官的声音，但他最终听熟了隔壁发出的细微声音，对其所表达的各种情景几乎身临其境。隔半秒轻微的咯哒声，令人浮想到托马辛晃动摇篮的情景，断断续续的吟唱声表明她正在哄孩子入睡，磨石压沙般的咯吱声，唤起汉弗莱、费尔韦或萨姆脚步沉重地走过厨房石板地的情形。而孩子似的轻盈脚步，加上欢快的高调曲子，便说明坎特尔大爷来了，大爷说话戛然中断时，则意味着嘴唇凑近盛淡啤酒的酒杯了。忙乱声和屋门碰撞声则说明要动身赶集了。至于托马辛，尽管增加了追求文雅的范围，生活圈却狭小得可笑，都是为了替女儿省下每一个英镑。

夏日的一天，克林正待在花园里，紧挨着客厅的窗户，窗户平时都开着的。他在观看窗台上的盆栽鲜花。花经过托马辛的抢救照料，都生机盎然，恢复到了母亲当年栽培的状态。忽然，他听见坐在屋内的托马辛轻声尖叫。

她对进屋的人说道:"噢,你吓了我一大跳。我以为是你的鬼魂进来了。"

克林觉得好奇,便往前稍微探出身子,朝窗口看了一眼。他不禁吃了一惊,原来站在屋里的人竟然是迪格利·维恩。此时此刻,他早已不是红土贩了,而是一张普通基督徒的脸,气色一新,原来的色调奇怪地颠覆掉了。只见他穿了深绿色外套,里面是浅色花背心,白衬衫硬前胸,系了带蓝点的围巾。他的外表毫不奇特,奇特的是今非昔比的模样。红色,一切近乎红色的,都从每一件衣服上悉心地排除掉了。刚刚摆脱工作羁绊的人所害怕的东西,还有什么比得上能想起赚钱的生意行头呢?

克林绕到门口,进去了。

托马辛朝他们分别笑笑说:"我吓了一跳! 真不敢相信他是自己变白的。好像是超自然的奇迹吧。"

维恩回答道:"去年圣诞节,我就不干红土买卖了。买卖红土是赚钱,我觉得当时钱已经挣好了,足够买下我父亲生前拥有的五十头牲口的奶牛场了嘛。我一直在想,要是改行,就去那地方。现在,我已经干起来了。"

"迪格利,你是怎么变白的啊? "托马辛问道。

"太太,我是一点一点变白的。"

"你比以前好看多了。"

维恩显得不知所措。托马辛发现,自己说者无意,而这位听者可能仍然有意,她的脸上不禁泛起一阵红晕。克林看不见这一点,乐呵呵地补充道——

"我们该拿什么来吓唬托马辛的女儿呢? 你现在又像人样了。"

托马辛说道:"坐下吧,迪格利,留下来喝茶。"

维恩挪动身子,似乎想退到厨房间去。托马辛一边缝衣服,一边和蔼而心直口快地说道:"当然啦,你得坐在这儿。你那五十头牲口奶牛场在哪儿,维恩先生? "

"在斯蒂克尔福特——奥尔德华斯右方约两英里，太太，草甸子的边上。我想过，如果约布赖特先生什么时候愿意来看我的话，就不该非请莫来。今天我就不等喝下午茶了，谢谢啦，手头有事情要解决呀。明天五朔节，沙德洼那帮家伙和你几位街坊联合起来，要在你家栅栏外荒原上竖起五朔柱，那可是一片可爱的绿野啊。"维恩胳膊肘朝门前那片地挥了一下，"我跟费尔韦谈过此事，告诉他竖起柱子之前，最好征询一下怀尔狄夫太太的意见。"

　　托马辛回答道："我有什么意见呀。我们的家产不超出白色栅栏一英寸呢。"

　　"不过，大概你不愿意看见一大帮人，就在眼皮底下一个劲地围着柱子疯吧？"

　　"我根本不反对的。"

　　随后，维恩就走了。晚上，约布赖特出去散步，一直到了费尔韦家。五月的夕阳，景色壮观。广袤的埃格敦荒原，边缘的白桦树都长出了嫩叶，薄如蝴蝶翅膀，透明如琥珀。费尔韦家附近有一块空地，是从大道弯进去的。这里汇集了来自方圆数英里的所有年轻人。那根柱子放在地上，一端靠在支架上，妇女们正忙着给柱子从头到尾都缠上山花。欢乐英格兰的本能在这儿古风犹存，显示出罕见的活力。一年四季，传统赋予的各种象征性风情习俗，在埃格敦依然长盛不衰。当然，这些边远山区的村落里所迸发出的冲动仍然是异教①式的——在这些地区，对于自然的敬仰，对于自我的崇拜，还有尽情的狂欢，以及针对那些名称湮没的神祇的各种条顿族②零星礼仪，似乎都以某种形式，在中世纪教条③挤压下面劫后余生。

　　约布赖特没有去打搅人们的准备工作，转身就回家了。翌日早晨，托马辛拉开卧室的窗帘时，看见那根五朔柱已经矗立在绿地中

---

① 异教：指非基督教。
② 条顿族：日耳曼人的一支。
③ 中世纪教条：即基督教。

间，直冲霄汉。柱身就像杰克的豆茎①一样，是在夜间，或者说在凌晨拔地而起的。她推开窗扇，更好地观看柱子上的花环花束。四周的空气弥漫着山花的芬芳气息，由于空气洁净无杂味，花柱在风中散发的浓郁香味朝她扑鼻而来。柱顶上交叉挂着装饰着小花朵的花环，下边是一圈奶白色的山楂，再往下，是一圈麝香兰，一圈连香花，一圈圈的丁香花、布谷鸟剪秋罗、黄水仙等鲜花，一直缠挂到柱子的底部。目睹这一切，托马辛心花怒放，因为，五月的狂欢近在咫尺了。

到了下午，人们开始在绿地上集中。克林在自己房间的窗口，兴致勃勃地朝外张望。没过多久，托马辛走出窗下的门，抬头朝表哥望。她穿戴得很漂亮，自从十八个月前丧夫，克林没有见她打扮得这么美过。哪怕她结婚以来，也没有打扮得如此出色。

"今天你真漂亮，托马辛！"克林说道，"是为了五朔节吗？"

"不完全是。"说罢，托马辛垂下双眼，脸色通红。不过，克林并没有刻意关注这一点，尽管她的举止在他看来相当奇怪，她仅仅在对他说话呀。会不会特意穿上夏装来取悦他呢？

他回想着托马辛最近几周对自己的那番举止。他俩经常在花园里并肩劳动，就像当年在母亲的注视下做的一样。如果托马辛现在对克林的感情，不全像当年那样出于亲戚间的亲情，那该怎么办呢？对于约布赖特来说，任何这种可能性都是很严重的，想起这事，他就忐忑不安。游苔莎在世时始终没有平息的情爱脉动，早已跟随她进了坟墓。他对游苔莎的激情，爆发于成年老熟期，现在不可能留下点起那种爱情火焰的燃料了，那是属于少男少女的恋情嘛。哪怕假设他还能再度恋爱，那也只能像生长缓慢而费劲的老树了，最终只能像秋天孵出的小鸟一样，瘦小多病。

这种新纠葛令克林感到很沮丧，所以五点左右热情洋溢的铜管乐队到达并开始演奏时，他走后门离了家，从花园通过篱笆门消失在视线之外。乐队显然力气十足，似乎要把他的屋子吹倒。尽管尽力容忍

---

① 杰克的豆茎：英国童话，穷孩子杰克用寡母的牛换了一帽子豆子，被母亲扔掉，但第二天早晨，豆茎长得高入云霄，成为进仙境的梯子，杰克抢夺了巨人的珍宝。

着，他还是无法消受今天的欢乐场面。

整整四个小时不见他的踪影。他按老路回来时，已经是黄昏时分了，绿叶都结满了露珠。震耳欲聋的铜管乐早已停歇了，但是，他从后面进来时，还吃不准节庆的人群是否已经散去，经过托马辛的楼面来到前门才看明白。托马辛独自一人站在门廊里。

托马辛带着责备的神情望着他。"活动刚开始就走了，克林。"她说道。

"是的，我觉得无法参加。当然，你出去和他们在一起了？"

"不，没有。"

"你好像特意打扮过的。"

"是的，但我不能独自一人外出，有那么多人呢。现在还有一位呢。"

克林睁大眼睛，向栅栏外面墨绿色的草地望去，只见黑暗的五朔柱附近，有一个人影在来回踱步。他问道："是谁呀？"

托马辛告诉他："维恩先生。"

"我想，你可以请他进来的嘛，托马辛。他对你一直挺好。"

"那现在就去请。"她说干就干，穿过便门，走到五朔柱下维恩站立的地方。

她问道："我想，是维恩先生吧？"

维恩一愣，似乎没看见她的样子——真是油滑的家伙——只听他答道："是的。"

"进屋来好吗？"

"我担心——"

"我今晚看过你跳舞，替你伴舞的姑娘都是最棒的。你不愿进屋，是不是因为希望站在那儿，回味刚才的欢快时光？"

"嗯，部分原因吧。"维恩说道，有张扬的意思，"但是，我站在这儿的主要原因是想等到月亮升起。"

"看看月光下的五朔柱有多么漂亮？"

"不，是为了寻找一位姑娘遗失的一只手套。"

托马辛瞠目结舌。得走四五英里回家路的人，在这里等，竟然是为这种原因，结论只有一个 —— 此人一定十分倾心于手套的主人。

"你跟她跳过舞吗，迪格利？"托马辛问道。她的口气表明，维恩通过表白，本人在她眼里的兴趣大增。

"没有。"维恩叹息道。

"那么，你就不想进屋？"

"今晚不啦，谢谢太太。"

"维恩先生，借给你灯笼找姑娘的手套好吗？"

"噢，不必了。怀尔狄夫太太，谢谢你。再过几分钟，月亮就升起来了。"

托马辛转身回到门廊。克林问："他会进来吗？"他一直在她刚才离开的地方等。

托马辛告诉他："今晚不愿意进来。"说罢，她便从他身边走过进了屋。克林随之也回到自己的房间。

克林离开后，托马辛又摸黑爬上楼，在小床旁静听，确认孩子睡着了，便走到窗前，轻轻掀起白窗帘一角，凭窗张望。只见维恩仍然在那儿。她又向东边的山岗望去，看见夜空中渐渐显现出微弱的月光；月亮忽然喷薄而出，山谷里一片月色。维恩的身影在草地上清晰可见，他正低着头走动，很明显是在草丛中扫描那珍贵的失物。他左寻右找，走遍了每一尺草地。

"可笑！"托马辛喃喃自语，口气不无讥讽，"想想一个大男人，为了姑娘的一只手套在月光下瞎找，也太傻了！还是一位有身份的牛奶场老板呢，他现在可是有钱人了啊。真可惜！"

最后，维恩好像找到了东西。他站起来，把手套放到嘴边吻，接着，便将它放进表袋 —— 那是现代服饰所能允许的一处最贴近男人心怀的地方 —— 然后，他爬上山岗，朝远处的草场家园笔直地走去。

2 托马辛走古道边绿色草地

此后几天，克林很少见到表妹。见面时，托马辛比以前沉默多了。最终，克林问她有什么心事，这么全神贯注的。

托马辛坦率地说："我困惑极了，拼了命都弄不清维恩迷恋的心上人姓甚名谁。其实，五朔柱下的姑娘，谁都配不上他，但她当时一定在场的。"

克林也琢磨了一会儿维恩的意中人，但他对这个问题并不感兴趣，就继续干花园活了。

托马辛一度无缘解开这个谜。但是，一天下午，她在楼上正准备出去散步时，因故走到楼道边喊了一声："雷切尔。"雷切尔是个十三岁上下的姑娘。抱孩子出门透气，是她的事。听到叫唤，她便走上楼。

托马辛问她："雷切尔，我新买的手套少了一只，你在什么地方见过吗？跟这只是一副。"

雷切尔没有吱声。

"为什么不回答？"女主人又问道，

"太太，我想是丢了。"

"丢了？谁丢的？我可只戴过一次呀。"

雷切尔看上去非常着急，最后，开始哭诉道："太太，听我说，五朔柱那天，我没有手套戴，看见你的在餐桌上，心想，借用一会儿。我根本不想弄坏的，可是，有一只不见了。有人给我钱，去买一副还给你。但还没空出去买。"

"那人是谁？"

"维恩先生。"

"他知道是我的手套吗？"

"知道，我告诉他的。"

听了这番解释，托马辛感到很惊诧，竟然忘记了训斥雷切尔，让她悄悄地溜了。她一动不动，只是把目光转向曾经竖五朔柱的绿色草地。她沉思着，后来自言自语说下午不出门了，要赶紧做好孩子那件漂亮的格子罩衫，是沿对角裁剪的最新款式。至于她是如何赶紧做的，而两小时之后衣服的进度还是老样子，这对不知底细的人而言，始终是一个谜，因为，新近这件小事有可能把她的勤快从双手引向头脑方面呢。

翌日，她一如既往，继续只带着小游苔莎在荒原上散步。孩子还小，到底应该靠手还是靠脚来行走天下，对于这种人自然尚属疑问，所以连走带爬，往往陷入痛苦的纠结。托马辛倒很开心，抱孩子去僻静处，让她在绿色的草皮和牧人百里香草丛中悄悄练习走路，哪怕失去平衡一头栽倒，也如同倒在柔软的垫子上一样。

有一次，托马辛正埋头这种练法，俯下身将一路上的小树枝、蕨草梗等杂物拾掉，以免孩子碰到几分高的障碍难逾越便过早停下脚步。就在此刻，她看见一个人骑着马，已经到了身边，不禁大吃一惊，原来柔软的天然地毯上听不清马蹄声。骑手正是维恩，他正挥舞着帽子，骑士一般向她鞠躬。

"迪格利，把手套还我吧。"托马辛说道，不管遇到什么情况，她的脾气是开门见山，心里话一吐为快。

维恩立即跳下马，伸手到表袋里，交了出来。

"谢谢。你真好，替我保管。"

"你真好，过奖了。"

"不是的噢，发现手套在你手上，我很高兴。大家都漠不关心，你却想着我，真让人感到惊讶。"

"要是记得我曾经是什么样的人，就不会惊讶了。"

托马辛连忙说道："对的噢。像你这种性格的人，多半是独来独往的。"

"我有什么性格啊？"维恩问道。

托马辛简洁地答道："说不清。不过，你总是讲究实用，深藏不露。只有你独自一人时，才流露真情。"

维恩恰到好处地问道："哦，你怎么知道的？"

"因为，"她说，这时，小游苔莎摔了一个嘴啃泥，托马辛把她扶起来之后，接着说道，"因为我知道啊。"

维恩说道："不可按照常人标准来判断嘛。现在我仍搞不清楚，如今什么叫感情。我忙于生意，这边对付，那边应酬，温情都烟消云散了。不错，我可是全身心投入到赚钱里面了。钱就是我的全部梦想啊。"

"迪格利，你真坏！"托马辛责备道，将信将疑地看着他，把他的话一半当真，一半看成是在逗自己。

"是啊，是有点怪里怪气的。"维恩淡然地回答，一副罪恶难改则安之若素的口气。

"你，一向可是挺不错的啊！"

"哎，这种话我爱听，因为人过去怎样，或许现在也会怎样的。"托马辛脸红了，维恩继续说道，"只不过现在更难了。"

"怎么讲？"托马辛问道。

"因为你比当年有钱了。"

"不啊 —— 不多。几乎全都划在孩子名下了，这是我的责任，留下的钱，够用就行了。"

"听了很高兴。"维恩温柔地说道，眼睛的余光看着她，"这样我们做朋友就容易了。"

托马辛的脸又红了。后来，又说了几句颇为愉快的话之后，维恩骑上马就走了。

这番交谈发生在临近罗马古大道的荒原谷地里，托马辛常去的地方。可以说，她在那儿遇见维恩，日后并没有因此而少光顾。另外，维恩遇见托马辛之后，是否不再去那儿骑马，我们从当年两个月之后托马辛的举动，就不难猜详的。

3 克林与表妹严肃谈话

这段时期以来，克林或多或少都在考虑对表妹应尽的职责。他总觉得，她性情温顺，这样青春年少就注定要将花容月貌空耗在寂寞的荆豆和蕨草上的话，那真是暴珍天物了。但他的这种感觉仅仅属于经济学家的考虑，而非恋人的真情。他对游苔莎的激情就像是一辈子的生命果实以蜜饯形式保存下来了，现在已经没有遗留的极品爱可以施舍了。眼下，有一点是显而易见的，不能存有娶托马辛的念头，哪怕为了讨好她也不行。

然而，事情没这样简单。多年前，他母亲心里对他和托马辛曾抱有宏伟的设想。没有真正上升为心愿，但始终是美好的梦想。当时的设想就是，他俩能及早结为夫妻，只要两人的幸福都不会因此而受到危害。现在，对于像克林那样孝顺亡母的儿子来说，除此之外，还会剩下别的路可走吗？世事的不幸在于，父母亲一念之差，都是生前谈上半小时话便可打消的，但是，他们过世后，这些念头都升华为绝对不可逆的严令，给孝子们造成了严重后果，父母大人若在世，首先表示反对的，就是他们。

如果只关乎约布赖特本人的前途，他何乐不为呢，会不假思索地向托马辛求婚。了却母亲的遗愿，对他来说不会失去任何东西。但是，想到托马辛要嫁给一个供认不讳的行尸走肉式情人，克林便不敢往下想了。他身上只有三项活动在做着：第一件，几乎每天都要去母亲长眠的小墓地；第二件，同样频繁地夜访远一些的墓园，那里埋葬的死者里有他的游苔莎；第三件，为唯一有可能使自己心满意足的职

业做准备 —— 宣讲第十一条训诫^①的巡回传教士。很难认为，托马辛若嫁给具有这种癖好的丈夫会心情开朗。

然而，克林决定去问一下她，让她自己去决定。一天傍晚，夕阳将房顶斜长的影子投射进山谷；母亲在世时，这种景致他见过无数次。此刻，他甚至是怀着克尽职守的喜悦心情，下楼去做自己的分内事了。

托马辛不在房间里。后来，他在屋前花园里找到了她，便过去开口道："托马辛，我一直想谈谈有关你我前途的事情。"

"你现在就谈吗？"托马辛跟他的目光一接触，脸顿时红了，她急忙问道，"克林，请等一会儿吧。让我先说，因为，很奇怪，我也早就想和你谈谈。"

"你尽管先说吧，托马辛。"

"我想，没人会偷听吧？"她接着问，一边压低嗓音，朝周围看了一眼，"嗯，你首先得答应我 —— 如果不赞成我的话，不要生气，不要骂我，好吗？"

约布赖特答应了，托马辛便继续说道："我就需要你的建议，你是亲戚嘛 —— 我的意思是，有点像我的监护人 —— 对吗，克林？"

"哎，对呀，我想是的，像监护人的。其实，我当然是了。"克林回答时，对她的意思却十分迷惑。

"我在考虑嫁人，"这时，托马辛淡淡地说道，"不过，除非你保证同意跨出这一步，我不会嫁的。你怎么不说话？"

"我感到挺意外的。不过，很乐意听到这种消息。我当然同意啦，亲爱的托马辛。对象是谁呀？我可猜不出。哦，我想起来了 —— 是老医生！ —— 我可不是指他的年龄，他毕竟不怎么老。啊 —— 他上次给你看病时我发现了！"

"不，不是。"托马辛连忙解释，"是维恩先生。"

克林的脸色顿时阴沉下来了。

---

① 出自《新约·约翰福音》：耶稣说，人要彼此相爱。

"哎，瞧，你不喜欢他，我真希望没有提到他！"托马辛大惊小怪地喊道，"我也不应该考虑的，但他一直找我的麻烦，弄得我不知道该怎么办！"

克林看着荒原，然后说道："我还是很喜欢维恩的。他既老实又干练，还很聪明，让你喜欢他，就证明了这一点。但是说实在的，托马辛，他还不够——"

"不够绅士风度，配不上我？这正是我的感觉。很抱歉，问你这种事，以后，不会再去考虑他了。但是，如果嫁人，一定要嫁他——我得说清楚！"

"不见得吧。"克林不露声色地说道。托马辛明显没有猜到他的意图，他索性把自己打断了的话头小心掩盖起来。"你可以去城里住，认识一些人，嫁一位专业人士什么的。"

"我不适应城市生活——始终浑身土气，傻头傻脑。你自己难道没有发现我土气？"

"噢，刚从巴黎回家时，倒有所感觉。但现在没有了。"

"那是你也变土了。哦，我可决不去住在街道里！埃格敦是个可笑的老地方，但已经习惯了，搬到任何地方住，都不会快活的。"

"我也是。"克林说道。

"那你怎么会说我应该嫁给城里人呢？不管你说什么，我自信嫁人一定会嫁迪格利的。他对我最好，暗地里给我帮了很多忙！"说到这儿，托马辛差不多噘起了嘴。

"是啊。他确实如此。"克林不偏不倚地说道，"唉，我十二万分希望我可以说，嫁给他吧。但是，忘不了母亲对这事的想法。不尊重她的意见，我过意不去。现在我们有太多的理由加以尊重，尽我们的绵薄之力吧。"

托马辛叹息道："那很好，我不再提了。"

"可是，没有必要听从我的意愿。只不过说说自己的想法而已。"

"不啦——我可不想在那方面抗命。"她伤心地说道，"其实，我不该去想他的——我应该想想我的家人。我内心的恶冲动有多么可怕啊！"她嘴唇在颤抖，便转过身，藏起眼泪。

托马辛的趣味似乎不可捉摸，克林虽然心中冒火，却不无欣慰地发现，至少，牵涉到自己的婚姻问题可以搁置起来了。接下来好几天，他站在房间的窗前，在不同时间都看见她在花园里闷闷不乐地徘徊。托马辛看上了维恩，他有点儿生气。但由于自己成为维恩获得幸福的绊脚石，他又感到伤心。维恩自从洗心革面以来，毕竟还是埃格敦首屈一指的诚实而又坚毅的年轻人。总而言之，克林不知如何是好。

他俩再次见面时，托马辛突然说道："他比以前体面多了！"

"谁？倒是的 —— 迪格利·维恩。"

"阿姨反对，就因为他是红土贩。"

"呃，托马辛，或许我不知道母亲遗愿的全部细节。所以，你最好自己看着办吧。"

"你总会觉得我没有把你母亲放在心上。"

"不，不会的。我会认为，你已经深信不疑，如果她看见现在的维恩，一定会认为他跟你般配的。咳，这就是我的真情实感。别来征求我的看法了，随心所欲吧，托马辛，我会满意的。"

可想而知，托马辛已经深信不疑了；因为过了几天，克林逛到荒原一个近来没去的地方，在那儿劳动的汉弗莱对他说："我很高兴地看到，怀尔狄夫太太和维恩又和好了，好像是的。"

"是吗？"克林心不在焉地说。

"是的。天气一好，她带小家伙出来散步，他就想办法撞见她。但是，约布赖特先生，我老是觉得你表妹应该嫁给你的。真可惜，只需要一个壁炉，偏偏砌了两个。我想，你可以把她从他身边抢走的嘛，只要你动手就行。"

"我已经逼死了两个女人，还怎么好意思结婚呢？别想这种事了，汉弗莱。事到如今，我再去教堂娶妻，可就太滑稽了。约伯说过：'我与眼睛立约，怎能恋恋瞻望处女呢？'①"

---

① 语出《旧约·约伯记》，第31章。

"不，克林先生，别去想象逼死两个女人了。你不该提这种话。"

"哦，就不谈这件事了。"约布赖特说道，"但是，反正上帝给我留下了烙印，到了情场，就不中看了。我心里只有两个想法，没有别的念头了。我想办一所夜校，还有自己要当传教士。你觉得那怎么样，汉弗莱？"

"我会过来用心听讲。"

"谢谢。这是我的全部希望。"

克林走下山谷时，托马辛沿着另一条路下来了，在栅栏门处相遇。"你想，我会对你说什么，克林？"她转过头，调皮地问克林。

"能猜到。"他回答。

她端详着他的脸。"是的，你猜对了。毕竟要发生了。他认为我不妨拿定主意，而我也得这样考虑。如果你不反对，日子定在下个月二十五日。"

"亲爱的，只要你觉得合适，就去干吧。你再次看清了通往幸福的道路，我太高兴了。往日你遭受的待遇，都要由我们男性给予补偿。"

本书作者说明，原先的故事构思并没有托马辛和维恩的婚姻。他自始至终独身，性情乖僻，最终在荒原上神奇地销声匿迹，无人知其下落——而托马辛则终身守寡。可是，故事连载之后，情况有变，改编了情节。

因此，两种结局可供读者选择。凡遵循严谨艺术法则的人，可以假定故事终局前后一致者属真实。

4 欢乐重现故乡，克林事业有了

婚礼定于早晨十一点左右举行。此刻路过布露斯头的人，都发现约布赖特的屋子冷冷清清的，而最近的邻居蒂莫西·费尔韦家却很热闹，代表一场盛事正在进行。听到的主要是脚步声，咯吱咯吱地踩在沙质地面上，大家轻快地来回走动。屋外只有一个人，他似乎约定了时间，但迟到了，所以匆忙走到门前，拉开门栓就径直走了进去。

屋里的场面与往常有点不同。埃格敦的头面人物大都站在里面各处，有费尔韦本人、坎特尔大爷、汉弗莱、克里斯琴以及一两位泥炭工。那天天气挺热，大家自然都脱了外套穿衬衣，只有克里斯琴例外，在别人家里一贯紧张兮兮的，连一件衣物都不敢脱。房间中央结实的橡木桌上摆着一堆条纹布，坎特尔大爷和汉弗莱分别按着布的两头，费尔韦抓着一块黄东西在擦拭布面。由于是力气活，他汗水满面，皱着眉头。

"伙计们，给被套上蜡呢？"新进屋的人问道。

"是啊，萨姆。"坎特尔大爷忙得不多说一句话，"蒂莫西，这一头要不要拉紧一些？"

费尔韦回了话，上蜡一点也不松劲。萨姆继续问道："看样子，被子挺不错的啊。"沉默了一阵，他又问道："是给谁准备的？"

"是送给新人成家立业的礼物。"克里斯琴答道，站在一边无从插手。眼前的庄严场面让他觉得目不暇接。

"啊，当然啦，想必很值钱。"

"对于家里不养鹅的人来说，鹅绒被子当然珍贵，不是吗，费尔韦先生？"克里斯琴似乎在问一位无所不知的人。

"是啊。"这位荆豆商答道。他站起来，好好擦了一下额头，接

379

着把蜂蜡递给汉弗莱，由他接着上蜡。"倒不是新婚夫妇缺啥，而是趁他们操办一辈子的大喜事，向他们表示一番心意。两个女儿出嫁时，我给每人整了一床。一年下来，家里积存的鹅毛又够整一床的了。哦，街坊们，我想，蜡已经打好了。坎特尔大爷，你把被套朝外掀开，我好往里面填鹅毛。"

被套拉齐之后，费尔韦和克里斯琴拿来一些大纸袋，里面都装得满满的，但轻如汽球；他们开始往刚才做好的套子里倒鹅毛。纸袋一只一只倒空之后，房间里到处飘浮着轻盈的羽绒和鹅毛，越聚越多。后来，克里斯琴一不小心，将一纸袋鹅毛都倒在被套外，顿时，空气里全是硕大的羽毛，纷纷扬扬落在干活者的身上，像无风天的大雪。

"克里斯琴，从没见过像你这么笨拙的家伙。"坎特尔大爷口气严厉地说道，"看你的智力，像是一辈子不出村子的爹养的。你老子当过兵，脑袋灵光，对培养儿子的性格好像却一点都没有用。从傻小子克里斯琴来看，我满可以像大家伙一样，一辈子待在乡下，不见世面。但就我自己来说，大胆敢闯也不是一点用处都没有。这是可以肯定的！"

"老爸，别这样撇下我不管。这么一说，我觉得自己跟九柱戏的木柱一样渺小了，不就是打偏了吗？"

"得了，得了。别再这样低声下气了。克里斯琴，应该努力上进。"费尔韦说道。

"是呀，你应该努力上进。"大爷在边上一个劲地应声附和，似乎他是第一个提出上述看法的人，"凭良心讲，男子汉要么结婚成家，要么当兵戍边。既不成家，也不参军，这只能是国家的耻辱。感谢上帝！我两件事都做到了。既不生人，也不杀人——那就是可怜的二流子习气了。"

"我生来就怕枪炮声，"克里斯琴颤抖着说道，"但是，结婚嘛，我承认东找西访过，但毫无结果。是啊，总有什么人家，有过当家的男人——像他这样——现在却由女人独自管着的。不过，即便我找到她，也挺尴尬的。因为，街坊们，你们知道，家里没人留下来压住老爸的情绪，让他活得体面，像个老人的样子。"

坎特尔大爷讨巧地说："孩子，这可都是早已替你安排好的呀。但愿自己不那么害怕疾病缠身！——否则，明天一早，就出去重新见世面！可是，七十一岁了，尽管在家待着算不了什么，但是，重返江湖，可就岁数大了点啊。……嗨，上半年圣烛节^①，就满七十一岁了。上帝啊，宁可要七十一枚金镑，也不要七十一岁啊！"说到这儿，老人不禁叹了一口气。

"不要悲伤嘛，大爷。"费尔韦说道，"在被套里再填一些鹅毛吧，开心一点。你虽然树干老了，依然枝青叶茂，后面的时间长着哪，足够添补编年史啊。"

"天哪，我去他们那儿，蒂莫西——新婚夫妇那儿！"坎特尔大爷深受鼓舞地说，开始欢快地走动，"今晚，我要去他们那儿，给他们唱婚礼歌，怎么样？你知道，我就喜欢这样，就让他们也看看吧。我唱的《在丘比特的花园里》这首歌〇四年很受欢迎，我还有其他好歌，甚至更好的呢。觉得下面这首怎么样？

> 她在楼上花格窗边，
> 朝心上人呼唤，
> '噢，进来吧，外面雾霭弥漫。'

这首歌在这时候会打动他们的！真的，现在想想，仲夏^②夜晚上，我们在静女酒店唱《大麦垛》以后，我还没有饶舌过一首像样的歌呢。我们这儿有这种能耐的人不多，荒废了自己的长处，岂不可惜！"

"是啊，是啊，"费尔韦说道，"来，抖一下被套。我们已经塞进了七十磅上等鹅毛。我想，也就只能塞这些了。我说，去弄点儿吃的不会错。克里斯琴，把墙角碗橱里吃的拉下来，如果够得到的话，伙计。我得喝点东西，润一下嗓子了。"

---

① 圣烛节：基督教节日，2月2日为圣母马利亚行洁净礼，以教堂蜡烛祝福。
② 仲夏：6月24日，纪念施洗约翰的节日，英国四大结账日之一。

他们就坐下，开始吃工间午饭，身边到处都是鹅毛，上下纷扬。几只鹅毛的原主人不时跑到家门口，看见那么多旧衣裳，似乎舍不得，便呱呱地直叫唤。

"天哪，我快噎死了。"费尔韦从嘴里取出一根鹅毛喊道，还发现大家手中传递的酒杯里也飘浮着几根鹅毛。

"我都咽下几根了，有一根还有蛮长的鹅毛管呢。"这时，萨姆在墙角不慌不忙地说。

"喂——什么声音——我听到的是车轮声吗？"坎特尔大爷喊叫着跳了起来，匆忙走到门口，"哎，他们又回来了——还以为半个小时回不来呢。说实话，一心想结婚的话，这件事操办起来可真快啊。"

"是啊，操办起来很快。"费尔韦接着说，似乎该补充些什么，好让那句话完整。

他站起身，跟在大爷身后，其他人也都到了门口。不一会儿，一辆敞篷轻便马车从门前驶过，上面坐着维恩、维恩太太、约布赖特以及维恩的一位阔亲戚，亲戚是从蓓蕾嘴专程赶来的。马车是从就近镇上租的，不管它路程远近，价钱多少，因为维恩觉得，有托马辛这样的女士做新娘，埃格敦荒原上还找不到够气派的东西恭逢其盛了。再说，送亲的亲朋好友若都步行去教堂，路途未免太远了。

马车从人群前驶过时，屋里跑出来的人们都喊道："好样的！"他们朝车上的人挥手致意，随着手臂的挥动，鹅毛从头发上、衣袖上以及褶皱处纷纷飘落。阳光下，坎特尔旋转身子时，身上的图章挂件欢快地摆动着。马车夫朝那群人投去傲慢的一瞥，甚至对新婚夫妇也是一副屈尊俯就的样子；命中注定居住在埃格敦这种穷乡僻壤的人，无论贫富，除了荒原的不开化还会有别的生存状态吗？托马辛对门口那群人并没有显露这种居高临下的神态，仅仅快速地朝他们挥了挥手，就像小鸟扑腾翅膀一样敏捷。她含着眼泪问迪格利，他们是不是该下车，对这些善良的街坊们说几句话。然而，维恩认为，他们晚上都会上门来道喜，这就不必了。

激动一阵子之后，挥手致意的人们又开始干活了。不久，被套就塞完了鹅毛，缝好了口。这时，费尔韦也套好了马车，包好了笨拙的礼物，然后，驾马车朝斯蒂克尔福特方向维恩家驶去。

约布赖特在婚礼仪式上履行了当仁不让的职责，跟随新婚夫妇回到家之后，便不想参加晚上的饮宴和舞会了。对此，托马辛很失望。

"但愿我能够在不让你们扫兴的情况下参加。"克林说道，"但我在宴席上可能太像骷髅头①了。"

"不，不会的。"

"噢，乖乖，不说这个了。如果你们能放过我，我会很高兴的。我知道，这样做似乎不讲情面；可是，亲爱的托马辛，我担心人多热闹，自己不会快乐的——喏，这是实话啊。你看，我会经常来新家看望你们的，所以今晚不在场没有关系的。"

"那就随你。你尽可能自便好了。"

回到阁楼的住处之后，克林感到松了一口气。整个下午，他都在忙于记录布道宣讲稿的要点，他打算利用布道来启动当初为此而前来的计划中真正显得可行的东西。他对该计划始终不渝，尽管多次进行修改，还受到品头论足。他一次又一次地试验、斟酌自己的信念，觉得没有改变的理由，尽管他已经压缩了原来的计划。他的视力长期接触家乡的空气，已经调养得强多了，当然，还没有达到足够敏锐的程度，可以去尝试那项广泛的教育计划。但是，他没有怨气——他依然有足够的平凡事情可做，可以不遗余力，耗上全部时间。

傍晚，楼下的活动声和走动声越来越大。栅栏门不停地碰撞，发出咔咔声。婚宴的时间安排得较早，天没有黑，所有的客人都到了。约布赖特走下后楼梯，没有走前门，而是从另一条小道走进荒原，打算在旷野上散一会儿步，等到婚宴结束之后再回去，给托马辛夫妇送别。他的脚步不知不觉沿着小路朝迷雾岗走去。在那个可怕的早晨，他就是走此路向苏珊的儿子打听到怪消息的。

---

① 古埃及习俗，宴会结束时，搬上骷髅以对食客们做警世预言。

他没有转过身朝路边的农舍走,而是径直向一处高地走去,以便俯视游苔莎生前的整个住所。就当他站在那里,观看渐深的夜景时,有个人朝他走近。他看不清那个人,本来会静静地让他走过去,但是,那个路人是查利,他认出了克林,和他打招呼。

"查利,很久没有见到你了。"克林说道,"你经常走这条路吗?"

小伙子答道:"不。我一般不出土堤的。"

"五朔节那天你不在场啊。"

查利还是无精打采地答道:"是的,如今我对那种事不感兴趣了。"

克林温和地问道:"你很喜欢游苔莎小姐,不是吗?"游苔莎生前时常对克林提及查利的浪漫情怀。

"是的,非常喜欢。啊,我希望——"

"哦?"

"约布赖特先生,我希望你能给我一件她生前用过的东西,做个留念——如果你不介意的话。"

"我很乐意。查利,这会给我带来很大的快乐。让我想一想,她留下的东西你喜欢什么。噢,你跟我回家吧,我去看看。"

他俩一块向布露斯头走去。走近家门时,天色已暗,屋子的百叶窗都关闭了,看不见里面。

克林说道:"这边绕着走。我现在都是从后面进屋。"

两人绕过屋子,摸黑爬上曲折的楼梯走进起坐间。克林点燃了一根蜡烛,查利轻轻跟在身后。克林在书桌里搜寻了一阵之后,取出一张折叠的绵纸打开,里面有三两缕乌黑的卷发,铺放在纸上,犹如一股黑色的溪流。克林捡了一缕,包好后,递给小伙子。此时此刻,查利已经热泪盈眶。他亲吻了纸包,放进衣袋,动情地说:"克林先生啊,你对我真好!"

克林道:"我陪你走一段。"他俩在楼下欢快的喧闹声中走下楼梯,沿小道去前门,路过一扇小边窗旁。窗里的烛光透过窗口,照射在灌木丛中。那扇窗户被灌木遮掩,一般看不见,百叶窗没有落下,所以站在这个私密的角落,除了古董绿色窗玻璃妨碍视线外,可以看见屋里婚宴进行的全部场面。

"查利，他们都在干什么啊？"克林问道，"我今晚上视力又不行了，窗户的玻璃也不好。"

查利抹了抹湿润而模糊的眼睛，靠近窗户，回答说："维恩先生正在请克里斯琴·坎特尔唱歌呢。克里斯琴在椅子上扭捏，似乎听见请唱歌就害怕。不过，他父亲替他唱了。"

克林说道："是啊。我也听到老人家的歌声了。我想，下面就不会跳舞了。托马辛在屋里吗？隐约看见蜡烛前有个人影，很像她的身影。"

"是她，看上去相当开心，红光满面，噢，我的天哪！她听了费尔韦的话，正在大笑呢。"

克林又问道："那是什么声音啊？"

"维恩先生个子太高，从梁下经过时一跳，一头撞在梁上了。维恩太太吓了一跳，赶紧跑了过去，用手触摸他的头，看有没有肿块。大家都哄堂大笑，似乎什么事都没有发生。"

克林接着问道："我不在场，有人介意吗？"

"没有，一点都不介意。现在，他们都在举杯敬酒，为某人的健康干杯呢。"

"不知道是不是为我的健康？"

"不，是为维恩夫妇祝酒，因为他正在亲切致辞。瞧——维恩太太站起身了。我想，她也许要去穿衣服了。"

"嗯，他们对我不关心，做得对呀。顺理成章嘛，至少托马辛开心了。我们不要待得太久，他们不久就要出来，赶路回家的。"

后来，克林送小伙子回家，在荒原上走了一段。一刻钟之后，等他独自回家时，所有的客人都在他不在时离开了。他发现维恩和托马辛也正打算动身。新婚夫妇在四轮马车里坐了下来，是维恩的挤奶工领班兼随从专程从斯蒂克尔福特赶来迎接他俩的。小游苔莎和保姆端坐在车后空敞的位置上，挤奶工骑在一匹上了年纪的矮种马上，跟在车后，犹如一位上世纪的贴身男仆。马蹄每跨出一步，都发出一阵铜铍般的碰撞声。

托马辛弯下腰，跟表兄告别时说道："我们又把你的屋子全部归你了。克林，我们热闹过之后，你会很孤独的。"

"噢，没什么麻烦。"克林苦笑着答道。后来，马车启程了，随即消失在夜幕中。约布赖特回屋，唯有座钟的嘀嗒声迎接他，人去屋空了嘛。克里斯琴虽然是克林的厨师、男仆兼园丁，但已经回自己父亲家里睡觉了。克林在空椅子上坐下，沉思默想了很久。母亲用过的一把旧椅子摆在他面前；今晚坐过椅子的人，几乎都不会记得他母亲曾经就是椅子的主人。但是，对于克林来说，母亲几乎就在眼前，一如既往地存在。不管别人的记忆里她是什么人，在他的印象中，母亲就是一位崇高的圣徒，光芒四射，连他对游苔莎的万般柔情都无法遮蔽她的辉煌。但是，此时此刻他心情很沉重，无论在他举行婚礼的日子，还是心中喜乐的日子，他母亲始终没有给他加冕认可①。现在，事实证明她的判断千真万确，对自己的关爱也是无限诚挚的。他本应听从她的肺腑之言，即便不为自己，也应为游苔莎着想。他不禁喃喃自语道："都是我的过错。噢，妈妈，我的妈妈啊！我对上帝祈祷，若有来生，就让我替您忍受您替我忍受的一切吧！"

婚礼后的礼拜日，雨冢上将出现一幕异象。远处望去，冢顶可见一个人影，纹丝不动，犹如两年半之前游苔莎独自一人站立在那儿时一模一样。可是，夏天风和日丽，况且又是午后，而非暮色黄昏。凡是爬到雨冢附近的村民都发现，那站在中央的人影直插蓝天，其实并非孤独一人。他周围的山坡上有若干荒原上的男女村民，有靠着的，有闲坐的。他们一边聆听中间那人的布道演说，一边漫不经心地拔着石南，剥着蕨草，或者朝山下掷石子。这是"登山宝训"②系列说教的第一次。以后，每逢礼拜天下午，只要天气晴朗，就会在原地举办同样的布道演说。

---

① 语出《圣经》，描述所罗门王的风采。

② 典出《圣经·马太福音》，耶稣上山说法。

选择雨冢这个制高点进行布道有两个原因：首先，对于偏僻的农家来说，这里位于中心地带。其次，布道者一到岗位，附近各处就可以看见他。他的露面对于那些想靠近的掉队者来说，好比是便利的信号。布道者没带帽子，阵阵微风吹拂着他的头发。他还不到三十三岁，就年龄而言，头发未免太稀疏了。他眼戴墨镜，脸上布满了皱纹，神色沉毅。尽管他显出一副老态龙钟的模样，但是，嗓音却无懈可击，听上去雄浑有力，悦耳动听。他宣称，他的布道有时候是世俗的，有时候是宗教的，但决不会是教条主义。他还指出，他的宣讲文本将从各类书籍中摘录。那天下午的演说词是这样的：

> 王起来迎接，向她下拜，就坐在位上，吩咐人为王母设一座位，她便坐在王的右边。后来她说，我有一件小事求你，望你不要推辞。王说，请母亲说，我必不推辞。[①]

其实，克林已经将露天巡回布道作为自己的职业了，宣讲一些道德上无懈可击的题目。从那天起，他便不间断地认真尽职了，不仅在雨冢上以及附近小村落里用俭朴的语言布道，而且还去别处用温尔文雅的语言进行宣讲 —— 在市政厅的台阶上门廊下、集市的十字架旁、水渠边、广场上、码头旁、桥栏边，甚至谷仓和外屋，包括威塞克斯郡城乡的所有类似地点。他撇下教义和哲学体系，觉得世上所有好人共同的观点和行为，对于他的三寸不烂之舌已经绰绰有余了。有的人相信他的话，有的人不相信；有的说，他的话很平庸，也有一些人抱怨他的演说缺少神学要旨，甚至还有人认为，瞎子做不了什么事，能布道已经算不错了。但是，无论他走到哪里，都受到热心欢迎，因为他的身世已经众所周知了。

---

① 见《旧约·列王纪上》第 2 章。

附录

哈代生平及创作年表

朱炯强编

1840 年

6 月 2 日出生于英国南部多塞特郡。

1841 年

妹妹玛丽出生。

1848 年

进马丁夫妇创办的乡村小学读书。

1849 年

进多尔切斯特镇的一所小学求学。

1851 年

弟弟亨利出生。

1856 年

妹妹凯蒂出生。哈代进入约翰·希克斯建筑事务所当学徒。结识多尔切斯特中学的校长、诗人、著名学者威廉·伯恩斯。开始学习拉丁文。

1857 年

结识教区牧师亨利·莫尔一家，其次子剑桥大学毕业生霍勒斯·莫尔成了哈代的良师益友。

1862 年

4 月 17 日哈代只身来到伦敦，在布洛姆菲尔德绘图所工作。参加伦敦建筑师协会。

1865 年

处于"精神上的十字路口"的哈代决定把兴趣转向文学。尝试而写的短篇小说《我怎样给自己造了一幢屋子》发表，但他自己认为它"没有价值"。他想立志于写诗，从 1865 年到 1867 年间，试着写了三十多首，但都未能发表。

1867 年

重返家乡，再次在希克斯事务所工作，并开始创作他自称为"社会主义小说"的《穷汉与小姐》。

1868 年

完成《穷汉与小姐》，但没有发表。

1870 年

结识后来成为他的妻子并共同生活了三十八年的爱玛·欧文·吉福特。

1871 年

第一部小说《计出无奈》问世。

1872 年

《绿林荫下——荷兰派的乡间素描》问世。这部小说甚获好评。

1873 年

《一双碧眼》出版。结识当时的文坛名人、萨克雷的女婿莱斯利·斯蒂芬。好友霍勒斯·莫尔自杀身亡。

1874 年

《远离尘嚣》问世，深受好评。与爱玛结婚，并赴欧洲大陆旅行。

1875 年

发表第一首诗——《新婚之夜的火花》。

1878 年

《还乡》问世。

1883 年

自己设计，在马克斯门建造新居。

1885 年

在"马克斯门"新居，开始过一种恬静的、"远离尘嚣"的生活。

1886 年

《卡斯特桥市长》出版。

1887 年

《林地居民》发表。再度游历欧洲大陆。

1891 年

《苔丝》和《一群贵妇人》同时问世，但《苔丝》遭到资产阶级卫道士的恶毒攻击。

1892 年

父亲去世。

1895 年

《无名的裘德》出版，遭到更恶毒的攻击，使哈代一气之下，发誓不再写小说。

1896 年

访问莎士比亚故居，立下重返诗坛的决心。偕同爱玛再访欧洲大陆，凭吊滑铁卢古战场，为写史诗剧《列王》收集素材，构思蓝图。

1898 年

《威塞克斯诗集》发表。

1901 年

《过去与现在的诗集》出版。

1903 年

《列王》第一卷问世。

1904 年

母亲去世。

1906 年

《列王》第二卷出版。

1908 年

《列王》第三卷发表。

1909 年

出任英国作家协会主席。诗集《时光的笑柄》问世。

1912 年

妻子爱玛病故。

1913 年

剑桥大学授予哈代文学博士荣誉学位。

1914 年

与弗洛伦斯·爱米莉·达格黛尔结婚。

1915 年

妹妹玛丽病故。

1920 年

牛津大学授予哈代文学博士荣誉学位。

1922 年

《新旧抒情诗集》出版。

1928 年

1 月 11 日晚上 9 时病逝于"马克斯门",终年八十八岁。他的自传《托马斯·哈代的前半生》发表。哈代最后一部诗集《冬天的话》发表。

1930 年

自传《托马斯·哈代的后半生》发表。

1978 年

1833 年发表于美国《青年之友》杂志的中篇小说《西波利村探险记》,经牛津大学鉴别真伪,由牛津大学出版社正式成书出版。

图书在版编目（CIP）数据

还乡 /（英）哈代著；王之光译 . —上海：上海
三联书店，2015.7
ISBN 978-7-5426-5163-1

Ⅰ.①还… Ⅱ.①哈… ②王… Ⅲ.①长篇小说－英
国－近代 Ⅳ.① I561.44

中国版本图书馆 CIP 数据核字（2015）第 067520 号

还乡

著 者 /	〔英国〕托马斯·哈代	
译 者 /	王之光	
总 策 划 /	贺鹏飞	
策 划 /	乌尔沁 赵延召	
责任编辑 /	陈启甸	
特约编辑 /	郭挚英	
装帧设计 /	Metis 灵动视线 TEL:010-85983457	
监 制 /	吴昊	
出版发行 /	上海三联书店	
	（201199）中国上海市都市路 4855 号 2 座 10 楼	
	http://www.sjpc1932.com	
印 刷 /	北京鑫海达印刷有限公司	
版 次 /	2015 年 7 月第 1 版	
印 次 /	2015 年 7 月第 1 次印刷	
开 本 /	640×960 1/16	
字 数 /	252 千字	
印 张 /	27.5	

ISBN 978-7-5426-5163-1/I · 1024

定 价：39.80元

世界名著名译文库
柳鸣九主编

第一辑

第二辑

第三辑